JAZMÍN

AF274870

JESSICA HART

CITA
SORPRESA

HARLEQUIN

Cualquier forma de reproducción, distribución, comunicación pública o transformación de esta obra solo puede ser realizada con la autorización de sus titulares, salvo excepción prevista por la ley.
Diríjase a CEDRO si necesita reproducir algún fragmento de esta obra.
www.conlicencia.com - Tels.: 91 702 19 70 / 93 272 04 47

Editado por Harlequin Ibérica.
Una división de HarperCollins Ibérica, S.A.
Avenida de Burgos, 8B - Planta 18
28036 Madrid

© 2024 Harlequin Ibérica, una división de HarperCollins Ibérica, S.A.
N.º 577 - 9.9.24

© 2003 Jessica Hart
Cita sorpresa
Título original: The Blind-Date Proposal

© 2003 Karen Rose Smith
Un corazón protegido
Título original: The Most Eligible Doctor

© 2003 Lucy Gordon
El hijo del Italiano
Título original: The Italian's Baby
Publicadas originalmente por Harlequin Enterprises, Ltd.
Estos títulos fueron publicados originalmente en español en 2004

I.S.B.N.: 978-84-1062-954-7
Depósito legal: M-16551-2024
Impreso en España por: BLACK PRINT
Fecha impresión para Argentina: 8.3.25
Distribuidor exclusivo para España: LOGISTA
Distribuidor para México: Distibuidora Intermex, S.A. de C.V.
Distribuidores para Argentina: Interior, DGP, S.A. Alvarado 2118.
Cap. Fed./Buenos Aires y Gran Buenos Aires, VACCARO HNOS.

MIXTO
Papel procedente de fuentes responsables
FSC® C159065

FINN McBride levantó la mirada, irritado, cuando Kate llamó a la puerta de su despacho.

–¿Qué hora es?

Ella miró su reloj.

–Las... diez menos cuarto.

–¿Y a qué hora se supone que debes llegar a la oficina?

–A las nueve.

Kate tenía la cara colorada, pero no de vergüenza, sino porque había ido corriendo desde el metro a la oficina. Una mirada rápida al espejo del ascensor le confirmó sus peores miedos: su pelo, normalmente una masa de incontrolables rizos castaños, había enloquecido con el viento.

No era una buena forma de empezar el día, no.

Comparada con Finn, estaba en desventaja. Con el serio traje de chaqueta y la camisa blanca, su nuevo jefe siempre le había parecido un estirado. Tenía una expresión severa, los ojos grises y unas cejas oscuras que solía tener levantadas en un gesto de desaprobación cada vez que se dirigía a ella.

–Sé que llego tarde y lo siento mucho –empezó a decir Kate, sin aliento por culpa de la carrera. Después se lanzó a explicar que había tenido que ayudar a una ancianita extranjera perdida en el metro.

—No podía dejarla allí sola, así que la llevé hasta la estación de Paddington.

—Paddington no está de camino a la oficina, ¿verdad?

—Pues no exactamente... —contestó Kate.

—Yo diría que está justo en dirección opuesta —remarcó Finn.

—Pues yo no diría tanto, pero...

—Así que venías para acá y te diste la vuelta, aunque sabías perfectamente que no llegarías a tiempo a trabajar.

—No podía dejar a la ancianita allí —protestó ella—. La pobre estaba perdida. Como no hablaba bien nuestro idioma, nadie la entendía y los del metro no le hacían ni caso. Y yo me pregunto: ¿cómo se sentiría un londinense si estuviera perdido en el Amazonas y...?

—Mira, Kate, a mí lo único que me importa es que esta empresa funcione —la interrumpió Finn—. Y no es fácil con una secretaria que aparece a la hora que le da la gana. Alison llega diez minutos antes de las nueve todos los días y siempre puedo contar con ella.

Sí, sí, podía contar con ella. Pero no había contado con que se rompería una pierna mientras esquiaba, pensó Kate, aunque no lo dijo en voz alta. Estaba harta de oír hablar de Alison, la perfecta ayudante ejecutiva: discreta, eficiente, vestida de forma elegante y que tecleaba a la velocidad de la luz. Y seguramente también podría leer los pensamientos de Finn McBride, pensó, recordando el día que su jefe se puso a gritar porque no encontraba un archivo. El escritorio de Alison, por supuesto, siempre estaba inmaculado.

Lo único sorprendente era que Alison se hubiera roto una pierna, dejándolo a su merced durante ocho semanas.

Y no era fácil. Dos secretarias temporales se habían marchado deshechas en lágrimas, incapaces de seguir su ritmo, y a Kate la sorprendía haber durado tanto. Llevaba allí tres semanas y, por la expresión de Finn, aquella podría ser la última.

No la sorprendía que las otras hubieran abandonado. Finn McBride siempre estaba de mal humor y sus sarcasmos no tenían final. Si no hubiera estado desesperada, también ella se marcharía.

—Ya te he dicho que lo siento. Aunque no tendría que disculparme por ser solidaria —murmuró, incapaz de encontrar la humildad que, sin duda, a Alison le daba tan buenos resultados.

Finn la miró de arriba abajo con sus fríos ojos grises, observando los rizos enloquecidos y la camisa mal abrochada.

—Pago a mi personal por hacer su trabajo. Tú, por otro lado, pareces creer que debo pagarte por aparecer cuando te da la gana y distraer al resto de las secretarias con tus cosas.

Kate contuvo una exclamación. Había hecho lo posible por conocer al resto del personal, pero sin mucho éxito. No parecían gustarles los cotilleos y, en las raras ocasiones en las que pudo entablar conversación, Finn estaba encerrado en su despacho.

Debía de tener rayos X en los ojos si la había visto hablar con alguien.

—Yo no distraigo a nadie —protestó, indignada.

—A mí me parece que sí. Siempre estás por los pasillos, cotorreando.

—Eso se llama interacción social —replicó Kate—. Es algo que hacen los seres humanos, aunque tú no sabes nada del tema, claro. En esta oficina, es como trabajar con robots —siguió, olvidando por un momento cuánto necesitaba aquel trabajo—. Tengo suerte si me das los buenos días y a veces debo traducirlo porque parece un gruñido.

Finn arrugó el ceño, un gesto muy habitual en él.

—Alison nunca se ha quejado.

—A lo mejor a ella le gusta que la traten como a un mueble, pero a mí no. Y no estaría mal que mostrases un poquito de interés por tus empleados de vez en cuando.

Finn McBride la miró, sorprendido.

¿Nunca se lo habría dicho nadie?, se preguntó Kate.

—No tengo tiempo para charlar con mis empleados.

—No se necesita mucho tiempo para ser amable. Sólo tienes que decir algo como: «¿qué tal va todo?». O «espero que pases un buen fin de semana». No es tan difícil. Y cuando te hayas acostumbrado, podrías probar con frases más complicadas, como: «gracias por tu colaboración».

—No creo que tenga que pronunciar esa frase cuando hable contigo —replicó Finn—. Y, francamente, no veo por qué tengo que hacerlo. En caso de que no te hayas dado cuenta, yo soy el jefe. Y si no puedes soportar cómo te trato dímelo y hablaré con el departamento de personal para que busquen otra secretaria.

Kate se mordió los labios. No podía perder aquel empleo. La agencia de trabajo temporal no encontraba gran cosa para ella, y si metía la pata posiblemente la dejarían de lado para siempre.

—Puedo soportarlo. Pero no me gusta.

—No tiene que gustarte, tienes que aguantarlo y en paz. Y ahora, a trabajar. Ya hemos perdido mucho tiempo —dijo él entonces.

Kate apenas tuvo tiempo de quitarse el abrigo antes de que Finn McBride empezase a dictarle cartas a una velocidad de vértigo sin ofrecerle siquiera un café. Había salido de casa con prisas y, como tuvo que acompañar a la ancianita hasta Paddington, no tuvo tiempo de tomar un mísero café. Y la necesidad de cafeína la ponía de mal humor.

Por eso, cuando sonó el teléfono dejó escapar un suspiro de alivio. ¡Por fin!

Sujetando su dolorida muñeca para que Finn se diera cuenta de que debía ir más despacio, Kate lo estudió por el rabillo del ojo. Estaba escuchando lo que le decían al otro lado del hilo, gruñendo como muestra de asentimiento de vez en cuando y dibujando distraídamente cuadraditos negros en el cuaderno.

Ese tipo de cosas revelaba mucho sobre una persona. ¿Qué significaban los cuadraditos negros?, se preguntó Kate. Seguramente que era una persona reprimida. Eso pegaba mucho con su aire reservado.

Aunque no con su fiera energía.

O con su boca, la verdad. Tenía una boca de pecado.

Kate apartó la mirada y se concentró en una fotografía que había sobre el escritorio, el único toque personal en aquel austero despacho. Era la foto de una mujer preciosa de pelo oscuro y fabulosos ojos azules, con una niña preciosa en brazos.

Debía de ser la mujer de Finn, pensó, maravillándose de que su jefe hubiera tenido el buen humor de pedirle a alguien que se casara con él. Le resultaba difícil imaginarlo sonriendo, besando o incluso sosteniendo un niño en brazos... haciendo el amor era sencillamente imposible.

Qué pensamiento tan raro, se dijo. Entonces notó que los fríos ojos grises de Finn McBride estaban clavados en ella. Había dejado de hablar por teléfono mientras estaba distraída con sus cosas y la miraba con exasperada resignación.

–¿Estás despierta?

–Sí –contestó Kate, tomando el cuaderno de nuevo.

–Léeme el último párrafo.

«Por favor... qué hombre más insoportable».

Pero aquél no era el mejor día para enseñarle buenas maneras. Su brusquedad la ponía nerviosa y cuando por fin la dejó ir, Kate se vengó con el ordenador, tecleando furiosamente hasta que sonó el teléfono.

–¿Sí? –contestó, demasiado enojada como para molestarse en dar los buenos días.

–Soy Phoebe.

—Ah, hola Phoebe.

—¿Qué te pasa? Pareces enfadada.

—Es mi jefe —suspiró Kate—. Es un grosero y un desagradable. Tú creías que trabajar para Celia era horrible, pero te lo digo de verdad, este hombre es un ogro.

—Mientras no sea un canalla, como tu último jefe...

Kate arrugó la nariz al recordar la ignominiosa despedida de su último empleo, donde su jefe no se había molestado en escuchar su versión de la historia porque Seb entró primero en el despacho. Seb, por supuesto, era un ejecutivo, y ella sólo una secretaria y, por supuesto, en absoluto indispensable.

—No, éste no es un canalla, pero eso no significa que sea fácil trabajar para él.

—¿Es guapo? —preguntó Phoebe.

—Mucho —contestó Kate—. Serio y tal, pero guapo. Supongo. Si te gustan los tipos tiesos para quienes el trabajo es lo único en la vida... y sé que no te gustan.

—No, Gib no es tieso —rió Phoebe entonces.

Kate sonrió también y, al hacerlo, se sintió un poquito mejor. La transformación de Phoebe desde que se casó con Gib unos meses antes era extraordinaria y compensaba su infausta vida amorosa desde que Seb la dejó plantada. Ya ni siquiera le silbaban por la calle.

—Llamo para recordarte la cena de esta noche —estaba diciendo su amiga—. Vas a venir, ¿no?

—Claro que sí —contestó Kate.

—¿Qué? —preguntó Phoebe al notar cierta vacilación.

–Pues... es que Bella me dio a entender que querías presentarme a otro amigo. Y ya sabes que no me gustan las citas a ciegas.

–¡No debería habértelo contado! Se lo dije porque la invité a ella también, pero resulta que se va a bailar con Will. Josh vendrá a cenar de todas formas, así que no es exactamente una cita a ciegas.

–¿Por qué no me lo habías dicho?

–Porque quería que te portases de forma natural y si te decía que iba a presentarte a alguien...

–Ya –murmuró Kate, poco convencida–. ¿Qué le has dicho de mí?

–Que trabajas como secretaria ejecutiva... ¡y podrías hacerlo si de verdad te pusieras a ello! –suspiró Phoebe–. Él tiene una asesoría o algo parecido, así que no he querido contarle que estás trabajando como secretaria temporal. Pero además de eso sólo le he dicho la verdad, toda la verdad y nada más que la verdad.

–¡Ah, la verdad! –exclamó Kate, irónica–. ¿Y cuál es la verdad?

–Que eres una chica encantadora, divertida y guapa... y básicamente maravillosa –rió su amiga.

Quizá debería pedirle a Phoebe que hiciera un poco de Relaciones Públicas con Finn McBride, pensó Kate. Entonces se dio cuenta de que también ella estaba haciendo garabatos en el cuaderno.

Al menos no hacía cuadraditos negros, pensó. Había garabateado un atardecer tropical, con una palmera y un par de líneas onduladas que, supuestamente, eran las olas del mar golpeando contra la playa. ¿Qué decía eso sobre su personalidad?

Probablemente que era una fantasiosa, de modo que podía ahorrarse el dinero del psicoanalista.

Kate ya sabía que era demasiado romántica. La gente llevaba años diciéndole que debía poner los pies en el suelo, que debía dejar de tener la cabeza en las nubes y hacer las cosas que a ella no le salían de forma natural.

Controlando un suspiro, Kate añadió un montón de cocos a la palmera.

—¿Y no se preguntará por qué, siendo tan maravillosa, necesito que mis amigas me organicen citas a ciegas? ¿Por qué los hombres no caen rendidos a mis pies?

—No lo sé. ¿Por qué no caen rendidos a tus pies?

Ésa era una de las cosas que le gustaban de Phoebe: que creía de verdad en sus amigas.

Kate dejó el bolígrafo y se apoyó en el respaldo de la silla.

Quizá aquello era una señal para que dejase de soñar que Seb iba a convertirse milagrosamente en otra persona; una señal para que pusiera los pies en la tierra de una vez por todas.

—¿Cómo es ese hombre?

—No lo conozco —admitió Phoebe—. Es un amigo de Gib.

—¿Cuántos años tiene?

—Cuarenta o cuarenta y dos, creo.

—Estupendo. A punto de tener una crisis personal —suspiró Kate, con un cinismo poco habitual en ella.

—Ya ha tenido su crisis —dijo Phoebe entonces—. Es viudo. Su esposa murió hace unos años y tiene una niña pequeña.

—Ah, qué horror —musitó Kate, sintiéndose culpable por el frívolo comentario—. Pobrecillo.

—Gib me ha dicho que adoraba a su mujer, pero han pasado seis años desde el accidente. Por lo visto, no le gusta salir por ahí y como tú siempre te quejas de que no es fácil conocer hombres, Gib ha sugerido que organizásemos una cena. Puede que te guste.

—No sé si yo estoy preparada para ser la madrastra de nadie —suspiró Kate—. No sé nada de niños.

—¡Tonterías! Eres muy buena con los animales, con los ancianos... los niños son más o menos lo mismo. Necesitan que alguien cuide de ellos y tú eres la persona más indicada.

—Pero es que yo no quiero salir con alguien triste, con problemas... yo quiero un tío lleno de vida, guapo, elegante.

Como Seb.

—De eso nada. Tú quieres un hombre bueno.

Kate dejó escapar un largo suspiro.

—¿No puedo salir con un hombre bueno que a la vez sea sexy, guapo y lleno de vida?

—No, porque ya me he casado yo con él —rió Phoebe—. Oye mira, este hombre lo ha pasado mal, así que debes ser simpática.

—Ya, bueno. ¿Cómo se llama, por cierto? —en ese momento se abrió la puerta del despacho de Finn—. Uf, aquí está el ogro. Se supone que no puedo usar el teléfono de la oficina para llamadas personales. Te llamo más tarde.

Finn McBride la miró con el ceño fruncido, como era su costumbre.

—¿Con quién hablabas?

Kate no pensaba decirle la verdad y, aunque podría haber inventado un cliente, tenía una gran vena creativa y, por principio, se negaba a elegir la opción más simple. De modo que se lanzó a contarle una historia sobre un contable ficticio que había conocido a Alison mientras esquiaban. Acababa de llegar de Singapur, se había enterado del accidente y quería saber dónde podía enviarle una tarjeta.

—Le he dicho que puede enviarla a la oficina y que nosotros la enviaremos a su casa —terminó Kate, después de adornar la historia con tantos detalles que casi acabó por creérsela ella misma.

La expresión de Finn era de total indignación.

—Ojalá no te hubiera preguntado... ¡Acabas de hacerme perder un cuarto de hora!

—Oye, que aquí tampoco hacemos operaciones a corazón abierto —protestó Kate—. No creo que quince minutos sean tan importantes.

—En ese caso, supongo que no te importará quedarte a trabajar una hora más esta tarde —dijo él entonces—. Tenemos un proyecto muy importante entre manos y quiero enviarlo por fax a Estados Unidos antes de mañana.

—Lo siento, no puedo. He quedado.

—¿No puedes llamar para decir que llegarás un poco tarde?

Kate se habría ofrecido a hacerlo por cualquier otra persona, pero Finn McBride le caía cada día peor. Su jefe no hacía ningún esfuerzo por ser amable con ella.

–A mi novio no le haría ninguna gracia –replicó, tan tranquila.

–¿Tienes novio?

Finn pareció tan sorprendido que a Kate le sentó fatal. No sólo era un antipático sino que la creía incapaz de atraer a un hombre.

–Pues sí –contestó, decidida a convencerlo de que, aunque podría no ser una perfecta secretaria ejecutiva, era una mujer que volvía locos a los hombres–. De hecho, esta noche piensa llevarme a un sitio muy especial. Y tengo la impresión de que va a pedirme que me case con él.

–¿Ah, sí? –murmuró Finn, sin disimular su incredulidad.

Qué grosero, pensó Kate, indignada. Evidentemente, no la veía como la clase de chica que podía enamorar a un hombre y menos casarse con él.

–Pues sí –replicó, fulminándolo con sus ojos castaños–. Por eso hago trabajos temporales. Desde que conocí a...

Kate buscó un nombre y recordó el del novio de su amiga Bella. El novio de la mejor amiga normalmente era intocable, pero a Bella no le importaría prestárselo un rato.

–Will... desde que conocí a Will, me di cuenta de que estábamos hechos el uno para el otro. Es analista financiero –sonrió Kate–. Así que no quiero un puesto permanente porque a él podrían enviarlo a Nueva York o a Tokio en cualquier momento. Por supuesto, él me dice: «Cariño, no tienes por qué trabajar todos los días», pero a mí me parece importante ser independiente económicamente, ¿no crees?

–Si vives con un analista financiero, no creo que tu sueldo como secretaria temporal signifique gran cosa –murmuró Finn, sin poder disimular una sonrisita irónica.

–Es una cuestión de principios –replicó ella, encantada con la idea de vivir una vida de lujos.

–Pues podrías convertir en una cuestión de principios lo de llegar a tu hora por las mañanas –dijo entonces su jefe–. Ése sería un buen cambio.

Una pena que la vida real no se le diera tan bien como las historias inventadas, pensaba Kate mientras iba en el autobús. Sería estupendo llegar a casa y que hubiese un hombre esperándola, un hombre forrado de dinero que estuviera loco por ella y que le dijese: «No tienes por qué soportar a tipos como Finn McBride».

Kate dejó escapar un suspiro mientras limpiaba el cristal con la manga. Había mucha gente corriendo por Piccadilly para resguardarse de la lluvia y todos parecían saber a dónde iban. ¿Por qué ella era la única que parecía ir saltando de un charco a otro?

Treinta y dos años... ¿y qué tenía? Ni trabajo fijo, ni casa propia, ni novio. Lo único que había conseguido en los últimos años era engordar cinco kilos. Ni siquiera las dietas le funcionaban. Para ella comer era lo único que aliviaba el dolor de haber perdido a Seb y su trabajo antes de Navidad. Un golpe terrible.

Fortificada por Bella y Phoebe... y cuatro copas

de champán, Kate había decidido que todo cambiaría antes de Año Nuevo. Iba a poner su vida en orden. Conseguiría un trabajo mejor y un novio mejor, se juró a sí misma. Perdería los cinco kilos y empezaría a ir al gimnasio.

Pero todas esas cosas parecían más fáciles con una copa de champán en la mano. Había llegado febrero y sus resoluciones para el nuevo año seguían sin cumplirse ni remotamente.

Al menos debería haber encontrado un buen trabajo, pero el mercado no parecía estar para muchos trotes. Y los trabajos temporales no pagaban lo suficiente como para que una pusiera su vida en orden. Kate estaba a punto de aceptar un trabajo de camarera cuando Alison se rompió una pierna.

Al día siguiente, se prometió a sí misma, compraría el periódico para buscar un buen trabajo, iría al gimnasio y se haría una ensalada con cero calorías.

El día siguiente sería el primero de su nueva vida.

Cuando llegó a su apartamento, Bella estaba comiendo tostadas en la cocina, con el pelo lleno de rulos. Desde que Phoebe se casó, Bella, Kate y su antipático gato compartían casa.

Gato, ése era su nombre, estaba esperando al lado de la nevera y Kate sabía que no podría sentarse antes de darle la comida porque era más que capaz de destrozarle los tobillos a arañazos. De modo que sacó una latita de la carísima comida para felinos y llenó su plato antes de quitarse el abrigo.

—Pensé que ibas a salir —le dijo a Bella, mirando las tostadas con envidia.

Su amiga podía comer todo lo que le diese la gana sin engordar un solo kilo. «Metabolismo», solía decir cada vez que otras chicas, menos afortunadas, se quejaban. Además, era muy guapa; una rubia de ojos azules con piernas kilométricas que siempre estaba alegre. Lo peor de Bella, y Kate y Phoebe estaban de acuerdo, era que no se la podía odiar.

—Sí, voy a salir, pero Will piensa llevarme a un restaurante carísimo de esos modernos donde seguro que las porciones son minúsculas, así que he pensado tomar algo antes. Además, tengo hambre.

Afortunada Bella, que iba a salir con el guapísimo Will, mientras ella tenía que conocer a un pobre viudo. Kate dejó escapar un suspiro. Qué típico.

Sin pensar, puso un trozo de pan en el tostador.

—Lo lamentarás –le advirtió su amiga, con la boca llena–. Gib suele cocinar para un regimiento. Además, ¿no estabas a régimen?

—No tiene sentido estar a régimen cuando tienes que ir a cenar –replicó Kate, quitándose el abrigo–. Además, tenemos que comernos todo lo que hay en la nevera antes de volver a llenarla con cosas sanas.

Contarle que había tomado prestado a Will fue una buena excusa para tomar una tostada con mantequilla sin que su amiga se metiera con ella.

—No iba a decirle a Finn McBride que tengo una cita a ciegas con un viudo.

—¿Un viudo?

—Pues sí, un viudo con una niña pequeña. No creo que vaya a ser una cena precisamente divertida –dijo Kate, suspirando.

—A lo mejor es muy guapo –sonrió Bella.

—Con la mala suerte que tengo, no lo creo.

Era deprimente, pero Kate intentó animarse mientras se arreglaba. Quizá Bella tuviera razón. Quizá un pedazo de hombre iba a entrar en su vida aquella noche. Tenía que tocarle a ella alguna vez, ¿no?

Por si acaso, se puso un vestidito con escote para mostrar sus mejores atributos. Había cierta ventaja en tener una figura como la suya... Una pena que, además de un busto lleno de curvas, tuviese unas caderas, un trasero y una barriguita igualmente llamativos.

Cuando se puso los zapatos de tacón se sintió más guapa. Kate siempre había pensado que su vida habría sido mejor si hubiera tenido unas piernas un poco más largas. Unos cuantos centímetros tampoco era tanto pedir, ¿no? Y unos centímetros menos de cadera.

Entonces se miró al espejo. Asombroso lo que el maquillaje podía hacer. Con poca luz casi podría parecer exótica. El color rojo del vestido le daba un aspecto agitanado que iba muy bien con sus rizos castaños y la fulgurante barra de labios. ¿Al viudo le gustarían las gitanas? Kate intuía que no. Quizá debería haber elegido algo más discreto.

¿Algo más discreto? No, qué tontería, ella no era una persona discreta.

Cuando Will llamó al timbre se le ocurrió mirar el reloj y... ¿cómo podían ser ya las nueve y media?

Atacada, se lanzó al teléfono para pedir un taxi.

—Llegará en veinte minutos —le dijo la aburrida telefonista.

Iba a llegar tardísimo. Para variar. La puntualidad era otra de las resoluciones de fin de año que no parecían ir como esperaba.

—Perdón, perdón, perdón —se disculpó Kate cuando por fin llegó a casa de Phoebe a las diez—. Sé que llego tarde, pero por favor no te enfades conmigo. Es que ha sido uno de esos días...

—Siempre es uno de esos días para ti, Kate —suspiró su amiga, intentando ponerse seria.

—Lo sé, lo sé, pero estoy intentando mejorar —le aseguró Kate con su mejor sonrisa. Entonces bajó la voz—. ¿Ha llegado ya? ¿Cómo es?

—Un poco estirado... no, reservado sería la palabra. Pero es muy agradable y tiene una sonrisa preciosa. Además, a mí me parece muy atractivo.

—¿De verdad?

—De verdad.

Un viudo atractivo. A lo mejor su suerte estaba cambiando.

—¿Tiene bigote?

—No.

—¿Tiene barriga?

—¡No! Entra de una vez.

Respirando profundamente, Kate se alisó la falda del vestido y siguió a su amiga hasta el salón.

—Aquí está Kate —anunció Phoebe.

Pero Kate se había quedado paralizada al ver al hombre que estaba de pie frente a la chimenea, charlando con Gib y Josh. Se había vuelto y estaba segura de que su expresión de horror era un reflejo de la suya.

Finn McBride.

—¡Kate! —exclamó Gib, abrazándola—. ¡Tarde como siempre!

—Ya me ha regañado Phoebe —murmuró ella, rezando para haber visto mal, para que cuando levantase la mirada el hombre que estaba a su lado fuese un extraño que se parecía a Finn; un hombre a quien le gustaba el aspecto agitanado y desaprobaba seriamente la puntualidad. O las dos cosas.

Pero no. Kate descubrió que no había duda. Allí estaba Finn McBride, como si se hubiera convertido en piedra.

Claramente aturdido por tener una cita a ciegas con su secretaria.

Mortificada, Kate consideró sus opciones: no haber nacido nunca era la primera; que se la tragase la tierra, la segunda.

¿Podría hacer como que se desmayaba? Probablemente no, pensó. Ella no era de las que se desmayaban.

De modo que no le quedaba más remedio que enfrentarse con él.

CAPÍTULO 2

HOLA –Kate miró a Finn a los ojos, como retándolo a decir que la conocía. Y él le devolvió una mirada glacial de sus ojos grises.

–Kate, te presento a Finn McBride –dijo Gib–. Le hemos contado todo sobre ti.

Genial, pensó ella. De modo que Finn sabía lo triste que era su vida.

–Kate Savage –se presentó, sin mirarlo a los ojos.

A pesar de su evidente desgana, Finn apretó su mano con fuerza, mucha más de la que ella había esperado.

–Estás siendo muy formal, Kate. Al menos no tengo que presentarte a Josh –sonrió Gib–. Josh prácticamente vive con ella –le explicó a Finn.

–¿Ah, sí?

–Kate comparte casa con una amiga mía –explicó Josh. Evidentemente, Phoebe le había dicho que su presencia allí era necesaria para que no fuese obvio que aquello era una cita a ciegas, aunque su presencia no podía engañar a Finn McBride–. ¿Cómo estás, Kate? Hace tiempo que no te veía.

–Estoy bien.

Además de querer morirse, claro.

Phoebe le dio una copa de vino.

–Finn estaba contándonos sus desgraciadas experiencias con las secretarias temporales. Y hemos pensado que tú podrías darle un par de consejos.

Ah, claro, Gib y Phoebe la habían convertido en una secretaria ejecutiva. Genial. Como si no se sintiera suficientemente humillada.

–No creo que sea tan difícil encontrar una buena secretaria. ¿Qué pasa con la que tienes?

–Que nunca llega a su hora –dijo Finn, mirando el reloj de la chimenea con expresión irónica. Sin duda, él habría llegado a las nueve en punto, antes de que sus anfitriones lo tuvieran todo listo–. No se puede contar con ella para nada.

No se podía contar con ella, ¿eh?

Kate tomó un sorbo de vino, con expresión desafiante.

–A lo mejor trabajar contigo no la motiva lo suficiente. ¿Por qué será?

Finn se encogió de hombros.

–¿Por pereza? Además, parece que es un poco mentirosilla.

Kate se puso como un tomate. Supuestamente, debía de estar cenando con un tal Will, que era analista financiero y estaba a punto de pedir su mano.

Sin duda, Gib y Phoebe le habrían hablado de su desastrosa relación con Seb y, aunque no fuera así, había quedado como una idiota. Si hubiera un analista financiero esperándola en casa, sus amigos no tendrían que prepararle citas a ciegas.

Kate dejó escapar un suspiro. Vaya desastre.

–Háblale de tu jefe –intervino Phoebe–. Por lo visto, es un ogro.

Genial. Aquello iba de mal en peor.

—¿Ah, sí? ¿Por qué? —preguntó Finn.

«Bueno, de perdidos al río». Podría aprovechar la oportunidad para decirle un par de cosas.

—Es antipático y desagradable. No da los buenos días y en cuanto a «por favor» y «gracias»... jamás.

Él apretó los dientes.

—A lo mejor tiene mucho que hacer.

—Tener cosas que hacer no es excusa para ser desagradable —dijo Kate, mirándolo a los ojos.

—Y no le deja hacer llamadas personales —intervino Phoebe, siempre al rescate—. Kate tiene que colgar cuando él aparece. Cuando estamos en medio de una conversación, de repente suelta: «Lo llamaremos más tarde» o «le diré que ha llamado». Eso significa que hablaremos después. Es un asco. Tú dejas que tu secretaria use el teléfono para hacer llamadas personales, ¿verdad?

—Pues no, la verdad es que no —contestó Finn.

Kate se encogió de hombros. Evidentemente, jamás podría volver a hacer una llamada... aunque seguramente tampoco podría volver a la oficina. En el mundo de las humillaciones, que le preparasen a alguien una cita a ciegas con su jefe debía de andar por los números superiores. Desde luego, era la situación más incómoda en la que se había encontrado nunca y tenía mucho con qué comparar. A veces le parecía que se pasaba la vida yendo de un episodio mortificante a otro.

—Que los empleados puedan usar el teléfono e Internet para asuntos personales sube la moral —dijo entonces, decidida a cantarle las cuarenta—. Si trataras a tus empleados como si fueran seres humanos, seguramente aumentaría la productividad.

–En mi empresa no hay un problema de productividad –replicó Finn. Y aquella vez su enfado no pasó desapercibido para los demás–. Existe una diferencia entre usar el teléfono para algo importante o tirarse dos horas hablando con una amiga.

–¿Tu secretaria no hace bien su trabajo?

–Hace más bien lo que quiere.

–Quizá deberías trabajar para Finn –sugirió Gib, en un intento tan descarado de acercarlos que prácticamente era como si los hubiera metido en la cama–. A lo mejor te llevas mejor con él que con tu jefe.

–¡Qué buena idea! –sonrió Kate–. ¿Tienes algún puesto libre en este momento?

–Es muy posible que el puesto de secretaria quede libre de inmediato –contestó él–. Pero supongo que no te interesará... ya que tú eres una secretaria ejecutiva. Gib y Phoebe estaban diciéndome que prácticamente diriges la empresa en la que trabajas. No creo que yo pudiera ofrecerte algo tan interesante.

Kate se puso colorada.

–No, bueno... la verdad es que ahora mismo estoy pensando dedicarme a otra cosa.

–¿Ah, sí? –preguntaron Gib, Phoebe y Josh a la vez.

–Pues sí –contestó ella. Seguramente no sería mala idea. Tenía la ligera impresión de que no iba a durar mucho en el mundo secretarial–. Estoy harta de que me traten como si fuera un gusano, así que he pensado hacer algo diferente.

–¿Por ejemplo? –preguntó Finn, con una ceja levantada.

La normalmente fértil imaginación de Kate se quedó en blanco justo cuando más la necesitaba.

–Es una gran cocinera –dijo Phoebe que, evidentemente, seguía creyendo que había dado en la diana al presentarle a Finn McBride.

Sólo entonces recordó que Finn era viudo. Phoebe le había dicho que la cita era con un hombre viudo, de modo que... Entonces se dio cuenta de que aquella chica tan guapa de la fotografía estaba muerta. Qué horror. Era lógico que Finn fuese un hombre tan sombrío.

Kate se sintió culpable por haber dicho esas cosas de él, pero ¿cómo iba a saber que su brusquedad escondía un corazón roto?

Los otros, ajenos a la verdad, seguían promocionándola.

–Kate es una gran comunicadora –estaba diciendo Gib. Era la clase de frase que sólo decía alguien que había pasado mucho tiempo en Estados Unidos–. Se lleva fenomenal con la gente.

–No sólo con la gente –intervino Josh–. También es muy buena con los animales. ¿Te acuerdas de aquel perro en el bar, Phoebe?

–Ah, sí –sonrió su amiga, fingiendo un escalofrío.

–A veces me despierto con sudores fríos recordándolo –siguió Josh–. Kate se enfrentó con un skin head cubierto de tatuajes que estaba pegando a su perro. Le dijo que la gente como él no debía tener animales y se llevó al perro mientras los demás nos quedábamos boquiabiertos.

Finn la miró, sorprendido.

—¿Qué fue del perro?

—Era un alsaciano al que yo no me habría acercado ni muerto, pero con Kate era como un cachorro. Por cierto, ¿qué fue de él? —preguntó Josh.

—Vive en casa de mis padres. Y ahora está gordo como una vaca.

—¿Tú crees que el perro quería separarse de su dueño? —preguntó Finn.

—Me imagino que sí. A nadie le gusta que le peguen —contestó Kate—. Además, alguien tenía que hacer algo.

De repente, todos se quedaron en silencio.

—Un consejo —dijo entonces Gib—. Kate parece encantadora, pero no se te ocurra maltratar a un animal si ella está cerca o te meterás en un buen lío. Tiene muy mal genio cuando se trata de los animales.

—Intentaré acordarme.

—Lo que Kate necesita —ahora era Phoebe quien hablaba— es una casa en el campo donde pueda tener pollos, perros y todo tipo de animales abandonados.

—De eso nada —objetó ella.

Una casa en el campo no estaría mal, pero eso de «lo que necesita Kate» sonaba a solterona que buscaba marido. Ella no estaba buscando marido desesperadamente... y menos un marido como Finn McBride.

—En realidad, yo soy una chica de ciudad. Aún no estoy preparada para hacer mermeladas. Yo estaba pensando en un trabajo de Relaciones Públicas... —Kate no pudo terminar la frase porque todos, incluido Finn, se echaron a reír–. ¿Qué os hace tanta gracia?

–Cariño, no eres suficientemente dura como para meterte en el mundo de las Relaciones Públicas. Tú siempre estás con el más débil –sonrió Phoebe–. Eso es como decir que quieres ser neurocirujana.

Después de eso, se pusieron a discutir sobre qué trabajo le iría bien. Así, sin contar con ella. Josh sugirió que podría ser exterminadora de ratas.

–Se llevaría todas las ratas a casa y las pondría en una camita.

Kate apretó los dientes. Finn la estaba mirando con una sonrisa irónica en los labios. Seguramente era una de esas personas que asociaba tener buen corazón con ser un idiota.

Y no le habría importado si los otros tres no estuvieran tan decididos a convertirla en una excelente ama de casa. ¿No se daban cuenta de que él no parecía impresionado? Y las cosas empeoraron durante la cena, cuando Phoebe, sin ninguna sutileza, empezó a hablar sobre la hija de Finn.

–¿Cómo se llama?

–Alex –contestó él, con desgana.

Lógico. También su jefe se había dado cuenta de la descarada publicidad y no podía estar pasándolo mejor que ella.

–Tiene nueve años –añadió. Evidentemente iban a sacarle la información de una u otra manera...

–Debe de ser difícil para ti criarla solo –dijo Phoebe.

Finn se encogió de hombros.

–Alex tenía dos años cuando Isabel murió y he-

mos tenido varias niñeras, pero Alex nunca se enca-
riñó con ninguna. Desde que va al colegio nos arreglamos con una señora que va a casa todos los días.
Recoge a la niña en el colegio, limpia la casa y nos
hace la cena.

Lo había dicho sin emoción, como si su hija
fuera sólo otro problema logístico. Era por Alex por
quien Kate sentía pena; la pobre niña... Nunca había
llamado al despacho ni la había visto por allí, de
modo que seguramente tendría prohibido molestar a
su ocupado papá. Habiendo crecido con cuatro hermanos, Kate imaginaba que la vida de aquella niña
debía de ser muy solitaria. No podía ser muy divertido crecer con la compañía de un ama de llaves y
alguien como Finn McBride.

Y si era siempre tan aburrido como aquella noche, menos. Con la excusa de que tenía que conducir apenas bebió y, aunque no le podía poner pegas a
un comportamiento responsable, al menos podría
aparentar que lo estaba pasando bien.

Seguramente estaría aterrorizado ante la idea de
que Kate se le tirase encima para obligarlo a casarse
con ella. Era comprensible, después de cómo sus
amigos estaban «vendiéndola», pero no tenía nada de
qué preocuparse. Salir con él era lo último que se le
ocurriría hacer en la vida. No estaba tan desesperada.

Finn, sentado a su lado, no disimulaba su desaprobación mientras Kate reía, bebía demasiado vino
o hablaba de sus amigos y sus fiestas, dejando claro
que no estaba en el mercado para un viudo.

Por supuesto, cuanto más serio se ponía, más tenía ella que compensar.

Phoebe y Gib se habían molestado en organizar aquella cena y, al menos, alguien debía aparentar que lo estaba pasando bien.

Además, podría haber pedido un taxi para volver a casa y recoger su coche al día siguiente pero eso, por supuesto, jamás se le ocurriría al estirado Finn McBride.

Naturalmente, él también participaba en la conversación, pero dejando claro que consideraba a Kate demasiado boba. Y eso la ponía nerviosa. Y cuanto más nerviosa estaba, más bebía y más alto hablaba. A las doce, Finn miró su reloj.

—Debo irme —dijo, levantándose.

—Yo creo que tú también deberías irte, Kate —sonrió Gib—. O mañana llegarás tarde a trabajar.

—No me hables de eso —murmuró ella, cerrando los ojos. Un error, porque cuando los abrió la habitación estaba dando vueltas.

—¿Podrías llevarla a casa, Finn? —preguntó Phoebe—. En su estado, no debería ir sola.

—¿Qué estado? Me encuentro perfectamente —protestó Kate, levantándose con más o menos estabilidad—. Estoy genial.

—Estás divina —asintió Phoebe—. Pero es hora de irse. Finn va a llevarte a casa.

—¿Por qué no me lleva Josh?

—Porque no he traído el coche y vivo en dirección contraria.

—No me importa llevarte —dijo Finn entonces, suspirando al ver que Phoebe y su marido la ayudaban a ponerse el abrigo como si fuera una niña.

Kate les dio las gracias por la cena, aunque tenía la desagradable impresión de que las palabras le habían salido más bien ininteligibles. Desgraciadamente estaba lloviendo y, al bajar la escalera del portal, dio un tropezón. Finn tuvo que sujetarla para que no acabase de bruces en el suelo.

—¡Cuidado!

—Es que el suelo está resbaladizo —se excusó Kate.

—Eres tú la que está resbaladiza —murmuró él, abriendo la puerta del coche con innecesaria galantería.

Harta de ser tratada como una niña, Kate se cruzó de brazos, prácticamente haciendo un mohín con los labios. Pero no dijo nada.

El coche estaba limpísimo. Nada de papeles, nada de colillas en el cenicero, ni siquiera un juguete olvidado en el asiento. Era increíble que aquel hombre tuviera una hija pequeña, pensó. ¿Qué clase de disciplina tendría que soportar la pobre Alex?

Medio mareada, se inclinó para encender la radio y buscó una emisora de música rock, pero él la apagó bruscamente.

—Ponte el cinturón.

—¡Sí, señor! —exclamó Kate.

Finn puso el brazo sobre el asiento mientras daba marcha atrás y ella, nerviosa, fingió estar buscando algo en su bolso para que no pensara que estaba acercándose invitadoramente a su mano.

La proximidad de Finn McBride en un sitio tan pequeño, con la lluvia golpeando los cristales, era abrumadora. Las lucecitas del salpicadero iluminaban su cara, destacando los pómulos altos y el gesto severo de su boca.

Iba conduciendo muy concentrado y Kate lo miraba de reojo, más impresionada de lo que hubiera querido admitir. Era tan atractivo así, conduciendo...

Ridículo, se regañó a sí misma. Seguía siendo Finn McBride. Además de ser su jefe era un hombre desagradable y antipático. No le gustaba en absoluto. Entonces, ¿por qué se fijaba en su boca, en sus manos...?

—¿Adónde voy?

—¿Qué?

—Gib me ha pedido que te lleve a casa. Y supongo que sabes dónde vives, ¿no?

—Ah, sí —murmuró ella, demasiado nerviosa como para replicar con un sarcasmo.

Kate le indicó qué calles debía tomar mientras el limpiaparabrisas se movía rítmicamente. El único sonido dentro del coche.

—¿Por qué no le has dicho a mis amigos que nos conocíamos? —le preguntó cuando el silencio empezó a ser demasiado opresivo.

—Probablemente por la misma razón que tú. Pensé que la situación sería aún más incómoda.

No dijo nada más.

Cualquier otro hombre habría hecho preguntas, habría intentado ser amable, pero evidentemente Finn no estaba de humor para charlar.

—Vivo en esta calle. Puedes dejarme aquí si quieres.

—¿En qué número vives?

—Pasado el semáforo.

Como siempre, no había un solo espacio vacío en

la calle, de modo que Finn tuvo que detener el coche en segunda fila.

—Gracias por traerme. Espero no haberte desviado mucho de tu camino.

Un golpe de aire helado hizo que se detuviera un momento al abrir la puerta.

—Jo, qué noche más horrible.

—Espera un momento —murmuró Finn, mientras buscaba un paraguas en el asiento trasero—. Te acompaño al portal.

—No hace falta...

—¡Venga, sal de una vez! —la interrumpió él, con cara de pocos amigos—. Cuanto antes lo hagas, antes llegaré a casa.

—Es ese portal de ahí —dijo Kate, levantando el pie derecho, que había metido en un charco.

—¿Por qué no te has puesto unos zapatos más normales?

—Si hubiera sabido que iba a una expedición polar me habría puesto botas —respondió ella, irritada—. Además, estos zapatos son muy normales.

—Ya, bueno...

Estaban muy cerca uno del otro mientras se dirigían al portal. Y él era tan alto, tan fuerte, que ella sintió la tentación de abrazarlo.

Claro que a Finn le habría dado un ataque. O quizá no, quizá la habría besado bajo el paraguas... Kate tragó saliva. ¿Qué tonterías estaba pensando?

Se puso tan nerviosa que cuando iba a meter la llave en la cerradura se le cayó al suelo.

—Kate, por favor... —suspiró él.

—Ya voy, ya voy.

–Trae, abriré yo –dijo Finn, quitándole la llave.

–Gracias. Y gracias otra vez por traerme.

Ése era el pie para que él dijese «ha sido un placer».

–Hasta mañana –dijo, sin embargo.

«Pues muy bien, si vas a ponerte así no te invito a entrar».

–¿Quieres que vaya mañana a la oficina?

–Para eso te pago, ¿no?

–Pero, ¿no dices que soy un desastre?

–No eres precisamente un éxito como secretaria. Pero eres lo único que hay en este momento. Tenemos un contrato importante que resolver esta semana... como sabrías si hubieras estado prestando atención, y no puedo perder el tiempo explicándoselo todo a otra secretaria. Mejor me quedo contigo.

–Vaya hombre, gracias por el voto de confianza.

–Tampoco tú has disimulado cuánto te desagrada trabajar para mí –replicó él–. La cuestión es que tú no puedes permitirte el lujo de perder este trabajo y yo no tengo tiempo de buscar otra secretaria.

–¿Estás diciendo que ninguno de los dos tiene otra salida? –preguntó Kate.

–Precisamente. Así que será mejor que intentemos llevarnos lo mejor posible –suspiró Finn–. Y sugiero que bebas un poco de agua antes de irte a la cama. Mañana tenemos mucho que hacer, así que no llegues tarde.

Kate abrió un ojo y alargó la mano para tomar el despertador. Y entonces lanzó lo que debería haber sido un grito, pero que le salió más bien como un gemido ahogado. Al incorporarse notó un dolor agudo, como un cuchillo de carnicero clavándose en su cabeza.

La muerte habría sido preferible a aquel horrible dolor.

Por no hablar de lo que diría Finn si llegaba tarde otra vez.

Si no se duchaba y tenía suerte con el metro, a lo mejor llegaba sólo cinco minutos tarde...

Como pudo, se levantó de la cama, se vistió y se dejó aplastar por cientos de personas en el vagón del metro. Se sujetó a la barra con una mano mientras el tren iba dando brincos sobre los raíles sin ninguna consideración por su estómago.

Para empeorar la situación, empezaba a recordar fragmentos de la noche anterior. No se acordaba de mucho, pero sí tenía la horrible sensación de haber hecho el más completo ridículo.

Recordaba la expresión de Finn al ver que su cita era su secretaria. El limpiaparabrisas moviéndose rítmicamente mientras ella se fijaba inexplicablemente en su boca y en sus manos. Cuando estaban juntos bajo el paraguas, a punto de echarse en sus brazos...

Debía de estar completamente borracha.

¿Le había tirado los tejos?, se preguntó, aterrada. No, no podía ser. Se acordaría.

Lo que sí recordaba era que él la había regañado por llevar tacones y que no hizo un solo comentario sobre su precioso vestido. Todo el mundo se fijaba en su escote con aquel vestido rojo, pero Finn no. Ni la había mirado.

Kate llegó a la oficina sólo un minuto tarde. Finn, por supuesto, ya estaba sentado frente a su escritorio y la miró por encima de las gafas cuando entró, agarrándose al quicio de la puerta.

–Tienes un aspecto horrible.

–Me encuentro fatal –replicó ella–. Tengo una resaca horrorosa.

–Supongo que no esperarás comprensión por mi parte.

–No, no creo que hoy vaya a haber ningún milagro –suspiró Kate, olvidando que su trabajo estaba en juego. Finn debía de estar pensando precisamente eso porque sus ojos se oscurecieron.

–Espero que vengas dispuesta a trabajar –le advirtió–. Hoy tenemos mucho que hacer.

–Voy a tomar un café a ver si se me pasa.

–Tienes cinco minutos –dijo Finn, volviendo a concentrarse en un informe.

Kate consiguió llegar hasta la máquina de café, haciendo una mueca de dolor. ¿Por qué había tanto ruido en aquella oficina?

A lo mejor Alison tenía paracetamol, pensó. Cualquier chica normal tendría una aspirina en su cajón, pero ella no. Seguramente Alison nunca había tenido resaca. Seguramente nunca se ponía nerviosa ni bebía demasiado.

El café la hizo sentirse peor. Gimiendo, se dejó caer en la silla y enterró la cabeza entre las manos. Era horrible. Estaba a punto de morir allí, en la oficina de Finn McBride. Y él tendría que sacar sus restos. Aunque, conociéndolo, se lo encargaría a la próxima secretaria temporal. «Líbrese de esos restos», le diría. «Y luego venga a mi despacho, que tengo que dictarle una carta».

–No bebiste agua antes de irte a la cama, ¿verdad? –oyó entonces la voz de su exasperante jefe.

–No –murmuró Kate.

–Estás deshidratada. Toma, te he traído un té y un par de aspirinas.

Ella levantó la cabeza, incrédula.

–Gracias.

Cinco minutos después empezó a pensar que iba a sobrevivir después de todo.

Finn estaba apoyado en la esquina del escritorio, con el ceño arrugado. Siempre tenía el ceño arrugado. ¿Sería así con todo el mundo o sólo con ella?, se preguntó. La idea de que sólo fuera así con ella era muy deprimente. En realidad, llegar a trabajar con resaca no era la mejor forma de conseguir una sonrisa, pero podría haber algo en ella que le gustase, ¿no?

CAPÍTULO 3

TE ENCUENTRAS mejor? –preguntó él, sin ninguna simpatía.

–Un poco –contestó Kate.

–Bueno –Finn tiró una carpeta sobre su mesa–. ¿Por qué demonios bebes tanto si luego te encuentras tan mal por la mañana?

–No suelo beber.

–¿Ah, no?

–¡Anoche estaba intentando pasarlo bien, ya que tú evidentemente no ibas a hacerlo! ¿Por qué fuiste a la cena si no pensabas hacer un esfuerzo?

–Fui porque Gib me lo pidió. Me dijo que Phoebe tenía una amiga a la que me gustaría conocer –contestó él–. Yo esperaba una chica agradable, sencilla, no a alguien con un escote vertiginoso y tacones de aguja que estaba decidida a bebérselo todo.

Ajá, de modo que se había fijado en el escote, notó Kate con perversa satisfacción.

–Pues a mí me dijeron que tú eras muy agradable. Vamos, que no te conocen en absoluto. ¡No pienso dejar que me organicen más citas a ciegas!

Finn se cruzó de brazos.

–Estoy completamente de acuerdo.

–¡Pues es la primera vez!

—Si estás lo suficientemente recuperada como para discutir, estás bien para trabajar —dijo él entonces—. Supongo que los dos estamos de acuerdo en que lo de anoche fue... incómodo. Francamente, prefiero no saber nada de tu vida privada y no me gusta mezclar la mía con el trabajo. Pero como te dije anoche... aunque no creo que lo recuerdes, no me puedo permitir el lujo de enseñar a una secretaria nueva, así que sugiero que olvidemos lo que pasó. Y ayudaría mucho que tú llegases a tu hora y en condiciones para trabajar de vez en cuando. ¡Eso sí sería un cambio!

Kate se sujetó la dolorida cabeza con una mano. Ojalá pudiera decirle dónde podía meterse su trabajo. Recordaba vagamente haberle dicho a todo el mundo que iba a cambiar de profesión...

Cualquier día se le ocurriría algo, pero mientras tanto tenía que comer y aquel trabajo horroroso era su única forma de pagar las facturas. Ella nunca había sido ahorradora. Además, le había prestado dinero a Seb y no tenía nada en el banco. De modo que, por el momento, tendría que quedarse con Finn McBride.

—Alison volverá dentro de unas semanas —dijo él entonces.

—¿Qué significa eso, que no vas a tener que aguantarme mucho tiempo?

A pesar de todo, le dolió que Finn quisiera librarse de ella lo antes posible.

—Tenía la impresión de que el sentimiento era mutuo.

—Y lo es.

—¿Quieres marcharte ahora mismo?

—No —contestó Kate, arrinconada—. Quiero quedarme. No tengo elección.

—Pues estamos los dos en el mismo barco. ¡Pero si de verdad quieres seguir trabajando aquí, sugiero que vayas a lavarte la cara y empieces a trabajar!

Tres horas más tarde, Kate estaba desesperada. Había copiado cientos de cartas y Finn, que no tenía ninguna misericordia por su resaca, le encargó un informe antes de salir a comer con un cliente.

—Quiero ese informe en mi mesa para cuando vuelva —le dijo, a modo de despedida.

Kate soltó todos los papeles sobre su escritorio. ¿De verdad iba a seguir trabajando con aquel monstruo?

Habría podido jurar que estaba disfrutando de su desgracia. Estaba segura de que muchas de aquellas cartas podrían haber esperado y de que sólo lo hacía para castigarla. Era increíble pensar que, durante un momento y debido al vino, la noche anterior lo encontró vagamente atractivo.

Necesitaba otro café, se dijo.

A pesar de que a Finn no le gustaba nada que sus empleados charlasen en la oficina, sabía que la máquina de café era un centro de reunión. Por supuesto, era posible que aquellas dos mujeres del departamento administrativo estuvieran hablando de trabajo, pero lo dudaba. Porque se callaron en cuanto se acercó.

—Estoy desesperada —sonrió Kate, echando una moneda.

—¿Y eso?

—Tengo resaca. No pienso beber nunca más en toda mi vida.

Sus contertulias eran Elaine y Sue. Siempre habían sido amables aunque frías con ella, pero notó que se animaban al oír lo de la resaca.

–¿Qué tal te va con Finn? –le preguntó una de ellas... ¿Sue?

–No creo que pueda llegar nunca a la altura de Alison –suspiró Kate–. ¿Es tan perfecta como dice Finn?

Sue y Elaine se lo pensaron un momento.

–Es muy eficiente –dijo Elaine, aunque no parecía muy entusiasmada–. Finn confía mucho en ella.

–¡Pues debe de ser una santa para aguantar a ese hombre!

No debería haber dicho eso. Las dos mujeres se miraron, sorprendidas.

–Es muy simpático –murmuró Elaine.

–Es el mejor jefe que he tenido nunca. La mayoría de los empleados llevan aquí años y años. En otras empresas, la gente se marcha a la primera de cambio, pero aquí no. Finn espera que uno trabaje, pero siempre hace comentarios halagadores y eso es importante.

–Te trata como a un ser humano.

Kate las miró, perpleja.

–Por supuesto, Alison siente devoción por él –dijo Sue–. Entre tú y yo –añadió en voz baja–, creo que espera ser algo más que su secretaria.

–¿Ah, sí? –murmuró Kate, sorprendida e incomprensiblemente irritada–. ¿De verdad?

–Pero Finn no ha superado la muerte de su esposa y no creo que piense casarse de nuevo –dijo Elaine.

–Isabel era una persona encantadora. Era muy especial –afirmó Sue.

–Entonces Finn era diferente. La adoraba y ella lo adoraba a él. Su muerte fue una verdadera tragedia.

–¿Qué pasó? –preguntó Kate.

–Chocó contra un conductor que iba bebido... y la pobre nunca salió del coma. Finn tuvo que tomar la decisión de desconectarla de la máquina, fíjate qué horror.

Sue dejó escapar un suspiro.

–Te puedes imaginar lo duro que fue eso para él. Además, tenía a Alex... ella también iba en el coche, aunque afortunadamente salió ilesa.

–La pobre niña no dejaba de llorar llamando a su madre.

Kate se había llevado una mano al corazón.

–Qué pena.

–Desde entonces, Finn ha cambiado. Cuando Isabel murió se encerró en sí mismo. Lo único que le importa verdaderamente es su hija y no deja que nadie se acerque. Ha seguido llevando la empresa, pero yo creo que es más por los empleados que por otra cosa.

–Todos esperamos que vuelva a casarse –dijo Sue–. El pobre merece ser feliz otra vez y Alex necesita una madre, así que a lo mejor Alison tiene una oportunidad... Es un poco fría, pero yo la encuentro muy atractiva, ¿no te parece, Elaine?

–Sí, y además es muy elegante.

–Y debe de conocerlo bien después de trabajar con él durante tantos años. Yo creo que sería una buena esposa para Finn.

Kate no estaba tan segura de que Alison pudiera ser una buena esposa para Finn McBride. Él era frío, serio, eficiente... lo que necesitaba era ternura y risas.

Aunque eso no tenía nada que ver con ella, claro.

Sin embargo, no podía dejar de pensar en la tragedia. Lo imaginaba al lado de su esposa en el hospital, con el respirador artificial insuflando aire a sus pulmones... rezando para que abriese los ojos, intentando explicarle a su hija por qué mamá no iba a volver...

—Ahora entiendo que me mirase con esa cara de horror cuando pedí la última copa —le dijo a Bella por la tarde—. Me siento fatal. El pobre ha tenido que vivir un drama terrible.

—No lo hagas —dijo su amiga.

—¿Que no haga qué?

—No te metas en eso.

—No me estoy metiendo en nada —se defendió Kate—. Es que me da mucha pena.

Bella dejó escapar un suspiro.

—Kate, tú sabes cómo eres. Si algo o alguien te da pena lo pones todo patas arriba para ayudarlo. Pero a veces no puedes hacerlo. También te daba pena Seb y mira lo que pasó.

—Esto es diferente. Finn no está intentando utilizarme. Él no me ha contado la historia de su mujer, han sido otros. A lo mejor ni siquiera quiere que lo sepa.

—Sólo quiero que no te pase lo de siempre: alguien te da pena, quieres ayudarlo... y te enamoras —insistió Bella—. Debes admitir que ese es tu patrón de comportamiento y esta vez puedes acabar con el corazón roto. Sería mucho peor que Seb. Nunca podrías compararte con su perfecta esposa, Kate. Sólo serías la segundona.

–¡Por favor, Bella! Cualquiera diría que voy a casarme con él. Sólo estoy diciendo que ahora entiendo que sea tan cerrado.

–Bueno, tú ten cuidado. No te gustaba cuando lo creías felizmente casado y sigue siendo el mismo hombre. Ser viudo no es excusa para tener tan mal genio, ¿no te parece? Dices que han pasado seis años desde que murió su mujer y yo creo que es tiempo suficiente para superarlo. No dejes que se aproveche de ti, ¿de acuerdo?

Kate no dijo nada porque empezaba la serie *Urgencias*, su favorita, pero después pensó en lo que Bella le había dicho. Su amiga podía parecer la típica rubia tonta a veces, pero en lo que se refería a relaciones sentimentales, tenía la cabeza sobre los hombros.

Por supuesto, era una tontería sugerir que ella podría enamorarse de Finn McBride. Lo que sí podía hacer era comprenderlo... y hacerle la vida más fácil.

Sería amable, discreta y eficiente. Si lo que ella podía aportar era un ambiente de trabajo agradable, lo haría.

Eso no tenía nada que ver con enamorarse de él.

Sin embargo, cambiar el ambiente de trabajo estaba muy bien en teoría, pero en la práctica resultaba más difícil.

Kate lo intentó. Harta de oír hablar sobre la inmaculada Alison, hizo un esfuerzo para vestir mejor. Nunca estaría cómoda con un traje de chaqueta y su pelo jamás podría ser domado, pero al menos estaba dispuesta a intentarlo. Cuando Finn le daba una de sus contestaciones, se mordía la lengua. Seguía trabajando y esperaba que se diese cuenta de que estaba haciendo un esfuerzo. Incluso había practicado un discurso para cuando le diera las gracias por su trabajo.

¡Menuda pérdida de tiempo! En lugar de estar agradecido, Finn parecía sospechar de su nueva actitud.

—¿Qué te pasa? —le espetó un día.

—Nada —contestó ella.

—Me pone nervioso que seas tan amable. ¿Y por qué vistes así? ¿Tienes una entrevista de trabajo?

—No. Estoy intentando tener un aspecto más profesional. Pensé que lo aprobarías.

Finn la miró, irónico. Se le había soltado la coleta y los rizos estaban por todas partes, como siempre. Su único traje de chaqueta era de un gris aburridísimo y la camisa blanca estaba arrugada. Era difícil creer que aquel traje salía del mismo armario donde estaba el vestido rojo que se había puesto para la cena.

—No te va bien ese aspecto... tan serio.

«A algunos no hay forma de agradarles», pensó Kate, resignada.

Y como Finn no la entendía, decidió volver a portarse como antes, especialmente después de una charla muy interesante con Phoebe. Kate le contó, porque no se lo había contado antes, que Finn era su jefe y descubrió que él se lo había contado a Gib al día siguiente.

—¿Dijo algo de mí? —le preguntó a su amiga.

—Creo que se quedó muy sorprendido por tu vestido. No creo que lleves esos escotes a la oficina, ¿no?

–Claro que no. ¿Qué esperaba, que fuese a cenar con un traje de chaqueta?

Qué hombre. Siempre se estaba quejando de algo.

–Le dijo a Gib que yo no era su tipo –le contó a Bella aquella tarde–. Así que no pienso seguir siendo amable con él. Además, no agradece mis esfuerzos.

No pensaba ser amable, pero estaba decidida a demostrarle que Alison no era la única que podía ser profesional. Cada mañana, intentaba estar en su escritorio antes de que él llegase a la oficina. Eso significaba levantarse al amanecer, por supuesto, pero valía la pena sólo para ver su cara de desconcierto.

Llevaba una semana siendo puntual cuando, una mañana, salió del metro subiéndose el cuello del abrigo. Había empezado a llover y se detuvo un momento para abrir el paraguas. Normalmente no se habría molestado, pero la lluvia descontrolaba su pelo aún más de lo normal y estaba decidida a no parecer una leona.

Entonces miró su reloj. Tenía tiempo de comprar un café antes de ir a la oficina. El de la máquina era vomitivo.

Aceptando con una sonrisa el «bella, bella», del camarero italiano, Kate tomó el recipiente de plástico y se dio la vuelta.

Abrir el paraguas con una sola mano no era tarea fácil, pero después de algunos intentos lo consiguió. Hacía mucho viento y tuvo que sujetarlo frente a su cara, pero sólo había una manzana hasta la oficina y tenía la pretensión de llegar seca.

Sin embargo, al dar el primer paso, oyó un gemido, resbaló y cayó de trasero sobre un montón de bolsas de basura.

—¿Se ha hecho daño? —le preguntó una voz masculina.

—No, no, estoy bien. Gracias.

El buen samaritano desapareció y Kate se levantó, furiosa. Se le había caído el café en la falda, tenía las manos sucias, se le habían roto las medias y el paraguas y el pelo... en fin, aquel día podía olvidarse del aspecto profesional.

Cuando miró alrededor vio que las bolsas de basura estaban rotas y, en medio de cáscaras de naranja y mondas de patata, había un perrillo de ojazos enormes.

—Pobrecillo, ¿te he pisado? —murmuró, alargando la mano para acariciarlo. El pobre estaba temblando y no llevaba collar—. Pero si eres un cachorro...

En realidad, no era el perro más bonito del mundo. Un observador desapasionado incluso habría dicho que era una cosa de pelo marrón con las patas muy cortas, pero Kate sólo se fijó en que se le notaban las costillas.

—No pasa nada, cariño. Te vienes conmigo —murmuró. No podía dejarlo allí. Lo mataría un coche o se moriría de hambre.

Había un mercado cerca de la salida del metro y, con el paraguas roto en una mano y el perro en la otra, Kate entró a comprar pan, leche y un periódico... en caso de accidentes. Más tarde se preocuparía del collar. Por allí no había tiendas de animales. Para entonces, estaba tan mojada y tan sucia como el perro y eran las nueve y media.

Y ella quería llegar temprano...

En fin, no lo pudo evitar. Sin hacer caso a la expresión horrorizada de la recepcionista, Kate subió al ascensor con su preciosa carga en los brazos. Sentía los latidos del corazón del perrillo y el suyo propio se aceleró al pensar en su encuentro con Finn, pero le daba igual.

Kate abrió la puerta del despacho, respiró profundamente antes de entrar... y se quedó muerta al ver a alguien delante de su ordenador. Por un segundo pensó que la habían reemplazado, pero enseguida se dio cuenta de que a esa persona le faltaban unos cuantos años de colegio antes de entrar en el mercado laboral.

La niña dejó de teclear y se quedó mirándola con expresión seria. Llevaba gafas y tenía un aspecto reservado... y un aire de seguridad aterrador en una niña tan pequeña.

—¿Quién eres?

—Yo soy Kate. ¿Y tú?

Aunque sabía quién era. Habría reconocido la expresión estirada de Finn en cualquier parte.

—Soy Alex. Mi papá está enfadado contigo.

—Ya me lo imaginaba —suspiró Kate, dejando al perrillo en el suelo.

—Ha dicho una palabrota.

—¿Dónde está?

—Ha ido a buscar alguien que me cuide y alguien que haga tu trabajo hasta que tú te dignes a aparecer. ¿Qué significa «dignes»?

—Tu padre ha debido de pensar que llegaba tarde a propósito —suspiró Kate, quitándose el abrigo.

Debería ir a buscar a Finn y explicarle lo que había pasado, pero el perrito estaba temblando y era más importante ocuparse de él.

—¿Por qué estás tan sucia? —preguntó la niña.

—Me caí encima de un montón de bolsas de basura.

—Qué asco —Alex hizo una mueca—. Hueles un poco mal.

Kate se olió la blusa y descubrió el irrepetible aroma de *Eau de basure*.

Genial. Lo que le faltaba.

—¿El perro es tuyo?

—Ahora sí.

—¿Cómo se llama?

—No lo sé. ¿Qué nombre crees que debería ponerle? —preguntó Kate, esperando un Toby o algo parecido.

—¿Es chico o chica?

Buena pregunta. Kate miró donde tenía que mirar.

—Chico.

Alex parecía fascinada por el perro, aunque no se acercaba mucho.

—¿Qué tal Derek?

—¿Derek?

—¿No te parece un nombre bonito?

—Es un nombre precioso... Derek, me gusta. ¡Derek! —exclamó Kate, chascando los dedos.

El animalillo se sentó torpemente y Alex sonrió por primera vez. La sonrisa transformaba sus serios rasgos por completo y Kate se preguntó si ejercería el mismo efecto en su padre. No lo sabía porque jamás lo había visto sonreír.

Aunque estaba segura de que aquél no iba ser buen día para sonrisas.

—Hola, Derek —sonrió Alex.

—Deja que te huela antes de acariciarlo.

—Es muy mono.

—No sé si tu padre pensará lo mismo.

Acababa de decir esa frase cuando Finn entró en el despacho con expresión feroz.

—¡Ah, aquí estás! Cuánto me alegro de que hayas venido.

—Siento haber llegado tarde...

—Pero bueno... ¿te has visto? ¿Qué demonios has hecho?

—¡Por favor, no grites!

La advertencia no llegó a tiempo. Asustado por el vozarrón de Finn, el perrillo se había orinado en la alfombra.

—¡Mira lo que has hecho! —lo acusó Kate, sacando el periódico para secar la mancha—. No pasa nada, cariño —murmuró, acariciando al asustado animal—. No voy a dejar que este señor tan malo vuelva a gritarte.

—¿Qué es eso? —exclamó Finn.

—Eso se llama Derek —contestó ella.

—Pero bueno...

—Se llama así, papá —dijo Alex.

—¿Derek?

—Se lo puso Alex —murmuró Kate—. Le pega, ¿verdad?

Finn no le hizo ni caso. De hecho, parecía estar contando hasta diez.

–Kate –dijo por fin–, ¿qué está haciendo ese perro aquí?

–Lo encontré cuando venía a trabajar.

–Pues ya puedes librarte de él. Éste no es sitio para un perro.

–Tampoco es sitio para una niña.

Finn apretó los labios.

–Mi ama de llaves está cuidando de su madre y hoy no hay colegio. No podía dejarla sola en casa.

–Y yo no podía dejar a Derek en la calle –replicó Kate–. Podría haberlo atropellado un coche.

–Kate, esto es una oficina, no un albergue para animales abandonados. ¡Pensé que estabas intentando ser más profesional!

–Hay cosas más importantes que ser profesional –dijo ella, tomando al perro en brazos.

–¿Adónde vas? ¡Aún no he terminado!

–Voy a secarlo y a darle un poco de leche. Cuando vuelva, podrás seguir regañándome todo lo que quieras..

–¿Puedo ayudarte? –preguntó Alex.

–Claro. Tú puedes sujetar a Derek mientras yo lo seco.

–Un momento... –empezó a decir Finn, incapaz de creer que había perdido el control de la situación.

Alex levantó los ojos al cielo, como una adolescente irritada.

–Papá, no pasa nada.

Después de eso fueron al cuarto de baño, dejando a Finn McBride perplejo.

—No creo que hoy vaya a ganar el premio a la secretaria mejor vestida –suspiró Kate.

—No te pareces a Alison –comentó Alex.

—Eso me dice tu padre casi todos los días.

—A mí no me gusta Alison –dijo Alex entonces–. Me habla como a una niña pequeña. Y es muy cursi con mi padre.

—¿En serio?

—Sí, le habla así con una voz...

—¿Y tu padre también se pone cursi con ella? –preguntó Kate sin poder evitarlo.

La niña se encogió de hombros.

—No lo sé. Espero que no. Yo no quiero una madrastra. Rosa es un poco rollo, pero la prefiero a ella antes que a Alison.

—¿Quién es Rosa?

—El ama de llaves.

Pobre Alison, pensó Kate. No le gustaría estar en su pellejo.

Diez minutos después, Derek estaba debajo de su escritorio, tumbado sobre el periódico.

—Es más rico... –murmuró Alex–. Ojalá pudiera quedármelo. ¿Tú crees que mi padre me dejará?

Kate pensó que la respuesta era «no», pero mejor que se lo dijera Finn personalmente.

—Tendrás que preguntárselo a él. Y yo que tú esperaría a que estuviese de mejor humor.

Finn apareció entonces con la misma expresión sombría de antes.

—Alex, puedes ir a sentarte en recepción si quieres. Sé que te gusta hablar con la recepcionista.

—Sólo cuando Alison está aquí –contestó la niña–.

Además, Kate me ha dicho que puedo cuidar de Derek.

–Sí, bueno... yo tengo que hablar con Kate un momento.

–No la molestaré –insistió Alex–. Yo cuidaré de Derek y así ella podrá trabajar. No te importa, ¿verdad, Kate?

–Claro que no.

–No es a Kate a quien debe importarle –intervino Finn, impaciente–. Ven a mi despacho... si has terminado de convertir mi oficina en un albergue para perros abandonados, claro.

–Voy, voy –murmuró ella, sabiendo lo que la esperaba.

–¿Te importaría explicarme qué demonios está pasando aquí? –le espetó Finn en cuanto cerró la puerta.

Kate se preguntó si debía quedarse de pie con las manos a la espalda, como si estuviera hablando con el director del instituto. Pero decidió sentarse.

–No pasa nada. No quería llegar tarde, pero ya has visto a ese pobre perrito... alguien debió de aburrirse de él y lo abandonó. Es que no entiendo cómo la gente puede ser tan cruel...

–Kate, no me interesa –la interrumpió Finn–. Tengo una empresa que dirigir, por si no te has dado cuenta. Hemos perdido media mañana con ese perro...

–Alex está muy contenta cuidando de Derek, así que yo creo que ha sido providencial –lo interrumpió ella, tomando el cuaderno–. Bueno, podemos empezar cuando quieras.

CAPÍTULO 4

PAPÁ? –Alex esperó hasta que Finn le dio una larga lista de órdenes a Kate. Estaba sentada en el suelo, con la cabeza del perrito en su regazo.

–¿Estás bien ahí?

La niña asintió vigorosamente.

–Me dijiste que si era buena podíamos ir a comer donde yo eligiera.

–Sí –asintió Finn, suspicaz.

–Pues no quiero ir a comer a ningún sitio. Quiero que me lleves a una tienda para comprarle una correa a Derek.

–Alex, no quiero que te encariñes con ese perro.

–Por favor, papá. Me lo prometiste.

–Yo estaba pensando en llevarte a una pizzería –suspiró Finn, mirando a Kate como si todo fuera culpa suya–. Yo creo que debe ser Kate quien se encargue del perro, hija. Después de todo, fue ella quien lo rescató.

–Kate no tiene tiempo de ir a comer –dijo Alex.

Era cierto. Finn le había encargado tanto trabajo que no tenía tiempo para comer y menos para ir a una tienda de animales.

–No importa. Buscaré una cuerda o algo –suspiró

Kate, con cara de mártir–. Salid a comer y no os preocupéis por mí.

Finn levantó una ceja.

–Sí, claro, eso dará una imagen estupenda de la empresa. Mi secretaria saliendo del despacho con un perro sujeto de una cuerda.

–Me marcharé cuando se haya ido todo el mundo.

–Papá, por favor, llévame a una tienda de animales –insistió Alex–. He sido buena, ¿verdad, Kate? Y el otro día dijiste que todo el mundo debería cumplir sus promesas.

Kate disimuló una sonrisa. Evidentemente, Alex no necesitaba consejos para manejar a su padre.

–No sé dónde vamos a encontrar una tienda de animales en el centro de Londres –suspiró Finn.

–En todos los grandes almacenes hay tiendas de animales –dijo Kate.

Su jefe, por supuesto, la fulminó con la mirada.

Cuando él y su hija salieron a comer, el perrillo se acercó a Kate. No era muy guapo, pero sus confiados ojos castaños le romperían el corazón a cualquiera.

No debería encariñarse demasiado con él porque entonces tendría que quedárselo hasta que encontrase un dueño, pero lo tomó en brazos, incapaz de resistirse.

A la porra la profesionalidad, pensó. Podía seguir escribiendo en el ordenador y acariciando a Derek al mismo tiempo.

Finn y Alex volvieron a las tres y media, cargados de comida para perros, juguetes, un collar, una correa...

–Éste es el collar –dijo la niña, orgullosa.

Kate soltó una carcajada. Era de terciopelo rojo, con brillantitos, la clase de capricho que cuesta un dineral.

–Lo eligió tu padre, seguro.

Entonces, por el rabillo del ojo, vio que Finn casi sonreía. Casi.

–Lo he pagado con mi propio dinero –estaba diciendo la niña.

–Ejem...

–Bueno, yo pagué el collar, pero mi padre ha pagado el resto –admitió Alex entonces.

–No te preocupes, Finn. Te devolveré el dinero –dijo Kate, sintiéndose culpable.

–No hace falta. Prefiero olvidarme del asunto lo antes posible. A la hora de comer me gusta comer, no pasarme dos horas en una tienda de animales, chantajeado por una niña de nueve años.

–Gracias de todas formas –insistió ella, poniéndole el collar–. Mira qué guapo estás, Derek.

–También hemos comido pizza –dijo Alex.

–Ah, qué suerte. Ya me imaginaba yo que tu padre no te dejaría con el estómago vacío.

–Te hemos traído un bocadillo. Mi papá dijo que tenías que comer algo.

Un bocadillo de queso, beicon y aguacate. Su favorito. ¿Cómo lo había sabido?

Kate lo miró y notó... algo, como si... en fin, no podría definirlo. Algo raro. Como si fuera humano.

–Gracias –murmuró, con voz entrecortada.

–No quiero que te desmayes de hambre. Aún tenemos mucho que hacer esta tarde –dijo él, apartando la mirada.

Kate casi se emocionó. Pero no debía hacerlo. «No lo hagas, Kate», le había dicho Bella.

—El informe está casi listo.

—¿Y las cartas?

—Terminadas y enviadas.

—Veo que has estado trabajando —murmuró Finn, sin mirarla.

Vaya, por fin se daba cuenta.

Alex se pasó la tarde jugando con Derek y, a las cinco, niña y perro estaban agotados.

—Yo creo que deberías llevarla a casa —le dijo a su jefe, esperando que le soltase un «no es asunto tuyo» o algo parecido.

—Ah, es verdad. No me había dado cuenta de que era tan tarde. Sí, será mejor que la lleve a casa.

—Yo me quedaré un rato para terminar unas cuantas cosas. Como he llegado tarde...

—Gracias —murmuró Finn, poniéndose la chaqueta.

—De nada. Y perdona por lo del perro.

—¿Qué vas a hacer con él?

—He pensado llevarlo a casa de mis padres, pero están de vacaciones, así que me lo quedaré hasta que vuelvan —contestó Kate, pensativa—. Pero claro, tendré que dejarlo solo todo el día... a menos que pueda traerlo a la oficina. No dará ningún problema. Ya has visto qué tranquilo es.

En ese momento Derek se puso a ladrar como un locuelo.

—Normalmente.

Finn dejó escapar un suspiro.

—Me parece que el problema va a ser Alex. No quiere separarse de él.

Así fue. Cuando le dijo que Kate iba a llevárselo, la niña hizo un mohín.

—Pero ya se ha acostumbrado a mí...

—Tú sabes que yo lo cuidaré bien, ¿no? —sonrió Kate.

—Pero si no me lo llevo a casa no volveré a verlo, y quiero quedármelo. Por favor, papá. Tú sabes que siempre he querido tener un perro.

Finn se pasó una mano por el pelo.

—Alex, tú sabes que no puedes cuidar de un perro. Estás en el colegio casi todo el día...

—A Rosa no le importará cuidar de él hasta que yo vuelva.

—Rosa no está aquí, así que no podemos preguntárselo.

El mohín de Alex empezaba a ser preocupante.

—Pero, ¿qué va a ser de él?

Con paciencia, Finn le explicó que Kate cuidaría de Derek hasta que volvieran sus padres.

—¿Y no podría quedármelo yo hasta entonces? —insistió la niña.

—Pero hay que sacarlo a pasear...

—¿Y cómo va a sacarlo Kate a pasear? Ella tiene que estar en la oficina.

Finn apretó los dientes. No sabía qué hacer.

—Kate lo traerá con ella a la oficina —dijo por fin, sucumbiendo a lo inevitable.

—¿Por qué no lo traes tú, papá? Tienes coche. Yo lo sacaré por la mañana y luego tú te lo traes y jugamos con él por la noche.

Finn miró a Kate, desesperado. Estaba claro que,

en su opinión, el perro era suyo, de modo que debía echarle una mano.

Y Kate estaba dispuesta a echársela.

—Alex ha tenido una idea estupenda. Puede quedarse con vosotros, tú lo traes a la oficina, yo lo saco por la tarde y así nos repartimos el trabajo.

—¡Sí, por favor!

—¿Y qué pasará cuando vuelva Alison? —preguntó Finn, intentando disimular sus deseos de estrangularla—. A lo mejor no le apetece sacar a un perro a pasear.

—Para entonces Rosa ya habrá vuelto a casa —dijo Alex.

Kate tuvo que disimular una risita. Finn McBride estaba arrinconado.

—La has educado de maravilla. No creo que haya muchas niñas de nueve años que sepan discutir tan bien. Deberías estar orgulloso.

—En este preciso momento yo no diría eso —suspiró Finn—. Bueno, de acuerdo. Pero...

Alex se echó en sus brazos con un grito de alegría.

—Gracias, papá, gracias, gracias.

Contagiado por la emoción, Derek se puso a ladrar y Kate soltó una carcajada.

Le gustaba ver a Finn abrazando a su hija. Incluso se sintió un poquito excluida, lo cual era ridículo. Ella no quería que Finn McBride la abrazase de esa forma, ni que la incluyese en la unidad familiar. Ella era una chica de ciudad que no buscaba marido.

—Pero con una condición —dijo Finn entonces—.

No puedes encariñarte con él, Alex. Tú tienes colegio, yo tengo trabajo y no es parte de las obligaciones de Rosa cuidar de un perro. Puedes llevártelo a casa hasta que vuelvan los padres de Kate. Ése es el trato, ¿de acuerdo?

Kate prácticamente podía ver el cerebro de la niña estrujándose para ver si podía sacarle a su padre un trato más beneficioso.

—De acuerdo —dijo por fin, con la barbilla levantada.

Y Kate sospechó que la familia McBride acabaría teniendo un perro llamado Derek le gustase a Finn o no.

En realidad, todo había salido bien. Sus padres habrían aceptado a Derek, pero no quería imponerles más obligaciones y ella no podía quedárselo. Además, estaba segura de que sería más feliz con Alex.

—Espero que Alison no vuelva nunca —dijo la niña en voz baja.

Y Kate se quedó desconcertada al darse cuenta de que tampoco ella quería que volviese.

A la mañana siguiente fue Finn quien llegó tarde a la oficina... con Derek saltando y mordiendo la correa. Kate miró inocentemente su reloj.

—¡No digas una palabra!

—No iba a decir nada.

—Tú y tu perro me estáis arruinando la vida —dijo Finn soltando al animal, que se lanzó sobre su salvadora de inmediato.

Como había tenido que mandar el traje a la tintorería después de su encuentro con la basura, Kate llevaba una falda larga de estampado étnico y un jersey de cuello alto ajustado que, por alguna razón, era más turbador que el vestido que llevó a la cena. O eso le pareció a Finn.

Aquel día no se había hecho una coleta y el pelo rizado caía sobre sus hombros en cascada. Era un poco hippy, pero muy cálida, sobre todo con el perrillo en brazos.

—Ese perro es un monstruo.

—¿Un monstruo? Pero si es un cielo –protestó Kate.

—¿Lo has sacado a pasear alguna vez? No tiene ni idea de lo que es una correa. Y si lo sueltas sale pitando y no vuelve cuando lo llamas.

—Es que el pobre...

—El pobre ha hecho que llegásemos tarde al colegio. Y encima se ha comido mis mejores zapatos –la interrumpió Finn.

—Es un cachorro –lo defendió Kate–. Debes tener cuidado y no dejar las cosas fuera del armario.

—No es un cachorro, es un perro adulto e incontrolable.

—Tonterías –dijo ella, besando la cabecita del animal–. Sólo necesita un poco de entrenamiento, ¿verdad que sí, precioso? En unos días sabrá sentarse y volver cuando le llaman.

Finn suspiró, irritado.

—Pues quédatelo tú si tanto te gusta. Y entrénalo para que aprenda a hacer el desayuno. ¡Qué mañanita! Rosa no está y mi casa es un desastre.

—¿Cuándo vuelve? –preguntó Kate.

—Espero que lo antes posible. Ya estoy harto de comer platos congelados.

–¿No podrías contratar a alguien hasta que vuelva?

–Alex odia los cambios. Ni siquiera le gusta que tengamos ama de llaves. Tolera a Rosa, pero nada más.

–Ya me imagino que educar solo a Alex no te resultará fácil.

Finn carraspeó, como si acabara de notar que estaba contando cosas demasiado personales.

–Sí, bueno, será mejor que empecemos a trabajar. ¿Algún mensaje?

–El señor Osborne. ¿Quieres que lo llame?

–¿Qué quería?

Kate consultó su cuaderno.

–Que vayas a verlo esta tarde para clarificar algo antes de tomar una decisión.

Finn soltó una palabrota en voz baja.

–¿Qué ocurre?

–No puedo perder ese contrato, pero le prometí a Alex que iría a buscarla al colegio... con Derek. Como es viernes, quiere enseñarle el perro a sus compañeros –suspiró él, metiéndose las manos en los bolsillos del pantalón.

–Yo haría lo mismo –sonrió Kate.

–Siempre ha sido una niña solitaria, pero... esta mañana, por primera vez, ha mostrado interés en los otros niños. Me temo que le ha contado a todo el mundo lo del perro y si no aparezco...

–¿Por qué no voy yo? –lo interrumpió Kate.

–¿Lo harías? –preguntó Finn, sorprendido.

Kate no sabía de dónde había salido aquella impulsiva oferta. No podía estar preocupada por él... ¿no?

—No me importaría. Además, en parte es culpa mía. Si no hubiera traído el perro a la oficina, no estarías metido en este lío.

—Puede que no vuelva de la reunión hasta las siete.

—No importa. Me quedaré con Alex hasta que vuelvas a casa.

—¿Estás segura? Es viernes, Kate. ¿No tienes ningún plan?

—Nada especial. Además, puedo salir más tarde —contestó ella, mirando unos papeles.

—¿No tienes una cita con tu analista financiero?

—¿Qué? Ah —Kate se puso como un tomate—. No, ésa es la ventaja de tener un novio de mentira —dijo entonces, levantando la barbilla—. Nunca te da problemas. En realidad, es perfecto.

—Ya veo —murmuró Finn, desconcertado—. Bueno, si de verdad no te importa ir a buscar a Alex, te lo agradecería muchísimo. Llamaré por teléfono al colegio y pediré un taxi para que te sea más cómodo.

¿Por qué se había ofrecido?, se preguntó Kate. Bella diría que se estaba involucrando en la vida de su jefe, pero no era así. Sólo estaba ayudándolo en un momento de crisis. Haría lo mismo por cualquiera.

No tenía nada que ver con el calorcito que sentía por dentro al recordar su expresión agradecida.

Porque eso no sería profesional, ¿no?

Esperar en las puertas del colegio con otras madres y niñeras fue una experiencia muy rara. La miraban de reojo, como si fuese una impostora, y parecían preguntarse qué estaba haciendo allí. ¿Cómo sería ser una madre de verdad y no una figurante? ¿Cómo sería estar esperando a una hija para llevarla a casa?

Kate nunca había pensado en tener niños. Incluso cuando se creía enamorada de Seb no pensó en el asunto porque sabía que él no querría saber nada. Seb era un frívolo. Necesitaba demasiada atención y en su vida no había sitio para un niño. Él no podría ser un padre responsable como Finn.

Por ejemplo.

Cuando los niños empezaron a salir en tromba al patio, Kate vio a Alex mirando por todas partes. Y también observó que, al no ver a su padre, casi se ponía a llorar.

—¡Alex! —gritó, abriéndose paso.

Al verla, el rostro de la niña se iluminó.

—Hola, Kate.

—Tu padre siente mucho no haber podido venir, pero me ha enviado a mí... con Derek. No te importa, ¿verdad?

—¡Derek está aquí! —gritó Alex, poniéndose en cuclillas para acariciar al perro.

A su alrededor se formó un círculo de caritas curiosas.

—Es mi perro —explicó, orgullosa.

Derek hizo su papel a la perfección, saludando a cada niño con entusiasmo y, en general, portándose de una forma tan encantadora que era imposible no quererlo. Evidentemente, Alex McBride estaba ganando muchos puntos en aquel patio y se marchó, feliz, sujetando la correa de Derek y despidiéndose como si fuera la reina de Inglaterra.

La oficina de Finn McBride era un sitio moderno y funcional, pero vivía en una casa victoriana cerca de Wimbledon, con un enorme jardín. Ideal para un perro, de hecho.

El interior había sido decorado por un profesional, pero daba una sensación fría. Era una casa, no un hogar, y Kate se preguntó si sería así desde la muerte de Isabel.

—Yo quería que Derek durmiese en mi habitación, pero mi padre ha dicho que tiene que dormir en la cocina –dijo Alex, señalando una cestita de mimbre.

—Seguramente es mejor que duerma aquí –sonrió Kate.

Y seguramente aquello le había costado otra pelea, pensó.

—Sí, bueno...

—Podríamos ir a dar un paseo. Y luego a comprar algo para la cena.

—¿Sabes cocinar? –preguntó la niña, extrañada.

—No mucho, lo normal. ¿Qué te gusta comer?

Alex se quedó fascinada cuando descubrió que Kate sabía hacer su plato favorito: macarrones con queso.

—¿Sabes hacer tartas?

—Creo que sí. Pero sólo si son fáciles.

—Rosa no sabe hacerlas, pero a mi padre le gustan las de chocolate.

Chocolate, ¿eh? De modo que tenía una debilidad... era goloso. Aunque no le pegaba nada.

—Bueno, ya veremos qué puedo hacer.

Cuando Finn volvió a casa encontró a su hija, a su secretaria temporal y al perro en la cocina. Estaban tan ocupadas que no lo oyeron llegar y se quedó en el quicio de la puerta, observando. Normalmente Alex se iba a su habitación para hacer los deberes, pero aquel día estaba ayudando a Kate a hacer la cena. Y las dos tenían la cara llena de harina.

En realidad, su casa nunca le había parecido más agradable, más hogareña.

Kate llevaba puesto el mandil de Rosa y, al retirarse un rizo de la frente, se manchó de chocolate.

—Menudo perro guardián —dijo entonces, el sarcasmo disimulando una alegría muy particular.

Al oír su voz, Kate y Alex se volvieron. Derek empezó a ladrar y a mover la cola para darle la bienvenida.

—Está contento de verte, papá —rió Alex.

Kate siguió batiendo unos huevos. No tenía por qué ponerse nerviosa. Sólo era Finn. Finn con sus ojos fríos y su austera presencia. No había razón para que su corazón se acelerase.

—Hola.

Por el rabillo del ojo vio que se quitaba la chaqueta y se aflojaba la corbata.

—Qué bien huele.

—Kate está haciendo macarrones con queso. Y tengo que tomar una ensalada, pero luego hay tarta de chocolate. La hemos hecho para ti.

—¿Ah, sí?

Kate se puso como un tomate y siguió batiendo los huevos como si le fuera la vida en ello.

—Alex me dijo que te gustaba el chocolate.

—Y me gusta.

—Espero que no te importe que haga la cena. Ya que estaba aquí...

—¿Importarme? Te lo agradezco muchísimo.

Parecía menos serio y formidable que nunca, como si la rigidez hubiera desaparecido. Era lógico; al fin y al cabo estaba en su casa.

Pero ese nuevo Finn la ponía muy nerviosa.

—La cena estará lista enseguida —murmuró—. Y limpiaré la cocina antes de marcharme.

—Pero te quedarás a cenar con nosotros, ¿verdad?

—¡Tienes que quedarte! —exclamó Alex.

Kate se lo pensó. En parte quería quedarse, pero...

«No lo hagas», le había dicho Bella.

—Es que...

—Dijiste que no tenías planes esta noche —le recordó Finn.

—No, pero...

—Pediré un taxi para que te lleve a casa después de cenar —insistió él—. Por favor, quédate.

¿Qué podía decir?

—De acuerdo —suspiró Kate, encantada a su pesar—. Gracias.

Y entonces Finn sonrió. Una sonrisa de verdad. Dirigida a ella.

—Soy yo quien debería darte las gracias.

Le temblaban las manos mientras se quitaba el mandil. Nunca lo había visto sonreír de verdad. Y la sonrisa iluminaba sus ojos, suavizando el gesto adusto. Además, cuando sonreía le salían unas arruguitas... pero eso no justificaba que le temblasen las rodillas.

Kate tuvo que enfrentarse con la verdad. Estaba haciendo justo lo que Bella le había pedido que no hiciese. Finn McBride le daba pena desde que descubrió su triste historia y estaba empezando a sentirse atraída por él.

Lo cual era absurdo. Estaba harta de enamorarse de hombres inalcanzables y Finn era el más inalcanzable de todos. No sólo era un hombre viudo que había estado muy enamorado de su esposa, sino que además era su jefe. Sentirse atraída por él cuando tenía que verlo todos los días era un error gravísimo.

Alison volvería a trabajar en poco tiempo y entonces, ¿qué sería de ella? Debería salir por ahí para conocer a alguien, no estar en una cocina con el mandil puesto, histérica porque Finn le había sonreído.

Lo había ayudado aquel día, pero no pensaba involucrarse más. Cenaría con ellos, pensó, y después se marcharía y ni siquiera volvería a pensar en Finn McBride.

CAPÍTULO 5

CUANDO Alex se fue a la cama, Finn sugirió que tomasen un café en el salón.

—Es una habitación muy agradable –murmuró Kate.

Antes de inclinarse para encender la chimenea, Finn cerró las cortinas y encendido una lamparita.

Todo demasiado hogareño, pensó ella.

La luz de la lámpara y las llamas de la chimenea daban un ambiente íntimo a la habitación... y Kate estaba cada vez más nerviosa. Sólo tenía a Derek como carabina y, a pesar de sus esfuerzos por mantener viva la conversación, la tensión era evidente.

Era culpa de Finn, decidió. Aquella noche parecía diferente. Era la primera vez que lo veía sin traje de chaqueta. Se había cambiado antes de cenar y, con un pantalón de sport y una camisa de cuadros, parecía más joven, menos serio. Y Kate no podía dejar de mirarlo de reojo.

Después de encender el fuego, Finn se sentó en el sofá y miró alrededor como si viera la habitación por primera vez.

—No la usamos a menudo. Es demasiado grande. Normalmente, voy a mi estudio después de cenar.

—Supongo que a veces te sientes solo.

Pero enseguida se arrepintió. ¿Por qué había dicho eso?

—Ya estoy acostumbrado.

Kate carraspeó.

—¿La echas mucho de menos?

—¿A Isabel? —Finn se quedó mirando las llamas de la chimenea—. Al principio fue terrible, pero ahora... a veces creo que he aceptado su muerte y otras la echo tanto de menos que me duele el alma. Y en cuanto a Alex... me da rabia que no haya podido crecer con su madre.

—Lo siento —murmuró ella, sin saber qué decir.

—¿Sabes lo que pasó?

—Sí, me lo contaron en la oficina.

Finn asintió con la cabeza, pensativo.

—Estuvo en coma durante una semana. Yo no podía hacer nada, sólo estar a su lado, darle la mano y decirle cuánto la quería. Según los médicos, no podía oírme.

—A lo mejor podía sentir tu mano —aventuró Kate, para consolarlo.

—Eso es lo que me decía a mí mismo. Le prometí que cuidaría de Alex, pero empiezo a preguntarme si puedo cumplir esa promesa. Es muy duro criar solo a una niña... Alex a veces se pone difícil y es entonces cuando echo de menos a Isabel. Ella era tan tranquila, tan pausada... siempre sabía qué tenía que hacer.

—Pero Alex parece una niña feliz.

—Gracias a ti.

—¿A mí?

—Nunca la había visto tan contenta y es por culpa

de ese perro —sonrió Finn acariciando al animal, que estaba tumbado a sus pies—. Mi hija no hace amigos con facilidad. Es una niña muy reservada. Y muy posesiva conmigo.

—Supongo que es normal.

—Seguramente —suspiró él—. No le gusta que tengamos ama de llaves. Le gustaría que viviéramos los dos solos. La verdad, incluso he pensado vender la empresa y quedarme en casa, pero ¿qué sería de mis empleados? Algunos llevan más de diez años trabajando para mí... ¿y qué haría yo? Alex está muchas horas en el colegio y, además, no puedo estar sin hacer nada.

—Claro, entiendo —murmuró Kate.

—La otra opción es casarme, claro. Alex se está haciendo mayor y... pero no me parece justo casarme sólo para que sea más fácil educar a mi hija.

Parecía tan cansado que Kate tuvo que controlar el impulso de abrazarlo.

Ésa no era la mejor forma de no involucrarse.

—¿Por eso fuiste a cenar a casa de Phoebe y Gib? ¿Estabas buscando una posible madrastra para Alex?

—En parte —admitió Finn—. Tengo que conocer gente y pensé que si conocía a alguien interesante las cosas cambiarían, pero...

—Era yo —sonrió Kate.

—Sí, eras tú.

Se quedaron en silencio durante unos segundos que a Kate le parecieron una eternidad. Era un silencio cargado de implicaciones. Que ella no era la clase de madrastra que estaba buscando para su hija, que no era lo que esperaba...

–¿Qué estabas haciendo tú allí? –preguntó Finn.

–Phoebe es una de mis mejores amigas.

–¿Sabías que yo estaría en esa cena?

–No, sabía que habían invitado a un amigo para presentármelo. Pero no sabía que eras tú.

–No lo entiendo –dijo él entonces.

–¿Qué no entiendes?

–Eres una chica muy guapa. Eres inteligente, divertida... cuando quieres, y evidentemente tienes muchos amigos. ¿Por qué una chica como tú necesita citas a ciegas?

Kate se encogió de hombros.

–No es tan fácil como crees, especialmente cuando has pasado de los treinta. A esa edad todos los hombres interesantes están ya comprometidos y una acaba haciendo el ridículo con los que están disponibles.

–¿Y qué pasa con Will, el analista financiero?

–Que es el novio de Bella, no el mío. Lo dije para impresionarte. Aunque no ha funcionado, evidentemente.

–No sé... me convenciste durante unas horas –dijo Finn–. Si no era Will, ¿quién era?

–Se llamaba Seb –suspiró Kate, apoyando la cabeza en el respaldo del sofá–. Yo estaba loca por él. Era un ejecutivo en la empresa en la que yo trabajaba. Era guapísimo y tenía una reputación terrible... pero, por supuesto, ése era parte de su atractivo. Cuando se fijó en mí, no me lo podía creer.

–¿Y qué pasó?

–A Bella y a Phoebe nunca les gustó, pero a mí me encantaba. Tenía un carisma, un atractivo difícil de explicar... Pensé que lo único que necesitaba era el amor de una mujer y que yo sería capaz de cambiarlo, pero me equivoqué –Kate sonrió con cierta amargura–. Hice el idiota.

–Todos cometemos errores –murmuró Finn.

–La mayoría de la gente aprende de esos errores, pero yo no. Teníamos lo que en las revistas llaman «una relación destructiva». Esperaba durante horas al lado del teléfono, me obsesioné por completo... y Seb lo sabía. Sólo aparecía cuando le daba la gana y yo estaba tan contenta de verlo que no me atrevía a echarle en cara... en fin, que se aprovechó de mí. Me pedía dinero, que le hiciera la colada...

–¿En serio?

–Sí, le hacía la colada, cocinaba para sus amigos... Ahora me acuerdo y me pongo mala, pero entonces me parecía la única forma de estar con él.

Debía de parecerle absolutamente patética. Finn seguramente despreciaría un comportamiento tan humillante, pero era difícil saber lo que estaba pensando.

–¿Y cómo conseguiste cortar con él?

–Una tarde fui a su despacho y lo encontré gritándole a una de las señoras de la limpieza. Fue horrible... era un auténtico monstruo y la pobre mujer estaba asustadísima. Intenté hacerlo entrar en razón, pero entonces me empezó a gritar a mí y acabé diciéndole que iba a denunciarlo por maltratar al personal.

–¿Y qué pasó?

–Me dijo que no me molestase. Que iba a hablar con los jefes para decir que yo lo había molestado.

Me dijo: «¿A quién piensas que van a creer, a una secretaria temporal o a un ejecutivo?». Y eso es exactamente lo que hizo. Y me despidieron.

—¿No pudiste hacer nada? —preguntó Finn.

—El problema es que todo el mundo sabía que yo estaba loca por él y le resultó fácil hacerles creer que yo prácticamente lo estaba acosando —suspiró Kate.

—Qué horror.

—De todas formas, ya no quería trabajar allí. No quería ni ver a Seb. El problema es que no quisieron darme buenas referencias, así que ahora me resulta difícil encontrar un buen puesto. Por eso tuve que apuntarme a una agencia de trabajo temporal. Y por eso tengo que quedarme contigo hasta que vuelva Alison. Y esperar que tú des buenas referencias mías.

Era cierto. Si Finn no le daba buenas referencias ni siquiera la querrían en la agencia.

—¿Por eso has ido a buscar a Alex al colegio?

—No, qué va. Además, hacer macarrones con queso no es una habilidad profesional muy solicitada. Sólo espero que admires mi puntualidad y mi nueva dedicación al trabajo.

—Ya veo —murmuró él.

—A partir de ahora no pienso mezclar mi vida profesional y mi vida personal. Por eso acepté la cita a ciegas en casa de Phoebe. No estoy buscando una relación seria, sólo alguien para pasarlo bien.

—Pero me conociste a mí —dijo Finn.

Algo en su tono de voz hizo que Kate levantase la cabeza. Él la miraba con su típica expresión indescifrable, pero sus ojos la atraparon. No estaba segura de cuánto tiempo permanecieron así, mirándose en silencio, con el crepitar de la chimenea como única compañía. Fue Finn quien apartó la mirada y Kate tuvo que concentrarse para recordar de qué estaban hablando...

Ah, sí, de que quería pasarlo bien y no estaba en el mercado para buscar marido.

—Sí, bueno, fue una sorpresa... no es muy divertido encontrarte con tu jefe en una cita a ciegas.

—No —murmuró él mirando el fuego—. Supongo que no.

Resultó fácil convencer a Finn de que ella sólo quería pasarlo bien, pero en la práctica...

No tenía problemas para salir de fiesta porque Bella estaba todo el día en la calle, pero ya no era tan divertido como antes.

Kate se desesperaba, preguntándose cómo estarían Finn y Alex. No era asunto suyo, se recordaba a sí misma continuamente, pero no podía dejar de pensar en ellos. Supuestamente, debía de estar pasándolo bien y conociendo a gente interesante. Un viudo y su hija de nueve años no eran parte del plan.

Pero cada vez que estaba en la barra de un bar, escuchando cómo el bobo de turno le hablaba de su coche o su ascenso en el trabajo, recordaba la casa de Wimbledon. Pensaba en Alex y en Derek, pero sobre todo pensaba en Finn. Pensaba en cómo su rostro se iluminaba cuando sonreía, en lo diferente que era con una simple camisa de cuadros... y cada vez que pensaba en él se le encogía el corazón.

En la oficina era todavía peor. Cada vez que entraba en su despacho se ponía de los nervios y cada vez que él se acercaba le temblaban las manos y se le caía el bolígrafo o el café.

Alison volvería en tres semanas y Kate no sabía si estaba deseando marcharse o temía ese momento. A veces intentaba imaginarse a sí misma trabajando para otra persona, en una oficina diferente, pero era incapaz. No tendría que pasear a un perro a la hora de la comida, no vería a Finn McBride...

No vería a Finn.

Desde que cenaron juntos la relación había cambiado. Finn seguía siendo serio, pero más amable y Kate casi deseaba que volviera a ser antipático. Las cosas eran más fáciles entonces.

El viernes estaba tomando una carta al dictado, pero se distrajo mirando sus manos, sus ojos...

—¿Te pasa algo? —preguntó él.

—No, no, estoy bien —murmuró Kate. Horror, ya no podía hablar con él sin ruborizarse como una damisela—. Es que estoy cansada. Anoche me acosté tarde... salí con mi amiga Bella y ya sabes cómo son estas cosas... se te olvida mirar el reloj.

Quería parecer la típica loquilla que bailaba hasta las tantas de la mañana sin preocuparse por nada más. Una chica cuyo objetivo nunca sería un hombre viudo con una hija de nueve años.

—Ya le dije a Alex que tú salías mucho, pero le prometí preguntarte de todas formas.

—¿Preguntarme qué?

–Ella te cree una autoridad en asuntos caninos y quiere que le enseñes a entrenar a Derek. Por lo visto, dijiste que le darías algunos consejos –dijo Finn, como si todo aquello fuera culpa suya.

Le había prometido a Alex ayudarla a entrenar a Derek, era verdad. Pero ése no era el problema. El problema era cuánto deseaba ir a la casa de Wimbledon.

–Le dije que tendrías cosas que hacer –insistió Finn al ver que vacilaba.

–No... puedo ir una tarde, no pasa nada. Podríamos ir a pasear por el parque.

¿Por qué había dicho eso? ¿Por qué?

–Alex estará encantada.

«¿Y tú?», le hubiera gustado preguntar. «¿Tú también estás encantado?».

–¿El domingo te viene bien?

–Estupendamente. Iremos a buscarte a las cuatro. ¿Te parece?

A pesar de que fue regañándose a sí misma hasta que llegó a casa, Kate estaba deseando que llegara el domingo. El sábado por la noche fue a una discoteca con Bella, pero le resultó insoportable y se marchó en cuanto pudo, rezando para que su amiga no notase nada raro.

No tuvo suerte.

–¿Qué te pasa, Kate? –le preguntó el domingo por la mañana.

–Nada –contestó ella.

–Pensé que Toby sería tu tipo. Es muy amigo de Will.

–Sí, era agradable –murmuró Kate, que estaba limpiando la cocina.

–¿Y por qué te ha dado ahora por la limpieza? –preguntó Bella, suspicaz.

–Por nada. Es que esto está hecho un asco.

–Siempre está así y nunca antes te había preocupado. ¿Es que va a venir alguien?

–Finn y su hija vendrán a buscarme a las cuatro –contestó Kate, sin mirarla.

–¿Tu jefe? ¿El hombre con el que no tenías intención de involucrarte?

–Sí.

–Explícamelo. Que venga a buscarte a casa un domingo, con su hija... ¿no es involucrarte con él?

–Vamos al parque a pasear con Derek, el perrito que encontré abandonado.

–Ya –dijo Bella, incrédula.

–Es verdad. Sólo voy porque me siento responsable. Al fin y al cabo, yo lo encontré.

–¿Qué le digo a Toby si pregunta por ti?

–Que me llame. Estoy deseando salir con él.

–Sí, seguro. Por eso estás limpiando la cocina. ¿Qué vas a ponerte?

Oh, cielos. ¿Qué iba a ponerse? Kate entró en su habitación para mirar en el armario... Desde luego, algún día tenía que colgar la ropa.

No quería estar hecha un asco, pero tampoco quería dar la impresión de que se había arreglado. Decidió entonces ponerse unos vaqueros. Le quedaban un poco estrechos, pero se tumbó en la cama para ponérselos, como hacían las modelos de los anuncios. Y eligió un jersey rojo que era su favorito. Aunque Finn no iba a ver lo que llevaba bajo el abrigo.

A menos que lo invitase a tomar café. Y unas tortitas calientes no estarían mal después de dar un paseo por el parque...

Kate entró galopando en la cocina para comprobar si había harina y azúcar.

—¿Tenemos sirope de caramelo?

—¿Para qué lo quieres? —preguntó Bella.

—Para hacer tortitas.

—¿Tortitas? Qué mal te veo. Está en el armario, encima de la cocina.

Kate estuvo toda la mañana organizando cosas y volviendo loca a Bella mientras intentaba dejar la casa como un jaspe.

—Ojalá llegue el Finn ese de una vez —suspiró su amiga.

Para cuando sonó el timbre, Kate estaba completamente de los nervios. Era peor que su primera cita, a los dieciséis años. Estirándose el jersey, se pasó una mano por el pelo y respiró profundamente antes de abrir.

Finn estaba detrás de Alex y su corazón dio un vuelco al verlo. En otras circunstancias, además de abrazar a la niña, le hubiera dado a él un beso en la mejilla, pero sólo de pensarlo se le hacía un nudo en el estómago.

Alex se sentó en el asiento trasero, con Derek, sin dejar de parlotear. Afortunadamente, porque Kate no podía hilar dos frases con sentido. Además, estaba demasiado pendiente de la mano de Finn en el cambio de marchas...

Fue un alivio salir del coche y concentrarse en el perro.

–Es listo, ¿verdad, papá?

–Lo suficiente como para saber que debe aprender a sentarse si quiere tener un plato de comida –contestó Finn, resignado.

Después de enseñarle a sentarse y a volver cuando se lo llamaba, fueron a dar un paseo por el parque. Hacía frío y el viento movía el pelo de Kate mientras Alex corría con Derek delante de ellos. Finn caminaba a su lado, con las manos en los bolsillos del chaquetón, el pelo alborotado por el viento.

De vez en cuando Alex volvía, con la carita roja y los ojos brillantes.

–¡Ojalá pudiéramos venir todas las semanas!

–Nunca te había gustado pasear –observó Finn.

–Ahora que tengo perro es diferente. Me alegro tanto de que trabajes con mi padre, Kate... ¿Verdad que tú también te alegras, papá?

Ella estaba apartándose el pelo de la cara. El ejercicio había hecho que también estuviese un poquito colorada, pensó.

–Desde luego, ha cambiado mi vida.

Kate no sabía cómo tomarse eso. ¿Le había cambiado la vida para bien o para mal? ¿O sería sólo una broma?

–¿Cuándo vuelve Rosa? –preguntó, para cambiar de tema.

–No lo sabemos. Su madre sigue muy enferma, por lo visto. Por el momento, Alex y yo nos arreglamos como podemos.

–Es mucho mejor sin un ama de llaves –intervino la niña.

–No pensarás lo mismo cuando llegue tu tía Stella –suspiró Finn–. Se quedará horrorizada cuando vea que nadie cuida de ti.

–Tú cuidas de mí, tonto –replicó Alex, tomando su mano.

–Tu tía dirá que no es suficiente. Y es verdad.

–¿Quién es Stella? –preguntó Kate.

–Es la hermana de mi papá. Y es muy mandona.

–Vive en Canadá –le explicó Finn–. Y viene a Londres una vez al año para comprobar que estamos bien. Tiene buen corazón, pero a veces es un poco... dominante.

–Mandona –corrigió Alex.

–Un poco autoritaria –insistió Finn, sin hacer caso de la niña, que seguía diciendo «mandona» en voz baja–. Stella decidió hace unos años que mi hija necesitaba una madrastra y cada vez que viene a Londres me prepara una lista de mujeres que ella cree adecuadas para mí.

–Y siempre son horribles –intervino Alex–. ¿Verdad, papá?

–Digamos que mi hermana no tiene las mismas ideas que yo sobre qué clase de madre necesita mi hija. Sé que lo hace con buena intención, pero me gustaría que dejase de organizar mi vida.

Kate se sintió intrigada.

–No me puedo imaginar a nadie intentando organizarte la vida.

–No conoces a mi hermana. La verdad es que Alex y yo tememos sus visitas.

–¿Sabes lo que deberíamos hacer, papá?

–¿Qué?

—Deberíamos decirle que ya tienes novia, así la tía Stella no podría hacer nada —dijo Alex entonces.

—No creo que sea tan fácil engañarla —sonrió Finn—. Insistiría en conocer a la novia y tendríamos que buscar una, ¿no te parece?

—Podríamos pedírselo a Kate.

—¿Pedirme qué?

—Que seas la novia de mi papá, de mentira —contestó Alex dando saltitos—. Podríais decirle que vais a casaros. ¡Así nos dejaría en paz de una vez!

—No hables así de tu tía, Alex —la regañó Finn.

Después de eso, se quedaron los tres en silencio. Debía de ser una broma, pensó Kate. No podía ni imaginar que Finn se lo tomara en serio.

—No creo que sea buena idea —dijo él entonces, como si hubiera leído sus pensamientos.

—¿Por qué no? A Kate no le importaría, ¿verdad que no, Kate? —preguntó Alex con su expresión más inocente.

Kate emitió una especie de gruñido porque no sabía qué decir.

—Podría ser divertido —insistió la niña—. Imagínate la cara de tía Stella cuando le dijeras que ya has encontrado novia, papá. Yo creo que sería genial.

—Ya está bien, Alex.

—¿Por qué no? Lo pasaríamos bien en lugar de tener que soportar a esas señoras horribles que nos presenta.

—¡He dicho que ya está bien!

Alex se quedó callada y luego se dedicó a tirarle palitos a Derek.

—Lo siento, Kate —se disculpó Finn.

–¿Tan mal lo pasáis cuando viene tu hermana?

–Fatal. Sé que lo hace porque la preocupa Alex, pero se pone muy pesada. Es una mujer con mucho carácter.

–Ya me imagino. Si es hermana tuya...

–Alex y ella se pelean mucho. Mi hermana no tiene mucho tacto con los niños. Siempre ha sido así.

Kate intentó imaginar una versión femenina de Finn McBride y sintió un escalofrío.

–¿No puedes convencerla de que Alex y tú sois felices estando solos?

–Lo he intentado –suspiró él–. Pero no hay manera. La verdad es que le debo mucho. Stella se quedó con nosotros cuando murió Isabel y... no sé qué habría hecho sin ella. Vive en Canadá y tiene su propia familia, pero está empeñada en que vuelva a casarme.

–Entiendo.

–He intentado convencerla de que algún día conoceré a alguien, pero ella insiste en venir todos los años para presentarme a un montón de divorciadas. Y la verdad es que me resulta imposible pasarlo bien porque Alex no quiere saber nada del asunto. Mi hija no quiere que vuelva a casarme.

A VECES la gente se pone muy pesada intentando cuidar de uno –sonrió Kate–. Cuando salía con Seb, Bella y Phoebe no dejaban de decirme que era insoportable, que era un canalla... Yo sabía que tenían razón, pero no valió de nada. Las verdades duelen y a veces no gusta oírlas.

Habían aminorado el paso sin darse cuenta hasta que Finn se detuvo del todo, mirándola con una curiosa expresión en sus ojos grises.

–A mí me pasa lo mismo con mi hermana.

El cielo se había cubierto de nubes pero, por un momento, el sol se abrió paso como en una pintura bíblica. Para Kate era como si estuvieran solos bajo un intenso halo de luz, aislados del mundo. Su corazón latía con fuerza... pero entonces el sol volvió a esconderse entre las nubes y se sintió absurdamente desorientada, con el corazón en un puño.

Finn se aclaró la garganta, mirando el reloj.

–Creo que deberíamos marcharnos.

Kate se alegró de que Alex no dejase de charlotear en el coche. Se sentía rara. Tenía como un temblor interior y no podía dejar de mirar a Finn mientras iba conduciendo.

Debía conservar la calma, se dijo. Sólo la había

mirado a los ojos un momento. Cualquiera diría que la había tumbado sobre la hierba para hacerle el amor apasionadamente...

¿Por qué pensaba eso? La imagen era tan clara que Kate contuvo el aliento. Y tuvo que mirar por la ventanilla para apartar la imagen de Finn McBride tumbándola en la hierba, besándola, acariciándola por todas partes... Pero esa imagen se resistía a desaparecer; era tan real, tan vívida que temió tenerla grabada en la cara.

Finn encontró aparcamiento al lado de su portal, algo milagroso.

—¿Queréis tomar un café? —se oyó preguntar a sí misma. Le había salido la voz muy fina, entrecortada—. Puedo hacer tortitas.

—¿Derek puede subir también? —preguntó Alex.

—Claro.

Derek obtuvo una bienvenida más fría por parte del gato de Kate que, cómodamente tumbado en el sofá, se sintió ultrajado al notar una nariz fría en la tripa. Irritado, le lanzó un zarpazo antes de salir corriendo.

—¿Cómo se llama? —preguntó Alex, mientras el pobre Derek daba marcha atrás.

—Lo llamamos Gato. También lo encontré en la calle, como a Derek, pero siempre ha sido muy antipático. Si no le pones la comida, te araña. Phoebe me prohibió que le pusiera nombre para que no me encariñase con él, pero no encontré a nadie que lo quisiera y... en fin, ya ves.

—De todas formas no se habría marchado —intervino Bella—. Nunca encontrará otra tonta como Kate.

Si quieres pasarte la vida sin hacer nada y dejándote mimar, Kate Savage es tu chica. Estoy segura de que todos los animales de Londres se han pasado el rumor, por eso aparecen en su camino.

—Bella, no te pases —dijo Kate, con una mirada de advertencia.

—Cuéntame más cosas —dijo Alex, sin embargo—. ¿Habéis tenido perros?

—Perros, gatos, loros... de todo —suspiró Bella, que se lanzó a contar historias cada vez más exageradas sobre el buen corazón de Kate y su capacidad para emocionarse con cualquier ser abandonado.

Afortunadamente, Bella podía ser muy divertida. Alex se partía de risa e incluso Finn sonrió un par de veces.

Mortificada, Kate fue a la cocina para hacer tortitas, sintiendo la mirada de Finn McBride clavada en su espalda. Seguramente se estaba preguntando qué clase de idiota era su secretaria temporal.

—Se lo está inventado todo —dijo cinco minutos después, volviendo con una bandeja.

—¡De eso nada! —protestó Bella.

—Estás exagerando. ¿Por qué no cuentas alguna historia que muestre lo inteligente y sofisticada que soy?

—Porque no conozco ninguna.

—Muy graciosa —murmuró Kate.

—Pero sí puedo contar historias sobre lo buena cocinera que eres —ofreció su amiga entonces, como una ramita de olivo.

—Eso ya lo sabemos —dijo Finn.

Kate inmediatamente empezó a tartamudear diciendo que no, que en realidad hacía poca cosa, que sabía hacer alguna receta, bla, bla, bla.

¿Una historia que mostrase lo inteligente y sofisticada que era? Ja.

Bella miró de uno a otro, especulativa. Evidentemente, se estaba dando cuenta de que Finn la ponía nerviosa. Exageradamente nerviosa.

—Esta casa es muy bonita —dijo Alex entonces—. Ojalá la nuestra fuera así.

Finn miró alrededor: dos sofás, una mesita de centro, una bolsa llena de botellas para reciclar, revistas por todas partes, un frasco de laca de uñas sobre la repisa...

—Hay que poner mucho empeño para tener la casa tan desordenada —intentó bromear Kate—. No creo que tu padre pudiera hacerlo.

Finn soltó una carcajada y ella se emocionó. Se había reído. Se había reído con una broma suya.

—Evidentemente, tú tienes años de experiencia —comentó, sin darse cuenta de que el corazón de Kate estaba a punto de saltar al plato de las tortitas.

—También me gusta practicar en la oficina.

—Desde luego.

Una hora más tarde, Kate bajó al portal a despedirlos.

—Hasta mañana —le había dicho Finn simplemente.

¿Qué esperaba? ¿Que la tomase en brazos, que le diera un beso en los labios? Haría falta algo más que una carcajada para que olvidase que era el jefe y ella la secretaria... temporal.

–Hasta mañana –se había despedido Kate.

–No es muy decidido, ¿no? –sonrió Bella.

–Es reservado.

–Nunca he conocido a nadie tan serio.

Kate se sintió decepcionada. Más que decepcionada, dolida. O más bien, como si le hubieran clavado un cuchillo en el corazón.

No quería que Bella le dijera eso. Quería que le dijese: «He visto que te miraba mucho». O que, por su forma de hablar, era evidente que estaba enamorado de ella. Si hubiera algo, su perceptiva amiga se habría dado cuenta.

Pero no era así.

–Me da igual. Sólo es mi jefe. Un jefe temporal, además.

El problema era que Bella era tan perceptiva con los demás como con ella.

–Claro –murmuró, levantándose–. No te preocupes, Kate. Siempre te quedará el chocolate.

–Despacho de Finn McBride –suspiró Kate, al teléfono, el martes por la mañana.

–Hola, soy Alison.

–Ah, hola. ¿Qué tal la pierna?

–Mucho mejor, gracias. ¿Cómo va todo? –preguntó la ayudante ejecutiva de Finn McBride con tono condescendiente.

–Bien, creo. ¿Quieres hablar con Finn?

–Por favor.

A Alison no parecía gustarle que lo llamase Finn, en lugar de señor McBride. A lo mejor había que ser su ayudante personal durante cinco años antes de tutearlo.

—Enseguida te paso.

Finn salió de su despacho cinco minutos después.

—Acabo de hablar con Alison —dijo, innecesariamente.

—Ya —murmuró Kate. Seguro que, al hablar con ella, había recordado lo que era tener una secretaria eficiente y profesional. Al contrario que su sustituta.

—Por lo visto, vuelve a la oficina el próximo lunes.

—¿El lunes? —repitió Kate.

«El lunes es demasiado pronto», le hubiese gustado gritar.

Finn se aclaró la garganta.

—Le he dicho que no tiene que volver si no está recuperada del todo, pero insiste en que ya se encuentra perfectamente.

—Ya veo —murmuró Kate. ¿Qué otra cosa podía decir?

—Pensé... que ibas a quedarte un poco más.

Después se quedaron en silencio, como si ninguno de los dos supiera qué decir.

—Bueno, al fin y al cabo es una buena noticia —dijo Kate por fin.

—Sí —murmuró él. Pero no parecía convencido.

—Tendrás la oficina organizada otra vez. Nada de perros abandonados...

—No.

—Será mejor que empiece a ordenar un poco todo esto —dijo Kate entonces, mirando la montaña de papeles y carpetas. Tres días no eran mucho tiempo–. ¿Crees que debo llamar a la agencia?

–¿Qué agencia? –preguntó Finn, que estaba mirando por la ventana, con las manos en los bolsillos.

–La agencia de trabajo temporal. Puede que me encuentren otro sitio para el lunes.

–Ah. Sí, sí... será mejor que lo hagas.

De modo que ésa era la despedida. Menos mal que no había pasado nada, pensó Kate, mientras volvía a casa en el autobús. Siempre supo que no tenía sentido enamorarse de Finn McBride. No quería pasarse la vida siendo una segundona detrás de la bella e irreemplazable Isabel. Había decidido eso después de una intensa terapia de chocolate el domingo por la noche.

Quería pasarlo bien.

Pero eso fue más fácil de creer después de tomarse el gin-tonic que Bella le preparó. Mucho más fácil que en aquel momento. Porque después del viernes no volvería a ver a Finn.

Los últimos tres días fueron horribles. Finn estaba tan taciturno que Kate casi se alegró de marcharse. Al menos no tendría que soportar aquel ambiente tan tenso.

–Será mejor que dejemos solucionado todo lo posible antes de que vuelva Alison –le dijo el último día.

Ya, claro. No quería que su preciosa Alison tuviera demasiado trabajo, ¿verdad? Kate se puso furiosa. Ella no era Alison, pero llevaba seis semanas allí y, además de hacer su trabajo, sacaba a Derek a pasear todos los días. No lo habría matado darle las gracias.

–¿Eso es todo? –preguntó, atónita.

–Una cosa más –dijo Finn entonces–. Siéntate, por favor.

Kate abrió el cuaderno con aire resignado.

–¿Sí?

–No hace falta que tomes notas. Sólo iba a preguntarte si habías encontrado otro trabajo.

–Ah. No, aún no.

–¿Y qué te parecería hacer algo diferente? –preguntó Finn entonces.

–¿Cómo?

–El día de la cena en casa de Gib y Phoebe dijiste que te apetecía hacer algo diferente, ¿te acuerdas?

–Sí, bueno...

–¿Lo decías en serio?

–Pues no sé. ¿Se te ha ocurrido algo? –preguntó Kate.

–Sí, ama de llaves.

Kate soltó una carcajada.

–No lo dirás en serio.

–¿Por qué no?

–Ya sabes que soy muy desordenada. Y ya viste mi casa el otro día. Yo soy la última persona que querrías como ama de llaves.

–Lo importante es que a Alex le gustas mucho –dijo Finn entonces, sin mirarla–. Y no le gusta mucha gente, la verdad. Lo que necesito es alguien que vaya a buscarla al colegio, que haga la cena... y podrías cuidar de Derek. Todos sabemos que nunca vas a llevarlo a casa de tus padres. Alex me mataría.

–¿Y Rosa? –preguntó Kate.

–Llamó anoche por teléfono. Por lo visto, tiene

que seguir atendiendo a su madre, que está muy grave. Le he dicho que contrataré a un ama de llaves temporal, por si pudiera volver en un par de meses... pero no creo que vuelva, francamente.

—Entonces, ¿sería un puesto de trabajo permanente?

—En realidad, no. Alex no quiere que nadie viva con nosotros, así que sería sólo durante un tiempo... hasta que podamos manejarnos solos. Pero ahora con el perro es más complicado.

—¿Y por qué me lo pides precisamente a mí?

Finn se metió las manos en los bolsillos.

—Porque mi hermana llega dentro de un par de semanas y tú no tienes trabajo.

Ah, Stella. La mandona.

—Ya, claro.

—Si no tengo a nadie que se ocupe de la casa montará un número... sólo serían unas semanas, un mes como máximo. Te pagaría más de lo que ganas ahora.

Kate hacía garabatos en el cuaderno mientras se pensaba la oferta. En realidad, trabajaba como secretaria porque nunca se le había ocurrido hacer otra cosa.

Phoebe y Bella eran mucho más serias sobre su trabajo, pero en lo más profundo de su corazón Kate tenía la fantasía infantil de vivir en el campo, en una casita donde pudiera hacer mermelada, con rosas y un enorme jardín donde habría perros y gatos abandonados. Ser ama de llaves no era precisamente su sueño, pero sí mejor que quedarse en casa todo el día sin hacer nada.

Cuanto más lo pensaba más le gustaba la idea. El

dinero le iría bien y tener un trabajo era mejor que estar esperando que la llamasen de la agencia. Además, así podría ahorrar algo.

Y le tenía mucho cariño a Alex y a Derek. El hecho de que fuera a pasar más tiempo con Finn era sólo un accidente y no tenía nada que ver con los nervios que le agarrotaban el estómago.

—¿Viviría en tu casa?

—Preferiblemente —contestó él.

—Tendría que hablar con Bella. Es mi compañera de piso y...

—Yo pagaría tu parte del alquiler —la interrumpió Finn.

—No, prefiero seguir pagándolo yo. El piso es de Phoebe y la hipoteca ya está pagada, así que el alquiler es muy bajo. Lo que me preocupa es el gato.

—¿El gato? —repitió él, incrédulo.

—Tendría que pedirle a Bella que cuidase de él y ya la ha mordido varias veces. A menos que pudiera llevarlo conmigo...

—No —la interrumpió Finn—. Ya tengo bastantes problemas con Derek. Seguro que a Bella no le importa dar de comer a tu gato. Además, no vas a quedarte en casa para siempre. Stella suele pasar un par de semanas con nosotros y luego se va de viaje con sus amigas. Cuando vuelve a Londres sólo está unos días más antes de volver a Canadá, así que hablamos de un mes como máximo.

Ah, un mes. Pues no había más que hablar. Menos mal que no se había enamorado de él.

Kate mordió el bolígrafo. Finn estaba siendo práctico y ella debería serlo también.

¿De verdad quería ser ama de llaves?

Sería un cambio, se dijo a sí misma. Y podría ser divertido. Ganaría más dinero y no era un trabajo para siempre.

Y no tendría que decirle adiós a las cinco de la tarde. Durante un mes.

–Muy bien –dijo por fin.

–¿Aceptas?

–Sí –contestó Kate, con su expresión más profesional–. ¿Cuándo me quieres... digo, cuándo quieres que empiece?

Estupendo. Sí, estaba siendo muy profesional.

Afortunadamente, Finn no pareció darse cuenta del error freudiano.

–Podríamos discutir los detalles durante la cena. ¿Estás libre esta noche?

–Sí –sonrió Kate, sacrificando la oportunidad de conocer a miríadas de amigos de Will. Ligar con un montón de ejecutivos no podía compararse con una cena con Finn McBride, aunque sólo fuera para hablar de sus obligaciones como ama de llaves.

–Muy bien. ¿Te importa reservar mesa?

–¿En qué restaurante? –preguntó Kate. En fin, no era muy romántico reservar ella misma, pero se recordó que no era una cita sino... una cena de trabajo.

–Elige tú –dijo Finn, volviéndose hacia la ventana.

Pues muy bien. ¿Y si reservaba en el Dorchester, el restaurante más caro de Londres?

–Que sea un restaurante agradable –dijo cuando Kate estaba abriendo la puerta del despacho–. Quiero preguntarte una cosa.

—¿Que quiere preguntarte algo? —exclamó Bella cuando Kate se lo contó—. ¿Y no te ha dicho qué?

—Supongo que tendrá que ver con el trabajo.

—¡Por favor! No se invita a cenar a una chica para hablar de la aspiradora. A lo mejor te va a decir que le gustas.

—No lo creo —suspiró Kate. No quería admitir que ella había pensado lo mismo, por supuesto—. Podría haberlo hecho en el despacho, sin gastarse dinero.

—Ah, pero es que hasta ahora trabajabas para él —insistió Bella—. Yo creo que es el tipo de hombre que no aprueba las aventuras en la oficina. Pero podría sentir una secreta pasión por ti y ha decidido hablarte de ello... en el restaurante.

Kate no le hizo ni caso, pero mientras se arreglaba tenía el estómago encogido. Había reservado mesa en un restaurante italiano cerca de su casa, aunque estaba segura de que no podría probar bocado.

¿Qué era aquello, una cena de trabajo o una cita?

Aunque estaba segura de que no era una cita, no quería ponerse el traje de chaqueta y, al fin, se decidió por un vestidito de flores, un cárdigan bordado y sus zapatos favoritos. No eran muy apropiados para un día de lluvia, pero eran los mejores que tenía.

—Estás muy guapa —sonrió Bella—. No pareces un ama de llaves.

Kate perdió valor. Quizá era un atuendo inapropiado.

—¿Crees que debería cambiarme?

—¿Qué quieres ponerte, un vestido gris, zapatos planos y un cinturón lleno de llaves? —bromeó su amiga–. ¡No te cambies, estás estupenda! Finn no podrá quitarte las manos de encima.

Pero Bella se equivocó. Finn McBride parecía muy capaz de guardarse las manitas para sí mismo. Lo único que le dijo era que estaba «diferente». Un cumplido muy halagador, desde luego.

Y tampoco pareció impresionado por el restaurante. Pues peor para él, pensó Kate. Debería estarle agradecido por no reservar en el Dorchester.

–¿Es aquí? –preguntó, al ver los manteles de cuadros.

–Soy una cita barata –intentó sonreír Kate–. Aunque esto no es una cita, claro.

Desgraciadamente, los camareros no captaron el mensaje y los llevaron a la mesa más apartada, como si fueran una pareja de novios.

–Es una chica muy guapa –dijo el maître, decidido a fomentar lo que él creía un apasionado romance.

–Sí. Muy guapa. ¿Puede traernos la carta, por favor? –murmuró Finn.

Kate estaba colorada como un tomate.

–Lo siento. Normalmente no son tan... amables.

–A lo mejor es que normalmente no estás tan guapa como hoy.

Ella abrió la boca para decir algo, pero la volvió a cerrar.

¡Milagro! Le había dicho que estaba guapa.

Finn se puso a leer la carta de vinos, como si estuviera solo. ¿Cómo podía decirle que estaba guapa y después olvidarse de ella por completo?

A lo mejor lo había dicho por decir. O para que el

camarero los dejase en paz. Kate intentó concentrarse en la carta, pero las letras bailaban ante sus ojos.

¿De verdad pensaba que era guapa? ¿Tendría Bella razón?

Kate tuvo que hacer un esfuerzo para que Finn no notase el temblor de su mano mientras sujetaba el tenedor.

¿No quería decirle algo? ¿Para qué se había molestado en invitarla a cenar si no quería hablar con ella?

—¿Cuándo quieres que empiece a trabajar? –preguntó, para romper el silencio.

—En cuanto puedas. Hoy he dejado a Alex en casa de una vecina, pero la verdad es que no me gusta hacerlo.

—Podría empezar este fin de semana.

—Estupendo. Si te parece bien, iré a buscarte el domingo por la mañana.

Parecía distraído, como si estuviera pensando en otra cosa.

—¿Cuándo llega tu hermana?

—Dentro de dos semanas.

—Ah, estupendo. Pondré flores en su habitación, un jabón aromático... incluso haré una cena especial. Esas cosas se me dan bien. Cuando era pequeña siempre había invitados en casa –sonrió Kate.

—Yo no he tenido invitados desde que Isabel murió. Stella es la única persona que duerme en casa...

—¿Era eso de lo que querías hablarme?

—Pues no... no era eso.

—¿Qué era entonces?

–No sé cómo empezar... –dijo Finn, aclarándose la garganta. Kate nunca lo había visto nervioso, pero parecía estarlo.

–Dímelo.

–No sé cómo vas a tomártelo.

–No lo sabré hasta que me lo digas.

–Es que Stella llamó el otro día y... ya te conté que siempre insiste en presentarme amigas suyas.

–Sí, me acuerdo.

–Pues Alex le dijo que no tenía que molestarse en buscarme novia porque ya la tenía. Y que voy a casarme.

–Ah, ya veo.

–Podría haberle dicho que mi hija estaba de broma, pero... no lo hice. Bueno... supongo que pensé que quizá podría ser buena idea –siguió Finn, cada vez más nervioso–. Al menos Stella me dejaría en paz durante unos meses... Pero entonces me pidió detalles. Me preguntó el nombre de mi novia, a qué se dedicaba...

–¿Y qué le dijiste? –preguntó Kate.

Finn la miró a los ojos.

–Le dije que eras tú.

CAPÍTULO 7

DEBERÍA haberlo esperado, pero no. La había pillado por sorpresa. Kate se quedó mirando el plato, sin saber qué decir, sorprendida por el absurdo deseo de que aquello fuese verdad. Deseaba ser su novia, que Finn la amase, que quisiera casarse con ella...

Se sentía rara. Era como si se hubiera quedado sin oxígeno de repente.

–¿Te importaría hacerte pasar por mi novia? –le preguntó Finn.

«Hacerte pasar». Esas dos palabras eran la clave. Sus sueños no iban a hacerse realidad. Finn estaba dejando claro que no hablaban de algo real.

–Sé que es una petición extraña, pero significaría mucho para Alex. Y para mí –dijo él entonces–. Por supuesto, todo sería una farsa. No espero que... que lo veas como algo de verdad. Sólo sería un trabajo.

–¿Un trabajo? –repitió Kate.

–No te pediría que hicieras eso gratis. Te pagaré un extra... por hacerte pasar por mi novia.

Hablaba con toda formalidad, como si estuvieran discutiendo un trabajo de secretaria. Y dejando claro que aquello sólo era un acuerdo comercial.

–¿Y qué tendría que hacer? –preguntó ella, intentando contener los nervios.

–Hacerle creer a mi hermana que tú y yo...

–¿Estamos enamorados?

–Eso es –suspiró Finn.

–En el instituto se me daba bien el teatro. Siempre quise un papel protagonista, pero sólo me daban papeles secundarios, así que ésta podría ser mi gran oportunidad –intentó bromear Kate.

–Entonces, ¿te lo pensarás? –preguntó él, incrédulo.

–¿Por qué no?

Lo que no podía hacer era dejar que Finn descubriese que empezaba a estar interesada por él. Si lo supiera, no le habría pedido que se hiciera pasar por su novia, seguro. Tenía que convencerlo de que todo era un juego para ella.

–Será más divertido que trabajar de secretaria. De hecho, a mí me parece dinero fácil.

–Cuando conozcas a mi hermana no pensarás eso. No es tonta y nos vigilará, te lo aseguro. Si queremos dar la impresión de estar comprometidos tendremos que... en fin, tratarnos de una forma más cariñosa.

«Tratarnos de forma cariñosa».

–¿Quieres decir que tendremos que besarnos?

–Ocasionalmente, sí –murmuró él, avergonzado–. ¿Qué te parece?

¿Qué le parecía? Kate se imaginó a sí misma echándole los brazos al cuello. Se imaginó apretándose contra su pecho, recibiendo la caricia de esos labios firmes... y una ola de deseo la invadió, dejándola sin respiración.

—Creo que podríamos intentarlo —contestó, aclarándose la garganta—. Sólo sería parte del trabajo. No significa nada.

—Claro —murmuró Finn.

—Cerraré los ojos y pensaré en el dinero extra.

—Sí, ya veo que no vas a tomártelo en serio —dijo él entonces, muy serio.

¿Qué había dicho? ¿Habría metido la pata? Pensaba que se alegraría al ver que no se lo tomaba en serio. No quería comprometerlo. Kate dejó escapar un suspiro. No sabía si ponerse a gritar o decirle que lo que ella quería era abrazarlo, besarlo, estar con él para siempre...

—¿Qué dice Alex de todo esto?

Finn se relajó un poco.

—Está encantada consigo misma. Cree que ha sido una idea extraordinaria. Le dije que te preguntaría, así que se pondrá a dar saltos cuando le cuente que has aceptado. A mi hija no le gusta mucha gente, pero desde luego le gustas tú.

—A mí también me gusta ella.

Se quedaron en silencio un momento, pero la pregunta pareció quedar en el aire: «¿Y yo, te gusto yo?»

Kate se tragó las palabras. No pensaba preguntárselo. Entonces miró su plato de pasta, que se estaba quedando frío. No tenía apetito; el amor lo había destruido... huy, qué romántico, pensó.

—¿Qué le has contado a tu hermana sobre mí?

—Que te llamas Kate y que has trabajado para mí. Pensé que sería más fácil si decíamos la verdad... más o menos.

—Supongo que querrá saber algo más. Si mi hermano me dice que va a casarse, yo querría saber hasta el último detalle.

Finn sonrió.

—Bueno, me preguntó cómo eras.

—¿Y qué le dijiste?

Él la miró con una expresión indescifrable de las suyas.

—Que eras simpática, divertida, cariñosa y que a Alex le gustabas mucho. Es la verdad, ¿no?

¿Era la verdad? ¿Que a Alex le caía bien o que pensaba todas esas cosas de ella?

Tampoco era una declaración de amor, ¿no? Kate movió la pasta distraídamente. Le hubiera gustado que la describiese como una mujer preciosa, deseable, irresistible. ¿Por qué no se le había ocurrido ninguno de esos adjetivos?

Pero sabía por qué.

Porque no pensaba que lo fuera. Porque no la quería.

Tendría que acostumbrarse a la idea, se dijo.

Kate soltó el tenedor, suspirando.

—¿Tu hermana no te preguntó por qué habías cambiado de opinión sobre el matrimonio?

—Le dije que lo entendería cuando te conociese.

Sus ojos se encontraron entonces y pasó algo. Algo que aceleró el corazón de Kate, pero que terminó en un segundo.

—¿Qué habrías hecho si te hubiera dicho que no?

—No estoy seguro —admitió Finn—. La verdad es que confiaba en que dijeras que sí. Pero si hubieras dicho que no, le contaría a mi hermana que me habías dejado por otro.

–¡Yo no haría eso! –protestó Kate.

–No, quizá no –murmuró él, su expresión, como siempre, indescifrable.

–También podrías haber inventado una crisis familiar.

–Haría falta algo más que una crisis para detener a mi hermana. Te buscaría por toda Inglaterra.

–Bueno, además, no he dicho que no.

–Tendremos que inventar alguna razón de peso para cortar cuando se marche... porque si no, comprará el billete de avión para la boda. Y tendremos suerte si no nos obliga a casarnos mientras está aquí –sonrió Finn–. No, no te preocupes. Lo decía de broma –añadió al ver la expresión de Kate.

–No, claro. Y no queremos que eso pase, ¿verdad?

–No. No queremos.

–¿Seguro que es buena idea, Kate? –Bella y Phoebe la estaban interrogando.

–Ganar dinero siempre es buena idea, ¿no? –replicó ella, desafiante.

–Sí, pero hay maneras más fáciles de ganar dinero que fingirte enamorada de tu jefe.

–No sé yo...

No quería decirles que el asunto iba a ser mucho más complicado. Iba a tener que aparentar estar enamorada de su jefe mientras fingía no estarlo. Pero mejor no decir nada. No quería que Bella le soltara el consabido: «Ya te lo advertí».

–Es mejor que trabajar en una oficina –insistió

Kate–. Y Finn va a pagarme más por... en fin, por el teatro. Además, Alex me cae muy bien y Derek no tendrá que quedarse solo durante el día.

–Ah, bueno, claro, mientras el perro esté contento... –rió Bella.

–De verdad, no pasa nada. No sé por qué os ponéis así. Sólo es un trabajo.

–¿Es un trabajo acostarte con tu jefe?

–Nadie va a acostarse con nadie –replicó Kate–. Dormiré sola.

Phoebe la miró, sorprendida.

–¿Y su hermana va a creer que estáis prometidos y dormís separados?

–Bueno, podemos decir que no nos parece apropiado... por Alex.

Bella puso cara de desorientada.

–A ver... me he perdido. ¿En qué siglo estamos?

–Da igual. Compartiremos habitación los días que Stella esté en Londres. ¿Y qué pasa?

–No queremos que acabes con el corazón roto, cariño –suspiró Phoebe.

–No voy a hacer ninguna tontería.

Era demasiado tarde, en realidad. Aunque no pensaba confesárselo a sus amigas.

–Finn sigue enamorado de Isabel. Y aunque no fuera así, somos completamente diferentes. Él es mucho mayor, tiene más experiencia, su vida es muy diferente de la mía...

Todo cierto. Pero lo amaba de todas formas.

Lo amaba. No podía engañarse a sí misma.

Kate miró a sus amigas, preguntándose cómo no se daban cuenta de que se sentía diferente. Enamorarse de Finn había puesto su vida patas arriba. Y le daba igual arriesgarse a terminar con el corazón roto si tenía la oportunidad de pasar algún tiempo con él.

—No tengo por qué encariñarme ni con él, ni con la niña ni con el perro —siguió mintiendo—. Pero la verdad es que ahora mismo tampoco tengo nada más. Es eso o quedarme en casa esperando que suene el teléfono. Francamente, prefiero ganar dinero por vivir cómodamente en una casa en Wimbledon.

Phoebe no parecía muy convencida.

—Es muy fácil dejarse llevar en situaciones así. Y yo lo sé muy bien.

—Sí, desde luego. Tú eres la última que debería dar consejos. Mira lo que pasó con Gib y vuestro falso compromiso —rió Bella.

—Finn no es como Gib. Y sólo digo que debes tener cuidado. Nada más.

Demasiado tarde, pensó Kate. Lo único que podía hacer era disfrutar del tiempo que tuviera para estar con Finn.

—Ésta es tu habitación —dijo Alex—. La he arreglado para ti.

Kate miró alrededor, emocionada.

—Es preciosa —sonrió, mirando las flores—. ¿Las has puesto tú misma?

—Papá hizo tu cama, pero yo hice todo lo demás.

Kate imaginó a Finn cambiando las sábanas...

—Ha sido un detalle. Pero podría haberlas cambiado yo misma.

–¿Quieres ver mi cuarto?

Quizá sería lo mejor, se dijo Kate, sonriendo al ver que la niña había limpiado la habitación en su honor. Había un corcho sobre la cama con un montón de fotografías: de Alex, de su madre, de Finn. En la mayoría de ellas estaba con Isabel, sonriendo. Y a Kate se le encogió el corazón al pensar que nunca lo había visto tan feliz.

Que quizá nunca lo vería tan feliz.

–Es mi madre –dijo Alex–. Era preciosa, ¿verdad?

–Desde luego que sí. ¿Te acuerdas mucho de ella?

–No mucho, pero mi padre me habla de ella. Y ha guardado cosas suyas... mira –dijo la niña, inclinándose para sacar una caja de debajo de la cama.

Kate se sentó y fue tomando lo que ella le daba: una barra de labios, un frasco de perfume, un pañuelo de seda, un libro de poesía medieval, un diario, un par de pendientes, un patuco...

–Era mío –dijo Alex.

A Kate se le hizo un nudo en la garganta. A Finn debió de rompérsele el corazón mientras metía todas esas cosa en la caja para que su hija recordara a Isabel.

–Éste era su anillo de compromiso –dijo la niña, sacando un joyero–. Mi padre dice que me lo dejó a mí, para que pueda ponérmelo cuando sea mayor. Estas piedras azules se llaman zafiros. Mi papá se lo compró porque le recordaban al color de sus ojos.

–Es un anillo precioso –murmuró Kate, intentando controlar la emoción.

Cuando levantó la cabeza, Finn estaba mirándolas muy serio desde la puerta.

—Le estoy enseñando la caja de mamá —dijo Alex.

—Ya veo —murmuró él—. Si os apetece bajar a la cocina...

Kate se sentía fatal, como si la hubieran pillado cotilleando en sus recuerdos, e intentó pedirle disculpas mientras la niña guardaba la caja.

—No, no, me alegro de que Alex hable de Isabel. Creo que es la primera vez que le enseña esas cosas a alguien. A veces es difícil hablar con ella y si tú consigues que hable...

—Es una cría encantadora.

—La verdad, desde que apareciste tú está mucho más alegre.

Como para probarlo, Alex apareció saltando por la escalera.

—Papá, he pensado una cosa... Kate debería tener un anillo si va a ser tu prometida, ¿no?

—No, no hay necesidad —dijo ella, mostrando sus anillos—. Podemos decir que es uno de éstos.

Finn tomó su mano para inspeccionarlos. Pero no parecía muy impresionado.

—No creo que ninguno de estos anillos convenza a mi hermana. Dame ése —dijo, señalando el que llevaba en el dedo anular.

—¿Para qué? —murmuró Kate, nerviosa. El calor de su mano parecía haberse traspasado a su corazón.

—Para llevarlo a la joyería. Así sabré el tamaño.

—De verdad, no hace falta...

—Tú no conoces a mi hermana. Sabría que hay

gato encerrado si viera ese anillo barato... ¿Qué? ¿Qué he dicho? –preguntó Finn al ver su expresión.

–Este anillo me lo regaló Seb.

En ese momento Kate se dio cuenta de que, como el anillo, el supuesto cariño de Seb no valía nada. Y que no le importaba nada.

–No lo perderé.

–Da igual. La verdad, no creo que vuelva a ponérmelo. Bueno, será mejor hacer la cena.

Finn quería pedir comida china por teléfono, pero Kate estaba decidida a probar que era una magnífica ama de llaves.

–Será mejor que me gane el sueldo.

No había mucho en la nevera, pero sí lo suficiente como para hacer un plato de pasta. No era nada, pero Finn y Alex se lo agradecieron como si hubiera hecho algo digno de la guía *Michelin*.

–Creo que en esta casa no se come muy bien. Y eso tiene que cambiar.

A las nueve, Alex empezó a cerrar los ojos.

–Hora de irse a la cama, jovencita –dijo Finn–. Mañana tienes que ir al colegio.

Después de comprobar que se había lavado los dientes y conseguir que, por fin, apagara la luz, Finn y Kate bajaron a la cocina. Solos. Con Derek.

Por acuerdo tácito se quedaron allí, en lugar de ir al saloncito. Pero Kate sólo podía pensar en echarle los brazos al cuello y besarlo hasta que pudiera borrar su gesto de cansancio.

–Espero que todo esto no te incomode. La situación, quiero decir.

–Claro que no –sonrió Kate, como si no la turbase en absoluto estar a solas con él. De noche. En su casa.

Finn miró alrededor.

—Un trabajo como éste no puede ser muy divertido para una chica como tú.

—Eso depende de qué clase de chica creas que soy.

Él consideró el asunto un momento.

—Una chica a quien le gusta pasarlo bien. Tienes muchos amigos y supongo que encontrarás aburrido estar todo el día en casa.

—Será más divertido que ir a la oficina. Además, me gusta cocinar y arreglar el jardín. Y tengo que sacar a Derek, jugar con Alex cuando vuelva del colegio... en fin, no creo que me aburra.

—Estoy seguro de que podrías encontrar un trabajo mucho mejor.

—No me apetece buscar un trabajo mejor. La verdad, no tengo muchas ambiciones profesionales.

—¿No?

—Me da un poco de vergüenza admitirlo, pero lo que siempre he querido es encontrar a alguien especial. Tener hijos y una casa que pudiera convertir en un hogar. No es mucho pedir, ¿verdad?

La expresión de Finn era, como siempre, indescifrable.

—No.

—Phoebe y Bella creen que me aburriría, pero me encantaría hacer mermelada, tener rosales, ir a buscar a mis hijos al colegio... por eso me llevé una desilusión con Seb. Yo creía que iba a tener todo eso con él. Fue una tontería, por supuesto —siguió Kate, mirando la taza de café para no mirar a Finn–. Seb no estaba interesado en tener hijos y mucho menos en sentar la cabeza. Y me dolió tanto descubrir qué clase de persona era... Yo tenía muchos sueños.

–Es duro despedirse de los sueños –asintió él.

–¿Así era tu vida con Isabel? ¿Como un sueño?

–Ahora me parece un sueño. Supongo que no pudo ser tan perfecto, pero ya sabes que la memoria hace esos trucos... Sólo recuerdo lo especial que era estar con ella.

–Has tenido suerte... bueno, perdona, seguramente no crees haberla tenido –dijo Kate entonces, avergonzada.

–Entiendo lo que quieres decir. Y sí, la verdad es que tuve suerte. Mucha gente nunca encuentra lo que tuvimos Isabel y yo. A veces ni yo mismo lo creo. Y, según la estadística, es muy improbable que vuelva a encontrarlo. Eso es lo que duele; haber sido tan feliz y saber que no podré volver a serlo.

Aquella noche Kate no pudo dormir pensando en la expresión de Finn mientras hablaba de su mujer. Era horrible sentir envidia de una persona muerta, pero no podía dejar de pensar en Isabel y en cuánto la había querido su marido.

«Eso es lo que duele, haber sido tan feliz y saber que no podré volver a serlo».

Era absurdo soñar que ella pudiera ser su segunda oportunidad. Las estadísticas decían que era imposible, ¿no?

Kate cerró los ojos, angustiada.

¿Qué le estaba pasando? ¿Por qué se enamoraba siempre de hombres imposibles?

Aquel trabajo era una oportunidad de estar con él, pero empezó a preguntarse si no hubiera sido mejor decirle adiós.

Sin embargo, ya era demasiado tarde para eso. Si no podía hacerlo feliz, al menos podía intentar que durante aquel mes su vida fuera lo más agradable posible. Y si fingirse su prometida delante de Stella le quitaba un problema de encima, mejor.

Le resultó raro no ir a la oficina al día siguiente, pero se le pasó el día volando. Llevó a Alex al colegio, paseó con Derek, limpió la casa, hizo la compra... y de repente ya eran las cinco. Tenía que ir a buscar a la niña al colegio.

Cuando Finn volvió aquella tarde, estaban las dos en la cocina. Kate haciendo la cena y Alex, los deberes.

Finn se inclinó para besar a su hija y luego la miró a ella. ¿Qué iba a hacer, besarla? No, era una tontería.

–¿Qué tal el día? –preguntó Kate. Y después hizo una mueca. Por favor... sólo le faltaba darle las zapatillas.

–Bien. Mucho trabajo.

–¿Qué tal está Alison?

–Está bien.

–Entonces, ¿no me has echado de menos?

–La verdad es que sí.

El corazón de Kate dio un vuelco.

–¿De verdad? –preguntó, volviéndose con el cucharón en la mano.

–De verdad.

La había echado de menos. No lo decía por decir, la había de menos. Muy bien, era una pequeña fracción de lo que sintió por Isabel, pero al menos no le era por completo indiferente.

Entonces sonó el teléfono y, nerviosa, estuvo a punto de dejar caer el cucharón.

–Hola, tía Stella –dijo Alex, la más rápida en descolgar–. Sí, está aquí... está hablando con Kate.

Alex sonrió mientras le pasaba el teléfono a su padre. Kate, sin dejar de cocinar, lo oyó asentir y decir mucho: «Sí». Evidentemente, su hermana llevaba la voz cantante.

–No, no puedes hablar con ella ahora. No quiero que la interrogues por teléfono... no, no vamos a casarnos mientras tú estás en Londres. No tenemos ninguna prisa. Kate vive aquí ahora y estamos muy contentos...

Unos segundos después colgó, suspirando.

–¡Mi hermana! En fin, ya sabe que estamos comprometidos. Espero que no te eches atrás.

–No voy a echarme atrás.

–Menos mal –dijo él, acercándose–. Dame la mano. No, la otra.

Ella tuvo que disimular un escalofrío cuando Finn tomó su mano para ponerle un anillo.

–¿Qué te parece?

Casi parecía nervioso esperando su respuesta. Pero no podía ser.

Era un anillo antiguo, con un topacio rodeado de perlitas montado sobre una banda de oro.

–Es precioso –murmuró Kate, sorprendida.

Alex parecía menos impresionada.

–Tendría que haber sido un anillo de diamantes, papá.

—A Kate no le pegan los diamantes –replicó Finn–. Son demasiado fríos.

Ella se mordió los labios, tan nerviosa que no sabía qué hacer para que no le temblase la mano.

—Debe de haberte costado carísimo.

—Valdrá la pena si mi hermana me deja en paz. ¿Te gusta de verdad?

—Me encanta –contestó Kate.

—Podría comprarte uno de diamantes... si quieres.

—No, no quiero diamantes. Éste es perfecto.

CAPÍTULO 8

PERO Alex se negaba a abandonar.

—Sería mejor un anillo de diamantes. Cuando la tía Stella vea esa cosa tan vieja no se creerá que estás enamorado de Kate.

Kate miró su anillo. ¿Esa cosa vieja?

Finn miró a su hija, exasperado.

—Tendremos que hacérselo creer.

—¿Cómo?

—Pues... le diré que estoy enamorado de ella.

—No creo que eso sea suficiente —replicó Alex—. Ya sabes cómo es.

—Ya se me ocurrirá algo. Bueno, vamos a poner la mesa.

—Tendrás que besarla —insistió la niña.

—Posiblemente.

Kate se dedicó a pelar patatas para no tener que mirar a nadie.

—¿La has besado alguna vez? —siguió Alex.

—Eso no es asunto tuyo —replicó su padre.

—Es que a lo mejor necesitas practicar.

—Pues no vamos a practicar ahora. Vamos a cenar y si sigues poniéndote tan pesada, te irás a la cama.

Mientras cenaban, Alex era la única que parecía

relajada. Kate no dejaba de pensar en la posibilidad de besar a Finn. Y no le importaría nada practicar.

«Por favor, por favor, que me bese».

Mientras Finn llevaba a la niña a su habitación, ella se quedó limpiando la cocina. Pero cuando volvió, por supuesto, no volvió a mencionar el tema del beso. Simplemente la ayudó a limpiar sin acercarse siquiera.

Frustrada, Kate pensó en sacar el tema. Le daba vergüenza, pero el silencio era tan incómodo... además, los dos eran adultos, se dijo. ¿Por qué no podía hablar de ello? Era precisamente de lo que deberían hablar si querían engañar a Stella.

—He estado pensando en lo que ha dicho Alex.

—¿A qué te refieres? —preguntó Finn, mientras colocaba los vasos en el armario—. Es increíble lo que habla esa niña. No para.

—Sobre la visita de tu hermana.

—Ah.

—Alex ha sugerido que practicásemos lo del beso —se atrevió a decir Kate.

—¿Y tú qué piensas? —preguntó él, sin poder disimular una sonrisa.

—Creo que deberíamos hacerlo. Esta farsa no valdrá de nada si tu hermana se da cuenta de que no nos hemos tocado nunca.

—Sí, supongo que tienes razón —admitió Finn, con desgana.

Kate apretó los labios. Genial. Parecía una tarea desagradable para él.

—No será fácil para ninguno de los dos —dijo, enfadada con él y consigo misma–. Creo que sería más fácil que nos besáramos por primera vez... a solas.

Finn cerró el armario y se cruzó de brazos.

–Entonces, ¿quieres que te bese?

«Sí».

–No quiero que me beses –mintió Kate–. Sólo sugiero que sería más sensato hacerlo por primera vez sin público. Para practicar, como dice tu hija.

–Muy bien. ¿Lo hacemos ahora?

–¿Ahora? –a Kate empezaron a temblarle las piernas.

–¿Por qué no?

¡Estupendo! ¿O no?

–Muy bien.

Finn se acercó y le quitó los platos de la mano.

–¿Lo hacemos?

Kate tenía un nudo en la garganta, de modo que se limitó a asentir con la cabeza. Finn la tomó por la cintura y ella levantó la cara, pero se dieron un golpe en la nariz.

–Menos mal que vamos a practicar –murmuró, intentando reírse, aunque le salió más bien un graznido.

–¿Lo intentamos otra vez?

–Sí.

Finn la miró a los ojos. Encerrada en su mirada gris, Kate se quedó quieta mientras él tomaba su cara entre las manos.

Aquella vez les salió bien. Tan bien que sintió como si el suelo cediera bajo sus pies. Temblando, se sujetó a sus brazos. Finn volvió a besarla y... y entonces todo fue un poco confuso.

Kate no sabía muy bien lo que había pasado, pero los brazos de Finn rodeaban su cintura y ella le había echado los suyos al cuello. Siempre le pareció que el trazo de sus labios, aunque erótico, era un poco frío... pero cuando la besaba, sus labios eran cálidos, calientes. Ardientes.

La caricia era tan intensa que casi le daba miedo. No quería apartarse pero temía que, de no hacerlo, Finn se daría cuenta de lo que sentía por él.

Quizá intuyó su confusión o quizá también él estaba sorprendido, porque levantó la cara. Se miraron a los ojos un momento y entonces dio un paso atrás.

Kate tuvo que sujetarse a la mesa. Estaba desorientada y su corazón latía como si quisiera salirse de su pecho.

–Bueno... –empezó a decir él.

–Eso... ha estado mejor –consiguió decir ella.

La expresión en el rostro de Finn era suficiente para devolverla a la tierra. Lo único que podían hacer era tratar el tema como si no fuera nada importante. Evidentemente, a Finn McBride el beso no lo había afectado en absoluto.

–Sí, supongo que sí.

–Al menos sabemos que podemos hacerlo.

–Sí.

¿Qué debía hacer?, se preguntó Kate. ¿Decirle que no volvería a pasar? ¿Que había tenido novios que besaban mejor?

–Tengo que escribir algunas cartas –dijo él entonces como si nunca la hubiera besado, como si nunca la hubiera envuelto en sus brazos–. Estaré en mi estudio si necesitas algo.

Kate lo observó salir de la cocina, aún desorientada y trémula de deseo. Quizá debería llamar a la puerta del estudio y decirle: «Necesito que subamos a la habitación para hacer el amor durante toda la noche».

Pero no lo haría, por supuesto. No podía necesitarlo de esa forma.

Pensar en la expresión de Finn después de besarla le encogía el corazón. El beso había sido un error.

Aunque no se lo pareció mientras lo estaban haciendo.

Pero Finn claramente no había sentido nada. Cuando por fin conseguían hablar como si fueran viejos amigos, ese beso lo había estropeado todo. Seguro que no iba a salir de su estudio para hablar del asunto. Seguro que él no había leído revistas en las que se decía que la base de una relación era la comunicación.

Aunque ellos no tenían una relación, tuvo que recordarse Kate a sí misma. Ella tenía un trabajo y él una hermana a la que quería engañar. Pero esas no eran bases sólidas para una relación.

Sin embargo, seguía esperando que ocurriera el milagro, que Finn saliera de su estudio, que le dijese: «Quiero que repitamos el beso». Pero no.

Los días pasaban y a veces quería creer que lo había olvidado. Pero entonces él volvía de la oficina y Kate recordaba el beso con detalle, como si acabara de dárselo.

Sin embargo, Finn parecía distante, avergonzado. Y eso la molestaba. Y la ponía de mal humor.

—¿Qué te pasa? —le preguntó una noche.

—Nada.

—Por favor, no me hagas adivinar —suspiró Finn—. He tenido un día muy difícil y no me apetece jugar. ¿Por qué no me dices qué te pasa?

Ah, sí, como que iba a contárselo. «Pues mira, Finn, resulta que estoy desesperadamente enamorada de ti y esto es un poco frustrante. Sé que no te gusto nada, pero ¿te importaría llevarme a la cama y hacerme el amor?».

Kate estuvo tentada de decirlo para provocar alguna expresión, un grito, algo, pero no estaba loca. De modo que decidió aplastar las patatas para el puré como si quisiera matarlas.

—No me pasa nada. Sólo estoy haciendo mi trabajo.

Finn se aflojó la corbata.

—Tu trabajo no incluye que te portes como una esposa enfadada.

—No, es verdad —asintió Kate—. Incluye hacerte la cena y cuidar de tu hija. No tengo tiempo para portarme como una esposa y menos como una esposa enfadada.

Él suspiró de nuevo.

—Si quieres tomarte un día libre, puedes decirlo con toda tranquilidad.

—Mira, no estoy de humor —replicó ella—. ¿Hay alguna cláusula en mi contrato en la que dice que debo ser Mary Poppins todo el tiempo?

—Si estás de mal humor, sería bueno que te tomases la noche libre.

–Ya es un poco tarde. Además, voy a salir mañana.

–¿Ah, sí? ¿Con quién? –preguntó Finn entonces.

–Contigo. Vamos a tomar una copa con la vecina.

–¿Qué vecina?

–Laura. Ha vuelto de viaje y quería invitarte a una copa.

Laura era una alegre divorciada con un brillo depredador en los ojos, o eso le pareció a Kate cuando llamó a la puerta para invitarlos a tomar una copa. Bueno, en realidad quería invitar a Finn. Y no le hizo ninguna gracia encontrarla en casa. Y mucha menos cuando vio el anillo de compromiso.

–Le habrás dicho que tengo cosas que hacer.

–Pues no, le he dicho que iríamos los dos.

–¿Por qué?

–Porque, aunque pareces haberlo olvidado, tú y yo estamos prometidos a todos los efectos.

–¡Estamos fingiendo estar prometidos!

Kate se puso colorada.

–Ya sabes lo que quiero decir.

–Y sólo cuando Stella llegue a Londres –siguió Finn, enfadado–. No hay por qué involucrar a los vecinos en esta historia.

–No he involucrado a nadie. Laura ha venido para invitarte a una copa, aunque sin duda tenía en mente una cita íntima, y sería muy raro que no fuera yo siendo tu prometida. ¿No te parece?

–¿Y cómo sabe que eres mi prometida?

–Porque ha visto el anillo. Las mujeres nos fijamos en esas cosas.

—Podrías haber dicho que estabas prometida con otro.

—Ah, vaya, hombre. Perdona. Es que se me da mal la telepatía y no sé a quién debo contárselo y a quién no. ¿Por qué te preocupa tanto que Laura nos crea prometidos? —le espetó Kate.

Finn se estaba sirviendo un whisky.

—El problema es que he estado evitando a esa mujer desde que descubrió que yo era viudo. Siempre le he dado a entender que no estaba preparado para otra relación.

—Bueno, pues dile que cambiaste de opinión al conocerme.

—Genial. Y cuanto tú te vayas tendré que decirle que hemos roto el compromiso, ¿no? Y entonces pensará que estoy disponible.

—Mira, ¿sabes una cosa? Vas a tener que aprender a decir que no, en lugar de esconderte. Y no creo que te sea tan difícil. ¡Decir que no es tu especialidad!

Finn la miró, sorprendido.

—¿Qué quieres decir con eso?

—Que no es fácil acercarse a ti —contestó ella, poniéndose el guante del horno—. Esa Laura debe de ser muy valiente si se atreve a insistir contigo. La mayoría de las mujeres te tendrían pánico.

—Yo diría que a ti no te doy pánico —replicó Finn.

—Porque me hago la dura. Ya te dije que se me daba bien actuar.

—Pues debes de ser mejor de lo que yo pensaba.

Se estaban mirando a los ojos y, Kate estaba segura, los dos pensaban en el beso. Era tan vívido que prácticamente podía verse con los brazos alrededor de su cuello, el cálido aliento de Finn sobre sus labios...

Apartando la mirada para no complicar las cosas, Kate se inclinó para meter la bandeja en el horno.

—Es posible.

—¿De verdad le has dicho que iríamos a tomar una copa mañana?

—De verdad. Pero cuando Laura descubrió que estábamos «prometidos», dijo que invitaría a otros vecinos. Puede que hasta lo pasemos bien.

Él emitió una especie de gruñido.

—Hablar de cosas que no me importan con gente que no me interesa va a ser divertidísimo.

—Por favor... puede que conozcas a alguien interesante.

—¿Y Alex?

Kate levantó los ojos al cielo.

—Sólo vamos a casa de la vecina durante un par de horas. Alex podría venir con nosotros... o puedo decirle a Bella que se pase por aquí. Seguro que no le importaría. Además, ya le he dicho que sí y ahora no podemos echarnos atrás —dijo Kate, harta de la discusión—. Intenta llegar un poco antes mañana, Finn. Hemos quedado a las seis.

—Qué guapa te has puesto —Bella estaba jugando a las cartas con Alex cuando Kate apareció en la cocina con una falda recta y un top de encaje negro—. Los hombres se pegarán por estar contigo.

Kate se subió el escote.

–¿No crees que es un poco exagerado?

–¿Por qué? Si lo tienes, enséñalo.

–Ojalá hubiera traído más ropa. Laura es muy elegante...

–Yo creo que estás preciosa –dijo Alex–. ¿Verdad que sí, papá?

Kate se volvió. No lo había visto hasta entonces, pero estaba muy guapo con un traje oscuro y una corbata de colores.

–Está bien –dijo él.

–Señor McBride, por favor, hará que me ruborice con tantos halagos –replicó ella, irónica.

Finn dejó escapar un suspiro.

–Estás guapísima... elegante, sofisticada... ¿qué más tengo que decir?

–Delgada –dijo Kate.

–Sexy –sugirió Bella.

Finn miró su escote.

–Y sexy –añadió. Después, miró su reloj–. Bueno, si has terminado de suplicar halagos, podríamos irnos. Cuanto antes lleguemos, antes podremos marcharnos.

–Es la alegría de la fiesta, ¿eh? –rió Bella.

–Deja de quejarte, lo pasaremos bien –sonrió Kate, tomándolo del brazo–. Piensa en esto como un ensayo para cuando venga Stella. ¡Y al menos intenta sonreír!

Como sospechaba, al saber que estaba prometido Laura olvidó su idea de la cita íntima e invitó a varios vecinos. Las mujeres iban elegantísimas, muy finas con vestidos de diseño, y Kate se dio cuenta de que el top de encaje era un error. Al lado de ellas, parecía... una descarada.

Sin embargo, a los maridos pareció gustarles mucho. Como era demasiado tarde para cambiarse, Kate optó por pasarlo bien, o aparentar que lo estaba pasando bien, y la expresión de Finn se hizo cada vez más sombría.

—¿Ya estáis aquí? —exclamó Bella cuando volvieron, una hora más tarde—. No os esperaba tan pronto. ¿Qué tal ha ido?

—Genial —contestó Finn—. Kate ha conseguido destrozar mi reputación y romper varios matrimonios en menos de una hora.

—No sé de qué estás hablando —replicó ella.

—Claro que lo sabes. Has estado exhibiéndote. A Laura no la sorprenderá que rompa el compromiso después de verte coquetear con todos los vecinos. ¡Pero si prácticamente te has sentado en las rodillas de Tom Anderson!

Kate lo miró, perpleja.

—¡Eso no es verdad! Además, te has pasado el rato en una esquina y no has hecho ningún esfuerzo por hablar con nadie. Se te ha notado mucho...

—Lo que se ha notado es lo transparente que es esa blusa —la interrumpió Finn.

—A ver, niños, por favor —intervino Bella—. Yo creo que deberíais ensayar esto del compromiso antes de que Stella llegue a Londres. Porque, veréis, cuando dos personas se comprometen... es porque están enamorados y quieren pasar el resto de su vida juntos. Y no porque les guste pelearse en las fiestas. Eso suele pasar después de casarse.

—Mi hermana nunca se creerá que estamos prometidos si Kate sigue portándose como esta noche.

–Pero bueno... ¿cómo me he portado? –exclamó ella, furiosa–. Sencillamente, me gusta que la gente me aprecie y eso no pasa cuando estoy contigo.

–Phoebe y yo hemos pensado que estaría bien dar una fiesta cuando llegue Stella –intervino Bella de nuevo–. Si estuvierais prometidos de verdad, sería lo más lógico, ¿no? Podrían venir Josh, Gib, en fin... unos cuantos amigos. Si tu hermana ve que los amigos os tratan como prometidos no tendrá ninguna duda. Aunque Kate y tú estéis como el perro y el gato.

–Es posible –admitió Finn–. Pero no hace falta que te molestes. Todo este asunto ya está resultando demasiado complicado.

–No te preocupes por eso. Cualquier excusa es buena para hacer una fiesta. ¿Qué te parece, Kate?

–Yo creo que es una idea estupenda. Llamaré a Phoebe mañana para buscar una fecha.

Stella llegaba el martes y Kate se pasó todo el lunes limpiando la casa de arriba abajo. Después, puso flores en la habitación de invitados y cerró la puerta para que Derek no se subiera a la cama. Últimamente le había dado por hacerlo, sobre todo después de rebozarse bien en el barro del jardín, y Finn montó en cólera cuando lo hizo en su cama.

Kate había planeado una cena especial para esa noche y estaba haciendo mousse de chocolate cuando Finn bajó a la cocina después de darle las buenas noches a Alex.

–¿Lo tienes todo controlado?

–Creo que sí –dijo ella.

Después de la desastrosa fiesta en casa de Laura se limitaban a ser amables el uno con el otro, pero no habían vuelto a hablar con normalidad.

–Tengo que terminar este postre para mañana. Pero la habitación de Stella ya está preparada y voy a meter una botella de champán en la nevera.

Finn levantó una ceja.

–¿Champán?

–Para celebrar nuestro compromiso. No has visto a tu hermana en un año y hemos de celebrar que vamos a casarnos. Hay que tomar champán.

–Si tú lo dices...

–No vale de nada hacer todo esto si no lo hacemos como es debido.

–Tienes razón –murmuró él, metiendo un dedo en el bol de chocolate–. Oye, esto está muy rico.

–Gracias. ¿Crees que todo saldrá bien?

–Si no perdemos los nervios, supongo que sí. Pero Stella es muy astuta, así que no debemos bajar la guardia. Cualquier detalle podría delatarnos. De hecho...

–¿Qué?

Finn no contestó inmediatamente. Nervioso, se metió las manos en los bolsillos del pantalón.

–No sé cómo pedirte esto, Kate –dijo por fin–. Pero... verás... ¿te importaría dormir conmigo mientras Stella esté aquí? Sólo compartiríamos la habitación, claro. Nada más.

Por supuesto. No iban a hacer el amor, pensó Kate, echando azúcar en el bol.

–Creo que mi hermana se sorprendería si no durmiéramos juntos.

Ella asintió. No debía tomárselo en serio. Sólo estaba haciendo un papel.

—Claro.

—¿Estás de acuerdo?

—Lo mejor es que hagamos las cosas bien. Además, estoy segura de que tú no... bueno, ya sabes, que no hay ningún peligro.

—Claro que no —sonrió él.

—Podríamos empezar esta noche, si te parece —sugirió Kate—. Así será más natural cuando Stella llegue mañana.

Por supuesto, todo parecía muy fácil en la cocina, pero cuando llegó el momento... Al menos había llevado un camisón, pensó. Kate se desnudó en su cuarto y pasó las manos por el delicado satén. Iba a entrar en la habitación de Finn, iba a tumbarse en su cama... Y estaba nerviosísima.

Cubriéndose con un albornoz, suspiró profundamente y llamó a la puerta.

Finn la estaba esperando de pie, con un pijama arrugado. Y parecía muy incómodo. Seguramente no solía dormir con pijama y lo había sacado de algún cajón.

—Yo dormiré en el suelo.

—Pero eso no serviría de nada, ¿no? —murmuró ella, sin mirarlo—. Además, la cama es muy grande. Hay sitio para los dos. Y supongo que no intentarás propasarte.

Finn levantó los ojos al cielo.

—Claro que no.

—¿En qué lado duermes?

—A la derecha —contestó él.

Kate se quitó el albornoz y se metió en la cama con aparente tranquilidad. Su profesora de interpretación estaría orgullosa de ella. Lo estaba haciendo como si aquello fuera lo más normal del mundo.

Finn apagó la luz y se tumbó a su lado.

—Buenas noches.

—Buenas noches.

Ya estaba. No había pasado nada. Finn McBride estaba tumbado a su lado y no pasaba nada. ¿Qué iba a pasar? Kate se mantuvo tensa, quizá esperando... pero no, unos minutos después sólo podía oír la rítmica respiración de su compañero de cama.

Y poco a poco fue relajándose. Cuando le quedó claro que estaba dormido, se felicitó a sí misma. No pasaba nada. No iba a pasar nada en absoluto.

Eso era lo que quería, ¿no?

CAPÍTULO 9

AÚN NO había amanecido cuando Kate se despertó, con un brazo sobre su cintura. Un brazo fuerte, masculino que la apretaba contra el cuerpo de un hombre.

Finn. Debió de haberse dado la vuelta durante el sueño, pensó. Podía sentir su aliento en la nuca y eso era suficiente para hacerla estremecer.

Ya no podía volver a dormirse. Era muy tarde.

Demasiado tarde.

Incluso con los ojos cerrados, notaba cada milímetro de su propio cuerpo, quemando bajo el brazo de Finn. Le gustaba tanto estar así... Ojalá pudiera volverse para tocarlo, para despertarlo con sus besos...

Podría volverse.

Podría besarlo.

Podría aparentar que estaba dormida.

Una vez que la idea se asentó en su cabeza, era imposible pensar en otra cosa. Sería una bobada y podría morirse de vergüenza, pensó. Debía mantener las distancias... y darse la vuelta para besarlo era una locura.

Pero le gustaría tanto...

Siempre podía parar, se dijo Kate. No tenía que ir tan lejos. Ni siquiera tenía que despertarlo. Sólo quería saber cómo era estar entre sus brazos; quería saber si Finn sonreiría al notar sus labios.

No era pedir demasiado, ¿no?

Kate se movió un poco, pero Finn seguía respirando rítmicamente, ajeno a su turbación. ¿Cómo podía estar durmiendo cuando ella estaba temblando de deseo? ¿No podía intuir cómo lo deseaba?

Podía estar tumbada toda la noche, sin moverse, o podía ver qué pasaba si tomaba la iniciativa. Respirando profundamente, dejó escapar un leve suspiro y se dio la vuelta. Pero Finn, sin despertarse, se tumbó de espaldas y apartó el brazo.

Qué típico. Kate lo miró, frustrada. Incluso en sueños parecía dispuesto a resistirse. «Bueno, ya veremos», pensó ella.

Finn era mucho más alto que ella de pie, pero tumbados armonizaban a la perfección. Entonces puso un brazo sobre el torso masculino y apoyó la cabeza en su cuello, respirando el olor de su piel. Y él seguía dormido.

«Déjalo ya», se dijo Kate. Pero no podía.

Sin pensar, acercó los labios a su cuello y después, suavemente, fue subiendo hasta su cara. Sus manos también parecían tener voluntad propia porque empezaron a meterse bajo la chaqueta del pijama...

Estaba jugando con fuego y lo sabía, pero le daba igual. Iba a desabrochar el primero botón del pijama cuando notó que la respiración de Finn se detenía.

Lo había despertado.

Nerviosa, levantó la cara y vio el brillo de sus ojos en la oscuridad. Ya no podía aparentar que estaba dormida. Seguramente lamentaría aquello por la mañana... o toda la vida, pero en aquel momento no quería pensar.

Finn se quedó inmóvil, parpadeando, intentando despertarse del todo. Y se quedó mirándola en silencio durante unos segundos. Entonces levantó la mano y empezó a acariciar su pelo.

Cuando sus labios se encontraron por fin, el sueño desapareció. Se besaron fervorosamente, una y otra vez, como para compensar el tiempo perdido. La mano de Finn se deslizaba insistentemente por el camisón de satén, buscando el bajo; y cuando lo encontró tiró hacia arriba y acarició sus muslos, la curva de sus caderas...

Al sentir la mano del hombre en su piel desnuda, Kate emitió un gemido. Intentó desabrochar el pijama, pero le temblaban tanto las manos que, al final, Finn se lo quitó de un tirón y se colocó abruptamente encima. Kate enredó los brazos alrededor de su cuello, apretándolo, disfrutando del roce de su espalda desnuda...

La asustaba que Finn se diera cuenta de lo que estaban haciendo. Pero quería abandonarse completamente al roce de sus manos, al calor de sus labios, al peso de su cuerpo, que la enardecía.

Hicieron el amor sin hablar, con un ritmo antiguo e instintivo que los dejó sin aliento a los dos. El placer se hacía casi insoportable y cuando por fin terminó, Kate se quedó jadeando con la cabeza del hombre sobre su pecho.

Unos segundos después, Finn se apartó, mascullando algo que Alex habría identificado como una palabrota.

—Lo siento. No quería que pasara esto —murmuró.

—Ha sido culpa mía —dijo ella, intentando parecer contrita. Debería sentirse culpable, pero no era así.

Llevaba semanas deseando hacer el amor con Finn y no se sentía en absoluto culpable. Todo lo contrario.

—Estaba medio dormida —aquello no era del todo verdad, pero estaba demasiado encantada consigo misma como para preocuparse de detalles—. Supongo que me he dejado llevar un poquito.

—Creo que los dos nos hemos dejado llevar —murmuró él, burlón.

Kate se apoyó en el codo para poder mirarlo bien.

—¿Lo lamentas?

—No. Y no puedo decir que no supiera lo que estaba haciendo, pero ha sido muy irresponsable por parte de los dos. ¿Y si te quedas embarazada?

—No lo creo. Sigo tomando la píldora.

Seguía sintiéndose asombrosamente bien, relajada y feliz. Y era una sensación que no quería perder. Sabía que Finn estaba a punto de decir: «Esto no debe volver a pasar», y no estaba segura de poder soportarlo.

—Mira, no le hemos hecho daño a nadie. Creo que los dos necesitábamos un poco de consuelo y lo hemos encontrado. ¿Qué hay de malo en eso?

No quería alarmarlo demostrándole sus sentimientos.

–No significa nada para ninguno de los dos, pero ésa no es razón para que no lo pasemos bien. Sólo estaré aquí durante unas semanas y ya que compartimos habitación... a menos que tú no quieras, claro.

–Yo diría que puedo resignarme –sonrió Finn.

Kate tardó un segundo en darse cuenta de que estaba bromeando.

–Sólo es algo temporal. Sólo mientras tu hermana esté aquí.

–Claro.

–No pasa nada.

–No –dijo él.

–Ninguno de los dos quiere mantener una relación.

–Ya.

Silencio.

Kate lo estudió, incómoda, sin saber qué decir. ¿Estaba lamentando lo que habían hecho? En la oscuridad, su expresión era más indescifrable que nunca.

Lo importante era que no la había apartado, razonó. Habría más noches como aquella. No podía pedir más. Sería demasiado egoísta pedir que la amase.

Por el momento, decidió Kate, haría lo que habían acordado. Por el momento era suficiente, pensó, deseando abrazarlo de nuevo.

–De todas formas, siento haberte despertado.

Finn le pasó un brazo por la cintura y ella tuvo que disimular un suspiro de placer.

−¿Lo sientes mucho?

Kate sonrió.

−¿Quieres que te demuestre cuánto lo siento?

El sonido de unas ruedas en la gravilla del camino hizo que Derek se pusiera a ladrar furiosamente, tomándose muy en serio su papel de perro guardián.

Kate se pasó una mano por el pelo, en un vano intento de controlar los incontrolables rizos. Estaba muy nerviosa porque iba a conocer a Stella. Finn y Alex habían ido a buscarla al aeropuerto, de modo que había llegado el momento.

Por la mañana, Finn no dijo nada de la noche anterior y se comportó como se comportaba siempre, con austera amabilidad, quejándose por el estado de la cocina y peleándose con Alex, que quería recibir a su tía con unos vaqueros manchados de pintura y un jersey roto.

Kate casi se preguntaba si todo habría sido un sueño... pero seguía estremecida por la experiencia.

Nerviosa, la conversación durante el desayuno había sido medio incoherente, a juzgar por las miradas de Alex.

Pero tenía que enfrentarse a la temible Stella. Aunque no sería un problema fingirse enamorada de Finn.

A primera vista, Stella McBride tenía poco en común con su hermano. Era unos años mayor y bastante más bajita. Vestía de forma elegante y llevaba el pelo corto, pero tenía los mismos ojos grises.

–¡No te puedes imaginar cuánto me alegra que Finn haya encontrado a alguien! –fue el cálido saludo de Stella, que la abrazó en el porche–. Pero no me había dicho lo guapa que eres.

¿No le había dicho que era guapa? ¿Qué le habría contado a su hermana exactamente? ¿Que era mona, pero no podía compararse con Isabel?

Finn estaba sacando una enorme maleta del coche.

–No es guapa.

Stella y Kate lo miraron, sorprendidas.

–Vaya, muchas gracias. No sé si lo sabes, pero a veces hay sinceridades que duelen –murmuró Kate, dolida.

–Es más que guapa. Es preciosa –dijo Finn entonces–. Y no te lo dije porque pensé que lo verías por ti misma.

–Ah, muy típico de mi hermano. Dice algo que te saca de quicio y luego lo arregla para que no te enfades con él –sonrió Stella.

Alex estaba deseando presentarle a Derek, que arañaba la puerta para que lo dejasen salir, pero su tía no pareció impresionada.

–¿Qué clase de perro es?

–Uno muy maleducado –contestó Finn.

–¡No es maleducado! –exclamó Alex–. Es muy inteligente y está perfectamente entrenado, ¿verdad, Kate?

–Bueno, perfectamente... –sonrió ella, recordando las veces que tenía que perseguirlo por la casa para que soltase sus zapatillas.

Stella miraba a Derek con cara de asco. No dijo

que era el perro más feo que había visto en su vida, pero como si lo hubiera dicho.

—¿De dónde lo habéis sacado?

—Es culpa de Kate. Se cayó encima de un montón de basura... y allí estaba Derek. Y con su cara de cachorro abandonado me está costando una fortuna en comida y visitas al veterinario.

—Papá...

—Es una broma, tonta.

Alex le echó los brazos al cuello y Stella sonrió, encantada.

—Parece que las cosas han cambiado mucho por aquí. Incluso la casa ha cambiado. Es mucho más... agradable.

—Finn piensa que está hecha un desastre —sonrió Kate.

—La culpa también es de mi prometida —dijo él.

—Pues yo creo que ha mejorado mucho —afirmó Stella.

—¿Lo ves? Alex, tú eres testigo —rió Kate.

Stella estaba deseando quedarse a solas con ella y rechazó la oferta de Finn de acompañarla a la habitación.

—Kate, ven tú conmigo.

—Sí, claro.

Cuando llegaron arriba miró alrededor, encantada.

—Está todo muy bonito. Gracias.

—Finn me ha dicho todo lo que hiciste por él desde que su mujer murió.

—Sí, bueno, fue un momento horroroso —suspiró Stella—. Hice lo que pude, pero Finn era inconsolable. Bueno, ya sabes lo testarudo que es... no dejaba que nadie lo ayudase y me rompía el corazón... llegué a pensar que nunca volvería a verlo feliz.

—Quería mucho a Isabel.

Kate pronunció el nombre de Isabel a propósito. Tenía que recordar que lo que había pasado por la noche no cambiaba nada y que, por muchas historias que le contasen a su hermana, su sitio en aquella casa era sólo temporal.

—Llevo años diciendo que Alex necesita una figura femenina y fíjate lo alegre que está. Nunca la había visto así de contenta. Y Finn dice que todo es gracias a ti. Lo que no sabe, porque los hombres no se enteran de nada, es que es él quien ha cambiado. Tú has conseguido que baje la guardia, que sea feliz. Incluso has conseguido meter un perro en casa... ¡pero si a mi hermano ni siquiera le gustan los perros!

—Yo creo que Derek le gusta más de lo que quiere admitir.

—Pues eso. No lo había visto tan feliz en muchos años y todo es gracias a ti —dijo Stella entonces, con lágrimas en los ojos—. Finn no me lo dirá nunca, ya sabes cómo es, pero me he dado cuenta de que está muy enamorado.

¿Ah, sí? ¿No decía Finn que su hermana era tan perceptiva?

Finn McBride no la quería, pero sí estaba más relajado. Si era o no feliz... Kate no se atrevía a preguntárselo.

Durante aquellos días apenas tuvieron tiempo para estar solos y cuando se encerraban en el dormitorio no decían mucho. Lo habían dicho todo durante la primera noche.

Para los dos, todo era un poco irreal. Kate tenía que recordarse a sí misma que aquello era sólo una aventura. No quería estropear la felicidad de aquellas noches pensando en el futuro. Ya habría tiempo para volver a pisar el suelo cuando Stella volviese a Canadá.

Eso era lo que se decía a sí misma, pero cada día estaba más enamorada de Finn. A veces lo miraba cuando estaba conduciendo, o cuando se ponía las gafas para leer el periódico... y se quedaba sin aire.

Stella era una invitada muy exigente, pero a Kate le caía bien. Era sincera y un poco brusca a veces, pero quería mucho a Finn y a Alex. Y era una persona llena de entusiasmo. Cuando le dijo que su amiga Phoebe había organizado una fiesta de compromiso, Stella se mostró encantada.

–Qué buena idea. Se os ve muy enamorados, pero no hacéis ningún plan –dijo durante la cena–. ¿Habéis escogido ya fecha para la boda?

Finn miró a Kate.

–No tenemos prisa.

–Pero tampoco hay razón para esperar. Los dos sois mayorcitos y estáis viviendo juntos. ¿Por qué no os casáis de una vez?

–Eso es entre Kate y yo –contestó Finn, irritado.

–Claro, pero deberíais pensar en los demás. Tenéis que avisar con tiempo para que Geoff y los niños puedan venir a Londres. Y los padres de Kate también tendrán que hacer planes...

–Ahora mismo están de vacaciones –la interrumpió Kate–. Y aún no les he hablado de Finn.

–Pues yo no entiendo por qué tanto secreto –se quejó Stella–. Menos mal que tu amiga va a dar una fiesta de compromiso. Si fuera por vosotros no la haríais.

—Stella, ¿quieres dejar de organizarnos la vida? —protestó su hermano—. Kate y yo somos muy felices.

—Sí, pero tenéis que pensar en Alex.

—Alex está muy contenta con la situación. ¿Verdad que sí, cariño?

—Sí —contestó la niña—. Pero me gustaría que os casarais. Así Kate se quedaría para siempre y podría cuidar de Derek.

—Tu hija tiene más sentido común que tú, Finn. No es que la prioridad sea el perro, pero tiene razón. Si no tienes cuidado, perderás a tu novia. No querrás que te pase eso, ¿no?

Finn miró a Kate, que parecía incómoda. Llevaba uno de esos tops suyos tan alegres, el pelo rizado como siempre, y los brillantes.

—No —dijo entonces—. No quiero eso.

—Yo no pienso irme a ninguna parte —bromeó ella—. Esta casa es muy bonita y Derek un amor. Y supongo que Finn y Alex tampoco están mal. ¿Por qué no iba a quedarme para siempre?

—¿Lo prometes? —preguntó Alex.

Kate se aclaró la garganta.

—Lo prometo —contestó, deseando que fuera verdad.

—Va a ser una fiesta muy elegante —le dijo Phoebe por teléfono al día siguiente.

—Bella me dijo que sólo era una cena.

–Sí, pero hemos decidido que sea una cena elegante. Al fin y al cabo, Finn y tú os conocisteis aquí.

–¡Nos conocimos en el trabajo!

–No, no, en el trabajo conociste a Finn McBride, tu jefe. En mi casa conociste a Finn.

–Phoebe, tú sabes que Finn y yo no estamos prometidos de verdad, ¿no? La fiesta sólo es para convencer a su hermana.

–Claro que lo sé. Pero esa no es razón para hacer las cosas mal.

–Bueno, pero no te pases.

–¿Pasarme yo?

–Mira, Stella se ha creído lo del compromiso, pero no es tonta. No quiero que sospeche...

–Tranquila, lo pasaremos muy bien –la animó Phoebe.

Kate no estaba tan segura. Quería mucho a sus amigas y sabía que lo hacían con la mejor intención, pero estaba nerviosa. Phoebe y Bella la conocían muy bien. Tan bien que enseguida comprenderían que estaba enamorada de Finn. Y esperaba que no la delatasen.

–Ojalá no tuviéramos que ir –dijo, suspirando, mientras buscaba sus pendientes favoritos encima de la cómoda.

En el espejo vio a Finn poniéndose la camisa. La intimidad de vestirse juntos le resultaba emocionante.

–Yo también preferiría quedarme en casa, pero Stella está deseando conocer a todo el mundo. Seguramente buscará aliados en su campaña para que nos casemos lo antes posible.

—Todo se está complicando, ¿verdad?

—Es culpa mía —suspiró él—. Conociendo a mi hermana, no estará contenta hasta que sepa en qué iglesia nos casamos, cuántos invitados vendrán a la boda y qué flores vamos a elegir. De verdad... a veces desearía que no hubiéramos empezado este juego.

—¿En serio? —preguntó Kate.

Finn se quedó mirándola a los ojos.

—No.

Para Kate fue como si el mundo hubiera dejado de girar. Sin decir nada, Finn se acercó y le puso las manos sobre los hombros.

—No me puedo imaginar lo que haría sin ti. Antes, cada vez que venía mi hermana me sentía incómodo, pero esta vez todo está saliendo bien y es gracias a ti. Stella dice que eres maravillosa.

—Ella también es estupenda.

—Nunca te he dado las gracias por todo lo que estás haciendo. Y no me refiero sólo a... fingirte mi prometida. La casa está preciosa, cocinas de maravilla y mi hija... en fin, nunca la había visto tan feliz.

—¿Y tú?

—Yo también soy feliz.

Kate enredó los brazos alrededor de su cuello y Finn la besó suavemente en los labios. Era la primera vez que la besaba por iniciativa propia... cuando no estaban a oscuras.

—¡Chicos! —gritó Stella, llamando a la puerta—. Daos prisa, ha llegado el taxi. Y ya he llevado a Alex a casa de la vecina.

Cuando Finn la soltó, Kate apenas podía tenerse

en pie. Bajó la escalera con las piernas temblorosas y le dio al taxista la dirección de Phoebe como si estuviera en las nubes.

—¡Kate, estás preciosa! —exclamó Gib al verla.

—Mírala, tiene un brillo especial en los ojos —dijo otra de sus amigas.

—Debe de ser el amor.

Kate apenas oía los cumplidos. No podía concentrarse en nada que no fuera Finn. No podía pensar en otra cosa que en cerrar la puerta del dormitorio, dejar que él le quitase el vestido, que la tumbase en la cama...

—¡Kate, despierta! —Bella estaba moviendo una mano delante de su cara.

—¿Eh?

—Estamos a punto de abrir una botella de champán y podrías hacer un esfuerzo para aparentar que estás en el mismo planeta, guapa.

Kate miró alrededor.

—Ah, perdona.

—Quiero proponer un brindis —dijo Gib entonces—. Por Finn y Kate. Queremos desearos la mayor felicidad porque los dos la merecéis más que nadie.

—¡Por Finn y Kate! —repitieron los invitados.

Kate no sabía qué decir. Pero Finn estaba sonriendo y ella sonrió también.

—Os estamos muy agradecidos —dijo él entonces, tomándola por la cintura—. ¿Verdad, Kate?

—Sí —contestó ella—. Sí, claro.

Pero no estaba pensando en eso, estaba pensando en cuánto lo amaba y cuánto deseaba que la abrazase, que la besase...

Como si hubiera leído sus pensamientos, Finn la besó en los labios y Kate se olvidó de sus amigos, de Stella y de todo.

—Creo que eso responde a todas las preguntas —sonrió Gib.

—Sí, pero ¿cuándo es la boda? —insistió Stella.

—Ah, es verdad. ¿Cuándo os casáis? —preguntó Bella.

Finn no apartó los ojos de Kate.

—Pronto —contestó—. Muy pronto.

PHOEBE y Bella habían pasado varios días planeando la cena. Además, se habían esforzado tanto para decorar la casa y obligar a todo el mundo a ponerse elegante que Kate se sentía desesperadamente culpable. No habrían podido hacer más si Finn y ella estuvieran prometidos de verdad. De hecho, Kate empezaba a creer que sus amigas no se habían enterado de que estaban fingiendo.

El novio de Bella, Will, estaba allí, y Josh había llevado a su última conquista, además de otros amigos comunes, de modo que la fiesta estaba muy animada.

Kate hubiera querido pasarlo bien, pero no podía. Le costaba mucho concentrarse en la conversación y sólo podía pensar en volver a casa. Hizo un esfuerzo para reírse de las bromas de Josh, pero con Finn sentado a su lado le resultaba imposible.

Quería abrazarlo, besarlo, obligarlo a que la sacara de allí para hacer el amor como hacían cada noche...

Desgraciadamente, Phoebe aprovechó que había ido a la cocina para acorralarla.

—Así que ésas tenemos —dijo, sacándola de su ensimismamiento.

—¿A qué te refieres?

—Estás enamorada de Finn, ¿verdad?

—¿Por qué dices eso? —preguntó Kate, haciéndose la tonta.

—Es evidente. Pero si ni siquiera miras a nadie más...

—Lo siento. De verdad te agradezco todas las molestias, Phoebe, pero...

—Pero Finn es la única persona que te importa ahora mismo, ¿no? —sonrió su amiga.

—Bueno, estoy un poco enamorada de él...

—¿Un poco?

—No, mucho —suspiró Kate.

—¿Y él? A mí me parece que también está muy colgado contigo.

—No, no lo creo. Es un buen actor. Además, no le he dicho lo que siento y no pienso decírselo. En cuanto Stella se marche me iré de su casa y ahí se acabará todo. Es sólo algo temporal.

—¿Y eso es suficiente para ti?

—Va a tener que serlo —suspiró ella.

La preocupó mucho la conversación. Phoebe la conocía mejor que nadie, pero si ella se había dado cuenta de que estaba enamorada... debía tener cuidado.

Sería horrible que Finn lo adivinase. Lo último que deseaba era que le dijera que nunca podría amar a nadie como había amado a Isabel. Ella no quería compararse con su difunta esposa.

Kate decidió que lo mejor sería mantener las distancias, pero era difícil no responder cuando la buscaba en la oscuridad o aparentar que no se alegraba al verlo en casa cada tarde. No podía ser reservada, no estaba en su naturaleza.

Y fue más difícil cuando Stella se marchó de Londres para visitar a unas amigas. Kate se alarmó al descubrir lo agradable que era estar los tres en la casa, con Derek. Eran como una familia. A veces tenía que recordarse a sí misma que aquello terminaría pronto, que no iba a durar.

La partida de Stella significaba que podían dejar de aparentar, pero Alex seguía tratándola de la misma forma... y Finn también. De hecho, ni siquiera se les ocurrió que debería volver a su habitación.

—Ya conoces a mi hermana. Cuando vuelva, seguro que insiste en buscar una fecha para la boda —le comentó él un día.

—Pues habrá que inventar una.

—Eso es —sonrió Finn, besándola en el cuello.

Cada noche era más bonito. Ya tendría tiempo de estar sola cuando Stella volviese a Canadá, pensaba Kate. Además, deseaba tanto abrazarlo, sentirlo a su lado... guardaría esos recuerdos para siempre, como una ardillita guardaba nueces para el invierno.

Un día, con Alex en el colegio y Finn en la oficina, decidió hacer limpieza general. Al fin y al cabo, le pagaban por ser ama de llaves... aunque ella se tomase ciertas libertades.

Pasó la aspiradora, descolgó las cortinas para lavarlas y abrillantó el suelo con cera. Y entonces llegó al dormitorio de Finn. Cada lado de la cama reflejaba sus diferentes personalidades. Mientras sobre la mesilla de Finn sólo había un despertador, una lamparita y varias monedas que se había sacado del bolsillo por la noche, en la mesilla de Kate había una barra de labios, un libro, un frasco de perfume, un collar, un reloj, un peine, revistas... en fin, que a duras penas se veía la mesilla.

¿De dónde había salido todo aquello? Era como si sus cosas quisieran apoderarse de la habitación.

Cuando estaba limpiando la mesilla de Finn, decidió guardar las monedas en el cajón y, al abrirlo, vio una fotografía boca abajo.

Kate la levantó, sabiendo de quién era. Isabel.

Era lógico que Finn tuviese una fotografía de su mujer cerca de la cama. Sería lo primero que viera al despertarse y lo último al acostarse. Pero se le rompió el corazón al descubrir cuánto la echaba de menos.

Sujetando la fotografía, Kate se dejó caer sobre la cama. Finn debió de meterla en el cajón después de la primera noche... incapaz de ver el rostro de Isabel cuando había otra mujer ocupando su sitio. El contraste hubiera sido demasiado doloroso.

Cuando iba a guardar la fotografía, vio que había un papel en el cajón. Parecía una carta... y la curiosidad pudo más que ella. Pero sólo se atrevió a echar un vistazo. Las palabras «mi amor para siempre» aparecieron ante sus ojos.

Mi amor para siempre.

Kate guardó la carta, colocó la fotografía encima y volvió a cerrar el cajón.

Había llegado la hora de poner los pies en la tierra. Finn nunca la amaría como había amado a su mujer. Era absurdo enterrar la cabeza en la arena.

Ese descubrimiento le había roto el corazón y, aunque intentó disimular, Finn notó algo raro por la noche.

—¿Qué te pasa?

–Nada, estoy bien –contestó ella, intentando sonreír.

En la cama se apretó contra él, sin saber cómo iba a decirle adiós, pero sabiendo que tendría que hacerlo.

Stella volvió de lo que ella llamaba su «tour por Inglaterra» unos días más tarde e inmediatamente notó el cambio en Kate.

–¿Qué ocurre? ¿Habéis tenido una pelea?

–No, claro que no.

–Sé que mi hermano puede ser difícil a veces, pero ahora es tan feliz... y Alex también. Me daríais un disgusto terrible si pasara algo.

–No, de verdad, no pasa nada –mintió ella.

Al día siguiente fueron todos al aeropuerto. Kate lamentaba decirle adiós y no sólo porque su partida significaba también decirle adiós a Finn y a Alex.

Cuando estaban despidiéndose, Stella le dio un abrazo, emocionada.

–Muchísimas gracias por todo. Finn, cuida de ella. Kate es justo lo que necesitas. Alex, encárgate de que tu padre no haga ninguna tontería.

–Lo haré, tía Stella.

–Prometedme que seré la primera en saber la fecha de la boda –fueron sus últimas palabras, antes de desaparecer en el control de pasaportes.

–No sé cómo voy a decirle que no habrá boda –suspiró Finn, mientras volvían al coche–. Nunca me perdonará.

–A lo mejor no tienes que decírselo –intervino Alex.

–¿Qué quieres decir?

–Que podríais casaros.

–Alex, la única razón por la que Kate y yo hemos hecho esa... pantomima es porque tú no quieres una madrastra.

–Pero no me importaría que Kate lo fuera –dijo la niña.

Kate y Finn se detuvieron en medio de la terminal, sorprendidos. Ella no se atrevía a mirarlo. No quería ver el rechazo en sus ojos.

–Yo creo que te aburrirías de mí –dijo, apretando la mano de Alex.

–No, no me aburriría –dijo la niña.

–Sería muy estricta. Tendrías que irte a la cama a las ocho y nada de televisión durante la semana. Eso no te gustaría, ¿verdad?

–No –admitió Alex–. Pero sería mejor que decirte adiós.

–Muy bien, ya es suficiente –dijo Finn entonces–. Kate nos ha hecho un favor, pero tiene su propia vida.

–Pero...

–No quiero oír nada más –la interrumpió su padre.

Volvieron a casa en silencio y, cuando llegaron, Finn dijo tener mucho trabajo. Alex subió a su habitación, con Derek.

Kate no sabía qué hacer, pero al menos podría evitarle a Finn una conversación incómoda. De modo que sacó sus cosas del dormitorio y cambió las sábanas. Así podrían aparentar que no había pasado nada.

–Te has llevado tus cosas –dijo él después de darle las buenas noches a Alex.

–Sí, he pensado que sería lo mejor.

−¿Lo mejor?

−Habíamos acordado que dormiríamos juntos sólo mientras Stella estuviera aquí −le recordó Kate.

−Ya lo sé, pero... sí, tienes razón. No hay razón para seguir como antes.

−No.

Se quedaron en silencio, incómodos, sin saber qué decir.

−Sólo era una cosa temporal.

−Sí, es verdad.

Otra pausa.

−Será mejor que empiece a buscar otro trabajo −dijo Kate.

−¿Dónde vas a buscar? −preguntó él.

−No lo sé. Pero supongo que podría volver a ser secretaria.

−No te gustaría quedarte, ¿verdad? −preguntó Finn entonces.

A ella le dio un vuelco el corazón.

−Pensé que querías arreglártelas sin un ama de llaves.

−Ésa era la idea, pero... Rosa no puede volver y la verdad es que... he estado pensando en lo que ha dicho mi hermana. Alex necesita tener una mujer a su lado y te quiere mucho. Quiere que te quedes, Kate. Me ha suplicado que te lo pida.

−Ya −murmuró ella.

−¿Te lo pensarías?

−No lo sé. No creo que pueda ser ama de llaves para siempre.

−No como ama de llaves sino... como mi mujer −dijo Finn entonces, sin mirarla.

—¿Cómo?

—Verás, no sé cómo decirlo... pero estoy pidiéndote que te cases conmigo.

Kate abrió la boca y volvió a cerrarla.

—Pero... ¿por qué?

—Me parece lo más sensato. Para empezar, resolvería el problema de quién cuida de Derek.

—Ah, ya, claro. Ésa es una razón estupenda —dijo ella, irónica.

—No, en serio. Alex te quiere mucho. Nunca había querido ni oír hablar de una madrastra, pero tú... tú eres diferente.

—¿Y tú qué piensas?

—Nos hemos llevado muy bien durante estas semanas, ¿no?

Kate pensó en las largas y deliciosas noches, en despertarse con un beso suyo, en volverse y poder tocarlo...

—Sí, es verdad.

—Y no tendrías que volver a buscar trabajo. Aunque, por supuesto, si quieres trabajar puedes hacerlo, pero un día me dijiste que no tenías grandes ambiciones profesionales, ¿verdad?

—Sí, así es —murmuró Kate.

—Puede que no sea nada romántico, pero hay peores razones para casarse con alguien que la seguridad y... el consuelo.

Cierto, pensó ella, pero siempre había imaginado que se casaría por amor.

—¿Y qué pasa con Isabel?

—Yo creo que ella lo entendería. Isabel querría lo mejor para Alex y yo también.

De modo que ni siquiera iba a aparentar que se casaba con ella por amor. Quizá era mejor así. No lo hubiese creído de otra forma.

Qué curioso, pensó. Uno podía soñar con algo durante años, pero cuando llegaba de verdad nunca era como en los sueños.

«Cuidado con lo que deseas porque puede hacerse realidad», se recordó a sí misma. Unos minutos antes soñaba con esa petición de matrimonio y, de repente...

–¿Puedo pensármelo unos días? –preguntó.

–Sí, claro –contestó Finn, que parecía tan desconcertado como ella–. No quiero que te sientas incómoda, quiero que seas feliz.

Lo único que la haría feliz en aquel momento sería que Finn la tomase entre sus brazos y le pidiera que se quedase por él, no por Alex ni por Derek, sino por él.

Pero sería mejor dejar de soñar.

–Me voy a la cama. Ha sido un día muy largo.

–Kate...

–¿Sí?

–Yo... –empezó a decir Finn, nervioso–. No, nada.

–¿Casarte con él? –exclamó Bella al día siguiente. Estaban en su bar favorito, donde Kate había pedido una conferencia urgente–. No te lo estarás pensando, ¿verdad?

–Pues... la verdad es que sí.

En realidad, no podía dejar de pensar en ello. Día y noche.

–Ya sé que no es el matrimonio con el que había soñado toda mi vida, pero no todo el mundo tiene la suerte de Phoebe. Hay otras cosas además del amor.

–¿Por ejemplo?

–Respeto, afecto, seguridad...

–El matrimonio es compromiso, Kate –dijo Phoebe–. Pero lo más importante del matrimonio es el amor. Y sólo serías feliz si Finn te quisiera.

–Vaya, y tú eres la que me lo presentó.

–Pensé que podríais enamoraros. Pero eso es imposible hasta que Finn se despida de Isabel. No la olvidará, pero tiene que seguir adelante... y no sé si está preparado para eso. No puedes casarte sin amor, Kate.

Sería mejor que vivir toda su vida sin Finn, pensó ella. Llevaba noches sin dormir dándole vueltas al asunto... pero no estaba segura del todo.

–Tú te mereces lo mejor –dijo Bella.

Sus amigas hicieron lo posible para evitar que cometiese un error, pero cuanto más lo pensaba, más convencida estaba de que casarse con Finn era la mejor decisión. Él no la quería por el momento, pero los años harían nacer el afecto. Y si tenían hijos... eso los uniría mucho más.

Finn la estaba esperando cuando llegó a casa.

–He estado pensando en lo que me dijiste el otro día.

–¿Y?

–Y... –Kate abrió la boca para decirle que sí cuando, de repente, se dio cuenta de que no podía hacerlo. No podía vivir con él sin decirle que estaba enamorada. Sería una tortura insoportable–. Iba a decirte que sí, pero no sería justo para ninguno de los dos –dijo entonces, quitándose el anillo.

—Alex se llevará una gran desilusión –murmuró él, sin mirarla.

No dijo nada más y Kate supo que no se había equivocado.

Pero Alex no sólo se llevó una desilusión. Se quedó desolada al día siguiente, cuando le dijo que iba a marcharse.

—¡Me prometiste que te quedarías para siempre! –gritó la niña.

—Habíamos quedado en que sería mientras la tía Stella estuviese aquí... –intentó convencerla su padre.

—¡Me prometió que se quedaría! –gritó Alex, corriendo a su habitación.

—¿Quieres que suba a hablar con ella? –preguntó Kate, angustiada.

—No, déjala. Ya lo entenderá. Sólo espero que no le haga la vida imposible a la nueva ama de llaves –suspiró Finn–. Es más que capaz.

La nueva empleada, Megan, llegó dos días más tarde y Alex fue amabilísima con ella. De hecho, era como si Kate no existiera. Apenas le dirigía la palabra.

Cuando Finn le preguntó si quería despedirse, la niña negó con la cabeza... pero en el último minuto salió corriendo al jardín y se abrazó a Kate.

—Adiós –le dijo con voz entrecortada. Y después, sin mirarla, volvió corriendo a la casa.

Los ojos de Kate se llenaron de lágrimas. No había imaginado que le dolería tanto decirle adiós a aquella cría.

—Te echará de menos –dijo Finn.

—Yo también la echaré de menos.

–Podrías venir alguna vez. Para ver si estamos cuidando bien de Derek...

–Quizá –murmuró ella, tan triste que no podía hablar.

¿Por qué, por qué había decidido marcharse? Debería haberse quedado, debería haber aceptado su oferta de matrimonio.

Hicieron el viaje en silencio. Finn subió la maleta al portal y Kate se quedó esperando en el descansillo. Siempre le había gustado su casa, pero en aquel momento le parecía fría y solitaria. Como lo sería su vida a partir de entonces.

No quería ni pensar en decirle adiós...

–Bueno, me marcho –dijo Finn. Pero no se movió. Por una vez, parecía tan perdido como ella.

–Sí. Alex estará esperándote.

Lo miraba como si quisiera guardar en su memoria aquel rostro, aquellos ojos... quizá no volvería a verlo nunca, pensó, asustada.

–Gracias por todo –dijo Finn, inclinándose para besarla en la mejilla.

Kate cerró los ojos, sintiendo que su corazón se rompía en pedazos.

–Adiós.

Se miraron durante unos segundos que a ella le parecieron una eternidad. Finn se volvió entonces y bajó los escalones. Después, subió al coche y desapareció de su vida para siempre.

Lo único bueno de la depresión era que una perdía el apetito. Durante aquellos días Kate perdió casi cinco kilos, pero era demasiado infeliz como para apreciar que la ropa empezaba a quedarle ancha.

Aún no había encontrado trabajo, pero el dinero no era un problema porque Finn le dio un cheque muy generoso. Sin embargo, estar en casa sin hacer nada era agobiante.

Demasiado tiempo para recordar.

Demasiado tiempo para lamentarse.

Todas las razones por las que dijo que no a ese matrimonio daban vueltas en su cabeza. Sabía que había hecho bien, pero no podía dejar de pensar en la casa de Wimbledon, en Finn entrando en la cocina a las seis, en Alex haciendo los deberes con Derek a sus pies...

La imagen era tan vívida que le partía el corazón.

Nunca había llorado tanto en toda su vida y tenía los ojos hinchados.

—Kate, ¿qué vamos a hacer contigo? —suspiró Bella un día.

—No lo sé. Ya no sé qué hacer.

—Le he pedido a Phoebe que venga. Ya sabes que es muy buena en momentos de crisis... —en ese momento sonó el timbre—. Ah, debe de ser ella.

Kate no se molestó en levantar la cabeza. Quería mucho a sus amigas, pero en aquel momento nadie podía consolarla.

—¿Kate?

Ésa no era la voz de Phoebe. Había sonado como la voz de Finn. Debía de estar imaginando cosas...

—¡Kate! —repitió la voz.

Kate levantó la cabeza lentamente. Finn estaba frente a ella, mirándola con sus ojos grises. No podía ser... pero era él. Nadie más tenía esa expresión seria ni esos labios que la derretían...

—¿No me oyes?

«Cariño, no puedo vivir sin ti».

—Sí, pero pensé que no eras tú —murmuró Kate, como en sueños.

—¿Estás bien?

Ella se secó las lágrimas, avergonzada. ¿Por qué tenía que ir a verla precisamente en aquel momento? ¡Tanto soñar con volver a verlo y, como siempre, Finn McBride no se atenía al guión!

—Lo siento, pero aún no he perfeccionado el arte de llorar como una señorita educada.

—¿Por qué lloras? —preguntó él.

—¿Tú qué crees?

—¿Por Seb?

—¿Seb? No, claro que no. Qué tontería.

—Me dijiste que habías estado enamorada de él. Y como no has querido casarte conmigo...

—No estaba llorando por Seb —lo interrumpió Kate, irritada.

—¿Entonces?

—¿Qué estás haciendo aquí, Finn?

—Quería verte —contestó él—. Te echamos de menos. Alex llora todas las noches, el perro está triste y yo... yo te añoro mucho más que nadie.

El corazón de Kate empezó a hacer un baile muy aparatoso.

—¿De verdad?

—De verdad. Mi hermana me advirtió que no hiciese tonterías... y las he hecho —suspiró Finn—. No te dije lo que sentía por ti.

—¿Por qué no? —preguntó Kate, sin atreverse a respirar.

—Pensé que... me creerías demasiado viejo, demasiado aburrido para ti. Tú eres tan moderna, tan divertida... pensé que un tipo como Seb sería más de tu gusto. No sé, yo... no podía soportar la idea de que te fueras y por eso te ofrecí casarte conmigo como si fuera un trato comercial. Pero no era verdad. He sido un imbécil. Y por eso estoy aquí.

—Finn...

—No te he dicho cuánto te quiero. No te he dicho lo vacía que está la casa sin ti. Lo vacía que está mi vida sin ti —dijo Finn entonces, tomando su mano—. Puedo cuidar de Alex, puedo pasear al perro, pero lo que no puedo hacer es vivir sin ti, Kate. Quiero despertarme cada mañana contigo, quiero volver a casa y encontrarte. No te he dicho nunca cuánto te necesito...

—¿Ya no piensas en Isabel? —preguntó ella, con un hilo de voz.

—Quise mucho a mi mujer, pero ya le he dicho adiós. No esperaba volver a enamorarme, la verdad. Pensé que ya no tendría otra oportunidad y entonces apareciste tú y me pusiste la vida patas arriba. Te quiero, Kate. Te quiero a ti y solo a ti. ¿Quieres casarte...?

—Sí —contestó ella, sin dejarlo terminar.

Después de eso no tuvieron que hablar más. Finn la sentó en sus rodillas y la besó con tanta pasión que Kate temió marearse de felicidad.

Habrían estado así durante horas si el gato no hubiese decidido que estaba harto del asunto. Y, para demostrarlo, le dio un zarpazo a Finn.

—¡Ay! ¿Por qué ha hecho eso?

—Porque necesita atención.

—No me digas que vas a llevártelo a casa...

—Me temo que sí. No puedo pedirle a Bella que se lo quede. Pero no te preocupes, es un gato muy bueno.

—Sí, ya veo —rió Finn, abrazándola de nuevo.

—Tu hermana se pondrá muy contenta cuando le digamos que ya hay fecha para la boda.

—No lo creas. Cuando nos hayamos casado empezará a decir que Alex necesita un hermanito.

Ella soltó una carcajada.

—No me importaría nada. ¿Y a ti?

—Cualquier cosa para que mi hermana me deje en paz —sonrió Finn.

—Cualquier cosa —rió Kate.

JAZMÍN™

KAREN ROSE SMITH
UN CORAZÓN PROTEGIDO

CAPÍTULO 1

PRECISAMENTE tenía que llegar tarde ese día.

Brianne Barrington abrió la puerta de cristal del centro de salud Beechwood sin aliento, nerviosa y al borde del pánico. Se apartó los rizos castaños de sus mejillas congeladas por el intenso frío de Wisconsin, mientras se preguntaba si el doctor Jed Sawyer la despediría por su falta de puntualidad. Era el primer día del doctor… y quizá el último para ella. Tan solo llevaba seis meses en Beechwood y además era su primer trabajo desde su graduación en la escuela de enfermería.

Entró en el edificio. La sala de espera, decorada con tonos apacibles de azul y verde, ya estaba llena de gente cuando Brianne atravesó una de las puertas que llevaban a las consultas.

—¿Qué te ha pasado? —le preguntó Lily Garrison.

—Me equivoqué al poner el despertador.

Lily y su hija de cinco años, Megan, las compañeras de casa de Brianne, normalmente se levantaban a la misma hora que ella, pero, esa mañana, Lily tenía una entrevista con la profesora de Megan.

—El doctor Sawyer no está muy contento —le advirtió Lily—. Me he encargado de sus pacientes y también de los del doctor Olsen.

—Bueno, ya estoy aquí. Me voy a poner la bata —dijo Brianne sintiendo cómo el pánico le estremecía todo su cuerpo.

De repente, la puerta de la consulta número cuatro se abrió y apareció un médico alto, de pelo negro y con unos ojos verdes fulminantes. Brianne oyó a un niño llorar dentro.

—¿Es usted mi enfermera?

—Soy Brianne Barrington —dijo ella sintiendo una extraña emoción que no llegaba a entender—. Siento haber llegado tarde. Normalmente soy una persona muy puntual, pero…

–Las excusas no me valen de mucho, señorita Barrington. Ya que ha llegado, haga su trabajo. Hay una niña de dos años en la consulta que no deja que me acerque a ella. ¿Puede usted hacer algo?

–Lo puedo intentar, doctor Sawyer –dijo Brianne con educación mirando directamente a sus ojos verdes.

Los segundos le parecieron siglos al sentir que en el espacio que había entre ellos parecía surgir algo… algo inquietante que le hacía ser más consciente de sus anchos hombros, de su mandíbula angulosa y de su innegable masculinidad. Parecía ser el tipo de hombre de opiniones sólidas e inquebrantables.

Brianne entró en la consulta, miró el nombre de la niña en la ficha y se dirigió a ella con una sonrisa.

–Hola, Cindy –dijo mientras se aproximaba a ella.

Cuando el doctor Sawyer volvió a entrar en la habitación, Cindy lo miró y se puso a llorar de nuevo.

–Lo siento muchísimo –exclamó la madre–. La última vez que estuvimos aquí, el doctor Olsen le puso una inyección y supongo que, como también lleva una bata blanca, usted le recuerda a él.

Cindy lanzó un grito ensordecedor y Brianne sabía que tenía que hacer algo rápidamente. Decidió pintarse unas caras en los dedos para entretener a Cindy.

–Somos los ayudantes especiales del doctor –dijo moviendo los dedos como si fueran marionetas– y hoy queremos hacerte reír –Cindy dejó de llorar. Entonces el doctor Sawyer se quitó la bata blanca dejando ver una camisa blanca y una corbata gris. Pero había algo en él, quizá las duras líneas de su cara, su pelo largo y sus musculosos hombros, que daba la impresión de que se sentiría más cómodo con una ropa más informal–. Mira, este es el doctor Jed. Te va a mirar los ojos, lo oídos y la garganta. Solo eso. Te lo prometo.

Cuando Jed Sawyer se acercó a Cindy, ella lo miró con temor, pero esa vez no lloró. Brianne distrajo a la pequeña y el doctor pudo realizar un examen completo.

–Tiene una infección de oídos –le dijo el doctor a la madre–. Tu mamá te va a dar una medicina –dijo dirigiéndose a Cindy–. Es rosa y tiene un sabor dulce. Si te la tomas, ya no te dolerán más los oídos y te sentirás mucho mejor.

–¿Ya está? –preguntó Cindy.

–Ya está –dijo el doctor sonriendo–. Espero que el antibiótico le haga efecto, pero vuelva dentro de tres días si no ha mejorado –añadió acariciando la cabeza de Cindy.

A Brianne le pareció que en ese momento los ojos del doctor reflejaban una profunda tristeza. Él salió de la habitación sin que ella pudiera confirmar si su impresión era acertada.

Cuando se fueron la niña y su madre, Brianne fue a la sala de espera a buscar al siguiente paciente.

A lo largo de la mañana Brianne tuvo la impresión de que el doctor y ella trabajaban con bastante eficacia, sobre todo teniendo en cuenta que era la primera vez que trabajaban juntos. De todas formas, con frecuencia se sorprendía a sí misma mirándolo fijamente. Todo su cuerpo parecía estremecerse cuando estaba cerca de él y esa reacción la preocupaba. En ese momento no le interesaba involucrarse en una relación intensa. Tenía que ser cauta. Después de enterarse a los catorce años de que era adoptada y de que la abandonaran sus seres queridos, no estaba dispuesta a que alguien volviera a hacerle daño.

Hacia mitad de la tarde se encontró con la recepcionista, Janie Dutton, en el vestíbulo.

–¿Te están haciendo tantas preguntas sobre el doctor Sawyer como a mí? –le preguntó Janie–. Una señora quería saber si estaba casado o no antes de concertar su cita.

–A mí también me preguntan –respondió Brianne–, pero, como no sé nada de él, no contesto.

–¿Qué tipo de respuestas necesitas? –preguntó el doctor sorprendiéndolas al salir de su despacho.

–Está sonando el teléfono –dijo Janie claramente avergonzada–. Me tengo que ir.

–¿Brianne? –dijo el doctor exigiendo una respuesta sincera.

–Doctor Sawyer…

–Llámame Jed.

–Jed –murmuró–, los pacientes nos hacen preguntas sobre ti.

–¿Por ejemplo?

–Si estás casado, dónde trabajaste antes, cuántos años tienes… –dijo Brianne con timidez.

–¿Solo eso? –preguntó divertido.

–Eso para empezar.

–Bueno, está bien, tengo casi cuarenta años y en los últimos tres he estado trabajando en Alaska. Y estoy divorciado –añadió con una expresión más seria–. Si alguien quiere saber más cosas, diles que me lo pregunten a mí directamente. Bien, creo que tenemos un paciente esperando en la consulta número 3.

Aturdida, Brianne se dirigió hacia la puerta al mismo tiempo que él. Se chocaron y él la rodeó con sus brazos para sujetarla. Ella pudo percibir la fuerza de sus brazos y se sintió embriagada por su perfume. Lo miró fijamente y de nuevo el tiempo pareció detenerse. Los brillantes ojos del doctor le causaban una extraña y salvaje sensación en el estómago.

Cuando él la soltó, ella intentó recuperar la compostura intentando negarse a sí misma la atracción que sentía por él e intentando convencerse de que era demasiado mayor, demasiado masculino, demasiado seguro de sí mismo… demasiado todo.

Al final del día Jed le dijo al doctor Olsen que iba a atender a un paciente que había acudido por una urgencia si a Brianne no le importaba quedarse. A ella no le importaba. Además quería demostrar a su nuevo jefe que su falta de puntualidad esa mañana no significaba que no sintiera dedicación por su trabajo.

Alrededor de las seis y media, ya habían terminado y se disponían a salir del centro de salud. Jed llevaba un elegante abrigo y tenía un aspecto distinguido. Brianne volvió a sentir un hormigueo en el estómago.

–Para ser tu primer día, has trabajado muchas horas.

–Cuando trabajaba en Alaska a veces estaba cuarenta y ocho horas seguidas de guardia.

–¿Faltaba personal?

–Solo estábamos una enfermera y yo. Tan solo había noventa habitantes en el pueblo.

–¿Te gustaba tu trabajo allí?

–Ejercer allí era un reto –dijo encontrándose con la mirada de Brianne–. Todo lo que necesitábamos lo tenían que mandar por avión.

Brianne se dio cuenta de que en realidad Jed estaba eludiendo su pregunta y tuvo la sensación de que no quería hablar de nada personal.

–Sí, puedo entender que trabajar en un pueblo remoto se pueda convertir en un reto. Siento haber llegado tarde esta mañana –dijo cambiando de tema–. No tengo una buena excusa, simplemente me equivoqué al poner el despertador. Además, no dormí muy bien y tardé mucho en despertarme. Lily y Megan normalmente hacen ruido y...

–¿Por qué no dormiste bien? –interrumpió él.

–Estaba un poco nerviosa por trabajar con un médico nuevo...

–No veo por qué tenías que ponerte nerviosa. Eres muy buena con los pacientes y muy competente.

–Gracias –dijo Brianne ruborizándose.

–De nada. Siento haber estado de mal humor esta mañana. Tampoco dormí muy bien anoche. Mi padre tiene insomnio y se pone a hacer ruido en la cocina a las dos de la mañana.

–Debería tomar tila –sugirió Brianne.

–Él tiene sus costumbres y no se toma muy bien los consejos, pero yo se lo diré –dijo el doctor sonriente–. Si ya vas a salir, te acompaño al coche.

–No, gracias, no hace falta.

–Me siento responsable de que hayas salido tan tarde. Preferiría asegurarme de que ya estás en el coche de camino a casa.

–Está bien –dijo Brianne saliendo de la oficina. Minutos más tarde, se dirigían a su coche en medio de la noche fría de enero–. Supongo que en Alaska hacía todavía más frío que aquí.

–Deep River, donde yo trabajaba, era un mundo completamente diferente –dijo el doctor mientras caminaba junto a ella–. Hacía un frío increíble, pero era un lugar mágico.

–¿Vas andando a casa? –le preguntó Brianne al ver que su coche era el único que quedaba en el aparcamiento.

–Vivo muy cerca.

–¿Quieres que te lleve?

–Te lo agradezco, pero prefiero andar.

Por lo que ella podía ver, Jed parecía estar en forma y se preguntaba si sería porque haría algo además de caminar. Abrió la puerta del coche y se podía percibir el olor del cuero de los asientos. Jed miró en el interior y después fijó su mirada en ella. Estaban muy cerca, tan cerca que a Brianne le resultaba difícil respirar. Él era bastante más alto y se sentía frágil y vulnerable a su lado. Nunca había sentido su corazón latir tan fuertemente. Ninguno de lo dos dijo nada.

Entonces Jed levantó la cabeza y se alejó de ella.

–Este coche es precioso –dijo mientras se apoyaba en la puerta–. No es fácil encontrar uno así en Wisconsin.

–Fue un regalo de graduación de mis padres –dijo ella sintiendo cómo la invadían los recuerdos.

–Tus padres deben de ser muy generosos.

Sus padres. Se habían ido para siempre. Habían desaparecido de una forma difícil de aceptar. Dos días antes de su graduación se dirigían a su universidad, cuando un tractor se estrelló contra su coche.

–Sí, eran muy generosos. Ahora ya no están –dijo con un nudo en la garganta. Vio la expresión confusa en la cara de Jed y decidió marcharse–. Nos vemos mañana. Que descanses –dijo cerrando la puerta y arrancando el coche.

El doctor Sawyer se apartó del coche. Brianne salió del aparcamiento con rapidez, intentando disimular el dolor de su corazón.

El sábado por la mañana, después de haber hecho algunos recados, Brianne volvió a la casa que se había convertido en su hogar. Después de la muerte de sus padres, hacía siete meses, se había sentido perdida en la enorme casa familiar. Había encontrado trabajo en el centro de salud Beechwood un mes después de su graduación y había conocido a Lily Garrison, una madre divorciada que había estado buscando compañera de casa con quien compartir los gastos. Lily y Megan le habían proporcionado el refugio que necesitaba y se habían convertido en su nueva familia.

Como siempre ocurría, llegar a casa le hacía sonreír. Entró en el acogedor y cálido cuarto de estar y después se dirigió hacia la cocina, donde había una gran actividad.

–Vamos a hacer una fiesta –dijo la pequeña Megan entusiasmada.

–¿Una fiesta? –preguntó Brianne sorprendida.

–Anoche estuve charlando con Doug y le hablé de Jed Sawyer –dijo Lily mientras cortaba unas verduras.

Doug era un técnico de informática con quien Lily llevaba saliendo unos meses. A pesar de que Brianne tenía la intención de no pensar en Jed Sawyer después de salir del trabajo, la verdad es que estaba realmente interesada en todo lo que Doug hubiera podido decir sobre él. Desde aquella noche en la que Jed le había hecho aquel comentario sobre su coche, habían trabajado juntos con eficacia y con educación, pero sin entablar conversaciones personales. No parecía que el doctor hablara de asuntos personales con nadie.

–¿Qué te dijo Doug?

–Me dijo que debía de ser muy difícil para Jed volver a casa y vivir con su padre después de todos estos años. Así que… yo pensé que estaría bien si hiciéramos una reunión. Me acuerdo de que dijiste que no tenías planes para mañana, así que he invitado al doctor Olsen y a su mujer, a Sue y a Janie y a sus maridos. No tenías planes, ¿verdad? –preguntó Lily–. Le he dicho a todo el mundo que viniera alrededor de las tres.

–No, estoy libre. ¿Has invitado al doctor Sawyer? –preguntó Brianne estremecida.

–Sí, lo llamé esta mañana. Dijo que se pasaría por aquí, aunque no se podría quedar mucho. Creo que no quiere que contemos con él por si no le apetece quedarse.

–¿Por qué dices eso?

–Porque es un tipo solitario –dijo Lily con solemnidad–. ¿Sabías que trabajó de cirujano plástico en Los Ángeles antes de aceptar el puesto en Alaska?

–¿Cómo lo sabes?

–Tengo mis contactos –dijo Lily con una sonrisa misteriosa–. En realidad, le eché un vistazo a su currrículum. El doctor Olsen lo tenía en la mano mientras hablaba conmigo.

–Jed dijo que estaba divorciado. Me pregunto cuánto tiempo estaría casado.

–Tú trabajas para él. Se lo podrías preguntar.

–No habla mucho de sí mismo.

–¿Te gustaría que lo hiciera?

–No, es mejor que nuestra relación sea estrictamente profesional. Después de todo, él es mi jefe.

Además Brianne había elegido que fuera así. Había perdido a demasiados seres queridos a lo largo de su vida y por eso intentaba proteger su corazón.

Se había sentido totalmente perdida cuando a los catorce años había encontrado el informe de un investigador privado en el ático de su casa. Decía que su madre biológica la había dejado en el banco de una iglesia y que había muerto unos meses más tarde de neumonía porque no tenía casa y vivía en la calle.

Brianne se había sentido traicionada por sus padres y había tenido una enorme sensación de abandono. Durante esa época de confusión había dependido mucho de su amigo de la infancia Bobby Spivak. Había sido su mejor amigo desde el jardín de infancia, pero justo antes de ir a la universidad, cuando ya estaban hablando de prometerse, a Bobby le diagnosticaron leucemia y había muerto die-ciocho meses más tarde.

Y además había perdido a sus padres hacía siete meses. Una y otra vez había aprendido que el amor podía hacer mucho daño, aunque tam-bién sabía que era esencial para la vida. Tenía miedo de amar a alguien y perderlo otra vez.

Cuando Brianne pensaba en Jed Sawyer se daba cuenta de que su relación con Bobby no había sido nada arriesgada. Su amor había sido fruto de una profunda amistad que nunca se ha-bía llegado a convertir en una pasión desenfre-nada. Sin embargo, Jed era todo pasión, pero no iba a dejar que eso cegara su sentido común.

–Bueno, ¿en qué te puedo ayudar para los preparativos de mañana? –preguntó inten-tando alejar sus pensamientos.

Si se mantenía ocupada y al día siguiente veía a Jed en un ambiente relajado no estaría tan inquieta.

Socializar.

En algún momento Jed había sabido ha-cerlo como un profesional. Cuando estaba en Los Ángeles lo habían invitado con frecuencia a fiestas con estrellas de cine, banqueros y modelos. Había sido capaz de hablar de nada con cualquiera. Pero entonces su vida se había destruido y hablar se había convertido en un esfuerzo enorme. El puesto en Alaska le había salvado la vida, pero también había perdido la habilidad de socializar.

—Prueba los pastelitos de cangrejo. Encontré la receta en Internet –le dijo Lily Garrison acercándole una bandeja.

—Eres una excelente cocinera, Lily –afirmó Jed.

De repente, su atención se dirigió a Brianne que acababa de entrar en el cuarto de estar. Permaneció con una actitud vacilante al lado de la librería. Sus brillantes y tersos rizos castaños se movían con suavidad y delicadeza. Sus ojos eran de un maravilloso verde aguamarina. Desde aquella noche en el coche, había querido hablar con ella de algo más que del trabajo, pero el ambiente del centro de salud no le había parecido el apropiado para profundizar en el tema de sus padres. Además, el deseo que había sentido cada vez que estaban cerca le hacía temer buscarla en privado.

Cuando Brianne recorría su mirada por la habitación como si estuviera decidiendo en qué conversación entrar, se encontró con los ojos de Jed. Inmediatamente apartó la mirada, se dio la vuelta y se retiró a la cocina.

–Perdona. Tengo que hablar con alguien –dijo Jed a Lily.

–Nos vemos luego –dijo ella moviéndose hacia otro grupo con la bandeja.

Jed se dirigió a la cocina, donde se encontró a Brianne preparando café.

–Os habéis tomado muchas molestias hoy –dijo Jed.

–No ha sido para tanto. ¿Te lo estás pasando bien?

–La verdad es que todavía no me he acostumbrado. Hacía mucho que no iba a una fiesta.

–¿Desde que empezaste a trabajar en Alaska?

–Sí –dijo Jed. Hubo un incómodo silencio y Jed sabía que lo tenía que romper él–. No tenía la intención de molestarte el lunes por la noche. No me debería haber entrometido en tu vida privada. La vida solitaria me ha hecho perder mis modales sociales. Siento lo de tus padres.

Después de que Brianne le hubiera mencionado la muerte de sus padres, Jed se había acordado de una ocasión en que su padre le había puesto al día de lo que había sucedido en los dos últimos años. Skyler Barrington había sido abogada y su marido Edward cardiólogo. Los dos pertenecían a familias acomodadas y eran bastante conocidos en la ciudad. Brianne había heredado toda su riqueza y Jed no entendía muy bien por qué estaba trabajando de enfermera cuando podría estar viajando por todo el mundo y vivir en cualquier sitio que le apeteciera.

–Gracias… Hace menos de un año desde que ocurrió el accidente y yo…

Brianne no pudo acabar porque Megan entró en la cocina y se abrazó a ella. El corazón de Jed se encogió al mirar a la pequeña. Se preguntaba si alguna vez podría volver a sentirse cómodo con niños. Trisha tenía casi tres años cuando se había ahogado y estar cerca de niños aumentaba la pesada carga de sus recuerdos.

–¿Puedo comer otra galleta? –dijo Megan

mirando a Jed con timidez–. Mi mamá me ha dicho que sí. Me ha dicho que te pidiera una.

–Claro que te puedes comer otra –dijo Brianne sonriendo con la cara iluminada.

–¿Puedo abrir yo la caja de las galletas?

–Quizá el doctor Sawyer te pueda subir.

–¿Dónde está? –preguntó el doctor sin mucho entusiasmo.

Brianne le señaló dónde estaba y Jed subió a Megan hasta que la pudo alcanzar. Intentaba no sentir… no pensar… no recordar.

Pero Brianne lo miraba con curiosidad y él se dio cuenta de que estaba dejando ver algo que no quería que ella viera.

–Ya me puedes bajar –le pidió Megan y Jed la dejó en el suelo con delicadeza–. Gracias. ¿Quieres una?

–No, ahora no.

–Doctor Sawyer, ¿se encuentra bien? –le preguntó Brianne después de que Megan saliera de la cocina.

–Llámame Jed –le recordó con brusquedad. Al observar su expresión de preocupación, sus labios curvados y su preciosa cara, sabía que era mejor que se mantuviera alejado de

Brianne. Además era mucho mayor que ella, el doctor Olsen le había dicho que tenía veintitrés años. Su entorno sería probablemente una copia exacta del de su ex mujer. Después de todo, Brianne era una Barrington. Intentar tener una relación con ella fuera del trabajo no era una buena idea–. Estoy bien, pero me tengo que ir.

–¿Tan pronto? ¿Has tomado un poco de tarta?

–No, pero la pueden disfrutar los demás. De verdad os agradezco a Lily y a ti vuestra bienvenida a Sawyer Springs. Si no veo a Lily al salir, por favor dale las gracias de mi parte.

Sabía que su excusa no era buena, pero no le importaba. No estaba preparado para estar cerca de madres y niños… o de una mujer que le hacía sentir un deseo tan intenso.

–Te veré por la mañana –le dijo Brianne mientras él salía de la cocina.

Jed se dirigió hacia la puerta, pensando que se debería haber quedado en Alaska.

CAPÍTULO 2

AL FINAL de la tarde del lunes, Brianne estaba archivando las fichas de los pacientes y se detuvo un instante para mirar por la ventana. Había estado nevando mucho desde por la mañana. Todo el mundo ya se había ido y ella estaba esperando a que Jed terminara con su último informe. Ese día lo había sentido distante y ella se preguntaba por que se habría ido de una manera tan precipitada de la fiesta el día anterior.

Brianne sentía curiosidad por Jed. Pasaban muchas horas juntos y ella se dio cuenta de que en su interior surgían pensamientos que nunca antes había sentido. Pensamientos de un hombre y una mujer besándose, acariciándose…

La puerta de la recepción se abrió bruscamente y un hombre mayor y robusto entró en el edificio. Brianne ya estaba acostumbrada a las urgencias de última hora, pero también estaba preocupada por lo que podrían tardar con ese paciente y por conducir a su casa en medio de la densa nieve.

Cerró el archivo, se dirigió a la ventanilla de la recepción y la abrió.

—¿Qué desea?

—Quiero ver al doctor Sawyer.

—¿Tiene usted una cita con el doctor?

—No necesito una cita. Soy su padre.

—El doctor Sawyer está terminando unos informes. Voy a buscarlo —dijo Brianne sonriendo al darse cuenta del parecido entre los dos hombres.

Pero antes de que Brianne se alejara de la ventana, el doctor Sawyer entró en el despacho y vio a su padre.

—Papá. ¿Qué estás haciendo aquí?

—He ido a buscar sal para las heladas y, como tú vienes andando, he pensado que quizá te vendría bien que te llevara a casa. Te deberías comprar una furgoneta como la mía si tienes la intención de seguir aquí.

–Estoy acostumbrado a caminar por la nieve… – el sonido del teléfono rompió la tensión que se había creado entre los dos hombres.

–Centro de salud Beechwood –contestó Brianne.

–Soy Lily. ¿Vas a salir pronto?

–Debería hacerlo si no quiero quedarme atrapada aquí toda la noche.

–Por eso te llamo. Han dicho en la radio que ha habido cortes de electricidad en nuestra zona. Así que Megan y yo nos vamos a quedar con mi madre esta noche.

–¿No va a haber electricidad en toda la noche? –preguntó Brianne.

–No se sabe. ¿Quieres venirte aquí con nosotras? Mi madre estaría encantada.

–No estoy segura de poder llegar hasta la granja con mi coche. ¿Han quitado la nieve de las carreteras?

–Todavía no. Si quieres, te puedo ir a buscar.

–No, no te preocupes. Me puedo quedar aquí.

–Jovencita, creo que no es una buena idea

–interrumpió el padre de Jed–. ¿Cómo va a pasar la noche sola en este edificio? ¿Por qué no viene a cenar con nosotros y después la llevamos donde usted tenga que ir? Mi furgoneta puede con todo.

–¿Con quién hablas? –preguntó Lily.

–Es el padre del doctor Sawyer. Me ha sugerido que cene con ellos y que después me llevará a la granja.

Brianne miró a Jed. No parecía estar muy contento con la idea, pero, sin dudarlo, le dio la razón a su padre.

–No te puedes quedar aquí sola. Ven a casa con nosotros, tenemos mucho espacio y si las carreteras están muy mal, te puedes quedar esta noche.

–No quiero crearos ninguna molestia.

–No es ninguna molestia –dijo el doctor–. Mi padre tiene razón. Será mejor que nos vayamos antes de que empeoren las cosas.

–Estaré en casa del doctor Sawyer si me necesitas –dijo Brianne a Lily después de unos momentos de duda–. Si deja de nevar y las carreteras están bien, iré con vosotras más tarde.

–¿Estás segura de que es lo que quieres hacer? –preguntó Lily preocupada.

–Sí, es lo que quiero hacer. Te llamaré más tarde –Brianne colgó el teléfono y sintió su cuerpo estremecerse como siempre que estaba cerca del doctor–. Bueno, ya está decidido, pero me tienes que dejar que os ayude con la cena.

–No vamos a rechazar esa oferta –dijo el padre de Jed sonriendo y extendiendo la mano–. Soy Al Sawyer y usted es…

–Brianne Barrington.

–¿La hija de Edward Barrington?

–Sí, ¿lo conocía?

–Fui a verlo una vez –dijo asintiendo–, por un problema del corazón. Me dio una medicina que lo solucionó inmediatamente. Me gustaba. Era ese tipo de médicos que le dedican tiempo a sus pacientes.

–Mi padre sabía escuchar.

–No me lo podía creer cuando me enteré del accidente. Es una lástima que seas hija única. Los hermanos son una ayuda en momentos así –dijo Al de repente sintiéndose incómodo y sin saber qué decir.

–Papá, ¿por qué no vas a calentar la furgoneta? Nosotros iremos enseguida.

–Desde luego. Probablemente también tendré que limpiar el parabrisas otra vez, así que no tengáis prisa.

–¿Estás seguro de que quieres que vaya? –le preguntó Brianne a Jed cuando Al salió del edificio.

–Tú creciste en Sawyer Springs, ¿verdad?

–Sí.

–Entonces sabes aquí los vecinos se ayudan.

–Sí, lo sé, pero…

–Esa es una de las razones por las que volví aquí, Brianne. Mi padre fue la razón principal. Viví en Los Ángeles antes de irme a Alaska y allí las cosas son muy diferentes. Los vecinos van y vienen y no se conoce nadie.

–¿Has vuelto porque te gusta Sawyer Springs?

–He vuelto porque ya era el momento adecuado –dijo Jed mirándola atentamente–. Vamos, este edificio no es un buen lugar para pasar la noche. ¿Nos vamos? No olvides tu abrigo. Yo voy a asegurarme de que esté todo cerrado.

Cinco minutos más tarde, Brianne subía a la furgoneta. Aunque el asiento era bastante espacioso, cuando Jed cerró la puerta de su lado, ella pudo sentir su proximidad al notar el roce de su pierna junto a la suya. ¿Qué tendría ese hombre que la excitaba tanto? Aunque sintiera curiosidad por él, ir a su casa podría convertirse en un gran error. Ella no era impulsiva por naturaleza, pero cuando estaba con él perdía la voluntad. Era un terreno peligroso para una virgen que no quería perder el corazón.

–Vámonos –dijo Al.

La furgoneta dio unos bandazos al introducirse en la profunda nieve y Brianne no pudo evitar tambalearse contra Jed. Ninguno de los dos se movió y el calor que se produjo entre ellos parecía ser más intenso que el que provenía de la calefacción. ¿Serían imaginaciones suyas o había percibido en él un cierto nerviosismo?

No había nadie en las carreteras y poco tiempo después llegaron a la casa. Jed salió de la furgoneta y esperó a que bajara Brianne. La nieve era cada vez más profunda y cuando ella bajó se dio cuenta de que la nieve le cubría las botas de piel y de que cuando entrara a la casa tendría los pies mojados. Jed resolvió la situación llevándola en sus brazos.

—¿Qué haces? —dijo ella sorprendida.

—Necesitas un par de botas buenas.

—Estas botas son buenas. Las he llevado todo el invierno.

—Las botas buenas no tienen nada que ver con la moda.

En ese caso tenía razón. A ella le gustaba parecer femenina y elegante. En realidad sí tenía un par de botas que eran más convenientes para la nieve, pero que le quedarían horribles con la falda.

Los pensamientos sobre las botas desaparecieron mientras Jed la llevaba hacia la casa en sus brazos. Podía sentir la anchura de sus hombros y la fuerza de sus brazos. La dejó en el suelo con suavidad, como si fuera tan frágil que se fuera a romper. Se sentía tan pequeña a su lado, tan femenina... Estaban realmente cerca el uno del otro y ella se sentía hipnotizada por la profundidad de sus ojos verdes.

—También los gorros vienen bien en esta

época del año –dijo Jed acariciando un rizo extraviado en el rostro de Brianne.

–Lo recordaré la próxima vez que nieve –murmuró ella.

–¿Queréis mi llave? –dijo Al acercándose hacia ellos.

–No, tengo la mía –dijo Jed abriendo la puerta y dejando a Brianne entrar antes que él–. ¿Qué te parece? Es como volver a los años cincuenta, ¿verdad? –comentó Jed refiriéndose a la anticuada decoración.

–Los años cincuenta no tienen nada de malo –se quejó Al.

–Voy a encender la chimenea, hace un poco de frío aquí.

Al se dirigió a la cocina y Brianne se quedó mirando unas fotografías que había en una estantería.

–¿Tienes un hermano y una hermana?

–Sí –contestó Jed.

–¿Mayores o menores?

–Los dos son mayores.

–¿Viven cerca de aquí?

–No, ninguno de nosotros se quedó en Sawyer Springs –respondió Jed mientras intentaba encender el fuego–. Ellie está en California produciendo documentales y Chris es coronel en el ejército.

–Os va muy bien a todos. Supongo que vuestros padres estarán muy orgullosos.

–Mi madre nos inculcó la idea de que podríamos hacer todo lo que nos propusiéramos. Murió durante mi año de prácticas, pero ya sabía que a todos nos iría bien.

Así que Jed sabía lo que sentía al perder a uno de los padres. Brianne tenía la impresión de que había perdido a los suyos dos veces: una vez cuando descubrió que era adoptada y la otra después del accidente.

–Tu padre debe de estar muy orgulloso de todo lo que has conseguido.

–No estoy muy seguro de lo que piensa mi padre –dijo Jed mirando al fuego–. Y mi idea de éxito ha ido cambiando a lo largo de los años –añadió entristecido de repente.

–Sé que fuiste cirujano plástico en Los Ángeles antes de que te fueras a Alaska. ¿Paso algo para que…? –la pregunta de Brianne fue interrumpida por la presencia repentina de Al en el cuarto de estar.

—Tenemos pollo y patatas. ¿Crees que podrás cocinar algo con eso? —le preguntó a Brianne sonriente.

—Papá, no puedes esperar que Brianne...

—Creo que podré hacer un buen guiso con eso.

—Ya sabía yo que iba a ser una buena idea traerte a casa.

—Realmente sabes cómo ganarte a una chica, papá.

—Deberías intentarlo tú alguna vez —contestó su padre.

—Voy a buscar unos helados para el postre en el congelador de abajo —dijo Jed con expresión seria.

—Señor Sawyer, ¿me enseña la cocina? —sugirió Brianne con una sonrisa.

—Llámame Al. Vamos, te enseñaré dónde está todo.

Después de la cena, mientras él fregaba los platos y Brianne los secaba, Jed se preguntaba por qué se sentía tan alterado cuando estaba cerca de ella. Su presencia le removía unas emociones que hacía años que no sentía. Él se decía a sí mismo que la única razón era que ella era guapa y joven y que eso era todo.

—No parece que vaya a dejar de nevar —dijo su padre mientras miraba hacia la calle desde la puerta de atrás—. Voy a quitar un poco de nieve de la entrada.

—Luego lo haré yo, papá.

—No te preocupes, prefiero hacerlo yo.

—Deberías preferir sentarte en el cuarto de estar delante de la chimenea y dejarme que lo haga yo.

—¿Y qué pasa si te dejo a ti hacer todo y después te vas? —dijo Al con la cara enrojecida—. Me habré acostumbrado a no contar solo conmigo mismo. Me voy a mi cuarto.

—¿Señor Sawyer? ¿Al? —rectificó Brianne—. No quiero ocasionar ningún trastorno. Si quieres ver la televisión…

—No te preocupes por mí, Brianne. Si necesitas algo de la cocina, pídeselo a Jed. Nos veremos por la mañana —dijo Al y salió con brusquedad hacia su habitación.

—¿Te apetece un brandy? —le ofreció Jed a Brianne.

–Claro –Brianne se dirigió al cuarto de estar y se sentó en el sofá. Cuando Jed llegó con las bebidas y se sentó junto a ella, se dio cuenta de que todavía estaba frustrado por la discusión con su padre–. Tu padre parecía enfadado.

–Cada vez que intento hacer algo por él, nos peleamos.

–Parece como si pensara que no te vas a quedar aquí.

–Yo tampoco estoy seguro –replicó Jed–. ¿Y tú? ¿Qué planes de futuro tienes?

Antes de haber aceptado el puesto en el centro de salud Beechwood, Brianne había solicitado un trabajo en un proyecto de médicos y enfermeras voluntarios para ayudar a niños necesitados en otros países. Pero no había vuelto a tener noticias de ellos y cuando había surgido el puesto en Beechwood decidió que sería lo mejor para ella en aquel momento.

–No estoy segura, Jed.

–¿Por qué no fuiste a la Facultad de Medicina para seguir los pasos de tu padre?

–No sé cómo explicarlo. Me gusta cuidar a los pacientes, no solo escuchar los síntomas y escribir recetas. Yo vi la vida de mi padre, cómo quería dedicar más tiempo a los pacientes aunque no siempre podía. Trabajaba a todas horas y siempre estaba disponible. Si yo alguna vez tengo una familia, me gustaría seguir trabajando, pero también quisiera dedicar parte de mi tiempo a ella. ¿Entiendes?

Jed la entendía perfectamente. Con frecuencia Caroline lo había acusado de nunca estar disponible, de siempre poner a sus pacientes en primer lugar. A él no le parecía que eso fuera verdad, especialmente después de que naciera su hija. Trisha había sido la luz de su vida y a veces había pensado que Caroline estaba celosa. Ella había sido una niña rica y mimada acostumbrada a ser el centro de atención. Desgraciadamente él no se había dado cuenta de eso hasta que se hubieron casado.

Brianne también procedía de una familia acomodada. Sin embargo, Jed había sentido su comprensión y se había dado cuenta de su falta de egoísmo y de su preocupación por los demás. Quizá fuera esa la razón por la que su deseo por ella era sólo una parte de lo que le estaba sucediendo. Cuando la había llevado en sus brazos, había sido consciente de que había estado solo durante mucho tiempo.

Brianne lo observaba con una absorción absoluta...

–Brianne... –susurró Jed.

Ella no se movió, continuó observando su cara, sus labios, como si, al igual que él, también sintiera curiosidad por la química que se estaba creando entre ellos.

Jed inclinó la cabeza hacia ella y saboreaba el deseo que sentía por Brianne. Se le aceleró el pulso y no pudo disimular el estremecimiento de su cuerpo. Sus labios se acercaron y Brianne suspiró, sin hacer ademán de alejarse. «Me siento vivo de nuevo», pensó al acariciar los labios de ella con los suyos.

Fascinado, entrelazó entre sus dedos los suaves rizos de Brianne, instintivamente la atrajo hacia él con fuerza e introdujo la lengua entre sus labios. Se sumergió en su boca y se perdió en un largo y apasionado beso.

Jed se sentía más excitado que nunca en su vida. El suave gemido de Brianne, su dulce belleza y su entrega absoluta al deseo entre ellos le provocó una turbulencia y un deseo irrefrenable. Fue ese insoportable e insaciable deseo lo que le hizo parar. No podía utilizar a Brianne, no podía aprovecharse de ella. No debería implicarse en una relación así.

—Eso ha sido un error que no debemos volver a cometer —dijo apartándose de ella—. Tenemos que trabajar juntos y además yo soy mucho mayor que tú. No estoy buscando ninguna relación.

—Entiendo —dijo ella avergonzada.

—Voy a ver si puedo quitar la nieve de la entrada. Tu habitación es la que está justo al subir las escaleras. Te he dejado unas toallas encima de la cama.

—¿Crees que podremos salir por la mañana? —preguntó ella intentando parecer despreocupada.

—Espero que pase la máquina quitanieves por aquí.

Finalmente sus ojos se encontraron. Cuando él la miró, recordó el beso y notó que ella también lo recordaba. Se había comportado como un idiota por dejarse llevar por el momento. No le volvería a suceder.

Se alejó de Brianne e intentó negar todo lo que el beso con Brianne había despertado en él, pero al mismo tiempo sintió como si se hubiera abierto una puerta que quizá nunca podría cerrar.

El colchón era un poco incómodo, pero esa no era la razón por la que Brianne no podía dormir. Tenía frío y para distraerse a sí misma se puso a recordar el beso de Jed. ¿Por qué había permitido que sucediera una cosa así? Podía haberse apartado de él, pero se había dejado llevar por la curiosidad y por un sentimiento de aventura que no había experimentado antes.

El viento soplaba con fuerza y Brianne se estremeció. De pronto alguien llamó a la puerta y la abrió.

–¿Brianne?

–Estoy despierta –dijo ella reconociendo la voz de Jed.

–Ahora tampoco tenemos electricidad aquí –dijo iluminando la habitación con una linterna–. Ha bajado mucho la temperatura de la casa. ¿Quieres bajar y dormir en el sofá al lado de la chimenea?

—¿Y tu padre?

—Está completamente dormido y roncando. Le he puesto otro edredón.

—¿Qué hora es? —preguntó ella.

—Las tres. Si entras en calor todavía podrás dormir un par de horas antes de que te tengas que levantar.

—De acuerdo. ¿Te puedes dar la vuelta mientras me visto?

—Yo me bajaría, pero vas a necesitar la linterna. Avísame cuando hayas terminado —dijo dándose la vuelta.

Brianne salió de la cama y rápidamente se puso la falda y el jersey.

—Ya.

—Ten cuidado. Los escalones son muy estrechos —dijo Jed alumbrando las escaleras con la linterna—. ¿Necesitas algo más? —dijo después de haber llegado abajo.

«Lo que necesito es que me rodees con tus brazos», pensó Brianne e inmediatamente rechazó su irracional anhelo. ¡Jed era su jefe! ¿No sabía ella lo que el amor podía llegar a herir?

—No, estoy bien —contestó ella sin poder evitar fijarse en el fuerte y viril cuerpo de Jed bajo la camiseta.

—Yo dormiré en el sillón. Tú quédate en el sofá.

El viento soplaba con fuerza y se podía oír el chisporroteo de las inquietas llamas de la chimenea. Jed la miró. La penumbra de la habitación daba una sensación de intimidad que aumentaba la cercanía entre ellos. Brianne no sabía si conseguiría dormir, pero al menos ya no tenía frío.

—¿Preferirías trabajar para el doctor Olsen? —le preguntó Jed de repente.

—¿Por lo que ha pasado?

—Sí. Nunca te debería haber besado. No quiero que te sientas incómoda. Puedo hablar con el doctor Olsen.

—No, no quiero trabajar con otro médico. Me gusta trabajar contigo.

—¿Estás segura?

—Sí, estoy muy segura. ¿Jed?

—¿Sí?

—¿Por qué dejaste tu especialidad y te dedicaste a la medicina general? —preguntó Brianne.

Era la única manera que se le ocurría para saber por qué se había ido a Alaska y por qué había vuelto allí.

–Mis razones ya no importan. Pertenecen al pasado y ahora estoy contento con lo que hago.

Era una forma de decirle con delicadeza que no se metiera en sus asuntos. Y no lo haría… por lo menos esa noche.

CAPÍTULO 3

JED oía los suaves e inquietos sonidos provenientes del sofá y se sentía incapaz de dormir. No podía apartar de su memoria el momento del beso con Brianne. Quería tenerla en sus brazos y hacer cosas con ella que no se había vuelto a imaginar desde sus fantasías de adolescente.

Intentaba no atormentarse y apartar sus pensamientos sobre Brianne del mismo modo que lo hacía con sus recuerdos de Trisha. Pero las imágenes de Trisha se le presentaban cuando menos se lo esperaba y las emociones voluntariamente reprimidas volvían a surgir cada vez que miraba los ojos de un niño. Por eso sabía que su voluntad no podría evitar el recuerdo de la entrega y de la inocencia de Brianne durante aquel beso. Desde el primer momento en que la había visto, su subconsciente la había permitido introducirse en sus sueños: su preciosa cara, sus sedosos rizos castaños, la perfección de sus labios…

Se recordó a sí mismo de nuevo que él era demasiado mayor para ella, demasiado mayor para ese tipo de relación…

Cuando había conocido a su ex mujer, ella había parecido joven e inocente, apasionada y generosa. Pero después de que se hubieron casado, Jed se dio cuenta de que Caroline lo había tenido todo pensado. Ella había estado protegida por sus padres toda la vida, pero había aprendido a manipularlos a ellos y a todo el mundo para conseguir lo que quería, ya fuera un coche nuevo o un marido al que ella pudiera moldear como deseara.

¿Acaso Brianne no procedía del mismo estilo de vida? ¿No la habían educado para creer que con su dinero y su belleza podría conseguir todo lo que quisiera? Él se había equivocado con Caroline. ¿Era Brianne realmente tan dulce y comprensiva como parecía? Y, aunque lo fuera, él era demasiado cínico como para creer que siempre sería así.

En medio del profundo silencio de la tormenta, cualquier sonido se hacía más perceptible: el crujir de la hoguera, las sábanas de Brianne... De repente, sus movimientos eran cada vez más inquietos y Jed pudo ver cómo movía la cabeza nerviosamente. Levantó las manos como si estuviera empujando algo.

–No, no puede ser –gimió Brianne–. No pueden ser mis padres...

–Brianne, despierta –dijo Jed al no poder soportar la angustia en su voz–. Brianne, soy Jed. Estás a salvo, estás en mi casa. Despierta.

Al final, abrió los ojos. Reflejaban una profunda tristeza y estaban llenos de lágrimas.

–No puedo sacarme de la cabeza la voz del policía –murmuró Brianne–. Me acuerdo de cada una de sus palabras y de cómo describió el accidente. Creía que ya lo estaba superando, hacía unas semanas que no había tenido este sueño.

–Ya mejorarás –dijo Jed comprendiendo perfectamente la situación.

–Intento convencerme a mí misma de que tengo que enfrentarme a la realidad y aceptar el hecho de que mis padres ya no están aquí.

Pero tengo unos recuerdos tan vívidos… Me entristecen mucho, pero al mismo tiempo no quiero que desaparezcan. ¿Tú crees que tiene sentido?

Para él tenía mucho sentido. También sus recuerdos de Trisha eran muy vívidos y no podía olvidar lo feliz que le hacía verla sonreír ni la maravillosa sensación de sus pequeños abrazos.

–Se tarda bastante tiempo en separar los recuerdos del dolor –añadió Jed.

Pero sabía que lo que en ese momento le atormentaba no era precisamente dolor, sino un terrible sentimiento de culpa por no cerciorarse de la seguridad de su hija. Al principio había culpado a Caroline, pero no mucho después había decidido que la culpa había sido suya por irse aquel fin de semana en el que la niñera había tenido otros planes.

–Parece como si supieras muy bien de lo que estoy hablando.

–Lo sé muy bien –dijo sentándose al lado de ella en el sofá.

–Mi padre solía decir que se puede superar cualquier cosa –dijo Brianne con actitud reflexiva–, que la vida continua y que siempre habrá nuevas oportunidades de aprender y de amar.

La proximidad con Brianne hizo a Jed estremecer de deseo. Por lo que le había contado ella, parecía que echaba mucho de menos a su padre. Lo último que él quería era convertirse en una figura paterna. Jed utilizó la pequeña interrupción para finalizar una conversación que era cada vez más íntima y una noche que había sido muy desconcertante.

–Está amaneciendo –dijo mientras miraba por la ventana–. Voy a partir más leña, no sabemos cuanto tiempo estará cortada la electricidad.

–Yo voy a mirar en la cocina a ver qué encuentro para hacer el desayuno –dijo Brianne volviendo a la realidad.

Jed deseaba quedarse. Quería rodearla con sus brazos, acurrucarse en el sofá con ella y besar sus preciosos labios. Su sonrisa le hacía olvidar lo mayor que era. Casi le hacía olvidar la promesa que se había hecho a sí mismo después de que él y Caroline se hubieran divorciado... antes de que él se hubiera ido a

Alaska: nunca más se sentiría responsable de la felicidad de nadie.

Brianne se había arreglado lo mejor que había podido y estaba preparando el desayuno cuando Al entró en la cocina.

—Tengo que admitir que es muy agradable ver una cara bonita en la cocina por la mañana.

—Estoy preparando unas tostadas –dijo riendo y aceptando el cumplido de Al–. También he encontrado unas latas de fruta si queremos.

—¿Sabes Jed lo eficiente que eres? –preguntó Al.

—No hace mucho que nos conocemos –dijo ella sonrojada–. Solo llevamos una semana trabajando juntos.

—Ya. ¿Y qué piensas de mi hijo?

—No lo conozco muy bien –dijo intentando evitar su mirada.

—No es muy fácil conocer a Jed, especialmente desde que… Bueno, en realidad Jed siempre ha sido un chico complicado.

—¿En qué sentido?

—¿Sabías que nuestra familia desciende de

los Sawyers que fundaron Sawyer Springs? —dijo sentándose en una silla y cruzando los brazos sobre la mesa.

—Alguna vez me lo he preguntado. Según la historia del pueblo, los Sawyers eran muy aventureros, pero no eran muy buenos para los negocios. ¿Es eso verdad?

—Desde luego que lo es. Theodore Sawyer fundó un pueblo alrededor del lago y lo pobló con los amigos y la familia que trajo desde el este del país. Pensaron que una fábrica textil traería prosperidad. Dio empleo a la mitad del pueblo y también a gente de otros lugares. Pero después todo fue mal. Teddy no pudo hacer frente a las facturas ni pagar a sus empleados. Así que vendió el negocio a un empresario de Nueva York que no se preocupó ni de los trabajadores ni del estado de la fábrica. Mi propia familia descendía del hermano de Teddy y se estableció aquí. Yo trabajaba en la fábrica y ganaba el dinero suficiente para vivir. Era demasiado arriesgado intentar encontrar algo mejor en otro sitio. Por lo menos tenía trabajo. Compramos muebles de segunda mano y sólo teníamos lo imprescindible. Pero

Jed no se conformaba con ese tipo de vida, siempre quiso vivir mejor –explicó Al. Brianne pensó en todas las ventajas de las que ella había disfrutado, pero que nunca se había merecido–. Supongo que es natural que mis hijos quisieran algo más de lo que yo tenía, pero Jed parecía decidido a demostrar que los Sawyer eran merecedores de ser los padres fundadores. Era muy inteligente. Entró en la universidad con becas y préstamos y acabó en tres años en lugar de cuatro. Creo que nunca quiso triunfar para sí mismo, sino para darle a su madre todo lo que yo no le pude dar. Pero ella murió antes de que él consiguiera su primer trabajo en Los Ángeles. Entonces cuando fracasó su matrimonio…–dijo Al suspirando y antes de que pudiera decir nada más, Jed entró en la cocina.

–Casi ha dejado de nevar y ya han limpiado la carretera. Voy a intentar llegar a Beechwood por si hay alguna urgencia o algún paciente que haya decidido no cancelar su cita. Brianne, primero te llevo a casa.

–Quizá necesites ayuda, especialmente si hay alguna urgencia. Voy contigo.

—Si crees que luego vas a poder mover el coche...

—No te preocupes, se quedará en el aparcamiento hasta que hayan quitado toda la nieve de las carreteras.

Una hora más tarde, justo después de que acabaran de desayunar, volvió la electricidad. Jed había estado cordial durante el desayuno, pero también se había comportado de una manera reservada y Brianne se dio cuenta de que su padre había tenido razón: no era muy fácil llegar a conocerlo.

Jed no permitió que Brianne fregara los platos. Quería llegar al trabajo cuanto antes y ver las citas que se habían cancelado y las que se habían mantenido. Por lo que ella había podido observar durante la semana, Jed era un profesional dedicado que se preocupaba de sus pacientes y que no los trataba como simples números.

Al lado de Jed en la furgoneta de su padre, Brianne observaba los últimos copos de nieve. Pensó en la noche anterior. La luz de las velas, el fuego y el silencio habían aumentado la sensación de intimidad, aunque estaba claro que era una intimidad que Jed no quería. Percibió que él tenía la intención de olvidarse del beso y deseaba que ella pudiera hacer lo mismo.

Pero la conversación con Al había aumentado su curiosidad. ¿Qué le habría pasado a Jed en Los Ángeles? ¿Por qué se habría ido a trabajar a Alaska? ¿Por qué habría vuelto a Sawyer Springs? ¿Por qué un cirujano plástico se habría dedicado a la medicina general?

No debería interesarse por la historia de la vida de Jed. Obviamente él quería mantener una relación estrictamente profesional. Además no debería sentirse atraída por un hombre al que no le era fácil compartir sus secretos. ¿Cómo podía entregarse e ningún hombre cuando ya sabía lo que el amor podía llegar a herir?

Pero recordó el matrimonio de sus padres, cómo su padre besaba a su madre antes de salir de casa y cómo su madre siempre lo esperaba, cómo se abrazaban en el sofá las pocas veces que tenían la ocasión de ver juntos la televisión.

Permanecieron en silencio hasta que de repente Jed vio un coche atrapado en la nieve y a una mujer joven, como de la edad de Brianne, que parecía necesitar ayuda.

–Voy a parar –dijo Jed parando el vehículo.

–Hay niños dentro –añadió Brianne.

Jed salió del coche y sacó una pala del maletero.

–No puedo mover el coche –dijo la mujer desesperada.

Brianne vio que el abrigo de la mujer no la protegía lo suficiente contra el intenso frío y que no llevaba guantes. Dos niños salieron del coche y se unieron a ellos.

–No se preocupe yo la ayudaré a salir –aseguró Jed.

–Yo puedo ayudar –dijo el niño.

–Yo también –añadió la niña que de repente empezó a toser.

El rostro de Jed reflejaba una expresión preocupada y Brianne se dio cuenta de que no le gustaba mucho esa tos.

–Soy Ben –dijo el niño. Su labio de arriba estaba deformado probablemente por una operación y tenía la sonrisa torcida–, ella es Kimmie. Es demasiado pequeña para ayudar y además está enferma.

–Soy Doreen Steinmeyer –dijo la madre extendiendo la mano hacia Jed–. Muchas gracias por parar. La verdad es que no quiero que los niños estén fuera con este frío. Ben, Kimmie, subid al coche.

—¡No, mamá!

—Gracias por ofrecerme tu ayuda, pero será mejor que te metas en el coche para no enfriarte —dijo Jed y después se dirigió a su madre—. No me gusta cómo suena la tos de su hija. Soy médico y trabajo en el centro de salud Beechwood. ¿Por qué no me sigue cuando saque el coche de aquí y los echamos un vistazo a ella y a Ben?

—No puedo hacerlo. No tengo seguro. Perdí el trabajo hace dos meses y la verdad es que no podemos permitirnos ese gasto.

—No se preocupe, no le cobraré nada. Ya me pagará cuando pueda.

Diez minutos más tarde llegaron al centro de salud y entraron todos en el edificio. Hacía frío en los despachos porque no había habido calefacción en toda la noche. Lo primero que hizo Brianne fue asegurarse de que ya estaba encendida.

Jed llevó a Doreen y a los dos niños a una sala de consulta y Brianne fue unos minutos más tarde para ver si Jed necesitaba ayuda. Después de escuchar el corazón y los pulmones del niño, revisó los oídos y la garganta. Hizo lo mismo con Kimmie y mientras le revisaba la garganta, ella volvió a toser.

–Ahora vengo –dijo Jed dejando el estetoscopio encima de la mesa. Después de unos minutos, le estaba diciendo a Doreen las veces al día que le tenía que dar a Kimmie la medicina que había encontrado para ella y con qué frecuencia tenía que administrarle el antibiótico–. Una pastilla al día durante cinco días y si Kimmie sigue teniendo síntomas o fiebre, la vuelve a traer aquí, ¿entendido?

–No sé cómo agradecérselo –dijo la mujer con los ojos llenos de lágrimas.

–No es necesario que me dé las gracias. Este es mi trabajo.

–El coste de la medicina…

–Son muestras –le aseguró Jed–. Recibimos muchas muestras y no quiero que se echen a perder.

Brianne sabía que en efecto recibían muchas muestras, pero no del antibiótico en particular que le había dado a Kimmie.

Después de que Doreen, Ben y Kimmie se fueran, Jed fue al despacho y rellenó un formulario, sacó dinero de la cartera y lo metió junto al formulario en un cajón. Brianne vio que estaba pagando el antibiótico y entró en el despacho.

–Has sido muy amable –le dijo sonriendo.

–Cualquier médico habría hecho lo mismo.

–Quizá –dijo sin convicción–. ¿Crees que Ben necesita otra operación?

–Quien fuera que le operara hizo un buen trabajo, pero yo le podría dar una sonrisa perfecta.

–¿Por qué dejaste la cirugía plástica? –preguntó Brianne.

Se dio cuenta de que Jed la miraba fijamente y se preguntó si se estaría acordando del beso de la noche anterior. Pasar la noche bajo el mismo techo le había permitido fijarse más en todo lo que tenía que ver con Jed, incluso en la pequeña cicatriz que tenía al lado de la boca. Besarlo había sido una experiencia que nunca olvidaría.

–Es una historia muy larga –respondió Jed mientras se levantaba de la silla.

–No tenemos pacientes en la sala de espera y yo tengo tiempo –dijo con atrevimiento.

–Quizá no haya pacientes, pero yo tengo que organizar unas notas de ayer –cuando Jed se dirigió hacia la puerta, dejando claro que no tenía ninguna intención de contarle lo que quería saber, Brianne se apartó para dejarle pasar, pero no lo suficientemente rápido. La corta distancia entre ellos volvió a traer las sensaciones de la noche anterior: las conversaciones en la intimidad, el roce de sus labios y el inolvidable beso–. Brianne, soy una persona muy privada. No hablo de nada personal ni de mi pasado. No dejé Los Ángeles por ninguna razón relacionada con mi trabajo, así que no creo que te tengas que preocupar por eso.

–Pero…

–Eres demasiado joven para entender algunos cambios importantes en la vida de una persona. En un momento determinado, yo decidí cambiar el rumbo de mi vida. Cuando seas lo suficiente mayor para darte cuenta…

–¡Deja de tratarme como si fuera una adolescente! –dijo Brianne enfadada.

–No solo estamos hablando de edad, Brianne –dijo Jed sorprendido por su reacción–, sino de experiencia. Dentro de veinte años…

—Dentro de veinte años espero no ser tan arrogante como tú.

—¿Arrogante? —dijo con un leve tono divertido.

—Sí, eso es lo que he dicho, pero a lo mejor tú piensas que eres muy sabio y experimentado.

—Más experimentado de lo que en realidad me hubiera gustado ser. Y si fuera muy sabio habría evitado esta conversación. Creo que deberíamos empezar de nuevo y olvidarnos de lo que pasó anoche, Brianne.

—De acuerdo. Es decir, que anoche no pasó nada, yo no dormí en tu sofá, no hice el desayuno esta mañana…

La puerta de la entrada se abrió de repente y Lily y Janie entraron en el edificio. Lily los vio a través de la ventana y les sonrió.

—Parece que habéis sobrevivido esta noche.

Sí, Brianne habría sobrevivido esa noche, pero había descubierto que nunca más volvería a interrogar a Jed.

CAPÍTULO 4

BRIANNE todavía no comprendía su comportamiento de la semana anterior. Fue a la recepción a dejar el expediente de un paciente y pensó que desde que había llamado arrogante a Jed, cuando sus miradas se encontraban, los dos intentaban evitarse buscando algo en que ocuparse.

Estaba a punto de dirigirse hacia su despacho cuando la puerta principal se abrió y entraron Megan, la hija de Lily, y su abuela.

Bea Brinkman, la madre de Lily, tenía una expresión de preocupación cuando se acercó a la ventanilla de la recepcionista. Vio a Brianne y se dirigió hacia ella.

—¿Está Lily ocupada?

—¿Le pasa algo a Megan? —replicó Brianne.

—Oh, no, está bien. Fuimos a su casa a recoger unos juguetes para el jardín de infancia y… Por eso quiero ver a Lily.

–Voy a ver si no está ocupada.

Lily acababa de entrar en el despacho cuando Brianne le dijo que su madre estaba en la sala de espera.

–¿Quieres que vaya contigo? –le preguntó Brianne.

–Si no te importa. Ya conoces a mi madre. A veces dramatiza un poco. Si son malas noticias, puede que te necesite para que distraigas a Megan.

Brianne asintió y siguió a su amiga hacia la recepción. En ese momento Jed estaba hablando con la recepcionista sobre el tratamiento de un paciente.

–Tienes un problema –dijo Bea en cuanto vio a Lily–. Hemos tenido que poner cubos en tres puntos diferentes de la cocina.

–¿Cubos?

–Hay una gotera. Tendrás que llamar a alguien antes de que sea tarde. Si tu padre no se hubiera ido hoy, te podría decir lo que tienes que hacer

–Quizá la gotera proceda de nieve derretida

del tejado del porche. No puedo permitirme pagar ninguna reparación este mes, así que cuando llegue a casa quizá me suba al tejado a quitar la nieve.

—Quítate eso de la cabeza, Lily Brinkman. No voy a permitir que arriesgues la vida subiéndote a un tejado.

—¿Estás segura de que es el tejado, Lily? —le preguntó Jed que en ese momento salía del despacho de la recepcionista.

—Debería haber reparado el tejado antes del invierno, pero esperaba que aguantara otro año. Ahora veo que no ha sido así.

—Yo hice algunos trabajos en la construcción cuando estaba en la universidad. ¿Quieres que le eche un vistazo?

—¡Qué bien! ¡Un hombre que sabe de estas cosas! —dijo Bea con una sonrisa—. Lily, quizá deberías salir con un hombre que supiera algo más que de ordenadores. Usted es el doctor Sawyer, ¿verdad? Lily me ha hablado mucho de usted —añadió Bea haciendo enrojecer a Lily.

—Sí, soy nuevo aquí. Hoy no podré ir a vuestra casa —dijo dirigiéndose a Brianne y a Lily—. Como todos tenemos libre el jueves,

¿creéis que os las podréis arreglar hasta entonces?

—Si sólo gotea, no pasará nada —dijo Brianne, pero la mirada de Jed le hizo olvidarse de repente del tejado, de la nieve y de la casa.

—¿Qué os parece el jueves a las diez?

—Muy bien, pero ¿estás seguro de que eso es lo que quieres hacer en tu día libre?

—Si no os voy a ayudar con el tejado, mi padre me convencerá para ir a jugar a las cartas con sus amigos. La semana pasada me dejaron pelado —dijo sonriendo.

Durante un momento, Brianne se sorprendió de la camaradería con la que Jed trataba a Lily. Quizá deberían salir juntos. Después de todo, Lily estaba en la treintena.

El jueves por la mañana Jed trabajaba en el tejado del porche y Brianne de vez en cuando salía por la puerta de atrás para observarlo. Su pelo negro brillaba con el sol invernal. Sus piernas eran sólidas y se movía por el tejado con mucha soltura y seguridad, pero ella tenía miedo de que se cayera.

–Dile a Lily que casi he terminado –le dijo Jed a Brianne desde el tejado–. He quitado la madera vieja y he puesto tejas nuevas, pero antes de bajarme de aquí, me gustaría asegurarme de que ya no caerá más agua.

Brianne asintió y regresó al calor de la cocina. Lily estaba preparando algo de comer.

–Le he dicho que se quede a comer. Era lo menos que podía hacer –dijo Lily.

–Dice que ya casi ha terminado.

De repente, Brianne se sintió incómoda con Lily, del mismo modo como le había ocurrido cuando se conocieron. Su amistad había evolucionado con lentitud. El hecho de vivir juntas había sido una solución práctica para las dos, pero Lily ya se había convertido en una verdadera amiga y Brianne no quería que nada arruinara esa amistad. No estaba segura de cómo formular la pregunta que quería hacerle.

–¿Te pasa algo? –le preguntó Lily reaccionado a su silencio–. ¿Te incomoda que Jed se quede a comer?

–No es eso... ¿Lo has invitado solamente por arreglar el tejado?

–¿Por que otra razón habría de invitarlo? –preguntó Lily confundida.

–Pensé que quizá… estuvieras interesada en él.

–Estoy saliendo con Doug –respondió Lily.

–Ya lo sé, pero eso empezó antes de que llegara Jed y después de lo que dijo tu madre ayer, pensé que…

–Ya sabes cómo es mi madre, Brianne. Según ella yo nunca seré feliz hasta que me vuelva a casar. No entiende el interés de Doug por los ordenadores, así que piensa que Jed es un candidato mejor. Pero eso no significa que yo piense lo mismo. De hecho, Jed Sawyer no es mi tipo, es demasiado complicado e intenso para mí, como mi ex marido. Doug es menos difícil y además comparte sus pensamientos conmigo y eso me gusta.

Brianne ya sabía lo intenso que podía ser Jed. Pero junto a esa intensidad había una profunda pasión que la asustaba, quizá porque nunca había experimentado una sensación parecida. Nunca se había enamorado de un hombre que la pudiera hacer temblar sólo con la mirada. Pero sabía que el amor también podía producir dolor y si podía protegerse, lo haría.

–¿Estás tú interesada en Jed? –le preguntó Lily con curiosidad.

–No, bueno, quiero decir... No quiero estarlo, pero me siento tan viva cuando está cerca de mí. Lo miro y se me acelera el corazón. Eso nunca me pasó con Bobby.

–Bobby y tú os conocíais desde que erais pequeños. Esa relación no tiene nada que ver con esta. Pero deberías tener cuidado. Jed está divorciado. ¿Sabes por qué él y su mujer se separaron?

–¿Lo sabes tú?

–No, pero creo que es importante que lo sepas antes de que decidas empezar una relación. Lo que pasara durante su matrimonio le habrá influido en su manera de ser.

Brianne sabía que el marido de Lily se había preocupado más por el trabajo que por su familia. Había tenido aventuras y cuando Lily lo descubrió supo que su matrimonio se había acabado. Poco después su marido se había mudado a Minneapolis y nunca había vuelto a saber nada de él.

Todo eso la había hecho fuerte, pero también desconfiaba de los hombres que no hablaban con facilidad o que dedicaban demasiado tiempo al trabajo.

De repente, Megan entró en la cocina interrumpiendo la conversación.

–Mami, ven a jugar conmigo –exclamó la pequeña.

–Ahora no puedo, estoy preparando la comida. A lo mejor Brianne te puede ayudar a hacer un muñeco de nieve.

–¡Claro que sí! –respondió Brianne.

Quince minutos más tarde, las dos se reían juntas mientras hacían los brazos del muñeco de nieve con unas ramas. Brianne oyó ruido en el porche y al levantar la vista vio que Jed estaba mirando a Megan con una expresión terriblemente triste en la cara. Brianne ya había notado esa tristeza antes, especialmente cuando Jed estaba cerca de algún niño. Ella sabía que no hablaría de ello, que no quería hablar de su pasado.

–¿Quieres ayudarnos? –le preguntó Megan al ver que se dirigía hacia ellas.

–Parece que ya casi está terminado –dijo mirando a la pequeña con dulzura.

–No parece de verdad –añadió ella.

–¿Y cómo crees que podemos arreglar eso? –dijo Jed sonriendo.

–Necesita una boca, unos ojos y una nariz.

–¿Por qué no vas y le pides a tu mamá una zanahoria para la nariz? –sugirió Brianne–. Nosotros podemos buscar unas piedras para los ojos y la boca.

–Y una bufanda. Necesita ropa –dijo Megan mientras se dirigía corriendo hacia el interior de la casa.

–Me ha dicho Lily que te vas a quedar a comer –dijo Brianne después de unos momentos de silencio.

–Lily quiere pagarme la reparación. Yo le dije que no aceptaría un cheque, así que he tenido que aceptar la invitación –dijo Jed sonriendo.

–Bueno, voy a buscar esas piedras para Megan –dijo Brianne después de otro silencio. Se quitó los guantes y los metió en los bolsillos. Entonces se dio cuenta de que su pulsera había desaparecido–. ¡Oh, no!

–¿Qué pasa?

–¡Se me ha perdido la pulsera!

Los dos sabían que buscar una pulsera de oro en la nieve sería como buscar una aguja en un pajar.

–Yo te ayudo a buscarla –se ofreció inmediatamente Jed.

Buscaron alrededor del muñeco de nieve, pero Brianne no tenía muchas esperanzas. Tenía que encontrar esa pulsera. Era el único lazo que le quedaba con sus padres. Ni siquiera se dio cuenta de que estaba llorando hasta que Jed la tomó del brazo.

–No te preocupes, Brianne. Es sólo una joya.

–No lo entiendes, Jed, tengo que encontrarla, tengo que…

–De acuerdo, tú ve por la derecha y yo por la izquierda. Miraremos por todas las partes en las que has estado.

Después de haber buscado minuciosamente, Brianne vio a Jed en el porche y pensó que había abandonado la búsqueda. Sabía que Jed no tenía ni idea de lo que la pulsera significaba para ella, pero estaría todo el día buscando si fuera preciso.

De repente, Jed se dirigió hacia la esquina

izquierda del porche y se inclinó hacia el suelo. Después de un momento, se podía ver que en su mano sostenía algo reluciente.

Brianne corrió hacia él y no pudo evitar rodearle el cuello con sus brazos y darle un gran abrazo.

–Muchísimas gracias.

–La he encontrado gracias al sol que la ha hecho brillar –dijo Jed apartándose de ella. Brianne bajó los brazos y miró fijamente la pulsera que ya tenía en sus manos–. ¿La puedo ver? –preguntó él con suavidad y ella asintió–. ¿Te la regaló alguien importante para ti?

–Mis padres. La encontré cuando estaba sacando toda la ropa de los cajones de mi madre. Estaba envuelta y tenía una tarjeta. Mi madre nunca compraba las cosas en el último minuto y la tenía preparada para mi cumpleaños. Mira, tiene una inscripción que dice «siempre cree en mañana».

De repente Brianne se sintió demasiado joven y avergonzada por sus profundos sentimientos por sus padres, por todo lo que la habían enseñado y todo lo que eso significaba para ella.

–Tus padres se preocupaban por ti, Brianne –dijo Jed–. Comprendo que nunca quieras olvidar eso. La pulsera es una conexión con tu infancia y con todas las cosas buenas que te sucedieron en esa época.

–No es sólo eso. Un día, cuando tenía catorce años, estaba haciendo un árbol genealógico para el colegio y fui a mirar a una caja de papeles en el desván. Descubrí que era adoptada y encontré un informe que decía quién era mi madre y cómo murió después de haberme abandonado. Me enfrenté con mis padres y desde ese momento nuestra relación no volvió a ser la misma. Pero cuando murieron –continuó–, me di cuenta de que ellos eran mis verdaderos padres.

–Esa es una situación muy difícil para una niña. ¿Cómo pudiste superar todo eso?

–Tenía un buen amigo y además mis padres continuamente querían demostrarme que me querían. Pero nunca tuve la oportunidad de decirles lo agradecida que estaba por todo lo que me habían dado... por todo lo que habían hecho por mí.

En el silencio de la tarde soleada, Brianne

vio que Jed estaba absorbiendo todo lo que ella decía. De alguna manera sabía que él la comprendía. Finalmente, él también se decidió a confiar en ella.

—Durante aquellas noches tan largas en Alaska, tuve mucho tiempo para pensar. Me fui de aquí buscando una vida que pensaba que quería. Mi padre no lo tuvo muy fácil cuando nosotros éramos pequeños y pensé que si hubiera alguna manera de poder ayudarlo ahora... Pero no parece que quiera mi ayuda.

—Quizá le gustaría que estuvieras en Sawyer Springs porque es lo que tú quieres.

—Toda mi vida ha sido lo contrario de lo que he querido. Necesitaba escapar de la vida en un pueblo pequeño, pero ahora lo veo de una manera diferente. Todavía no sé si me quedaré, especialmente si mi padre sigue discutiendo conmigo cada vez que intento hacer algo por él. Ya no siento resentimiento hacia Sawyer Springs.

Por lo menos Jed le había contado una pequeña parte de su vida también. Antes de que Brianne supiera qué decir, la cara de Jed reflejó cierta incomodidad y ella sabía que probablemente él se arrepentía de haber compartido sus sentimientos con ella.

¿Se arrepentiría ella de compartir los suyos? Compartir unía a las personas. ¿Quería ella estar muy unida a su jefe, al hombre que le estremecía el corazón cada vez que lo miraba? No dejaba de recordarse a sí misma que amar a alguien puede terminar hiriendo. Sin embargo, había visto cómo sus padres se habían amado y, si ella no estaba dispuesta a ello, nunca iba a encontrar una relación así.

—Será mejor que no lleves la pulsera hasta que te pongan un cierre de seguridad —le dijo Jed devolviendo la normalidad a la relación.

—Voy a casa a ver qué hace Megan.

—Yo voy a cargar esas tejas en la furgoneta de mi padre. Dile a Lily que iré enseguida.

Jed se alejó de ella como si nunca hubieran compartido esos momentos de intimidad.

El olor de la comida atrajo la atención de Jed cuando entró a la casa por la puerta de atrás. Se alegró de que su mente se ocupara de otro apetito diferente al que sentía por Brianne. Cuando ella lo había abrazado, había necesitado toda su fuerza de voluntad para no atraerla hacia él y besarla con una intensidad difícil de frenar. Pero él no era un adolescente. Sabía que la satisfacción física tenía un precio muy alto. Después de que algunos encuentros apasionados lo hubieran llevado a un matrimonio precipitado con Caroline, se había dado cuenta de que ella había fingido esa pasión. El sexo en el matrimonio se había convertido en una obligación para ella y él lo había sabido. Se había dado cuenta de que en realidad lo que ella había querido era moldear a su hombre ideal, una copia exacta de su padre: rico, triunfador y con amigos influyentes.

—Creo que todavía te debo otra comida por tu ayuda —le dijo Lily de repente entrando en la cocina.

—No empieces otra vez, Lily. Me ha sentado muy bien hacer un trabajo con las manos.

—Tú curas con las manos —le recordó ella.

—Ya sabes lo que quiero decir. La sopa huele muy bien.

–La hago con frecuencia en invierno –dijo mirando fijamente a Jed.

–¿Qué pasa? –preguntó él ante esa mirada.

–Te he visto ahí fuera con Brianne.

–¿Cuándo estábamos buscando la pulsera?

–No, después.

–Dime lo que tengas que decirme, Lily.

–Solo quiero advertirte que Brianne está muy sensible en este momento. Ha perdido a su familia y le está costando encontrar el rumbo.

–¿Piensas que me estoy aprovechando de eso?

–Espero que no.

–Quizá no te deberías preocupar de Brianne.

–Me preocupo por Brianne porque se ha convertido en una hermana para mí. No quiero verla sufrir.

–Creo que has malinterpretado lo que has visto. Brianne estaba muy contenta por haber encontrado la pulsera. Ese abrazo… no significa nada.

–Como te he dicho antes, Brianne está muy sensible ahora, pero no es tan ingenua como tú crees –añadió Lily, pero Megan interrumpió la conversación al entrar corriendo en la cocina.

Poco después estaban todos sentados a la mesa. Jed no podía apartar su mirada de Brianne, de sus brillantes rizos castaños, de sus luminosos ojos y de esa mirada inocente que reflejaba que no tenía mucha experiencia con los hombres.

Él no quería herirla y tampoco quería que ella tambaleara su mundo. Quería ordenar su vida y eso no incluía a una mujer dieciséis años menor que él o una relación de la que se arrepentiría.

Se iría a casa en cuanto terminara de comer y se mantendría lo suficientemente ocupado como para apartar a Brianne Barrington de sus pensamientos y de sus sueños.

CAPÍTULO 5

DESPUÉS de comer, Lily llevó a Megan al jardín de infancia. Brianne había salido para decirles adiós y Jed también y los dos permanecieron en el porche observando cómo el coche se alejaba.

–Tienes una buena amiga en Lily –dijo Jed.

–Ya lo sé. Ella y Megan se han convertido en mi familia. Supongo que necesito relacionarme, aunque a veces me dé miedo.

Tenía miedo por el dolor que le pudieran causar sus sentimientos por Jed. Sin embargo, antes de su graduación, cuando estaba intentando decidir qué camino seguir, su madre le había aconsejado que no solo se dejara guiar por el corazón, sino también por la pasión. En ese momento no había estado segura de lo que su madre había querido decir, pero cuando estaba cerca de Jed sentía que todo su ser se estremecía. ¿Era eso pasión o simplemente se trataba de atracción física? Además, si alguna vez se decidía a mantener una relación con Jed, ¿sería suficiente para él? Ella nunca había estado con un hombre…

–¿No tienes amigos de la infancia aquí? –le preguntó Jed.

–La verdad es que no. La mayoría de ellos trabajan fuera de Sawyer Springs. ¿Y tú? ¿Tienes amigos aquí?

–Unos cuantos. Tengo la intención de ir a verlos, pero todavía no he tenido tiempo.

–¿Y tus hermanos? ¿Estás en contacto con ellos?

–Mi hermana Ellie normalmente manda una tarjeta de Navidad y Christopher llama una vez al año.

–Yo siempre quise tener hermanos –añadió Brianne.

–¿Y no tener ningún contacto con ellos? –dijo Jed irónicamente.

–Cada familia es diferente –respondió ella.

–En realidad, ya que estoy aquí ahora, he estado pensando en convencer a mis hermanos para que vengan a visitar a mi padre. Hace muchos años que no estamos todos juntos.

—¿Qué le parecería a tu padre que estuvierais todos juntos aquí? —preguntó Brianne intentando que la llegada del cartero no la distrajera de su conversación con Jed.

—No estoy seguro. Todavía no he decidido si decírselo o prepararle una sorpresa. Supongo que pensará que son muchos gastos para nada. Pero creo que es lo que debemos hacer.

El cartero se acercó a ellos y le entregó a Brianne un sobre. Jed vio que el remite era de la fundación nacional para la lucha contra el cáncer.

—Supongo que recibes muchas peticiones para donaciones —dijo él.

—Sí y de momento me las tomo bastante en serio. Tengo que decidir qué hacer con una dotación de dinero que me dejaron mis padres.

—¿No especificaron ellos dónde querían que fuera ese dinero?

—No, eso lo dejaron a mi elección.

—Es una responsabilidad muy grande para alguien tan joven.

—¿Tú te crees mayor? —replicó Brianne sin enfadarse.

—No, realmente no.

—Pues yo tampoco me considero demasiado joven. He trabajado con fundaciones de caridad desde que soy adolescente, ayudando a mi madre. Puede ser que yo no tenga tanta experiencia como tú, pero soy más madura de lo que tú te crees.

—Quizá tengas razón –dijo sonriendo–. Y ahora mismo, mi experiencia me dice que será mejor que entres en casa –Brianne había salido sin abrigo y estaba empezando a tener frío, pero el hecho de estar con Jed le producía una calidez que el frío invierno de Wisconsin le parecía primavera–. Nos vemos mañana en el trabajo.

Brianne lo observó mientras se alejaba en la furgoneta. Se emocionaba al pensar en todo lo que habían hablado esa tarde. Estaba empezando a conocer a Jed Sawyer. ¿Qué pasaría si lo conociera con más profundidad?

Jed pasó el resto de la tarde comprando un coche. Una vez en casa, llevó a su padre a dar una vuelta y Al tuvo que admitir que el coche le parecía bastante bien. Después, mientras su padre dormía en unos de sus sillones favoritos, Jed se puso a ordenar la ropa limpia de Al. Cuando estaba a punto de cerrar el armario vio algo en un rincón que lo sorprendió. Era un bastón. ¿Le pasaría algo que no le hubiera contado? Decidió ir a hablar con él inmediatamente.

—He encontrado esto en tu armario —dijo con el bastón en la mano—. ¿Hace cuánto tiempo que lo necesitas?

—¿Qué estabas haciendo en mi armario?

—Nada, simplemente estaba colgando tus camisas.

—Yo me puedo colgar mis propias camisas —dijo Al enfadado—. Lo pasé muy mal con la cadera el año pasado —dijo señalando al bastón—, pero se me pasó.

—¿Por qué no me lo dijiste cuando te llamaba?

—¿Y qué ibas a hacer tú desde Alaska? ¿Habrías venido a cuidarme?

—¿Lo sabían Chris y Ellie?

—Por supuesto que no. Las señoras de la iglesia me traían la comida. Mis amigos me traían todo lo demás que necesitaba y me hacían compañía. No quería que os preocuparais por mí. Mira –añadió Al–, sé que te hundiste después de la muerte de Trisha y que querías desaparecer durante una temporada, pero no me culpes por no contarte mi vida. Tú tampoco me contaste lo que te pasaba a ti. ¿Te crees que yo no me preocupaba?

–Yo estaba bien –insistió Jed.

–Al principio no. No el primer año. Casi nunca llamabas. Cuando te fuiste a Alaska, pensé que encontrarías lo que estabas buscando, aunque simplemente fuera una manera de escapar. Pero al volver aquí... No creas que vas a controlar mi vida. Me las arreglaba bien sin ti y cuando te vayas otra vez, volverá a ser lo mismo.

–Quizá no quieras ayuda y quizá no la necesites en la mayoría de los casos, pero hay algo que sí necesitas: una señora de la limpieza.

–¿Una señora de la limpieza? No necesito a nadie que se meta en mis cosas –dijo Al casi levantándose del asiento.

–De acuerdo, si no me dejas que contrate a una señora de la limpieza, tendré que hacerlo yo mismo. Yo odio limpiar, papá, y esta casa está sucísima. Esto no puede continuar así.

—Estás decidido a interferir en mi vida, ¿verdad?

—Estoy decidido a hacerte la vida más fácil.

—Pues haz lo que tengas que hacer —dijo Al resignado.

—Entonces, ¿quieres que ponga un anuncio para una señora de la limpieza? ¿Qué te parece una vez al mes?

—¿Una vez al mes? Depende de quién sea. No quiero que sea una persona que se entrometa demasiado. Yo le daría una lista y tendría que hacer exclusivamente lo que estuviera en la lista.

—Bueno, pues tú piensa en eso —dijo Jed aliviado y reconociendo lo mucho que había cedido su padre—. Yo voy al supermercado a comprar productos de limpieza.

Quince minutos más tarde, Jed estaba en supermercado en el pasillo de artículos de limpieza.

—¿Buscando algo especial? —le preguntó una voz suave.

Cuando se dio la vuelta, se encontró con

los ojos azules de Brianne y le dio un vuelco el corazón. Llevaba una chaqueta de lana azul marino y una bufanda roja. Las medias iban a juego con la bufanda y Jed pensó en lo caro que sería ese traje. Caroline también había llevado trajes de diseño parecidos cuando iban a esquiar. Sin embargo, la naturaleza generosa y compasiva de Brianne no tenía nada que ver con la de su ex mujer.

—La casa de mi padre no se ha limpiado bien en los últimos años y he decidido hacerlo yo, aunque no sé por dónde empezar.

—Este producto es muy bueno —dijo Brianne señalando hacia la estantería.

—¿Tú sabes de esto?

—Bueno, Lily y yo compartimos las tareas de la casa. Sé qué productos son buenos y cuáles no.

—¿Y para el suelo de la cocina? Está muy sucio.

—Lo que necesitas es un buen cepillo y un detergente de toda la vida. ¿Vas a hacer toda la casa?

—Lo voy a intentar —dijo Jed suspirando.

—Parece que vas a necesitar ayuda. Te sorprendería saber el tiempo que se tarda en limpiar una casa entera.

—¿Te estás ofreciendo?

—Me encantaría ayudarte. Lily se va con Megan a casa de su madre esta noche. Cuando no están, la casa se me hace demasiado grande.

—¿Estás segura de que quieres empezar hoy mismo?

—Segurísima.

—Te dejaré que me ayudes con una condición.

—¿Cuál?

—Que me dejes llevarte a un restaurante en Madison. He visto un restaurante francés que parece muy bueno —dijo Jed recordando que cuando lo había visto por primera vez, había pensado en Brianne.

—Trato hecho —dijo Brianne después de unos momentos de duda—. Vamos a empezar cuanto antes.

Al llegar a la casa de Jed, Brianne se empezó a arrepentir. Si Lily y Megan no se hubieran ido a casa de Bea esa noche, si ella no hubiera decidido ir al supermercado, si no se hubiera ofrecido a ayudar a Jed… Finalmente decidió que a quien realmente estaba ayudando era a Al.

–Bueno, bueno –dijo Al al verla entrar con Jed en la casa–. Jed no me había dicho que tú ibas a ser mi señora de la limpieza.

–Le dije a Jed que lo ayudaría –dijo Brianne dejando una de las bolsas encima de una silla y quitándose el abrigo–. Así terminaremos mucho más rápido.

–Muy bien. ¿Por dónde vais a empezar?

–Por la cocina –respondió Jed.

–Por el cuarto de baño de arriba –dijo Brianne al mismo tiempo.

–Así no os molestaréis –dijo Al con una sonrisa.

–Tú puedes supervisar –le ofreció Brianne–. Si te parece me puedes decir lo que no quieres que haga.

–De acuerdo –dijo Al encantado de que Brianne lo incluyera en las decisiones.

Brianne sacó todo lo que necesitaba de una bolsa y se dirigió hacia el piso arriba.

Media hora más tarde, las cortinas del cuarto

de baño ya estaban en la lavadora, las alfombras estaban colgadas en la barandilla del porche y ya iba a empezar a limpiar el suelo. La limpieza era una de esas cosas que tenía que hacer y, desde luego, no le gustaba más que a ninguna otra persona, pero reconocía que Jed tenía razón sobre el estado de la casa de Al.

De nuevo, intentaba decirse a sí misma que había ofrecido su ayuda porque los dos hombres la necesitaban. Pero la invitación a cenar de Jed la había confundido. ¿Debería considerarlo como una cita? Probablemente no. La cena sería simplemente una manera de devolverle el favor.

De repente, vio que Al se asomaba al cuarto de baño.

—¡Jed está frotando el suelo de la cocina de rodillas! —dijo él.

—A veces es la mejor manera de hacerlo.

—Cuando Jed está decidido a hacer algo, no hay manera de pararlo.

—¿Era así de pequeño? —preguntó Brianne sin poder frenar su curiosidad.

—Todavía más. Me acuerdo de un verano que sembró unas quince plantas de tomate y salieron todas. Vendió todos los tomates en el pueblo. Cuando le pregunté lo que pensaba hacer con ese dinero, me dijo que quería comprarle a su madre un espejo de plata que había visto en Madison para Navidad. Sabía que no nos podíamos permitir ese tipo de cosas y quería que ella tuviera algo bonito.

—Papá, estoy seguro de que estás aburriendo a Brianne —gritó Jed mientras subía las escaleras.

—No estoy aburrida —dijo Brianne.

—A ella le gusta escuchar mis historias —dijo Al mientras salía del cuarto de baño.

—¿Era auténtico tu ofrecimiento para ayudarme o tu único interés era entrometerte en mi vida? —preguntó Jed a Brianne cuando Al ya no podía oírlos—. ¿Te imaginaste que podrías obtener algunas respuestas de mi padre?

—Ofrecí mi ayuda porque pensé que la necesitabas —respondió Brianne al mismo tiempo que también se preguntaba cuáles habían sido sus verdaderos motivos—. Además, me cae bien tu padre y creo que está muy solo. No me cuesta trabajo escucharlo.

–Me da vergüenza lo que te ha contado mi padre –dijo Jed agarrándola del brazo.

–¿Por qué? Es un recuerdo maravilloso.

–En ese momento, no se lo conté a nadie. Mi padre era el único que sabía la verdadera razón por la que vendí los tomates.

–¿Tienes miedo de que alguien se dé cuenta de que no eres el tipo duro que quieres aparentar. Es admirable que un hombre sea sensible –dijo Brianne mirando a Jed fijamente.

–Ser sensible te hace ser vulnerable también –añadió Jed soltando el brazo de ella.

Brianne sabía que él pensaba que era muy inteligente y muy experimentado y mucho mayor que ella. También sabía que él siempre intentaba decir la última palabra, pero esa vez no se lo iba a permitir.

–Pues a mí me gusta ese hombre que ocultas bajo esa imagen de tipo duro. No deberías intentar apartar a todo el mundo de tu lado. Si eso es lo que realmente quieres te deberías haber quedado en Alaska.

Después de haber expresado todos sus pensamientos, se dio la vuelta y siguió limpiando el suelo. Unos segundos más tarde, suspiró aliviada cuando oyó los pasos de Jed en las escaleras.

Un par de horas después, Brianne estaba terminando de planchar la última de las cortinas en la cocina.

–Mi padre está durmiendo en el sillón. No tienes que quedarte mientras cuelgo las cortinas –dijo Jed entrando en la cocina haciendo pensar a Brianne que lo único que quería era deshacerse de ella.

–Mira, Jed… lo de la cena. No es obligatorio que vayamos.

–Cuando hago un trato, lo mantengo. ¿Tienes algo que hacer mañana por la noche?

–No, no tengo nada que hacer.

–Pues te recojo a las siete –dijo Jed con sequedad.

Unos minutos más tarde, Brianne se había puesto el abrigo, se había despedido de Al y se dirigía hacia la puerta. Pero en ese momento, Jed la detuvo.

–Gracias, Brianne. De verdad apreciamos tu ayuda.

La suavidad y calidez de sus palabras hicieron que Brianne se olvidara del intenso frío de la noche.

Cuando Brianne se fue, Jed colgó las cortinas. La casa no solo parecía más limpia, sino más alegre. El toque de Brianne le había dado más vida a todas las habitaciones.

Al decidió irse a dormir y Jed observó que tenía dificultad al subir las escaleras. ¿Le estaría molestando la cadera otra vez? Se preguntó.

Se dirigió al teléfono del cuarto de estar y sacó de su cartera una hoja de papel con dos números de teléfono. Se sentó y miró al primero. Quizá Ellie habría salido esa noche. Marcó el número y esperó. Al final, su hermana contestó el teléfono.

–¿Dígame?

–Ellie, soy Jed.

–¡Cuánto tiempo, Jed!

–Sí, ya lo sé. Recibí tu tarjeta de Navidad.

–Te llamé la semana pasada a tu número de Alaska y me dijeron que te habías ido –dijo con un tono de reproche–. La persona con la que hablé no parecía estar muy dispuesta a darme información. He estado bastante preocupada.

—Lo siento, Ellie. Te iba a llamar. Estoy en casa de papá. Estoy trabajando aquí ahora. Pensé que si lo llamabas, él te lo contaría.

—La verdad es que tengo que admitir que no lo he llamado desde Navidad. He tenido mucho trabajo.

—¿Y Chris? ¿Sabes algo de él?

—Hace unos meses vino a Los Ángeles a dar una conferencia y salimos a cenar. Desde entonces no sé nada.

—Ya sé que estás ocupada —dijo Jed con comprensión—. Todos estamos muy ocupados, pero tenemos que pensar en algo más importante. Papá está envejeciendo y había pensado que quizá sería una buena idea si nos reuniéramos algún día en las próximas semanas.

—¿Está enfermo?

—No, pero no deberíamos esperar a que lo estuviera, ¿no crees?

—Tienes razón. Voy a mirar mi agenda —dijo Ellie creando un pensativo silencio—. Podría ir dentro de un par de semanas y pasar cuatro días, de jueves a domingo. ¿Vas a llamar a Chris?

—Sí, voy a ver qué tal le viene a él y te llamaré mañana. ¿Estarás en casa?

—Sí, por la mañana.

—De acuerdo, por la mañana.

—Jed, ¿cómo estás?

—Mejor —dijo de repente dándose cuenta de que se sentía mejor desde que había llegado a Sawyer Springs. ¿Tendría algo que ver Brianne con eso?

—Me alegro de que estés mejor. Fue horrible cuando Trisha se ahogó, pero sabía que lo superarías. ¿Ha cambiado mucho Sawyer Springs?

—No mucho. Está casi igual, pero ahora lo veo de una manera diferente.

—Quizá a mí me pase lo mismo. ¿Estás pensando en quedarte?

—Todavía no lo he decidido. Voy a intentar llamar a Chris antes de que se haga muy tarde.

—De acuerdo. Buenas noches, Jed. Hablamos mañana.

—Sí, mañana —repitió él.

CAPÍTULO 6

BRIANNE pensaba en lo maravillosa que había sido la cena en el restaurante mientras volvían a Sawyer Springs en el nuevo coche de Jed. Habían tenido algunos momentos incómodos, principalmente por la atracción que ambos sentían. Durante la cena, la conversación se había centrado en el trabajo y en el padre de Jed.

Jed estaba en silencio mientras conducía y Brianne se preguntaba qué estaría pensando. Cuando llegaron a Sawyer Springs, Brianne señaló una de las calles por las que pasaban.

–Yo vivía por aquí antes.

–¿Quieres que pasemos por tu antigua casa?

–Sí, me gustaría –dijo ella después de unos instantes de duda–. No he pasado por ahí desde que la vendí.

Pero enseguida se dio cuenta de que volver al hogar de su infancia sería un error. Tenía demasiados buenos recuerdos para ella.

—¿Te resultó duro venderla? —le preguntó Jed deteniéndose en la casa que Brianne le había indicado.

—Lo más duro que he tenido que hacer en mi vida. Pensaba que al venderla ya no volvería a sentir la presencia de mis padres. Pero sí los siento. Tengo la sensación de que son dos ángeles que cuidan de mí —dijo inmediatamente avergonzándose de ese pensamiento infantil.

—Sería bueno pensar así de la gente que amamos.

—¿Tú no piensas así?

—Soy médico, ¿recuerdas? Soy un hombre de ciencias y me resulta difícil creer en lo que no puedo ver. Cuando eras adolescente —añadió cambiando totalmente de tema—, ¿qué hacías los fines de semana?

—Nada especial, salía con mis amigos a comer, a bailar…

—¿Quieres ver el sitio donde más me divertí cuando era adolescente?

–Claro.

Jed cambió el rumbo y se dirigió hacia la parte este del pueblo hasta que finalmente aparcó el coche delante de un viejo edificio de madera. En el interior había hombres y mujeres sentados en una desgastada barra bebiendo cerveza. Cruzaron el bar hasta llegar a una sala en la que al menos había seis mesas de billar.

Brianne sentía la mano de Jed en su espalda mientras la guiaba por el edificio. Le producía una extraña sensación de calor que, aunque intentara negárselo a sí misma, la estremecía.

–Me acuerdo la primera vez que mi padre me trajo aquí –dijo Jed–. Yo era muy pequeño.

–Entonces tienes que ser un experto jugando al billar.

–Podría ser. ¿Quieres comprobarlo?

–No he jugado al billar en mi vida, Jed.

–Pues ya va siendo hora de que lo intentes –dijo Jed quitándose la chaqueta y la corbata y subiéndose las mangas de la camisa. Estaba tan sexy que Brianne no pudo evitar sentir un escalofrío–. ¿Estás preparada para la primera lección? Lo primero es saber cómo poner las manos –le explicó Jed poniéndose detrás de ella y rodeándola con sus brazos. La cercanía de sus cuerpos permitió a Brianne sentir el aroma de su perfume y la calidez de su respiración en su cuello–. Así –dijo Jed golpeando la bola que finalmente se introdujo en el agujero.

–Haces que parezca muy fácil –murmuró Brianne casi sin aliento.

–Es una cuestión de práctica.

–Quizá sería más fácil si la señorita se quitara la chaqueta –dijo de repente una voz detrás de ellos.

–¡Rob! –exclamó Jed con una amplia sonrisa–. ¡Cuánto tiempo!

–Me dijeron que estabas en Alaska –dijo Rob–. No esperaba volver a verte por aquí.

–Debe ser que llevo Sawyer Springs en la sangre.

–Nos tenemos que ver y jugar algún partido de fútbol ya que estás aquí. ¿No me vas a presentar? –dijo Rob dirigiendo su mirada a Brianne.

Después de las presentaciones, Jed y Brianne siguieron jugando al billar mientras Rob los observaba. Después de la partida, Brianne se fue al cuarto de baño y los dos hombres se fueron al bar a pedir unas bebidas.

Jed no estaba muy seguro de que le gustara la idea de estar con Rob. Su única intención esa noche había sido invitar a Brianne a cenar para darle las gracias por su ayuda, pero, de alguna manera, había sido algo más. Tenía que admitir que se lo estaba pasando muy bien, por lo menos hasta que había llegado Rob y había empezado a coquetear con Brianne. Jed no podía evitar sentirse celoso.

—¿Es de la familia Barrington que todos conocemos? —le preguntó Rob.

—Si me estás preguntando si su padre era Edward Barrington, la respuesta es sí.

—¿Y su madre era Skyler Barrington? Los dos eran de familias con bastante dinero ¿no?

—Sí —respondió Jed brevemente.

—Jed, ¿por qué te fuiste a Alaska? —le preguntó Rob cambiando de tema—. ¿En qué estabas pensando?

—Estaba pensando en que mi vida necesitaba un cambio radical. Tú siempre has tenido claro lo que querías. Mi padre me dijo que no estabas casado. ¿Estás saliendo con alguien?

–No salgo con nadie en particular. ¿Estás intentado proteger a tu chica?

–Brianne no es mi chica. Trabajamos juntos en el centro de salud Beechwood. Eso es todo.

–Pues no es eso lo que parece.

–Es demasiado joven.

–¿Ah, sí? ¿No estarás utilizando su edad como una excusa?

¿Tendría Rob razón? Cuando Brianne volvió a la mesa, sintió cómo cada parte de su cuerpo reaccionaba ante su presencia. Esa noche se había sentido feliz por primera vez en mucho tiempo.

Durante las dos horas siguientes, Rob y Jed estuvieron recordando historias del pasado. Brianne escuchaba con atención y Jed reconoció lo diferente que era de Caroline. Su ex mujer siempre tenía que ser el centro de atención, pero Brianne sabía escuchar a los demás. Por eso era una buena enfermera.

Jed miró su reloj y vio que ya eran más de las doce. Le preguntó a Brianne que si ya se quería ir y ella dijo que sí.

—Me lo he pasado muy bien esta noche —le dijo a Jed mientras se dirigían al coche.

—¿Te ha gustado aprender a jugar al billar?

—Sí y también conocer a tu amigo. Tiene su propia empresa ahora, ¿no?

—Sí, tiene una empresa de construcción —respondió Jed sin mucho entusiasmo. No le gustaba el interés que Brianne mostraba por Rob—. No es tu tipo —añadió cuando ya estaban en el coche.

—Entonces, ¿cuál es mi tipo? —dijo Brianne sin sentirse en absoluto ofendida.

—Un banquero —respondió Jed.

—Probablemente me aburriría mucho con un banquero.

—¿Por qué vives con Lily? —preguntó Jed mientras salían del aparcamiento.

—¿Por qué vives tú con tu padre?

—Por qué quizá solo esté aquí temporalmente.

—Cuando me mudé con Lily —dijo ella después de un silencio—, no sabía cuánto tiempo me iba a quedar. Supongo que necesitaba amistad y un lugar al que pertenecer.

Cuando llegaron a casa de Brianne, Jed intentó resistirse a acompañarla a la puerta. Durante toda la noche había vencido la tentación de rodearla con sus brazos y besarla. Pero él era un caballero y no podía permitir que ella fuera sola hacia la casa.

—Gracias de nuevo por ayudarme a limpiar la casa de mi padre —dijo Jed intentando irse lo antes posible. La dulce sonrisa de Brianne y el recuerdo de esa noche le hacían difícil olvidarse de su fuerte atracción por ella.

—Dale recuerdos a tu padre —dijo Brianne desconcertada—. Nos vemos el lunes.

Cuando ella entró en casa y cerró la puerta, Jed se alejó con las manos en los bolsillos sabiendo que recordaría esa noche durante mucho tiempo.

Casi una semana después, Jed y Brianne salían de una de las consultas cuando se encontraron a Lily en el vestíbulo.

—Janie ha traído papeletas para una rifa del

departamento de bomberos. Si queréis alguna, están encima de mi mesa. Jed, tienes una llamada de teléfono –le informó Lily.

–Gracias, Lily. Brianne, por favor, saca veinte dólares de mi cartera y cómprame unas papeletas. Gracias –dijo sonriendo y alejándose hacia el teléfono.

–Cuánto trabajo hemos tenido esta mañana –le dijo Lily a Brianne mientras se dirigían hacia el despacho de Jed.

–Sí, desde luego.

–¿Todavía te sigue tratando como a una enfermera en vez de como a alguien con quien salió una noche?

El día después de la cena Brianne le había admitido a Lily que había sido una velada maravillosa, pero también le había explicado que de algún modo Jed le había dejado claro que lo único que quería era darle las gracias por su ayuda. Lily no había estado tan segura. Sin embargo, la conclusión de Brianne se había confirmado cuando el lunes por la mañana, Jed había mostrado hacia ella una actitud meramente profesional, como si nunca hubieran cenado juntos o hablado de cosas importantes. Pero algunas veces ella se daba cuenta de que él la estaba observando y veía la pasión que había en sus ojos.

—Supongo que así van a ser las cosas – respondió Brianne. Lily le hizo un gesto de comprensión y se fue al despacho del doctor Olsen.

Brianne vio la chaqueta de Jed colgada en una silla de madera. Buscó la cartera y la encontró en el interior de uno de los bolsillos. La abrió y sacó un billete de veinte dólares, pero antes de cerrarla, vio que en la funda de plástico del permiso de conducir había una fotografía de una adorable niña de unos tres años. Tenía el pelo negro y rizado y unos vivos ojos verdes. Estaba sentada en la hierba, con las piernas cruzadas y con un perro de peluche en sus brazos. ¿Quién sería esa niña? ¿Qué relación tendría con Jed?

Durante el resto del día, Brianne se preguntaba si habría invadido la intimidad de Jed al mirar la foto. En realidad fue él quien le pidió que sacara dinero de su cartera. Ella no había ido a propósito… aunque…

A las cinco y media, Jed y Brianne terminaron con el último paciente.

–¿Tienes las papeletas de la rifa? –le preguntó ella acercándose a su mesa.

–Sí, ya están en mis manos.

–Jed... Cuando saqué el dinero de tu cartera...

–¿Sí?

–Vi la foto de una niña pequeña. Es adorable. ¿Es tuya?

–Era mía. Murió hace cuatro años –dijo Jed con sequedad. Mientras Brianne intentaba asumir esa respuesta, sonó el teléfono–. Yo contesto. Centro de salud Beechwood –respondió–. ¿Es muy serio? De acuerdo, estaré ahí dentro de cinco minutos –dijo con determinación y colgó el teléfono–. Es mi padre. Se ha caído por las escaleras del sótano. Uno de sus amigos lo encontró. Dicen que no se ha roto nada, pero que le ha subido mucho la tensión. Tengo que llegar cuanto antes.

–¿Quieres que vaya contigo?

–No quiero arruinarte la tarde.

–Si no quieres que vaya, no pasa nada. Pensé que quizá podría ayudar.

Después de unos momentos interminables de silencio en los que se podía percibir claramente la ardiente pasión entre ellos, Jed la envolvió con sus brazos. La acercó hacia él y la besó intensamente.

–Me estás volviendo loco –dijo Jed moviendo la cabeza con frustración. Ella no sabía qué decir–. Te agradecería que vinieras. Quizá puedas calmar a mi padre. Le caes bien.

La intensidad del beso del Jed la había dejado paralizada. Se sentía increíblemente ligera y por una vez en su vida adulta decidió dejarse llevar por el corazón.

–Voy por mi abrigo –dijo sonriendo a Jed.

CAPÍTULO 7

LA SALA de urgencias del Hospital General de Sawyer Springs estaba llena de gente. Cuando Jed preguntó en recepción dónde podía encontrar a su padre, le llevaron hacia una habitación en la parte de atrás. Enseguida Jed vio Ray Orndoff, un viejo amigo de su padre, al lado de su cama.

–¿Por qué lo has llamado? –le preguntó Al enfadado al ver a Jed entrar en la habitación.

–Por que no sabía lo grave que era y él es médico.

–Estoy bien, no te preocupes por mí –dijo Al, pero su cara se iluminó al ver a Brianne–. ¿Te has traído refuerzos?

–Papá, Brianne se ha ofrecido a venir conmigo. Yo no sabía si Ray se podía quedar y pensé que te podría hacer compañía mientras yo averiguaba lo que te pasaba. Voy a ver de lo que me puedo enterar.

Jed encontró al médico y volvió con él a la habitación de Al.

—Dígame lo que me pasa claramente, doctor —le ordenó Al.

—Se ha torcido la rodilla. Quiero que se ponga hielo y la mantenga en alto. Si no mejora en una semana, tendrá que volver a que le pongamos otro tratamiento. También le vamos a dar unas muletas.

—Voy a buscar a alguien que me sustituya mañana —dijo Jed después de que se fuera el doctor—. Así no tendrás que mover la rodilla.

—Tú no te vas a quedar en casa por mí, Jed —le prohibió Al.

—Yo no tengo nada que hacer —dijo Ray—. Puedo ir mañana por la mañana y quedarme hasta que llegues. También puedes contar conmigo la semana que viene.

—¿Puedo confiar en vosotros dos? — preguntó Jed mirando a los dos hombres.

—No te preocupes, Jed, no nos meteremos en líos —contestó Ray.

—Gracias por llamarme, Ray.

—Para eso están los amigos –dijo Ray un poco avergonzado.

—Cuídate, Al –dijo Brianne mientras salía de la habitación.

Jed se unió a ella en el vestíbulo y recordó la conversación que habían tenido antes de salir de Beechwood. Se le hizo un nudo en la garganta.

—Gracias por venir –le dijo a Brianne con suavidad.

—No he hecho nada.

—Sí, sí has hecho algo. Vi cómo los ojos de mi padre se iluminaban cuando te vio llegar a la habitación. Estaba asustado y tú le has ayudado a superar un poco ese miedo–, cada vez con más frecuencia, Jed se daba cuenta de que Brianne siempre trataba de quitarle importancia a lo que hacía–. Tienes un don especial para la gente, Brianne. Ojalá lo tuviera yo.

—Tú también lo tienes –protestó ella–. Te preocupas mucho por tus pacientes y ellos lo saben. No hay muchos médicos como tú. ¿Crees que tu padre estaba menos asustado porque me vio a mí? Yo vi su cara de alivio porque tú estabas ahí. No infravalores el lazo que hay entre vosotros dos, Jed. Tu padre está orgulloso de ti y tú también lo admiras a él –dijo Brianne con decisión y de repente poniéndose muy seria–. Siento mucho haber visto la foto en tu cartera. No tenía ninguna intención de…

–¿Seguro que no?

–No, yo no tenía ninguna intención de fisgonear en tu vida, pero cuando vi esa foto, empecé a comprender muchas cosas. A veces estás triste cuando estás con niños.

–Brianne, este no es el lugar adecuado para hablar de esto. Además no quiero hablar de ello.

–¿Alguna vez lo has intentado? Podría ayudarte.

–No. A ti te resulta muy fácil hablarme de cuánto echas de menos a tus padres. Yo no soy así. Y cuando un niño muere… –dijo Jed incapaz de terminar la frase.

–Lo siento, Jed –dijo ella tomándolo del brazo.

–Te acompaño al coche –añadió Jed con sequedad y bruscamente alejándose de ella.

–No hace falta.

–Te acompaño –insistió Jed y anduvo con ella hacia el coche en medio de un incómodo silencio.

Mientras la veía alejarse, no pudo evitar preguntarse si Brianne tendría razón. ¿Hablar de Trisha lo ayudaría a encontrar la paz?

El sábado por la tarde, Jed había quedado con Rob para jugar un partido de fútbol en el hielo, como solían hacer cuando los dos vivían en Sawyer Springs. Después de unas cuantas caídas, Jed se detuvo a descansar. Podía oír las risas de unos niños que bajaban una cuesta de nieve con sus trineos.

–Tengo mucho trabajo. Será mejor que me vaya –dijo Rob después de mirar su reloj–. ¿Tú te quedas?

–Sí, me voy a quedar a mirar los trineos un rato.

Cuando se fue Rob, Jed se dio cuenta de que había muchos más coches en el aparcamiento del lago. Los padres habían llevado a sus hijos aprovechando que era un buen día para ir en trineo. De repente, reconoció que uno de los coches era el de Lily Garrison. Lily salió del coche y sacó a Megan del asiento de atrás. Jed también vio a Brianne. Parecían equipadas para bajar en trineo. Sin pensárselo dos veces, se acercó a ellas.

—Hola, doctor Jed —le dijo Megan.

—Hola, Megan.

—¿Quieres venir con nosotras? —le preguntó la pequeña.

—Me temo que no he traído mi trineo.

—Nos podemos turnar —le ofreció Lily con una sonrisa.

—Vamos, Jed, te vendrá bien un poco de diversión —lo animó Brianne.

Se lo había pasado tan bien con Brianne aquella noche jugando al billar. Ella llenaba su vida de frescura y de un espíritu de felicidad que hacía mucho tiempo que no sentía.

—De acuerdo, señorita Barrington —dijo él divertido—. Vamos a ver quién llega más lejos con el trineo.

Poco tiempo después, Jed estaba con Brianne en lo alto de la colina.

—¿Quieres bajar tú primero?

–No, ve tú primero –respondió Brianne.

Se turnaron durante un tiempo, hasta que empezó a ponerse el sol.

–¿Qué te parece que la última vez bajemos juntos? Hay una hoguera y nos iría bien calentarnos antes de volver a casa. Me parece que Lily y Megan ya están allí.

–Me parece estupendo –dijo Brianne sin pensar en lo cerca que iban a estar sus cuerpos dentro del trineo. Jed se sentó detrás de ella y la rodeó con sus brazos para guiar el trineo.

–¿Estás preparada? –cuando Brianne asintió, Jed dio impulso con un pie y empezaron a bajar la colina a gran velocidad. Jed sujetaba a Brianne con fuerza y de pronto se olvidó de todo su pasado. Cuando llegaron, todavía la rodeaba con sus brazos y sentía la proximidad de sus mejillas–. ¡Ya estamos aquí!

–Es una pena que esté oscureciendo.

–Será mejor que nos vayamos antes de que Lily se empiece a preocupar –dijo Jed tratando de evitar una mayor intimidad.

–Ella sabe que estoy contigo. Sabe que estoy segura.

—¿Por qué crees que estás segura conmigo, Brianne?

—Por que lo sé, Jed. Eres un hombre bueno.

—Los hombres buenos también tienen sus debilidades —dijo Jed de pronto acariciando las frías mejillas de Brianne con sus dedos.

—Jed...

—Esta noche no, Brianne —dijo Jed sabiendo que ella iba a preguntarle algo que él no quería contestar. Le envolvió los hombros con sus brazos y empezaron a subir la colina.

Cuando llegaron a la hoguera, Lily les dio una taza de chocolate caliente. Jed vio que Brianne observaba con atención a unos chicos que estaban jugando al hockey sobre hielo.

—Parece que se lo están pasando bien —comentó él.

—Me recuerdan a alguien que quería dedicarse al hockey sobre hielo.

—¿Alguien importante?

—Un amigo de la infancia.

—¿Quizá más que un amigo?

—Pensaba que me iba a casar con Bobby Spivak. Nos conocimos en el jardín de infancia y siempre fuimos juntos en el colegio. Éramos algo más que buenos amigos.

–¿Y se fue a jugar al hockey y te dejó aquí?

–No. Murió. Bobby es la razón por la que me hice enfermera –dijo con suavidad–. Cuando teníamos diecisiete años, los médicos descubrieron que tenía leucemia. Yo me dediqué a cuidarlo y a pasar el tiempo con él.

–¿Fue Bobby ese mejor amigo que te ayudó cuando te enteraste de que eras adoptada?

–Sí –afirmó Brianne.

De repente, Megan se acercó a ellos interrumpiendo la conversación.

–Mamá dice que nos tenemos que ir ya.

–Dile a tu mamá que voy por mi trineo y que nos vemos en el coche.

–Yo te lo llevo –le ofreció Jed.

–No te preocupes, Jed. Soy más fuerte de lo que parece.

Jed vio que en realidad Brianne tenía que ser más madura de lo que él había pensado. Había conocido la tristeza y el dolor igual que él. Sus sentimientos por ella se estaban empezando a complicar y se dio cuenta de que no solo la deseaba, sino que la admiraba y la respetaba. También quería pasar más tiempo con ella.

Quizá le podría hablar de Trisha.

Había sido una semana extraña para Jed. Todos los días iba a ver cómo estaba su padre en las horas de trabajo. Había trabajado con Brianne como si nada hubiera pasado y no podía dejar de recordar lo cerca que había estado de ella en el trineo. Mientras conducía hacia su casa, se preguntaba cómo encontrar una manera fácil de hablarle de Trisha.

—Me estoy volviendo loco —le dijo su padre en cuanto cruzó la puerta—. Tengo que salir de aquí. Vamos a jugar a los bolos mañana por la noche. Ya sé que yo no puedo jugar, pero por lo menos puedo ver cómo se divierten los demás.

—Le puedo decir a Brianne que si quiere venir con nosotros.

—¿Crees que le gusta jugar a los bolos?

—No lo sé, pero no pasa nada por preguntar —dijo Jed dirigiéndose al teléfono y marcando el número de Brianne—. Brianne, soy Jed.

—¿Pasa algo? ¿Está tu padre bien?

—Sí, mi padre está bien. Le dije que le llevaría a jugar a los bolos mañana y me preguntaba si te gustaría venir con nosotros.

—El sábado por la noche la bolera está llena de gente —dijo Brianne después de un momento de silencio.

—Sí, pero si vamos temprano, podemos jugar una partida, comer en el restaurante y después ver jugar a los amigos de mi padre. Pero, bueno, no quiero que te sientas obligada.

—No me siento en absoluto obligada, Jed. Me encantaría ir

Jed se sentía feliz de que Brianne aceptara su invitación. Quizá demasiado feliz…

CAPÍTULO 8

LA BOLERA estaba llena de gente, pero Al vio a sus amigos inmediatamente y se fue con ellos alejándose de Jed y Brianne.

–Nos vemos luego –dijo Al.

–No creo que nos tengamos que preocupar de él esta noche –dijo Brianne riéndose.

–Espero que no se olvide de su rodilla y se ponga a jugar –añadió Jed mientras dirigía a Brianne hacia el mostrador en el que se alquilaban los zapatos.

Cuando empezaron a jugar, Jed observaba a Brianne con atención. Se dio cuenta de que no hacía falta estar cerca de ella para quererla, para que se le acelerara el corazón o para hacer volar su imaginación. Le sorprendió que tan solo la sonrisa de Brianne al hacer una buena jugada era suficiente para excitarlo. Ella sabía cómo disfrutar la vida y a él se le había olvidado. A pesar de intentar apagar su atracción por ella, le gustaba trabajar con ella todos los días, pasar tiempo con ella y sentir su comprensión con los pacientes.

Unas horas más tarde, después de haber comido y de haber visto a los amigos de Al, Jed decidió ir primero a su casa para dejar a su padre.

–¿Te apetece pasar? –le dijo Jed a Brianne al llegar–. Podríamos encender el fuego y hacer un chocolate caliente.

–¿Por qué no? Suena bien.

Cuando entraron a la casa, Al colgó el abrigo y se dirigió hacia las escaleras.

–Estoy muy cansado, Jed, nos vemos mañana. Hasta luego, Brianne.

Brianne se despidió de Al y se sentó en el sofá. Jed empezó a encender la chimenea.

–Esto se calentará más dentro de unos minutos.

–Estoy bien. He oído que van a subir las temperaturas esta semana –dijo Brianne y viendo la expresión preocupada de Jed, se dio cuenta de que la conversación tenía que cambiar–. ¿En qué piensas, Jed?

–Supongo que he estado pensando en lo que me dijiste.

–¿Sobre hablar de lo que le pasó a tu hija?

–Sí. Siempre que pienso en Trisha, siento un enorme dolor en el pecho. Supongo que no lo quería empeorar hablando de ella.

–No creo que sea así. A veces duele recordar, pero el hecho de contarlo hace que lo veamos con más objetividad.

–Nunca he visto esto con objetividad. Quizá porque me siento culpable. Hay tantas cosas por las que culparme. Ya te dije que dejé Sawyer Springs porque quería algo más que la vida en un pueblo pequeño. Además quería que la vida de mis padres fuera más cómoda. El puesto en Los Ángeles era perfecto y elegí cirugía plástica porque sabía que podría vivir muy bien. Supongo que no me di cuenta de dónde me estaba metiendo. El trabajo me encantaba, pero el mundo que lo rodea…, los valores, la gente… Quizá sólo conocí a las personas que encontraban el significado de la vida en los coches, el éxito y las mujeres. Yo buscaba algo de significado cuando conocí a mi ex mujer, Caroline.

—¿Te enamoraste?

—Me enamoré de todo lo que ella representaba. Su familia tenía todo por lo que yo estaba luchando. Su padre era el presidente de un banco y su madre daba unas fiestas increíbles. Empecé a vernos a nosotros mismos con una vida perfecta, con unos niños perfectos. Una vez le hicimos una visita a mi padre y ella no quiso quedarse en su casa, sino en un hotel en Madison. Pensaba que mi padre era un maleducado y un inculto. Entonces él dejó bastante claro que no le gustaba Caroline. En ese momento, yo sólo lo veía como otro punto de discordia entre nosotros dos. No entendía cuál podía ser el problema de mi padre con Caroline. Pero después del primer año de matrimonio, me di cuenta de que había tenido razón. Caroline quería seguir su propia agenda. Quería convertirme en alguien como su padre, programaba un fin de semana en París, o en Nueva York. Yo quería tener niños, formar una familia, enseñar a mi hija a nadar ... —Jed en ese momento sintió un nudo en la garganta que le impedía hablar.

–Cuéntamelo, Jed.

–El embarazo de Caroline fue un accidente, porque ella estaba tomando la píldora anticonceptiva, pero pareció gustarle la idea de tener un bebé. Lo único que no quería era sentirse atada e insistió en que contratáramos a una niñera, así estábamos libres por las noches y los fines de semana. A veces yo cuidaba de Trisha mientras Caroline jugaba al tenis o se iba a esquiar, pero en algunas ocasiones yo tenía compromisos de trabajo durante el fin de semana. Cuando Trisha tenía apenas tres años, tuve que ir a San Diego un fin de semana a dar unas conferencias. Nuestra niñera habitual no se pudo quedar con Trisha ese fin de semana, así que se quedó Caroline. El sábado por la tarde recibí una llamada de teléfono. Era de la policía para comunicarme que mi hija se había ahogado.

–¡Oh, Jed!

–Volví inmediatamente. La policía estaba en el hospital con Caroline y su padre. Por lo visto la verja de la piscina no estaba cerrada. Caroline dijo que sólo se había descuidado unos minutos, pero en esos minutos Trisha había ido a la piscina y se había ahogado –añadió Jed sin poder controlar sus emociones–. La muerte fue considerada accidental. Y lo fue. Intenté mantener mi matrimonio unido, era todo lo que me quedaba. Intentaba repetirme que habría pasado lo mismo si yo hubiera estado en casa, pero sabía que no era verdad. Yo nunca descuidaba a Trisha. Caroline y yo vivimos como extraños durante unos meses, hasta que una noche todo explotó. Tuvimos una discusión en la que ella me culpaba de no haber estado en casa ese fin de semana. Yo estaba lleno de ira contra ella por no ser una buena madre... Esa noche los dos nos dimos cuenta de que nuestro matrimonio se había acabado. Caroline se fue de casa y un mes más tarde yo me fui a Alaska y desaparecí en la nieve y el frío.

–¿Y encontraste lo que estabas buscando?

–Encontré una vida diferente. Al principio estaba ausente, pero después de un tiempo empecé a apreciar la belleza de Alaska y de su gente. Me gustaba vivir allí, pero en el fondo sabía que me estaba escondiendo. Tenía que tomar decisiones sobre mi vida y Sawyer Springs fue el primer paso.

–¿Qué es lo que más te gustaba de ser padre? –le preguntó Brianne.

–Me encantaba darle de comer. Cada día era una aventura, porque cuando ella aprendía algo yo también lo hacía. Me duele tanto, Brianne –dijo moviendo la cabeza con frustración–. En cuatro años no ha cambiado nada.

Todo lo que Jed deseaba hacer era deshacerse de su dolor y que desapareciera durante unos minutos. Solo lo conseguiría si besara a Brianne y sintiera su dulzura y su sabor. Se inclinó hacia ella y se sumergió en un beso que le hizo olvidarse de todo lo demás. Esa noche no iba a intentar controlar su deseo ni la necesidad de su cuerpo.

La volvió a besar con pasión hasta que sintió cómo los dedos de Brianne se agarraban a su pelo con fuerza. Paró un instante y se dispuso a seguir cuando oyó a Brianne murmurar su nombre. Su voz era tan suave…tan llena de deseo. Y él supo que esa noche se había equivocado. Sabía que había sido un error llevarla a casa y contarle todo.

–Brianne, ¿eres virgen?

–Sí –murmuró ella.

–No podemos hacer esto.

–¿Porque no tengo la experiencia suficiente?

–Porque tengo dieciséis años más que tú y no quiero tener una relación seria nunca más. El matrimonio cuesta demasiado.

–Será mejor que me lleves a casa –dijo Brianne con dolor.

Eso era exactamente lo que Jed iba a hacer. Y después iba a pensar cómo podría conseguir que el doctor Olsen y él se cambiaran las enfermeras. Trabajar con Brianne le distraía demasiado y Jed no quería cometer ningún otro error.

La semana siguiente Brianne siguió su trabajo de forma mecánica. Después del sábado por la noche, comprendía mejor los mecanismos de defensa de Jed y sabía que solo las palabras no le convencerían de darse otra oportunidad en el amor. Ella se sentía capturada por sus sentimientos hacia él. El problema era que su experiencia en el matrimonio había sido demasiado dolorosa. Pero tenía que trabajar con él sin que le afectara personalmente y en ese momento le resultaba una tarea extremadamente difícil.

Pensó en el puesto que había solicitado en el proyecto de médicos voluntarios para ayudar a niños necesitados. Debería mirar cómo iba su solicitud. Se fuera o no, antes debería decidir qué hacer con el legado de sus padres. Ya tenía un plan formado en su cabeza y ese plan incluía a Jed, entre otras cosas, porque lo ayudaría a aliviar las heridas del pasado. Decidió hablar con él.

–¿Puedo hablar contigo unos minutos? –dijo Brianne entrando en su despacho.

–¿De qué se trata? –preguntó él en el tono neutral que había utilizado en los últimos días.

–He tomado una decisión sobre el legado de mis padres. He estado pensando en esta idea desde el día que ayudamos a Doreen y a sus hijos.

–¿Tiene Doreen algo que ver con el legado?

–Sería posible que Ben fuera el primer beneficiario. ¿Qué te parecería si utilizara el dinero de mis padres para construir un centro de cirugía plástica infantil?

—¿Querrías que estuviera en Sawyer Springs?

—¿Por qué no? Podría ser bueno para el pueblo también. La gente podría traer aquí a sus niños desde todas partes de Estados Unidos. También podríamos construir una casa en la que se pudieran quedar mientras están aquí.

—¿Podríamos?

—Me gustaría que tú fueras el director. Tú sabrías exactamente todo lo que se necesita.

—¿Por qué yo?

—Porque creo que serías perfecto.

—Brianne, creo que después de lo que pasó el sábado, los dos deberíamos saber que tenemos que tener cuidado. He estado pensando en decirle al doctor Olsen que intercambiáramos las enfermeras.

—¿No estás satisfecho con mi trabajo?

—Sabes que no es eso. Nos atraemos mutuamente y eso provoca una situación incómoda.

Brianne sabía que sería más fácil para ella trabajar para el doctor Olsen, pero le gustaba trabajar con Jed a pesar de la tensión que había entre ellos.

—¿No hemos trabajado perfectamente bien en estos últimos días?

–Sí –dijo Jed después de un instante de duda.

–Entonces, me gustaría seguir trabajando contigo. Y en cuanto al centro de cirugía plástica, eso no tiene nada que ver conmigo.

–Tú eres la que pone el dinero.

–Eso es verdad, pero puedo crear un consejo que no me incluya a mí. Estoy segura de que lo harías muy bien, Jed. Podrías determinar qué niños necesitan con más urgencia ese tipo de cirugía.

–¿Cuál es la verdadera razón de que quieras que haga este trabajo?

–Creo que lo necesitas –admitió Brianne.

–El hecho de que tú creas que un trabajo como el que me estás ofreciendo podría ayudarme, no significa que sea así. Superar una pérdida no es tan fácil.

–Ya lo sé, pero lo podrías pensar al menos.

–¿Cuánto tiempo tengo para tomar la decisión?

–No hay un límite de tiempo. Dímelo cuando lo decidas. Yo voy a seguir adelante con el centro seas o no el director.

–No es una decisión que vaya a tomar a la ligera. Necesito tiempo.

–Lo comprendo –dijo Brianne. Se levantó y se dirigió hacia la puerta.

–¿Estás segura de que no quieres trabajar para el doctor Olsen?

–Estoy segura. Eres un buen médico, Jed, y aprendo contigo todos los días. Si a ti te parece bien, me gustaría seguir siendo tu enfermera.

Salió del despacho con lágrimas en los ojos. Deseaba profundamente ser algo más.

Bea Brinkman llamó a Brianne para invitarla a una fiesta sorpresa para Lily y Brianne se alegró de tener algo que apartara a Jed de sus pensamientos. La madre de Lily le pidió una lista de todos los compañeros de Beechwood y de sus números de teléfono. Brianne hizo la lista y se preguntaba si Jed iría a la fiesta.

Cuando Brianne llegó a casa de Bea el sábado por la tarde, se dio cuenta de que Jed ya estaba allí. Estaba hablando con Doug y con el doctor Olsen. La saludó con frialdad, pero la brillantez de sus ojos delataba su ardiente deseo por ella. Brianne sintió el mismo ardor en todo su cuerpo. Los dos luchaban contra esa atracción. Por razones de seguridad…

Brianne no cesaba de pensar en el peligro que Jed suponía para su corazón. Temía no ser suficiente para un hombre como él y que él nunca superaría su matrimonio ni la muerte de Trisha. Desde la muerte de Bobby, sus relaciones con los hombres no habían ido más allá de la pura amistad. No había querido nada más. Hasta Jed. Pensaba que con él quizá no debería tomar el camino más seguro, que esa vez debería arriesgarse.

Cuando Bea vio las luces del coche de Lily, hizo señales a todos los invitados para que se escondieran. Brianne solo encontró un sitio al lado de Jed. El espacio reducido hacía que estuvieran muy cerca el uno del otro y Brianne sintió cómo Jed se excitaba y respiraba profundamente. No podía moverse ni hacer ruido y el contacto con el cuerpo de Jed le estremecía todo su cuerpo. Le pareció una eternidad el tiempo que tuvieron que esperar hasta que Lily y Megan cruzaran la puerta.

—¡Sorpresa! —gritó todo el mundo mientras

se acercaban a ella para desearle un feliz cumpleaños.

—Será mejor que vaya a felicitarla —dijo Brianne por fin alejándose de Jed.

Cuando Brianne se acercó, Doug rodeaba los hombros de Lily con su brazo.

—Gracias por convencer a mi madre de que lo invitara —dijo Lily abrazando a Brianne.

—Yo no le dije nada. Creo que ha sido por iniciativa propia. Quizá haya decidido que un experto en ordenadores en la familia no estaría tan mal.

—Este sí que es un buen regalo de cumpleaños —dijo Lily con una amplia sonrisa.

Como Brianne había prometido, ayudó a Bea a servir la comida y las bebidas. Cuando ya iba a sentarse, se dio cuenta de que la única silla libre estaba al lado de Jed. Para evitar una situación incómoda, se fue a la cocina.

Unos minutos más tarde, Jed también fue a la cocina con una expresión seria.

—¿Has venido aquí para esconderte?

—No me estoy escondiendo —respondió ella.

—Tampoco estás comiendo.

—Demasiada excitación, supongo.

–Excitación por la fiesta o por lo que nos acaba de pasar de mientras estábamos escondidos.

–Lo siento si te ha resultado muy incómodo…

–No es culpa tuya, Brianne. Los dos nos atraemos mutuamente, pero sabemos que es mejor que no hagamos nada –dijo Jed con seguridad. Brianne no estaba tan segura. De repente pensó que quizá se hubiera enamorado y palideció–. ¿Te pasa algo? –preguntó Jed.

–No, creo que estoy un poco cansada.

–Mira, Brianne –dijo Jed acercándose a ella–, si vamos a trabajar juntos, tenemos que pensar cómo hacer esto.

–¿Hacer qué?

–Estar juntos y no tratarnos como extraños.

–Quizá podamos ser amigos.

–Quizá –dijo Jed con una voz profunda que delataba sus verdaderos deseos.

Megan llegó corriendo a la cocina.

–Mi mamá va a abrir los regalos. Venid a verlos.

–¿Tiene muchos regalos tu mamá? –preguntó Jed acariciando a la pequeña.

–Muchos, muchos. Vamos, te puedes sentar conmigo –dijo Megan agarrando la mano de Jed y llevándole hacia el cuarto de estar.

Brianne se quedó pensando en el proyecto de voluntarios en Sudamérica. El lunes llamaría para enterarse de cómo iba su solicitud. Quizá eso le solucionaría el dilema de su amor por Jed.

El lunes por la tarde, Brianne se quedó sola en la oficina y marcó el número de teléfono que aparecía en el folleto del proyecto. Le dijo a la recepcionista que quería preguntar por su solicitud y la pasaron con una mujer de voz agradable llamada Zoie Poist.

–¿Qué desea? –preguntó la señorita Poist.

–Me llamo Brianne Barrington y me gustaría saber si mi solicitud para el proyecto ha sido rechazada o…

–Voy a consultarlo en el ordenador. El equipo de voluntarios se iría en mayo, así que tenemos que haber considerado las solicitudes antes de un mes. A ver… Barrington… Brianne. Su solicitud está en el despacho del doctor

Tartuff. Es una buena señal. Espere un momento, quizá le pueda dar una respuesta –la señorita Poist volvió en dos minutos–. Su nombre está en una lista para una entrevista. ¿Cuándo puede venir a Minneapolis?

Brianne tendría que avisar con algo de tiempo para que encontraran a alguien que la sustituyera en el trabajo. Si se iba el domingo, podría tener la entrevista el lunes y volver esa misma noche. Así sólo perdería un día de trabajo.

–Puedo ir el próximo lunes.

–El doctor estará libre a las once.

–Estupendo.

Cuando Brianne colgó, miró el folleto que había sobre su mesa. Sería muy emocionante trabajar en ese equipo, pero sabía que en realidad ella lo veía como una manera de escapar de su amor por Jed.

CAPÍTULO 9

EL LUNES por la noche, sentado en el sofá delante de la chimenea, Jed se preguntaba por qué Brianne no habría ido al trabajo. Lily simplemente le había dicho que tenía que solucionar algunos asuntos privados.

¿Serían asuntos relacionados con el legado de sus padres? En los últimos días, había estado pensando en el trabajo que le ofrecía Brianne. Sería un trabajo no muy gratificante, pero no estaba seguro de pudiera trabajar sólo con niños.

–¿Qué hay de cena? –le preguntó Al que acababa de entrar en la habitación.

–Pavo o pasta. Tú decides.

–Pasta –dijo Al y se sentó en su sillón. Jed pensó que ese sería un buen momento para hablar con él de algo que había estado pensando durante mucho tiempo.

–¿Has pensado alguna vez en vender esta casa?

–¿Y dónde iría? ¿Quieres llevarme a una residencia?

–No, no es lo que estaba pensado. Pensaba en un lugar con menos escalones y más cómodo para ti. Podríamos encontrar algo para los dos. Podría comprar una casa de dos pisos. Yo ocuparía el de arriba y tú el de abajo y compartiríamos la cocina.

–Entonces, ¿te vas a quedar aquí?

–Me siento bien aquí. No es como antes.

–No permitiría que compraras la casa tú solo. Yo pagaría mi parte.

–Para mí sería una inversión y tú te podrías guardar el dinero para cuando realmente lo necesitaras.

–¿Estás seguro de que eso es lo que quieres? –dijo Al mirando a Jed fijamente.

–Necesito poner mi vida en orden y esto sería un buen comienzo. Por cierto, hablé con Chris y Ellie la semana pasada. Van a venir este fin de semana. ¿Qué te parece?

—¿Que vienen los dos? ¿Y vamos a estar todos juntos? —dijo Al visiblemente emocionado.

Su padre podía ser un viejo gruñón, pero como todos los padres lo que quería era estar cerca de sus hijos. Jed se dio cuenta de que nunca había cuidado de los lazos familiares, pero en ese momento estaba dispuesto a cambiar.

El miércoles por la tarde había una campaña de donación de ropa usada en Sawyer Springs. Lily, Megan y Brianne habían ido a colaborar. Brianne no dejaba de pensar en su entrevista en Minneapolis. Le había gustado todo el mundo que había conocido allí, pero dejar Sawyer Springs… y dejar a Jed…

Oyó el timbre de la puerta varias veces y al levantar la cabeza vio que era Jed.

—No sabía que estarías ayudando aquí esta noche —dijo con un tono casual. Casi no se habían hablado desde que Brianne se había ido a Minneapolis, aunque los signos de pasión eran más que evidentes cuando estaban trabajando–. Mi padre ha decidido vaciar su armario. Aquí hay trajes que dice que nunca se volverá a poner.

–Están muy bien –dijo Brianne examinando las prendas. Al devolverlas a la caja, Jed la ayudó. Sus manos se enredaron y se encontraron sus miradas. Brianne sintió un deseo profundo difícil de calmar.

–Ellie y Chris vienen mañana por la noche.

–¿Lo sabe tu padre?

–Sí, pensé que era mejor decírselo por si le daba un ataque al corazón.

–Tú también pareces emocionado.

–Me apetece mucho verlos. Por cierto, ¿sabes que el alcalde me ha ofrecido un puesto en el Ayuntamiento? Le tengo que responder el sábado.

–¿Te vas a quedar en Sawyer Springs?

–Sí –respondió Jed–. ¿Vas a estar por aquí este fin de semana?

–Supongo que sí.

–Te daré la respuesta sobre el puesto de director el sábado. Sé que quieres empezar cuanto antes. ¿Dónde quieres que ponga estas cajas? –preguntó Jed con las cajas en sus brazos. Llevaba vaqueros y una camisa. Brianne lo encontraba irresistible–. Nos vemos mañana.

El viernes por la tarde, Brianne recibió una llamada del proyecto de voluntariado. Se enteró de que la habían aceptado en el equipo y necesitaban su respuesta en dos semanas. No estaba segura. Quizá la respuesta de Jed le ayudaría a decidir.

Esa noche, Brianne estaba ayudando a Lily con los platos de la cena cuando sonó el teléfono.

–¿Dígame?

–¿Brianne, eres tú?

–Sí, Al, soy yo.

–Bien. ¿Qué vas a hacer en las próximas dos horas?

–No estoy segura.

–Tengo aquí a todos mis hijos y nos gustaría que conocieras a Chris y a Ellie. ¿Por qué no vienes a tomar algo?

Brianne estaba sorprendida y emocionada por la invitación de Al. Le encantaría conocer a los hermanos de Jed. ¿Significaría eso que Jed la estaba permitiendo entrar en su vida?

—En cuanto me arregle, voy para allá.

Después de despedirse de Megan y Lily, se dirigió a casa de Jed contenta y emocionada. Cuando llegó, llamó al timbre. La puerta se abrió y apareció Jed con gesto de sorpresa.

—Brianne

—La he invitado para que conozca a Chris y a Ellie —dijo Al.

—Estoy seguro de que a ellos les encantará conocer a Brianne —añadió Jed sintiéndose atrapado—. Pasa.

Brianne se sintió como una estúpida. Ella nunca hubiera puesto a Jed en una situación así y esperaba que él lo supiera. Una vez dentro de la casa, no tuvo la oportunidad de hablar con él a solas. Chris y Ellie eran muy simpáticos y Brianne enseguida se sintió cómoda. Al también le presentó a unos amigos suyos.

Brianne se quitó el abrigo y Ellie la llevó con ella hacia el sofá.

—Ven a hablar conmigo —dijo Ellie—. Mi padre me ha dicho que Jed y tú estáis saliendo, pero que no lo queréis hacer público porque los dos trabajáis en Beechwood.

–No estamos saliendo exactamente –dijo Brianne–. Hemos salido juntos alguna vez. Eso es todo.

–Estoy segura de que hay algo –dijo Ellie viendo cómo Jed miraba a Brianne– y mi padre está intentando animaros. ¿Has oído hablar de Caroline?

–Sé que es la ex mujer de Jed.

–A mi padre no le gustaba nada.

Brianne no se sentía cómoda hablando de todo eso con la hermana de Jed, pero no sabía cómo evitarlo. De repente, Jed se acercó a ella.

–Brianne, tendrás que tomar algo. ¿Por qué no vienes conmigo a la cocina? –le preguntó Jed. Ella no tenía ni hambre ni sed, pero lo seguiría a cualquier parte–. ¿Quieres cerveza o vino?

–Cerveza está bien.

–¿Te estaba Ellie haciendo el tercer grado?

–No exactamente. Jed, quiero que sepas que he venido esta noche porque pensaba que tú también habías pensado invitarme. Tu padre lo hizo parecer así.

–Está tan contento de tenernos a todos aquí que se lo quiere contar a todo el mundo –dijo él encontrándose con la fija mirada de Brianne. Reaccionó al oír voces que provenían del cuarto de estar.

–Brianne, Jed, venid, que vamos a hacer una foto.

Ellie decidió hacer una foto de Jed y Brianne al lado de la chimenea. Él rodeó los hombros de Brianne con su brazo. Ella recordó los otros momentos en los que había sentido sus brazos. Siempre se excitaba y también se sentía segura. No podían negar la química que había entre ellos.

No tuvo ninguna otra oportunidad durante la fiesta de estar a solas con Jed. Había demasiada gente y demasiadas conversaciones. Eran las diez cuando miró el reloj y fue a la cocina a buscar su abrigo.

–Me alegro de que hayas venido –le dijo Al.

–Yo también me alegro.

–No abandones con mi hijo. Solo necesita

un pequeño empujón en la dirección adecuada. Ten paciencia.

Brianne volvió al cuarto de estar a despedirse de todo el mundo.

—Nos vemos mañana —le dijo Jed mientras la acompañaba a la puerta—. No sé a qué hora, pero después de mi cita con el alcalde.

—De acuerdo.

—Me alegro de que mi padre te invitara esta noche —dijo Jed mirándola como si quisiera tenerla en sus brazos y besarla.

Eso era lo que Brianne quería, lo que esperaba y con lo que todos los días soñaba.

El sábado por la tarde Brianne estaba en el porche cuando vio acercarse a Jed. Estaba deseando saber qué decisión había tomado.

—Vamos a cenar. ¿Te apetece quedarte? —le dijo Brianne

—Quédate, Jed, y después Brianne y tú podréis hablar en privado. Megan y yo vamos a ir a casa de Doug.

Jed accedió sabiendo que sería la mejor oportunidad para hablar con Brianne.

–¿Cuándo se van Chris y Ellie? –le preguntó Brianne cuando estaban todos en la mesa.

–Mañana por la mañana. Mi padre los va a echar de menos.

–Quizá la próxima vez ya no tardaréis tanto en volveros a reunir.

–Eso espero. Todos estamos decididos a no dejar pasar tanto tiempo.

Después de cenar, limpiaron los platos y Lily y Megan se despidieron. Jed se dirigió al cuarto de estar.

–¿Por qué no nos sentamos aquí? –dijo señalando el sofá–. Brianne, tengo que decirte que me siento muy honrado con tu proposición.

–¿Pero?

–Pero no creo que sea un trabajo adecuado para mí. De hecho, voy a abrir una consulta privada.

–¿Vas a dejar Beechwood?

–¿No crees que es lo mejor? Aunque trabajamos bien juntos, es difícil estar cerca de ti. Siempre estoy pensando en besarte en vez de concentrarme en mi trabajo.

–No tienes que abrir una consulta privada. Yo puedo…

–No es sólo por ti. Quiero trabajar yo solo por varias razones. La principal es que puedo dedicar un día a la semana a pacientes que no se puedan permitir pagar el seguro.

–Es una idea maravillosa –dijo Brianne mirándolo con respeto y admiración–. Jed, yo también voy a dejar Beechwood.

–¿Qué?

–Me han ofrecido un puesto para formar parte de un equipo en un proyecto de voluntariado.

–¿Y qué pasa con el centro de cirugía plástica?

–Ya he llamado a algunas personas para que formen parte del consejo y han aceptado. Puedo dejar la fundación organizada antes de que me vaya. Quizá tú podrías sugerir el nombre de algún experto en cirugía plástica para que cubra el puesto de director.

–¿Estás segura de que quieres dejar Sawyer Springs?

–Es algo que tengo hacer. Mis sentimientos por ti…

Él también sentía muchas cosas por ella. El hecho de no verla durante meses... Extendió la mano y acarició su sedoso pelo. Aunque intentaba decirse a sí mismo que no debía hacerlo, no pudo evitar inclinarse hacia ella para besarla. Ella también se acercó a él y de pronto se encontró en sus brazos, sumergida en un dulce beso.

Jed introdujo la lengua en su boca y ella respondió con un fervor y una pasión que se ocultaban bajo su inocencia. Unos momentos después, él acariciaba sus pechos y Brianne gemía pidiendo más. Jed le levantó el jersey y le desabrochó el sujetador. Ella desabrochó los botones de su camisa y puso las manos en el pecho.

—¡Oh, Jed! Te quiero.

Todo en él se paralizó. Dejó de acariciarla y de besarla.

—No puedo hacer esto. Es un error.

—¿Es un error porque te quiero?

—Sí, Brianne, no quiero que me quieras. No quiero aprovecharme de ti.

—No te estás aprovechando de mí. Sé muy bien lo que estoy haciendo.

—¿Y si te quedas embarazada?

—Entonces tendré un hijo tuyo.

—Eso prueba lo joven que eres, Brianne —dijo él con un profundo dolor—. Los niños necesitan dos padres que quieran estar juntos.

—¿Joven? —dijo Brianne furiosa. Jed no creía haberla visto así antes—. El hecho de que tenga sueños no significa que sea joven. Además he visto a Lily cómo ha luchado por su hija. Aunque fuera difícil, merecería la pena tener un hijo tuyo. El problema es que no quieres volver a ser feliz. No quieres arriesgarte.

—Brianne…No tienes derecho a juzgarme.

—Ya sé que no tengo derecho, pero déjame decirte que el corazón humano está hecho para amar y para ser amado. Ya sé que el amor puede llegar a herir y he intentado reprimir todo lo que siento por ti. Pero, por desgracia, a veces el amor es más fuerte y no lo podemos controlar.

—Creo que no tenemos nada más que decir —dijo Jed abrochándose la camisa—. Cuanto antes me vaya de Beechwood, mejor. Mientras tanto, tenemos que evitar que nuestros sentimientos personales se mezclen con nuestro trabajo.

–Esa es la diferencia entre tú y yo, Jed, yo no puedo ignorar así mis sentimientos. Y no te preocupes, presentaré mi dimisión el lunes.

En silencio, Jed se alejó de la casa, dejando tras de sí un pedazo de sí mismo.

CAPÍTULO 10

EL DOMINGO por la tarde, Jed necesitaba algo de actividad que le distrajera de sus pensamientos. Aunque había pasado el resto de la tarde del sábado con sus hermanos y su padre, Ellie había notado que estaba más callado de lo habitual.

No podía dejar de pensar en Brianne. Con ella había vuelto a sentir la felicidad. Le había sorprendido la noticia de que ella fuera a dejar Sawyer Springs. Era joven y aventurera y tenía todo el derecho del mundo de hacer lo que quisiera, pero la idea de no volverla a ver le producía un intenso dolor.

Se puso el abrigo y decidió ir a ver a Brianne de nuevo. Lily le había dicho el día anterior que iban a ir a patinar esa tarde, así que se dirigió hacia el lago. Aparcó el coche y fue hacia una de las mesas en las que servían chocolate caliente. Observó a la multitud y enseguida vio a Megan y a Lily patinando. Después vio a Brianne, sentada en un banco, alejada de todos los demás. Volvió a dirigir su mirada hacia Megan. Sabía que por el lado por el que estaba patinando la pequeña, los pescadores habían hecho agujeros en el hielo para pescar. Jed empezó a correr hacia ella y gritaba su nombre, pero sucedió lo impensable: se oyó un crujido y Megan desapareció.

Lily emitió un grito de angustia.

—Llame a una ambulancia, ¡ahora! —ordenó Jed a una señora—. Lily, apártate. Déjamelo a mí.

La parte del lago en la que Megan se había caído no era muy profunda y Jed podía ver su chaqueta. Se tumbó en el hielo e intentó alcanzar la manga, pero la tela mojada se le resbalaba de los dedos. Volvió a extender el brazo hacia ella, determinado a salvarla sin perder más tiempo. Sus dedos se agarraron a la tela y con todas sus fuerzas la atrajo hacia él. Cuando la sacó, comprobó su pulso y su respiración.

–No se le mueve el pecho –murmuró Brianne.

–No respira –dijo Jed e inmediatamente se dispuso a hacerle la respiración boca a boca.

Megan respondió y empezó a toser y a respirar por ella misma, pero a Jed no le gustaba su pulso débil ni el color azulado de su piel.

Sabía que no debían mover a Megan. Brianne cubrió a la pequeña con unos abrigos y enseguida llegó una ambulancia. Jed se fue al hospital con Megan.

La llevaron inmediatamente a la sala de urgencias. Jed se aseguró de que el mejor equipo posible atendiera a la pequeña. Todavía no se había despertado y eso lo preocupaba. Estaba decidido a quedarse con ella y a hacer todo lo que pudiera para que sobreviviera.

No perdería a Megan como había perdido a Trisha.

Tres horas más tarde, Megan todavía estaba inconsciente. Brianne esperaba en la puerta de urgencias y veía la cara de preocupación de todo el mundo: de Jed, de Lily, de los médicos.

–¿Qué podemos hacer? –preguntó Brianne a Jed una de las veces que salía de la habitación de Megan.

–Si no se despierta pronto...

–¿De qué tienes miedo?

–Tengo miedo de no haberla sacado a tiempo. El problema es la falta de oxígeno.

–Hiciste todo lo que pudiste.

–Sí, pero puede no haber sido suficiente. Si no se despierta, habré fallado de nuevo.

A pesar de las circunstancias, había un muro entre Brianne y Jed. Su declaración de amor los había separado todavía más. Pero Brianne creía en el amor y sabía que eso podía salvar a Megan. Doug, Bea y su marido, Charlie llegaron al hospital y Brianne se fue al coche por una vieja muñeca que era la favorita de Megan y que la pequeña llevaba a todas partes.

Unos minutos más tarde entró en la habitación.

–Tengo aquí tu muñeca, cariño –dijo hablando a la niña–. Te echa de menos. Sería estupendo si abrieras los ojos y nos hablaras a ella y a nosotros.

–¿Crees que te puede oír? –le preguntó Lily–. Me pregunto si hablar con ella le hará algún bien.

–Ella conoce el sonido de tu voz. Tienes que creer que te oye.

–No estoy seguro de que podáis estar aquí –dijo Jed.

–Ella necesita nuestro amor, Jed, nos necesita a todos. Si todos le decimos lo mucho que la amamos, podremos hacer que las cosas cambien.

Vio la falta de esperanza en la mirada de Jed. Pero no había que perderla. De hecho, si ella fuera valiente y se quedara en Sawyer Springs...

–Creo en el poder del amor –repitió Brianne invitando a todos los que estaban allí a agarrarse de las manos y unirse en su amor por Megan.

Jed no sabía si podía creer como ella, pero sabía que si no le transmitía su amor a Megan en ese momento, se arrepentiría el resto de su vida. Cerró los ojos e intentó sentir la conexión.

De repente, los ojos de la pequeña se movieron. Miró a todo el mundo y extendió los brazos hacia su madre.

—Mami...

—Rápido, llama al doctor Gibson —ordenó Jed a Brianne.

Unos minutos más tarde, el doctor fue a la habitación y pidió a todo el mundo que saliera al pasillo. Después de un profundo examen de la joven paciente, salió de la habitación con una amplia sonrisa.

—Me gustaría tener a Megan veinticuatro horas más en observación, pero ya no hay motivos para preocuparse.

Todo el mundo se abrazó de alegría. La mirada de Jed se encontró con la de Brianne. ¿Cómo podía haber sido tan estúpido? Brianne era una mujer fuerte y tenía una fe muy poderosa. De repente se dio cuenta de todas esas semanas había estado luchando en la batalla equivocada. Debería haber intentado abrir más su corazón. Ya no podía negarse a sí mismo que no era sólo deseo lo que sentía por Brianne. La amaba. Brianne Barrington le había enseñado cómo volver a amar. Quería tenerla siempre a su lado y tenía que decírselo en ese momento.

—Tengo que hablar contigo —dijo Jed, llevándola por un pasillo.

—Jed, ¿dónde vamos? —preguntó Brianne y de repente se encontró en un pequeño despacho del hospital con la puerta cerrada.

—No aceptes el trabajo con el proyecto de voluntariado —le dijo Jed.

—¿Por qué no?

—Cuando volví a Sawyer Springs, no sabía lo que quería. Después de conocerte, todo empezó a estar más claro. Aunque yo sea mayor… tú me has enseñado tantas cosas. Tú me has enseñado cómo el amor puede curar. No me lo puedo negar más tiempo. Te quiero, Brianne Barrington y quiero que seas mi esposa. Si necesitas tiempo para pensarlo…

—Te quiero, Jed Sawyer y sí quiero casarme contigo.

Sus labios se encontraron. No sólo deseaba a Brianne, la necesitaba. Introdujo su lengua en la boca de Brianne y ella respondió con un fervor que demostraba que ella sentía lo mismo.

–Eres un héroe. ¿Tienes una idea de lo mal que lo he pasado cuando estabas tumbado en el hielo?

–Hice lo que tenía que hacer, como tú hiciste en la habitación hace unos minutos.

–Yo no he arriesgado mi vida.

–No. Has arriesgado tu amor. Y eso es mucho más valiente.

EPÍLOGO

BRIANNE caminaba al lado de Jed bajo una lluvia de pétalos de rosa.

Después de que Jed le propusiera matrimonio, él había insistido esperar al menos tres meses para casarse. Quería que estuviera segura. Ella había estado segura y se lo había repetido sin cesar, pero Jed era un hombre protector y también algo tradicional. Esa noche iban a hacer el amor por primera vez.

Entraron en el coche nupcial y ella lo miró con orgullo y admiración. Nunca le había parecido más atractivo.

–Quiero hacer una parada antes de ir a Madison –murmuró Jed.

–¿Una parada?

La luna de miel la iban a pasar en la suite nupcial de un hotel de Madison. Ya habían empezado a poner en marcha el centro de cirugía plástica y no tenían tiempo para una luna de miel más larga.

Habían acondicionado un apartamento en el que vivirían hasta que encontraran una casa que les gustara. Buscaban algo que tuviera una habitación grande en el primer piso por si Al se tenía que mudar con ellos.

–He encontrado una casa que quiero que veas –le dijo Jed mientras arrancaba el coche–. Si te gusta, podemos pagar un depósito. No quiero perder la oportunidad.

Para la sorpresa de Brianne, Jed no se dirigió a una de las nuevas urbanizaciones, sino a la parte más antigua de Sawyer Springs. Se detuvo ante una casa de ladrillo de dos pisos.

–¿Tiene un dormitorio en el primer piso? –preguntó ella.

–Algo mejor que eso. Vamos a verla. Me han dejado la llave en la agencia inmobiliaria.

Cuando Brianne entró en la casa, inmediatamente sintió que sería su hogar. Era una casa antigua muy bien cuidada y reformada. Jed le hizo una señal para que lo siguiera hacia el garaje.

—Añadieron esta parte al garaje hace unos años. Creo que si mi padre viera esto, no dudaría en venirse a vivir con nosotros —le explicó Jed mientras le mostraba un pequeño y luminoso apartamento que los antiguos dueños habían añadido a la casa.

—Es perfecto —afirmó Brianne.

—Y todavía no has visto el resto de la casa. Hay cuatro habitaciones... mucho espacio para niños...

—Llenaremos este hogar con amor y felicidad —prometió Brianne.

—Esto es sólo el principio.

JAZMÍN™

LUCY GORDON

EL HIJO
DEL ITALIANO

PRÓLOGO

TENÍA diecisiete años y era tan bella como una muñeca, y tan inerte. Estaba sentada frente a la ventana mirando sin ver el paisaje italiano. No se volvió cuando se abrió la puerta y entró una enfermera con un hombre de mediana edad que mostraba una jovialidad que no acompañaba a la tristeza de sus ojos.

–¿Cómo está mi niña preferida? Te he traído a alguien –saludó a la muñeca, que no contestó y ni siquiera lo miró, y se volvió a un joven detrás de él–. Que sea rápido.

El joven tenía veinte años, el pelo greñudo y una barba de días, y su mirada reflejaba al mismo tiempo dolor e ira. Fue corriendo hacia la niña y se arrodilló a su lado.

–Becky, *mia piccina*, soy yo, Luca. Mírame, te lo suplico. Perdona todo lo que he hecho. Dicen que nuestra hija ha muerto y que es culpa mía. Nunca quise hacerte daño. ¿Puedes oírme?

Ella volvió el rostro y pareció mirarlo, pero no había reconocimiento en sus ojos sin vida.

–Escúchame, lo siento, *piccina*, lo siento mucho. Becky, por Dios, di que me entiendes.

Ella seguía callada. Él le acarició el pelo, pero ella no se movió.

–No he visto a nuestra hija –dijo él con voz ronca–,

¿era tan guapa como tú? ¿La has tenido en brazos? Háblame. Di que sabes quién soy, que aún me quieres. Yo te querré toda la vida. Sólo di que me perdonas por todo el dolor que te he causado, sólo quería hacerte feliz. Por el amor de Dios, háblame.

Pero ella no dijo nada y siguió mirando por la ventana. Él dejó caer la cabeza sobre el regazo de la joven y lo único que se oyó en la habitación fueron sus sollozos.

LAS PALABRAS crudas resaltaban sobre el papel blanco: «Un niño, nacido ayer. 3,9 kilos», un mensaje que podía haber sido motivo de alegría, pero para Luca Montese significaba que su esposa le había dado un niño a otro hombre, y a él ninguno. Significaba que todo el mundo conocería su humillación, lo cual lo hizo maldecir a todo el mundo empezando por él, por haber estado ciego.

El miedo había forzado a Drusilla a abandonarlo nada más saber que estaba embarazada, hacía seis meses. Al llegar a casa aquel día Luca se había encontrado una nota en la que ella le confesaba que había otro hombre, que estaba embarazada y que no intentara buscarla. Nada más. Se había llevado todo lo que él le había regalado, hasta el último diamante y todos sus vestidos de alta costura. Él la había perseguido con furia vengativa a través de una batería de caros abogados que le enviaron un acuerdo de divorcio que la dejaba sin nada más que lo que ya se había llevado.

Lo irritó que el amante fuera tan pobre e insignificante que estuviera más allá del alcance de su venganza. Le habría resultado un placer arruinar a un empresario rico como él, pero a un peluquero... Aquello le parecía un insulto. Ahora ellos tenían un niño hermoso y él no tenía hijos. Todo el mundo sabría que era culpa suya que su matrimonio hubiera sido estéril y se reirían. Pensarlo casi lo volvió loco.

Tres pisos por debajo estaba el centro financiero de Roma, un mundo que había hecho suyo con astucia. Sus empleados se lo debían todo, sus rivales lo temían, pero ahora todos se reirían.

Dobló el periódico por la mitad, con manos que no eran las de un financiero internacional, sino las de un trabajador. Igual que su cara, con una rotundidad que tenía poco que ver con sus rasgos y más con el brillo de sus ojos. Aquello junto con su figura alta y de espaldas anchas atraía a muchas mujeres que gravitaban alrededor del poder. Poder físico, financiero, de todas clases. Desde la ruptura de su matrimonio no le había faltado compañía.

Las trataba bien, acorde con sus gustos, era generoso con regalos pero no con palabras o sentimientos, y rompía con ellas de forma brusca cuando se daba cuenta de que no tenían lo que buscaba. Aunque no podía decir qué era, sólo sabía que lo había tenido una vez, hacía mucho tiempo, con una chica de ojos vibrantes y gran corazón.

Apenas se acordaba del chico que era entonces, lleno de ideas nada prácticas acerca del amor duradero, no cínico ni codicioso, y que creía que tanto el amor como la vida eran buenos, una tontería que se le había curado de manera cruel.

Se obligó a regresar al presente, al considerar que recrearse en la felicidad pasada era síntoma de debilidad, y él siempre cortaba la debilidad de forma tan implacable como hacía todo lo demás. Bajó a zancadas al aparcamiento donde tenía su Rolls Royce. Aunque tenía chófer, le gustaba llevarlo él, pues lo consideraba su trofeo personal, la prueba de lo lejos que había llegado desde los días en que tenía una tartana que tenía que reparar cada dos por tres. Por más que lo intentara no podía borrar la imagen de ella riendo mientras le acercaba la llave inglesa. A veces se metía con él bajo el coche, y entonces se besaban y reían como locos.

Mientras conducía hacia su villa en el campo, pensaba que quizá había sido algún tipo de locura, al creer que aquella alegría duraría para siempre. No había sido así.

Volvió a borrar su recuerdo de la mente, pero en aquella ocasión ella parecía estar allí a su lado mientras él conducía en la oscuridad, atormentándose con recuerdos de su encanto, su amabilidad, su ternura. Él tenía veinte años y ella diecisiete, y ambos habían creído que duraría para siempre. Entonces pensó que quizá podría haber sido así.

Borró también aquel pensamiento, pero el espíritu de ella no se desvaneció, sino que le susurró que su breve amor había sido perfecto, a pesar de haber terminado con un corazón roto. También le recordó otras cosas, como cuando ella se tumbaba en sus brazos y le susurraba palabras de amor.

–Soy tuya, para siempre –le había dicho–. Nunca querré a ningún otro hombre.

–No tengo nada que ofrecerte.

–Si me das tu amor, es todo lo que pido.

–Pero soy pobre.

–No somos pobres –se había reído ella–, siempre que nos tengamos el uno al otro.

Pero de repente se acabó, y ya no se tenían el uno al otro.

De repente hubo un chirrido de ruedas y el volante le giró entre las manos. No sabía qué había pasado, pero el coche estaba parado y él estaba temblando. Se aclaró las ideas de la cabeza y miró a ambos lados de la calzada, que estaba vacía. Como su vida, pensó, saliendo de la oscuridad para volver a meterse en ella. Había sido así desde hacía quince años.

El hotel Allingham era el más nuevo y lujoso de Londres, con el mejor servicio y los precios más altos. Habían nombrado a Rebecca Hanley Jefa de Relaciones Públicas porque, en palabras del director, parecía haber crecido bañada en dinero y que no le importara, lo cual era bueno para hacer que la gente despilfarrara su dinero sin reservas. El gerente tenía mucha razón, pues el padre de Rebecca había sido un hombre muy rico, y en aquellos días a ella no le importaba nada.

Vivía en el Allingham, pues le resultaba más sencillo que tener casa propia. De aquel modo usaba el salón de belleza y el gimnasio del hotel, con el resultado de una silueta sin un gramo de grasa y un rostro perfecto.

Aquella noche se estaba dando los últimos retoques cuando sonó el teléfono. Era Danvers Jordan, el banquero con el que salía por entonces. Iban a asistir a la fiesta de compromiso del hermano pequeño de este, que se celebraba en el Allingham, así que ella debía estar «de servicio» por doble motivo, y debía estar perfecta.

Lo estaba. Tenía un cuerpo esbelto capaz de llevar aquel vestido negro ceñido, y sus largas piernas demandaban la falda corta. El escote era bajo pero dentro de los límites, y un enorme diamante le adornaba el cuello. Su cabello original era castaño, pero en aquel momento lo llevaba de un tono rubio que hacía resaltar sus ojos verdes. El toque final lo ponían unos diamantes pequeños en las orejas.

Exactamente a las ocho en punto llamaron a la puerta y ella fue graciosamente al encuentro de Danvers.

—Estás espléndida –la saludó él como siempre–. Voy a ser el hombre más orgulloso.

«El más orgulloso, no el más feliz», pensó ella. La fiesta era en un salón de banquetes, decorado con telas de seda y rosas blancas. La pareja era poco más que unos niños; Rory tenía veinticuatro años y Elspeth, dieciocho. El padre de Elspeth era el presidente del banco en que trabajaba Danvers, que a su vez era parte del consorcio que había financiado el Allingham.

—Pensaba que la gente ya no creía en el «para siempre» –le comentó Rebecca a Danvers al final de la noche.

—Supongo que si eres lo suficiente joven y tonto, tiene sentido.

—¿De verdad tienes que ser joven y tonto?

—Vamos, cariño, los adultos sabemos que pasan cosas y la vida no sale como esperabas.

—Es cierto –contestó ella, que entonces se vio asaltada por Elspeth.

—Estoy tan contenta, Becky –le dijo la joven mientras la abrazaba–. Y vosotros dos, ¿qué? Ya es hora de que deis el paso. ¿Por qué no hacéis el anuncio ahora?

—No –dijo enseguida Rebecca, que lo suavizó–. Esta es tu noche.

—Vale, pero en la boda te tiraré el ramo –prometió la niña, y se fue bailando.

—¿Por qué te ha llamado Becky? –le preguntó él.

—Es el diminutivo de Rebecca.

—Nunca he oído a nadie llamártelo, y me alegra. Rebecca te queda mejor; es más sofisticado. No eres de la clase de las Beckies.

—¿Y cómo es la clase de las Beckies, Danvers?

—No sé, torpe y poco elegante. Alguien que no es más que una niña y no sabe mucho del mundo.

Rebecca bajó la copa porque le temblaba el brazo, pero sabía que él no se daría cuenta.

—No siempre he sido tan sofisticada.

—Pero así es como me gusta verte.

Por supuesto también sabía que a Danvers no le interesaría otra versión de ella que no le fuera bien a él. Probablemente acabaría casándose con él, no por amor, sino por falta de otra fuerza que se opusiera. Tenía treinta y dos años y sentía que el camino sin rumbo que era su vida no podía seguir así indefinidamente. Rechazó su propuesta de una cena, alegando cansancio. Él la acompañó a su suite e hizo un último intento de prolongar la velada, acercándose para besarla, pero ella se puso tensa.

—De verdad estoy muy cansada. Buenas noches, Danvers.

—Está bien. Tómate un sueño de belleza para estar perfecta para mañana.

—¿Mañana?

—Cenamos con el presidente del banco, no puedes haberte olvidado.

—Claro que no. Estaré allí con mi mejor sonrisa. Buenas noches.

Al fin se quedó sola. Apagó la luz y se asomó a la ventana, desde la que observó las luces de Londres, que brillaban contra la oscuridad, y que le recordaron a lo que prometía ser su vida a partir de entonces, un panorama interminable de ocasiones brillantes, cenas con el presidente, noches en la ópera, restaurantes lujosos, entretenerse en una mansión lujosa como una perfecta esposa y anfitriona.

Antes le parecía suficiente, pero algo la había desestabilizado aquella noche. Ver a aquella pareja joven que creía apasionadamente en el amor le había recordado demasiadas cosas en las que ya no creía.

«Becky» sí había creído, pero estaba muerta. Había muerto en una confusión de dolor, sufrimiento y desilusión, pero aquella noche su fantasma revivió en la opulenta fiesta, mirándola con reproche y recordándole que una vez había tenido corazón, que le había dado a un joven rebelde que la adoraba.

El veredicto de Danvers sobre Becky había sido «una niña que no sabe nada del mundo», y tenía más razón de la que creía. Los dos habían sido unos críos y habían creído que su amor era la respuesta final a todos sus problemas.

Becky Solway se había enamorado de Italia nada más verla, sobre todo de la tierra de la Toscana, donde su padre había heredado de su madre italiana la finca de Belleto.

–Papá, ¡es precioso! –le dijo al verla–. Me quiero quedar aquí para siempre.

–Muy bien, cielo, lo que tú digas –se rió él.

Él era así, siempre dispuesto a complacerla sin meditar lo que le pedía, y mucho menos lo que pensaba o sentía. Con catorce años lo único que conocía Becky era complacencia. Eran ellos dos solos desde la muerte de su madre dos años antes. Frank Solway, un fabricante de electrónica con éxito, y su preciosa y brillante hija.

Frank tenía fábricas por toda Europa, que trasladaba a dondequiera que el trabajo fuera más barato. Durante las vacaciones escolares viajaban juntos y visitaban las avanzadillas del imperio financiero o se quedaban en Belleto. El resto del año ella estudiaba en Inglaterra. A los dieciséis años Becky le anunció que dejaba los estudios.

—Quiero vivir en Belleto para siempre, papá.

—Muy bien, cielo, lo que tú digas.

Le compró un caballo con el que ella pasaba los días felices explorando los viñedos y olivares de Belleto. Como tenía buen oído no le costó aprender no solo italiano de su abuela sino también el dialecto toscano. Su padre apenas hablaba idiomas y sus sirvientes no lo entendían, así que pronto le dejó los asuntos domésticos a ella. Un tiempo después también lo ayudaba en la finca.

Todo cuanto Becky sabía de su padre era que era un hombre de negocios con éxito; nunca habría podido imaginar un lado oscuro, hasta que se vio forzada a ello.

Frank había cerrado su última fábrica en Inglaterra, había abierto otra en Italia y después había viajado a España en busca de nuevas oportunidades. Durante su ausencia un día Becky fue a montar a caballo y se encontró con tres hombres.

—Eres la hija de Frank Solway —le dijo uno de ellos en inglés–, admítelo.

—¿Y por qué iba a negarlo? No me avergüenzo de mi padre.

—Pues deberías —le gritó otro de los hombres–. Necesitamos nuestro trabajo y tu padre de la noche a la mañana cerró la fábrica inglesa porque aquí es más barato. Ninguna compensación ni remuneración. Simplemente desapareció. ¿Dónde está?

–Mi padre está en el extranjero ahora. Por favor, déjenme pasar.

–Dinos dónde está –la detuvo él agarrando la brida–. No hemos venido hasta aquí para nada.

–Volverá la semana que viene –dijo ella desesperada–. Le diré que han venido; estoy segura de que hablará con ustedes.

–Somos los últimos con quienes querría hablar –aseguró uno de ellos, tras una carcajada heladora–. Se ha estado escondiendo de nosotros, no contesta nuestras cartas...

–Y ¿qué puedo hacer yo?

–Puedes quedarte con nosotros hasta que venga por ti.

–No lo creo.

La frase salió de un joven al que nadie había visto. Había aparecido de entre los árboles y se quedó de pie hasta asegurarse de que habían notado su presencia, una presencia imponente, no tanto por su altura y anchura de espaldas como por la ferocidad de su rostro.

–Aléjense –dijo, comenzando a andar.

–Lárgate –dijo el hombre que sujetaba la brida.

El extraño no se hizo esperar y, con un movimiento más rápido que la vista, de repente el otro hombre estaba en el suelo.

–Eh –empezó otro, pero sus palabras murieron cuando el extraño lo miró con cara de pocos amigos.

–Váyanse de aquí, los tres. Y no vuelvan.

Los otros dos ayudaron a su compañero a levantarse. Este se limpió la sangre de la nariz y, aunque la mirada que dedicó a su asaltante era furiosa, fue suficientemente listo para saber que era mejor no ir más lejos. Se marcharon, aunque en el último momento el humillado se volvió a mirar a la joven de un modo que hizo al extraño avanzar. Entonces se escabulleron.

–Gracias –dijo Becky con fervor.

–¿Estás bien?

–Sí, gracias a ti.

Ella desmontó y enseguida se dio cuenta de lo alto que era. La pequeña multitud había sido temible porque eran tres, pero aquel hombre era peligroso por sí mismo, y de repente Becky se preguntó si estaría más a salvo que antes.

–Ya se han ido –dijo él–, y no volverán.

–Gracias –repitió ella hablando en inglés como él, pero más lento–. Nunca me había alegrado tanto de ver a alguien. Creí que no había nadie para ayudarme.

–No hace falta que me hables despacio –dijo él con orgullo–. Sé inglés.

–Lo siento, no pretendía ser grosera. ¿De dónde has salido?

–Vivo pasados estos árboles. Será mejor que vengas conmigo y te haré un té.

–Gracias.

–Conozco a todo el mundo por aquí –le comentó él mientras andaban–, pero nunca los había visto.

–Venían de Inglaterra. Buscaban a mi padre, pero está fuera y eso los ha enfadado.

–A lo mejor no deberías cabalgar sola.

–No sabía que estaban ahí, y ¿por qué no puedo montar en la tierra de mi padre?

–Ah, sí, tu padre es el inglés del que todo el mundo habla. Pero esta no es su tierra, me pertenece a mí. Es sólo una franja estrecha, pero tiene mi casa, que no pienso vender.

–Pero papá me ha dicho...

–Te ha dicho que había comprado toda la tierra. Debe de haberse pasado esta parte; es muy normal.

–Oh, es preciosa –le salió del alma.

Al doblar una esquina habían llegado a una casita de piedra contra la falda de una colina y rodeada de pinos.

–Es mi casa. Te advierto que por dentro no es tan pintoresca.

Era cierto. El interior era muy básico, viejo y anticuado. A Becky le resultó evidente que había trabajado por mejorarlo, pues había herramientas y maderos por el suelo.

–Siéntate –le ofreció él señalándole una silla.

–No sé cómo te llamas –advirtió ella mientras él hacía té.

–Luca Montese.

–Yo soy Rebecca Solway, Becky.

Él le miró la manita elegante que le ofrecía y por primera vez pareció dudar. Entonces le dio la mano, áspera y fuerte, marcada por el trabajo duro. Todo su aspecto era rudo. Era alto, de un metro ochenta y el pelo moreno necesitaba un corte. Llevaba vaqueros negros y una camiseta negra sin mangas. A ella le recordó a Hércules. La furia de su rostro había desaparecido y en aquel momento la miraba de forma amable, aunque sin sonreír.

–Rebecca –repitió.

–No, Becky para los amigos. Tú eres mi amigo, ¿no? Debes serlo, después de haberme salvado.

Durante toda su corta vida, el encanto y belleza de Becky le habían hecho ganarse a la gente, pero sintió la duda del joven.

–Sí –dijo al fin–. Soy tu amigo.

–Entonces, ¿me llamarás Becky?

—Becky.

—¿Vives aquí solo o con tu familia?

—No tengo familia. Esta era la casa de mis padres y ahora es mía —recalcó, con tono firme.

—Oye, que no lo pongo en duda. Si es tuya es tuya.

—Ojalá tu padre pensara lo mismo. ¿Dónde está?

—En España. Vuelve la semana que viene.

—Hasta entonces creo que será mejor que no cabalgues sola.

—¿Perdona? —le preguntó ella, que había estado pensando lo mismo, pero le había molestado el tono.

—No hace falta que te perdone.

—No quería decir eso —se explicó ella, dándose cuenta de que su inglés no era tan bueno—. Es una expresión que significa «¿Quién diablos te crees que eres para darme órdenes?»

—¿Y por qué no lo dices directamente?

—Porque... —empezó, pero le resultaba demasiado largo explicarlo, así que cambió al toscano—. No me des órdenes. Cabalgaré cuando quiera.

—Y ¿qué pasará la próxima vez, cuando quizá yo no esté para ayudarte?

—Se habrán ido.

—¿Y si te equivocas?

—Eso no tiene nada que ver —saltó ella, incapaz de contrarrestar su razonamiento.

—Creo que sí tiene que ver —dijo él con una leve sonrisa.

—Oh, deja de ser tan razonable.

—Muy bien —dijo él, con una sonrisa completa—. Lo que te parezca bien.

—Puedes estar seguro —contestó ella con otra sonrisa, y dio un trago al té—. Haces un té muy bueno, estoy impresionada.

—Y a mí me impresiona lo bien que hablas toscano.

—Me lo enseñó mi abuela. Era de aquí, la dueña de la casa en la que vivo ahora.

—¿Emilia Talese?

—Era su nombre de soltera, sí.

—En mi familia siempre han sido carpinteros, y solían trabajar para su familia.

Aquel fue su primer encuentro. La acompañó a casa y dio instrucciones a los sirvientes para que cuidaran de ella como si lo hubiera hecho toda su vida.

—¿Vas a estar bien? —le preguntó ella, al pensar en que debía volver solo en la oscuridad.

La sonrisa fue suficiente respuesta. Una sonrisa que decía que tales temores eran para otros hombres. Entonces se fue, dejando atrás tan solo el recuerdo de su autoconfianza.

CAPÍTULO 2

AL DÍA siguiente Becky salió pronto de casa para buscarlo. Se había acostado pensando en él, se había quedado tumbada despierta pensando en él, se había dormido al fin, soñado con él y había despertado pensando en él.

Sus labios la habían embaucado. Deseaba besarlos y sentir su beso. También sus brazos, tan poderosos como el acero. Estaba tan segura de que lo deseaba como lo había estado siempre de todo, con la convicción de una niña a la que nunca le habían negado nada.

Nunca había besado a un hombre, pero ahora que había conocido a Luca, lo deseaba como si su cuerpo se hubiera despertado de repente, enviándole un mensaje al cerebro de que aquel era su hombre. La única pregunta era cuándo y dónde, pues era imposible que el mundo, o el mismo Luca, se lo negaran.

Cuando estaba llegando, él oyó el trote del caballo y miró. Ella desmontó y lo miró, y entonces se dio cuenta de que él había pasado la noche igual que ella

—No deberías estar aquí —le dijo él—. Te dije que no montaras sola.

—Entonces, ¿por qué no has venido a buscarme?

—Porque la *signorina* no me dio órdenes de hacerlo —contestó él con orgullo.

—Pero yo no te doy órdenes. Somos amigos.

Se quedó de pie mirándolo, deseando que obedeciera sus deseos. Él le sonrió con aquella sonrisa que le aceleraba el pulso.

—¿Por qué no entras y haces té? —sugirió él.

Ella entró y pasó el resto del día ayudándolo en la casa. Él hizo unos rollos de salami que a ella le parecieron la mejor comida que hubiera probado, pero no se había echado atrás en su determinación de que la besara.

Le costó tres días acabar con su resistencia. En ese tiempo llegó a conocer algo al joven. Este tenía un orgullo que la hacía arder, aunque siempre la calmaba para su propio bien. El primer día él le había dicho «lo que te parezca bien» y aquello se convirtió en su mantra. Lo que a ella le pareciera a él también le parecía bien. El hombre grande, tan feroz con los demás, era como un niño en sus manos, lo cual le proporcionaba una deliciosa sensación de poder.

Pero no logró que hiciera lo que quería por encima de todo. Ella creaba una oportunidad tras otra, que él rechazaba, hasta que un día le dijo:

—Creo que debes irte a casa ahora —y añadió en un inglés horrible—. Me ha encantado conocerte.

La respuesta de ella fue tirarle un panecillo, a lo que él se agachó, pero no pareció desconcertado.

—¿Por qué ya no te gusto? —gritó ella.

—Sí que me gustas, Becky, me gustas más de lo que deberías. Por eso te tienes que ir, y no volver.

—Eso no tiene sentido.

—Creo que sabes a qué me refiero.

—¡No! —chilló ella, que no quería entender lo que no le convenía.

—Creo que sí. Sabes lo que quiero contigo, y no puedo tenerlo. No debo, eres una niña.

—Tengo diecisiete años. Bueno, en un par de semanas. No soy una niña.

–Pues hablas como tal. Tienes que tener todo lo que quieras. De momento me quieres a mí, pero yo soy un hombre, no un juguete con el que jugar y dejar tirado después.

–No estoy jugando.

–Pues lo haces. Eres como un gatito con un ovillo. Aún no has aprendido que la vida puede ser cruel y amarga, y Dios no quiera que lo aprendas por mí.

–Pero has dicho que me querías. ¿Por qué no podemos...?

–Becky, mi abuelo era el carpintero de tu abuela. Yo también soy carpintero. A veces trabajo reparando coches, ensuciándome.

–Oh, a nadie le importan ya esas cosas.

–Pregúntale a tu padre si le importa.

–Esto no tiene nada que ver con mi padre. Es sobre tú y yo.

–¡No seas estúpida! –gritó él, perdiendo los nervios de repente.

–No me llames estúpida.

–Eres estúpida. Si no, no vendrías a estar a solas con un hombre que te desea tanto como yo. Nadie te oiría si pidieras ayuda.

–¿Y por qué iba a pedir ayuda contra ti? Te conozco y...

–No sabes nada –la cortó él airado–. Me paso las noches despierto imaginándote en mi cama, en mis brazos, desnuda. No tengo derecho a pensar esas cosas, pero no puedo evitarlo. Y entonces vienes tú sonriendo y diciendo «Luca, te deseo», y me vuelves loco. ¿Cuánto crees que puede aguantar un hombre?

–¿Me deseas? –fue lo único que le impactó.

–Sí –dijo él de forma seca, y se volvió a mirar por la ventana–. Ahora vete.

–No me voy –dijo ella en voz baja, casi para sus adentros. Era más que una decisión, era una declaración de que había elegido su camino y pensaba seguirlo.

Fue detrás de él y le pasó los brazos por el cuerpo. Como había imaginado, él se volvió y cayó en la trampa, pues ella se había quitado la camiseta y él se topó con su piel desnuda, sus brazos, sus hombros, sus pechos. Luca hizo un último intento.

–No, Becky, por favor.

Pero las palabras murieron en los labios de ella. La besó con ternura al principio y después con ansia creciente, mientras la exploraba con las manos y las manos de ella lo exploraban a él. Llevaba una camisa abierta por arriba, que a ella no le costó mucho desabrochar del todo para apoyar sus senos contra el cuerpo. Pese a su inexperiencia, supo enseguida que aquello era demasiado para el control de Luca. Cuando le fue a quitar la camisa, lo hizo él.

Al principio todo lo que sintió fue la ternura del campesino, que la animaba a seguir. Ella, que ya lo deseaba fervientemente, lo ayudaba a que le quitara el resto de la ropa y después la de él, anticipándose a sus movimientos, lo cual hizo reír a Luca.

–No tengas tanta prisa.

–Es que te deseo, Luca.

–Si no sabes lo que quieres, *piccina*. No tengo derecho, tenemos que parar.

–¡No! O te pego.

–Matoncilla –susurró él.

–Entonces será mejor que me dejes salirme con la mía –bromeó ella.

Aquello acabó con su control. A partir de ahí no habría habido fuerza en el mundo capaz de impedir que la explorara, encantado por su dulzura y su joven pasión por él.

Cuando la penetró, ella soltó un gritito de excitación y comenzó a moverse contra él. Él se entregó por completo, disfrutando de su franco entusiasmo por hacer el amor y de la falta de falsa modestia. Enseguida Becky llegó a un clímax que la mareó. Un momento se lo estaba pasando bien y al momento siguiente estaba en las estrellas.

—Oh, uau —dijo, casi sin aliento—. Oh, uau.

Al momento volvió a saltar sobre él, sin hacer caso de sus quejas. En aquella ocasión Luca la amó más despacio, o tan despacio como ella lo dejó, acariciándole los senos hasta que ella lo rodeó con las piernas para pedir que la llenara, y él no pudo más que ceder. Después los dos se quedaron tumbados, bajando de las alturas y regocijándose por encontrar al otro a su lado.

—¿Por qué no querías dejarme? —le susurró ella—. Ha sido precioso.

—Me alegro. Quiero que todo sea siempre bonito para ti. Y maravilloso.

—Ya es maravilloso, tú eres maravilloso, y todo en este mundo es maravilloso porque me quieres.

—No he dicho que te quiera —gruñó.

—Pero lo haces, ¿no?

—Sí —contestó, y la apretó contra sí—. Te quiero, *piccina*. Te quiero con toda mi alma y mi corazón, y con mi cuerpo.

—Ya lo sé —dijo ella, con una risilla tonta.

El día que Frank regresaba, Becky fue a recogerlo al aeropuerto de Pisa, y en el camino a casa aquel le explicó que había tenido éxito.

–He conseguido todo lo que quería a menos de lo que esperaba pagar, sí señor.

–¿Se quedará gente sin trabajo? –le preguntó ella, que lo había oído hablar así muchas veces, pero que en aquella ocasión recordó la desesperación de los tres ingleses.

–¿A qué viene eso?

–Si logras tanto beneficio, alguien tendrá que perder, ¿no?

–Por supuesto alguien pierde siempre, pero son los peleles, los que se merecen perder porque la naturaleza los ha hecho perdedores.

–Pero ¿es la naturaleza la que los hace perdedores o tú?

–Becky, ¿qué es esto? Nunca habías tenido estas ideas.

–Cerraste un sitio en Inglaterra –comenzó ella, después de pensar que nunca había tenido ideas de ningún tipo– y vinieron a buscarte unos de los que dejaste sin trabajo.

–¡Demonios! ¿Y qué pasó?

–Que me encontraron a mí. Estaba montando a caballo sola y aparecieron tres hombres.

–¿Te hicieron daño?

–No, pero solo porque apareció otro hombre y me rescató. Se llama Luca Montese y vive cerca. Estaba trabajando en su cabaña cuando oyó los gritos. Los puso firmes, dejó a uno inconsciente y salieron corriendo.

–Entonces debo agradecérselo. ¿Dónde ocurrió exactamente? –le preguntó, y ella le describió el lugar–. No sabía que tuviera arrendatarios por ahí.

–No es un arrendatario, esa pequeña porción de tierra es suya. Dice que has intentado comprársela, pero que no la va a vender.

–¿Montese? –murmuró–. Montese, ¿es él? Mi agente Carletti me habló de uno que estaba causando problemas.

–No está causando problemas, papá, sólo quiere mantener su hogar.

–Tonterías. No sabe lo que es mejor para él. Carletti me dijo que no es más que una casucha miserable e insalubre.

–Ya no. Ha hecho un trabajo fantástico de reforma.

–¿Has estado allí?

–Me llevó después de salvarme y me hizo un té. Era muy bonita y acogedora. Ha trabajado mucho.

–Pues está perdiendo el tiempo. Al final la conseguiré.

–No lo creo. Está decidido a no vender.

–Pues yo estoy decidido a que lo haga, y soy mucho más fuerte que cualquier jovencito campesino.

–¡Papá! Hace un momento querías darle las gracias y ahora pretendes intimidarlo.

–Qué tontería –dijo él con su risa fácil–. Simplemente voy a mostrarle lo que le interesa.

Visitó a Luca aquel mismo día, lleno de cordialidad, para agradecerle haber protegido a Becky al tiempo que se las ingeniaba para «asesorarlo» en un modo que avergonzó a ésta. La respuesta de Luca fue una tranquila dignidad. Entonces Frank miró a su alrededor.

–Carletti me ha contado que rechazas bastante más de lo que vale este lugar.

–Entonces su ayudante le ha informado mal –respondió Luca tranquilamente–. Este lugar lo es todo para mí, y no lo voy a vender.

–De acuerdo. Mira, este es el trato. Como has ayudado a mi hija doblo mi última oferta.

–*Signor* Solway, mi casa no está en venta.

–¿A qué tanto drama por un tugurio como este? Si no es ni media hectárea.

—Entonces, ¿por qué le preocupa tanto?

–Eso no te concierne. He hecho una oferta más que justa y no me gusta que jueguen conmigo.

–*Signor*, creo que no entiende la palabra no.

Era tan absolutamente cierto que Frank perdió los nervios y vociferó de forma indiscriminada hasta que Becky lo detuvo.

–Papá, ¿has olvidado lo que hizo por mí?

Frank puso mala cara. Odiaba no tener razón pero no podía retroceder, así que salió sin más palabras.

–¡Becky! –gritó.

–Ve con él –le dijo Luca cuando esta no se movió.

–No, me quedo contigo.

—Empeorará las cosas. Por favor, vete –le rogó, y ella cedió.

Al día siguiente Frank reconoció, nervioso.

–A lo mejor me pasé un poco ayer con Luca.

–Te pasaste mucho –le dijo Becky–. Creo que deberías disculparte.

–Ni hablar, me haría parecer débil. Pero tú eres otra cosa. ¿Por qué no te dejas caer y le convences de que no soy tan malo? Que no suene como una disculpa pero... Bueno, métalo en cintura.

Becky salió de casa muy contenta, pensando en que podía pasar el día con Luca sin tener que inventarse una excusa. El campesino la vio aproximarse a lo lejos.

–¿Sabe tu padre que estás aquí? No te metas en líos por mí.

–¿Me estás pidiendo que me vaya? –preguntó ella, dolida.

–Puede que sea lo mejor.

–Parece que no te importa lo que haga.

–No quiero verte sufrir.

–En otras palabras, ¿me estás dando calabazas?

–No seas tonta –gruñó él–. Claro que no quiero que te vayas.

Ella corrió a abrazarlo y lo colmó de besos.

–No voy a irme, cariño, no te voy a dejar.

Él la besó con fuerza y ella respondió con su joven y desmedida pasión. Entonces Luca se retiró temblando por el esfuerzo que le supuso calmar el deseo pero decidido.

–Moriría antes de hacerte daño –le dijo, con voz temblorosa.

–Pero cariño, no me estás haciendo daño. Papá me ha dicho que venga a verte.

–¿Y por qué iba a hacer eso? –le preguntó con mirada irónica.

–¿No lo adivinas? –rió ella–. Quiere que te suavice para su próxima oferta.

–¿Y lo vas a hacer?

–Claro que no, pero me ha dicho que te meta en cintura, y mientras piense que lo estoy haciendo no montará un escándalo por que venga aquí. ¿A que soy lista?

–Eres una brujilla taimada.

–Sólo pongo en práctica la teoría de mi padre, que dice que cuando crees que alguien está haciendo algo por ti en realidad se está haciendo su propia agenda. Y tú eres mi agenda, así que ven aquí y deja que te encamine.

Le tomó la mano y él fue con ella sin resistirse, pues ni entonces ni después iba a poder negarle nada, y aquello iba a ser la ruina para ambos.

—¡Maldito seas, Luca, me has engañado!

—¡Tonterías!, te has metido en esto sin asegurarte.

—Pensé que podía confiar en ti.

—Pues más tonto fuiste. Te advertí de que no te fiaras de mí, y Dios sabe cuántos de mis enemigos te avisaron.

El hombre al otro lado del escritorio estaba furioso de pensar en el dinero que había codiciado y perdido. Era el último de una larga lista que creyeron que podrían engañar a Luca Montese y se habían dado cuenta de que no podían.

—Se suponía que estábamos juntos en esto —le soltó.

—No. Tú creíste que podrías utilizarme. Yo te conseguía la información y luego tú ibas a cerrar el trato a mis espaldas. Deberías haber sospechado más. Cuando crees que alguien está haciendo algo por ti en realidad se está haciendo su propia agenda.

Entonces ocurrió algo extraño. Al tiempo que pronunciaba las palabras, sintió un malestar que lo obligó a tomar aire. Era como si el mundo hubiera cambiado de repente de una situación en la que tenía todo bajo control a otra donde todo era extraño y amenazador.

—¡Sal! Te enviaré un cheque por tus gastos.

El hombre se fue deprisa, aliviado por recuperar sus gastos, lo cual era más de lo que cualquiera hubiera sacado de Luca Montese, y se preguntó si el monstruo estaría perdiendo su toque. Una vez solo, Luca se quedó quieto un rato, en el que le pareció que las paredes se estrechaban y de repente no pudo respirar. La frase había salido con tanta naturalidad que cualquiera podría haber dicho que era suya. Pero llevaba una dulzura tan insoportable que casi lo destruyó. Se estaba ahogando. Se puso de pie y abrió la ventana, pero aun así no desapareció el recuerdo.

La había dicho ella, y entonces lo había tumbado en la cama y lo había amado hasta que le dio vueltas la cabeza. Entonces la había amado él, y le había entregado todo cuanto tenía, cuerpo y alma, un error que no había vuelto a repetir en quince años, en los que había amontonado dinero y poder. Le había ordenado a su corazón que se endureciera hasta no sentir nada, y había tenido éxito como en todo lo demás.

Pero ahora le ocurría algo que lo asustaba. El pasado llamaba cada vez más fuerte, tentándolo a volver a un tiempo en que había estado abierto a los sentimientos.

Sólo había una persona que no tuviera miedo cuando Luca estaba cerca, Sonia, su asistente personal. Una mujer madura, serena y eficiente, que lo miraba con ojos mitad maternales, mitad cínicos. Era la única persona en quien confiaba y con la que hablaba de su vida personal.

—No pierdas el tiempo amargándote —le aconsejó tomando algo aquella tarde—. Siempre has dicho que era de débiles. Tienes tu divorcio, así que olvídalo y vuélvete a casar.

—¡Jamás! —saltó él—. ¿Otro matrimonio estéril del que se pueda reír la gente? No, gracias.

—¿Por qué tiene que ser estéril? Que no hayas tenido un hijo con Drusilla no quiere decir nada. A algunas parejas les pasa; no pueden tener niños juntos, pero cada uno lo puede tener con otra persona. No se sabe por qué, pero pasa. Este peluquero es su «otra persona», y ahora tú puedes buscar la tuya. No puede ser muy difícil, eres un hombre atractivo.

–No es muy propio de ti decirme cumplidos. Normalmente para ti soy un fulano imposible con un ego del tamaño de la cúpula de San Pedro y... He olvidado los otros pero seguro que tú te acuerdas.

–Egoísta, monstruoso e insufrible. Te he llamado otras muchas cosas y no las retiro.

–Probablemente tengas razón.

–Pero eso no hace que no seas atractivo, y hay un montón de mujeres por ahí.

Luca se quedó en silencio tanto tiempo que Sonia se preguntó si lo habría ofendido.

–También podría ser de otra forma –dijo al fin.

–¿Cómo?

–Supón que no hay millones de mujeres, supón que hay sólo una con la que tuviera esperanzas de poder concebir un hijo.

–Nunca he oído que fuera así.

–Pero podría ser –insistió él.

–Entonces tendrías que encontrarla, y sería como buscar una aguja en un pajar.

–No si ya sabes quién es.

–Ya lo tienes decidido, ¿no? Luca, no crees eso porque sea cierto, sino porque quieres que lo sea. Es bastante agradable saber que puedes ser tan irracional como el resto de nosotros –comentó ella, y lo miró con curiosidad–. Debe de haber sido muy especial.

–Sí. Era especial.

Era un hombre de acción, así que con un par de llamadas al día siguiente estaba en su oficina un representante de la mejor agencia de detectives que el dinero pudiera comprar.

–Rebecca Solway –dijo de forma seca para que no

se le notara que se le revolvía el estómago–. Su padre era Frank Solway, propietario de la finca Belleto en la Toscana. Encuéntrenla. No me importa lo que cueste, pero encuéntrenla.

Fue una noche de éxito. Philip Steyne, el presidente del banco, trató a Rebecca con admiración, y se quedó tan impresionado como Danvers pensaba que se quedaría. Cuando Rebecca se ausentó un momento, Steyne le comentó.

–Felicidades, Jordan. Hará la nota crediticia del banco. ¿Para cuándo el anuncio?

–Cualquier día, espero. No hemos hablado de nada específico, pero es obvio que entiende hacia dónde nos encaminamos.

–Bueno, en la buena banca se paga el ser específico. No lo demore mucho –le aconsejó, y se dirigió a Rebecca al regreso de esta–. Rebecca, deja que me aproveche de tus dotes de experta. Eres mitad italiana, ¿verdad?

–Sí, mi abuela materna era de la Toscana.

–¿Y hablas el idioma?

–¿A qué idioma se refiere? Está *la madre lingua*, el idioma oficial que usan los medios de comunicación y el Gobierno. Pero también tienen dialectos regionales, que son idiomas en sí mismos. Yo hablo *la madre lingua* y toscano.

–Impresionante. La verdad es que el toscano nos vendrá bien. La sede de esta empresa está en Roma, pero creo que empezó en Toscana, y ahora está por todo el mundo.

–¿Empresa?

–Raditore, S. A. Propiedades, finanzas, un poco de

todo. Está comprando de repente una cantidad enorme de acciones del Allingham, y al banco le interesa una aproximación. Propongo una cena en mi casa, a ver lo que podemos sacar de ellos.

—Has impresionado al viejo, cariño —la alabó Danvers al llevarla a casa.

—Bien. Me alegro de haberte servido de ayuda.

Ella le respondió de forma mecánica y él la miró de reojo mientras pensaba que era la segunda ocasión en que estaba de un humor extraño y esperaba que no se convirtiera en hábito. De nuevo no lo invitó a su habitación, lo cual lo molestó, pues esperaba discutir la inminente cena. Una vez lejos de su vista, Rebecca cerró los ojos y suspiró, se desvistió deprisa y se metió en la ducha, como si quisiera lavarse la noche entera. Tenía los nervios a flor de piel igual que la noche anterior. La mención de Toscana la había alterado, y el fantasma había entrado otra vez.

CAPÍTULO 3

E N CUANTO estuvo segura, Becky corrió a darle la noticia a Luca, que se emocionó.

–¿Un bebé? Nuestro pequeño *bambino*. Mitad tú, mitad yo.

–Tu propio hijo y heredero –dijo ella, acurrucándose feliz en sus brazos.

–No soy más que un obrero –rió él–. Los obreros no tenemos herederos. Además, quiero que sea niña, como tú. Otra Becky.

El embarazo le dio lo mejor de él, y ella volvió a darse cuenta de que era un hombre maravilloso, adorable, tierno y considerado como pocos. Más tarde, cuando la angustia reemplazó a la alegría, su ternura fue lo que Rebecca recordaría con más nostalgia.

Frank estuvo mucho tiempo fuera aquel verano y no hubo mucha oportunidad de hablar con él. Cuando regresaba era tan solo para un par de días en los que estaba todo el tiempo al teléfono. Becky no quería darle la noticia hasta estar segura de tener toda su atención, así que esperó hasta que sabía que se quedaría al menos un par de semanas. Para entonces estaba de tres meses.

–¿Se lo dirás esta vez? –le preguntó Luca.

–Claro. Solo quiero que todo salga bien cuando lo haga.

–Quiero estar contigo. No voy a dejar que te enfrentes tú sola a su enfado.

–¿Qué enfado? Se va a emocionar. Le encantan los niños.

Pero su padre se puso loco de ira.

–¿Te ha dejado preñada ese...? –terminó la frase con una sarta de improperios.

–Papá, no me ha dejado preñada. Estoy embarazada del hombre al que amo. No hagas que suene como algo sucio.

–Es sucio. ¿Cómo se ha atrevido a ponerte un dedo encima?

–Porque yo quería. Hablando claramente, yo lo arrastré a la cama, y no al revés.

–Que no vuelva a oírte decir eso nunca más –gritó él.

–¡Es verdad! Quiero a Luca y me voy a casar con él.

–¿Crees que voy a permitirlo? ¿Crees que mi hija se va a casar con ese viva la vida? Cuanto antes lo arreglemos, mejor.

–Voy a tener a mi hijo.

–¡Y un cuerno!

Ella se escapó aquella misma noche y Frank la siguió e intentó comprarla. La mera mención del dinero sólo hizo a Luca gruñir de carcajadas. Más tarde Becky se daría cuenta de lo que su padre había oído en aquella risa, el gruñido de un león joven que le dice al viejo que ya no manda. Quizá el odio visceral de su padre databa de aquel momento. Este intentó conseguir ayuda de los locales, pero se frustró. Él era poderoso, pero Luca era uno de ellos y ninguno se levantaría contra él. Pero Becky sabía que no se rendiría, así que sugirió que se marcharan.

–Sólo una temporada, cariño. Papá se sentirá mejor cuando ya sea abuelo.

—Odio huir —suspiró él—, pero toda esta pelea no es buena ni para ti ni para el niño.

Volaron al sur a casa de unos amigos de él en Nápoles. Dos semanas después Luca compró un coche y lo reparó, y entonces siguieron hacia el sur, hasta Calabria. Tras otras dos semanas volvieron a partir, aquella vez hacia el norte.

Hablaban de casarse, pero nunca se quedaron en un lugar el tiempo suficiente para las formalidades, por si los encontraban los tentáculos de Frank. En cualquier parte él encontraba un empleo; era una buena vida.

Becky no sabía que fuera posible tanta felicidad. Su amor era incuestionable, sin complicaciones, aquel que inspiraba las canciones e historias de amor, con un final feliz. Ella lo amaba, él la amaba y tenían un bebé en camino. ¿Qué más podía pedir?

El recuerdo de Frank seguía en el fondo, pero después de varias semanas sin señales de él, este se fue desvanecido. Ella empezó a comprender mejor a Luca, y a sí misma. Fue él quien le reveló su propio cuerpo, sus respuestas y su necesidad de amor físico. Pero fue también a través de él y de la vida que llevaban como fue capaz de mirarse desde fuera, con mirada crítica, y no le gustaba lo que veía.

—Era horrible —le dijo una vez—. Una mocosa mimada y consentida, sin preguntarme nunca de dónde sacaba el dinero mi padre. Pero la verdad es que venía de hombres como los que me pararon aquel día; prácticamente se lo robaba. En realidad no puedes culparlos, ¿verdad?

—Tampoco te puedes culpar tú. Eras muy niña. ¿Cómo se te iba a ocurrir preguntarle a tu padre sobre sus métodos? Pero cuando te han abierto los ojos no has intentado mirar hacia otro lado. Mi Becky es demasiado valiente para hacer eso.

El modo en que decía «mi Becky» la hacía sentir la persona más importante del mundo. Poco a poco fue comprendiendo que Luca era una persona para ella y otra distinta para los demás. Era un hombre aterrador, con un aura de hombre sin piedad e incluso violento que a ella le costó entender, pues nunca se lo mostró. Tenían sus peleas, pero él nunca utilizó su agresividad contra ella y siempre las terminaba deprisa, a menudo simplemente cediendo. No le gustaba estar de malas con ella.

En su vida diaria él era tierno, cariñoso, y la tenía en un pedestal, reafirmando con sus actos que ella era una persona diferente a todas las demás. Su amor por ella llevaba un ápice de adoración que la conmovía, a pesar de que en ocasiones se tornaba en una sobreprotección casi dictatorial. Fue él quien decidió, al sexto mes de embarazo, que debían dejar de tener relaciones hasta que el bebé naciera y ella se recuperara del todo.

—Es muy pronto —se quejaba ella—. El médico dice que aún tenemos tiempo.

—El médico no es el padre del bebé, soy yo. Y he decidido que es hora de parar.

—Quedan muchos meses. ¿Qué vas a hacer? Bueno, ya me entiendes.

—¿Qué estás diciendo, que no te fías de que te sea fiel?

—No sé, ¿me fío?

—*Amor mia*, te prometo que volveré a casa nada más salir de trabajar, y si quieres me puedes poner una correa.

Cumplió lo prometido y pasaba en casa todo su tiempo libre. Cuando Becky hablaba en el médico con otras madres expectantes sabía la suerte que tenía. Todo le parecía divertido; ser pobre, aprender a hacer la compra de la forma más económica, vivir con vaqueros viejos y abandonarlos a medida que iba ganando peso.

Fue Luca quien decidió que debían asentarse en un sitio cuando llevaba más de seis meses de embarazo, pues quería que a partir de entonces la llevara el mismo médico. Habían llegado a Carenna, una pequeña ciudad cerca de Florencia donde él había encontrado empleo con un constructor local. Les pareció un lugar agradable donde echar raíces. Encontraron un buen médico y unas clases de preparto a las que él la acompañaba. En casa practicaban juntos los ejercicios hasta que se caían de risa.

Quizá tanta felicidad no podía durar. A veces le parecía que ya había gastado los buenos momentos de su vida en aquellos meses gloriosos.

La casa de Philip Steyne era una mansión a las afueras de Londres, con más habitaciones de las que necesitaba. La cena era para veinte, un número suficientemente grande para permitir las relaciones, y pequeño para permitir un contacto más cercano entre las personas adecuadas. Rebecca sabía exactamente lo que se esperaba de ella y se vistió para la ocasión con un vestido de terciopelo color burdeos que envolvía su esbelta figura, medias negras de seda y unas delicadas sandalias negras. Se había dejado el pelo suelto, en un estilo «natural» que le había llevado tres horas de peluquería. El collar y pendientes de oro eran un regalo de Danvers «para remarcar la ocasión».

–Aún no sabemos quién va a venir –señaló este al llegar en coche a la casa–. Raditore se ha mostrado tímida y no ha dicho si será el presidente, el ejecutivo jefe o el director general.

–¿Importa? –preguntó ella–. Conozco mi trabajo, y lo haré igual venga quien venga.

–Eso es, haz que le dé vueltas la cabeza. Debo decir que estás vestida para ello. Nunca te he visto tan guapa.

–Gracias.

–Siempre estoy orgulloso de ti.

–Gracias –repitió de forma mecánica. Le costaba responder pues los cumplidos de Danvers parecían sacados de una lista.

Al cruzar la puerta de coches y aproximarse a la casa Rebecca tuvo un momento de extraña conciencia molesta. De repente el lujoso coche se convirtió en todos los coches lujosos en los que había viajado, y la enorme y adinerada casa era el final de una larga lista de casas adineradas; la cena para conocer a hombres ricos, y embelesarlos, no se distinguía de tantas otras.

–Danvers, Rebecca, qué encantador veros, entrad. Rebeca, estás tan maravillosa como siempre, qué vestido tan divino.

Las mismas palabras pronunciadas cientos de veces por cientos de personas. Y su propia respuesta, indistinta de las demás. Las mismas sonrisas, las mismas risas, el mismo vacío. Philip le susurró en el oído.

–Bien hecho. Lo vas a derretir.

–¿Ya ha llegado?

–Hace diez minutos. Por aquí.

Fue entonces cuando pasó a la otra habitación y vio a Luca Montese por primera vez desde hacía quince años.

Ahora que estaban asentados ya podían casarse.

–Carissima, ¿no te importa una ceremonia sencilla sin un traje de novia impresionante?

–Estaría graciosa con un traje de novia impresionante y un bombo de siete meses –rió ella–. Y no quiero nada escandaloso; sólo te quiero a ti.

Iban a acostarse y él la arropó y se arrodilló a su lado, le tomó las manos y le habló en una voz baja y reverencial que ella no había escuchado nunca.

–Pasado mañana estaremos casados. Nos pondremos ante Dios y haremos las sagradas promesas, pero te aseguro que ninguna será tan sagrada como las que te hago ahora. Te prometo que mi corazón, mi amor y toda mi vida te pertenecen, y siempre será así. ¿Lo entiendes? Sea corta o larga mi vida, cada segundo de ella estará dedicada a ti –y le puso la mano en la tripa–. Y a ti, pequeño, a ti también te querré y protegeré en todas las formas. Estarás feliz y a salvo, porque tu *mama* y tu *papa* te quieren.

–Oh, Luca –logró decir al fin Becky entre lágrimas–, si sólo pudiera decirte...

–Shh, *carissima*. No hace falta que me digas lo que veo en tus ojos –le dijo, y le tomó el rostro entre las manos–. Siempre serás para mí como ahora –le susurró antes de besarla.

Aquella noche Becky durmió entre sus brazos y se despertó con un beso. Luca se fue a trabajar más pronto para poder regresar temprano y ayudar con los preparativos de última hora. Becky pasó el día arreglando la casa y asegurándose de tener suficiente comida y vino para sus amigos. Estaba poniendo una tetera a calentar cuando sonó el timbre. Casi fue un alivio ver allí a Frank. Se sintió más segura, pues estaba segura de que su tripa le haría aceptar lo inevitable.

–Hola, papá.

–Hola, Becky. ¿Puedo pasar? –y entró sin fijarse en

el cuerpo de su hija–. Estás sola por lo que veo. ¿Ya se ha cansado de ti?

–Papá, son las tres. Está trabajando, pero llegará en cualquier momento.

–Eso dices.

–Me alegro de verte.

–Sí, espero que ya te hayas hartado de todo esto.

–No. Esta es mi vida. Mira toda esta comida y vino; es para el banquete de boda de mañana.

–¿Así que no te has casado? Bien, entonces he llegado a tiempo.

–Voy a tener al hijo de Luca y me voy a casar con él. ¿No vas a venir a nuestra boda y brindar a nuestra salud y ser nuestro amigo?

–Querida –la miró con condescendencia–, estás viviendo en un mundo de fantasía. Créeme, sé lo que es mejor para ti. Él te ha engañado con falsas promesas.

–Papá.

–Pero he venido a arreglarlo. Deja que cuide de ti. Todo va a salir bien en cuanto lleguemos a casa.

–Esta es mi casa.

–¿Esto, esta casucha? ¿Crees que te voy a dejar aquí? Deja de discutir y vámonos.

–Suéltela –gruñó de repente Luca, que había corrido a la casa al oír los gritos.

–Quítate de mi camino.

–He dicho que la suelte –repitió Luca, taponando la puerta.

Sin hacerle caso, Frank intentó arrastrar a su hija hacia la puerta de atrás. Becky luchaba con todas sus fuerzas, pero su tamaño se lo ponía difícil. Con un juramento Luca fue a zancadas y agarró a Frank de un brazo.

–No se atreva a tocarla –le advirtió, con la misma

mirada amenazante que ella había visto cuando se conocieron.

–Me la llevo a casa –repitió el padre.

–No sólo eres un matón sino también completamente estúpido. Sólo un cretino haría esto sabiendo que está amenazando el bienestar del bebé que lleva.

Como respuesta Frank intentó arrastrar a Becky. Luca no se movió, pero agarró al hombre con las dos manos.

–Luca, no dejes que me lleve –imploró ella.

Aquello enervó a Frank, que empezó a despotricar, mientras Luca no dijo nada y permaneció impasible y tranquilo. Quizá fue aquella tranquila dignidad lo que lo enfureció aún más, pues tiró a Becky a un lado para enfrentarse al joven.

Entonces comenzó la pesadilla. Moviéndose con esfuerzo y angustiada, de repente Becky vio que el mundo daba vueltas a su alrededor de forma alarmante. Gritó y se dobló mientras la agonía la envolvía como un horno. El sonido llegó a los dos hombres, que cesaron su lucha, aunque Frank tuvo que ser el centro. La última visión clara de su hija fue la de él interponiéndose delante de Luca para inclinarse sobre ella.

Pero era a Luca a quien ella quería. Se estiró y lo llamó, pero Frank estaba en medio, agarrándola con fuerza.

–Luca –chilló ella–. ¡Luca!

De repente desapareció, y no volvió a verlo. Fue a recogerla una ambulancia que la llevó al hospital, donde nació su hija enseguida, pero murió a las pocas horas.

Cuando cesó el dolor físico, otro dolor la esperaba en su mente. Lo único que sabía era que llamaba a Luca repetidas veces, pero él nunca estaba, y no comprendía por qué. Su hija había nacido y había muerto sin que siquiera la tuviera en brazos. Había prometido quererla y protegerla, pero no había estado allí cuando lo había necesitado.

–Era tan pequeñita e indefensa –susurraba ella a la oscuridad–. Necesitaba a su padre.

De algún modo sabía que estaba de vuelta en Inglaterra, en una casa grande y acogedora con gente en bata blanca que hablaba con voces amables.

–¿Qué tal estás hoy? ¿Un poco mejor? Eso es bueno.

Ella nunca contestaba, pero a ellos no parecía importarles. La trataban como a una muñeca, peinándola y hablándole como si no estuviera.

–No hay modo de saber cuánto tiempo estará así, señor Solway. Tiene una depresión post-parto muy severa, agravada por las heridas internas, y necesita tiempo.

Nunca les recordó que era un ser vivo con pensamientos y sentimientos, porque ya no se sentía como tal. Era más fácil así porque ellos no parecían esperar respuesta alguna y el agotamiento emocional hacía que contestar le pareciera como escalar una montaña.

A menudo las palabras le parecían un parloteo sin significado, pero un día el mundo empezó a cobrar sentido y empezó a escuchar y ver con normalidad. Frank estaba en medio de uno de sus interminables monólogos, y las palabras tomaron sentido.

–No ha sido fácil volver a Inglaterra, es mala época en el mundo financiero; me ha dejado con una cuenta altísima. Pero dije que sólo lo mejor era suficiente para mi hija, y este sitio es el mejor. Sí, señor, sin escatimar en gastos.

–¿Dónde está? ¿Dónde está Luca? ¿Por qué no viene a verme?

–Porque se ha ido de una vez por todas. Lo compré.

–¿Qué quieres decir? –preguntó ella, volviendo lentamente la cabeza y observándolo con una mirada que estremeció incluso a aquel hombre duro.

–Quiero decir que lo compré. Exigió dinero para alejarse y no molestarte nunca más.

–No te creo.

–Te lo demostraré.

La prueba fue un cheque por lo equivalente en euros a cincuenta mil libras, a nombre de Luca Montese, con el membrete en el dorso del banco donde había sido cobrado. Ella quiso decir que era falso, pero conocía el banco de Luca en Toscana, y era el mismo.

Aunque había creído que ya estaba muerta, aún le debía de quedar algún sentimiento vivo, porque lo sintió morir en aquel momento. Y se alegró.

Todo el mundo estuvo de acuerdo en la excelencia de la comida, en la que Luca Montese había sido el centro desde el principio. A medida que iban entrando los invitados, se los iban presentando sin dejar dudas de quién era el huésped de honor. Pero incluso sin aquello, habría captado toda la atención por su magnetismo, por su mirada penetrante y su sonrisa ladina. Era un depredador; reconocía fríamente las presas a su alrededor y las ordenaba según la importancia que tuvieran para él. Todos lo sabían, y todos lo cortejaban. Salvo ella.

–Luca –le dijo alegremente Philip Steyne–, déjame presentarte a una de mis personas favoritas, Rebecca Hanley, Relaciones Públicas del Allingham.

–Entonces la señora Hanley es alguien de la máxima importancia para mí.

—Buenas tardes, *signor* Montese —saludó ella con frialdad.

Era diferente. La mano que envolvió la suya ya no era la garra áspera que la había sujetado con pasión y ternura, y que ella había amado. Ahora era suave y con manicura, la mano de un hombre rico; la de un extraño. Se obligó a mirarlo a los ojos, y no vio nada. Ni calor, ni alarma, ni asombro ni reconocimiento. Nada. Un sentimiento de alivio y otro de desilusión lucharon dentro de ella, pero ninguno ganó.

—Podías haber sido un poco más amable —protestó Danvers a sus espaldas cuando lo hubo soltado—. Estos hombres hechos a sí mismos pueden ser muy susceptibles si creen que los tratan con condescendencia.

—Eres tú quien lo está tratando con condescendencia —apuntó ella.

—¿Qué?

—La forma en que has dicho «estos hombres hechos a sí mismos» ha sido muy condescendiente. Como si fueran todos iguales.

—Lo son, más o menos. Llenos de sí mismos, siempre queriéndote contar cómo lo han conseguido.

Rebecca estaba recuperando las energías. Ya se le había pasado el impacto de verlo sin aviso previo, y ahora lo examinaba mientras él hablaba con alguien. Pensó que no lo habría reconocido. La altura y anchura de hombros eran las mismas, pero el pelo, que siempre había llevado enmarañado, tentándola a enredar los dedos en él, ahora lo llevaba muy bien cortado y hacia atrás, mostrando las facciones de su cara. La nariz prominente y aguileña también era igual, pero el resto era extraño.

—Un diamante en bruto —le murmuró al oído Philip Steyne—. Pero muy rico. Pensar que viene de ninguna parte, que empezó con nada.

–Nadie empieza de verdad sin nada –señaló Danvers–. De algún modo ha metido las manos en una suma de dinero importante para empezar. Sólo podemos especular sobre lo que tuvo que hacer para lograrla.

–A lo mejor te lo cuenta –dijo Rebecca de repente–. Es lo que hacen los «hombres hechos a sí mismos», ¿no?

–A lo mejor es preferible que no lo sepamos –comentó Danvers tras intercambiar una sonrisa con Philip–. Tiene pinta de ser un tipo peligroso.

Rebecca no dijo más, pues sabía lo que había hecho para conseguirlo. La última vez que lo vio no tenía un céntimo, y ahora era tan rico y poderoso que uno de los mayores bancos mercantiles del país se ponía a sus pies. Sólo aquello revelaba parte de la historia. Ella se había mezclado el tiempo suficiente con financieros como para saber qué clase de personas prosperaban en aquella atmósfera, y el éxito de Luca le decía que se había convertido en todo aquello que siempre había despreciado.

Lo que no le decía su prosperidad se lo decía su rostro. El candor abierto y generoso que lo habían hecho adorable ya no estaba. En su lugar había dureza, incluso crueldad, unos ojos que brillaban de sospecha donde una vez había brillado la alegría. Un tipo peligroso.

Su padre le había dicho: «Exigió dinero para irse y no molestarte más», pero incluso después de ver el cheque se había repetido que no podía ser cierto. Si hubiera vuelto, habría creído cualquier explicación, pero no volvió a saber de él y al final se cansó de gritar en la oscuridad. Al verlo en aquel momento comprendió que lo peor era cierto. Luca necesitaba dinero y había vendido el amor que compartían para conseguirlo.

–Luca –comentó de repente Philip Steyne con alegría–, por si te preguntas por qué te hemos sentado junto a Rebecca, es porque habla italiano, incluso toscano.

–Muy amables –contestó él, y volvió su atención a Rebecca para hablar con ella en toscano–. Bueno, ¿vamos a actuar toda la noche como si no nos conociéramos?

CAPÍTULO 4

LO HABÍA sabido todo el tiempo y había escogido el momento para revelarlo. Tomada por sorpresa, Rebecca no pudo reprimir un gritito ahogado. Los otros observaban sonrientes, y disfrutaron de lo que creyeron un chiste.

—¿Qué ha dicho, Rebecca? —le preguntó Philip—. Debe de haber sido algo muy fuerte para dejarte así. Vamos, dínoslo.

—Oh, no. Sé guardar un secreto —contestó, a lo que todo el mundo rió como si hubiera tenido una ocurrencia, y se dirigió a él en toscano—. ¿Nos conocemos?

—Sí —respondió él—. ¿Por qué fingir?

—¿Se lo has dicho a alguien más?

—No, no me convendría. Y supongo que a ti tampoco.

—No.

—Entonces no hay ningún problema.

—Tienes una sangre fría impresionante.

—Ahora no.

—¿Qué has dicho?

—No podemos hablarlo ahora; hay demasiada gente. Hablaremos luego.

—No hablaremos luego —contestó ella en voz baja, furiosa por que decidiera por ella—. Me voy a ir pronto.

—No —dijo él con amplia sonrisa.

—¿Intentas darme órdenes?

—No, sólo digo que no lo dices en serio.

–Estás muy seguro de ti mismo.

–¿En serio? No podría irme sin hablar contigo después de todo este tiempo. Solo pensé que tú tampoco podrías. ¿Me equivoco?

–No –repuso ella, enfadada consigo misma porque era verdad.

Luca se dirigió al resto de comensales con una amplia sonrisa.

–No puedo encontrarle defectos a esta dama. Su toscano es perfecto.

Todo el mundo aplaudió, y Rebecca vio a Danvers y Philip intercambiar una mirada triunfante. Consiguió sobrevivir a la cena y después todos los invitados salieron al jardín de invierno. La doble puerta estaba abierta de par en par y muchos comensales salieron a ver los árboles adornados con luces de colores.

–Sal y enséñame el jardín –le dijo Luca.

Deseosa de terminar de una vez con la reunión, lo siguió por el camino iluminado de forma tenue por las luces, donde le habló de los árboles y las plantas. Por fin él la detuvo bajo los árboles y le habló en toscano.

–Podemos dejar ya las formalidades.

–Debería volver dentro.

–Aún no –dijo él, que intentó sujetarla pero ella evitó el contacto–. ¿Creías que nos volveríamos a encontrar?

–No, nunca.

–Por supuesto. ¿Cómo íbamos a encontrarnos? Todo estaba en contra.

–Todo ha estado siempre en nuestra contra. Nunca tuvimos una verdadera oportunidad.

–Has cambiado –le dijo él, que se acercó para observarle el rostro bajo la luz de la luna–. Y no lo has hecho. No del todo.

–Tú has cambiado en todos los sentidos.

–¿Te refieres a esto? –preguntó él frotándose la cicatriz.

–No, me refiero a todo.

–Tengo quince años más. Me han pasado muchas cosas. Y a ti también.

–Sí –contestó ella, que estaba siendo monosilábica adrede, pues de algún modo la alarmaba como no lo había hecho nunca.

–Has cambiado el apellido, así que te has casado. Pero el hombre que va contigo no se llama Hanley.

–Sí; estoy divorciada de Saul Hanley.

–¿Estuviste casada mucho tiempo?

–Seis años.

–¿Tu padre lo aprobó?

–Ya había muerto. La verdad es que apenas lo vi en sus últimos años; no teníamos nada que decirnos, y él no podía mirarme a los ojos.

–No me sorprende.

Estaban entrando en terreno peligroso y ella prefirió evitarlo.

–¿Y tú? Estoy segura de que tienes una mujer en casa.

–¿Por qué estás tan segura?

–Porque todo hombre de éxito necesita una mujer que haga de anfitriona en las cenas.

–Yo no doy cenas. A Drusilla le gustaban, así que hicimos alguna, pero estamos divorciados.

–¿Porque quería cenas?

–No. Otros motivos.

–Lo siento, no quería entrometerme.

–No importa. Cuéntame qué más has hecho.

–Vendí la finca y me dediqué a viajar. Al volver me dediqué a traducir libros del italiano, y así es como conocí a Saul; era editor.

–¿Por qué te divorciaste?

–Fue de mutuo acuerdo. No estábamos hechos el uno para el otro –explicó. Habían estado caminando hasta que la casa se puso a la vista–. Quizá deberíamos entrar.

–Tengo que decirte algo antes.

–¿Sí?

–Quiero volver a verte. A solas –logró decir tras un rato en que parecía no poder hablar.

–No, Luca –contestó ella enseguida–. No serviría de nada.

–Eso no tiene sentido. Claro que serviría. Quiero hablar contigo. Todo pasó tan deprisa; ni siquiera pudimos despedirnos. Hemos pasado los años sin saber qué había sido del otro, y hay muchas cosas que me gustaría explicarte. Tengo derecho a una oportunidad.

–No me hables así –dijo ella, ofendida.

–¿Cómo? –preguntó él, confuso.

–Con exigencias, diciendo que tienes derecho. No estás ante una reunión de junta.

–Sólo quiero que comprendas.

–Luca –le dijo ella, que se preguntaba si creería que cualquier explicación iría a mejorar las cosas–, si es por el dinero, no tienes que explicarme nada. Estoy segura de que a la larga ha sido lo mejor y debería felicitarte. Desde luego lo has usado hábilmente.

–Ah, tu padre te contó lo del dinero –preguntó él, mirándola de forma extraña–. Tenía mis dudas.

–Claro que me lo contó –contestó ella, dolida por la indiferencia con la que hablaba de ello–. Así que podemos correr un tupido velo.

–¿Es todo lo que tienes que decir? Por Dios, Becky, ¿no tienes nada que preguntarme?

–La niña que era entonces tenía un montón de preguntas, y el chico que eras tú a lo mejor las habría contestado.

–Lo habría intentado. Él siempre intentaba hacer lo que tú querías, porque no tenía más placer que tu felicidad. ¿Lo has olvidado?

–No –confesó ella al fin–, no lo había olvidado. Pero ahora ya es tarde; ya no somos aquellas personas. La última vez que nos vimos fue hace quince años, el día antes de nuestra boda cuando irrumpió mi padre. Y me alegra mucho que hayas tenido éxito.

–¿Qué has dicho? –preguntó él, mirándola fijamente.

–Que me alegra que hayas tenido éxito en la vida...

–No, antes, lo de nuestro último encuentro.

–Fue el día antes de nuestra boda, o lo que debía haber sido nuestra boda.

–Entonces, ¿no te acuerdas? Bueno, supongo que es normal. Pero entonces es todavía más importante que nos veamos. Tenemos asuntos pendientes, y ya es hora de que los resolvamos.

Rebecca se estremeció. No quería tener nada que ver con aquel hombre que tenía el nombre de Luca pero nada más. Luca había sido amable y tierno, y aquel extraño ladraba las órdenes incluso cuando trataba de tomar contacto humano. Si aquello era en lo que se había convertido, habría preferido no saberlo.

–Lo siento –replicó intentando mantener la calma–, pero no le veo sentido.

–Pero yo sí.

–Por desgracia hace falta el consentimiento de ambas partes, y yo no estoy de acuerdo.

–A «ellos» no les va a hacer gracia que me rechaces –soltó, señalando la casa.

–«Ellos» pueden llevar sus negocios sin mi ayuda –contestó, y comenzó a andar a la casa.

–¿Te vas a casar con Danvers Jordan?

–¿Qué has dicho? –preguntó ella, tras volverse, en tono de advertencia.

–Quiero saberlo.

–Pero a mí no me viene bien decírtelo. Buenas noches, *signor* Montese.

Entró en el jardín de invierno seguida de Luca, aunque este no intentó seguir hablando. Cuando al fin se despidieron, él le sujetó la mano más tiempo del normal.

–*Arrivederci per ora* –le dijo en voz baja, «adiós por ahora».

–*Mai piu* –se apresuró a contestar ella, «nunca más», y él le soltó la mano y se fue.

–Bien hecho, cariño –la felicitó Danvers de camino a casa–, le has causado sensación a Montese. No podía dejar de hablar bien de ti.

–Lástima no poder decir lo mismo –repuso ella, intentando sonar aburrida–. Era un hombre imposible. Grosero, vulgar, sin gracia...

–Pues claro, ¿qué esperabas? Pero como hombre de dinero no tiene igual.

–Sólo espero no tener que volver a verlo.

–Pues me temo que lo verás. Por lo que he oído se va a alojar en el Allingham.

–¿Por qué?

–No tiene casa en este país. Tiene sentido que viva en un hotel, y está claro que elige aquel del cuál posee acciones. Es totalmente razonable.

–¿Cuándo te lo ha dicho?

–Justo antes de irnos. Por eso te decía que has hecho un trabajo brillante. Y Steyne estaba entusiasmado, no deja de soltar indirectas sobre «adquirir un valioso premio».

La respuesta correcta habría sido transformar aquello en una proposición, una esperada desde hacía mucho tiempo, pero ella tomó aire y dijo.

–Es muy amable de su parte –y bostezó–. No me

había dado cuenta de lo cansada que estoy. Déjame en la puerta, ¿vale?, me voy a ir directa a la cama.

Él aceptó su rechazo sin protestar, aunque se despidió de manera un tanto fría.

Nigel Haleworth, el director ejecutivo del hotel, era un hombre cínico y genial. Rebecca se llevaba muy bien con él, y después de su reunión semanal de la mañana siguiente, le dijo con una sonrisa:

—Parece que has conocido al rey Midas. Llega hoy. La suite del ático, por supuesto.

—¿El rey Midas?

—Luca Montese. ¿Recuerdas la historia del rey Midas?

—Sí, se quedó sin nadie al olvidarse de su hija cuando deseó convertir en oro todo lo que tocaba.

—Exacto, eso es lo que dicen de Montese, salvo lo de la hija, claro. No hay nada en su vida más allá del dinero.

—Tengo entendido que está divorciado.

—Hace unos meses. Un asunto delicado. A los reyes les gusta tener un heredero, pero él nunca logró dejarla embarazada en seis años de matrimonio. Y luego ella tuvo un niño de otro hombre. Puedes imaginarte lo que eso significa. Por lo que se ve es una persona aterradora si no estás de su lado. Tiene un montón de enemigos y todos se burlan de él a sus espaldas, cosas como que no es capaz de hacer lo que cualquier hombre.

—Eso es una tontería; simplemente pueden ser incompatibles.

—O a lo mejor no puede tener hijos. Es lo que se comenta.

—Si son sus enemigos creerán lo que quieran.

—¿Qué te pareció?

—Dejémoslo en que entiendo que tenga enemigos —contestó, tras pensárselo.

—¿Por qué no buscas algo sobre él antes de que llegue?

Una vez en su habitación, Rebecca se conectó a Internet, y casi no encontró nada en las páginas inglesas, pero las italianas le informaron mucho. Raditore había crecido rápidamente de un negocio pequeño a un enorme conglomerado, a una velocidad que decía mucho de la habilidad y falta de escrúpulos de su dueño. Pero no había nada de su vida personal; quizá nunca la había tenido. Entonces se dio cuenta. El hombre al que había visto la pasada noche parecía no tener vida interior más allá de su fijación por Rebecca, como si hubiera dado carpetazo a toda su vida salvo una parte. Ahora pudo sentir algo por él, y era pena. Ella se había congelado para protegerse de un dolor insoportable, y se preguntó si él habría hecho lo mismo.

Encontró multitud de tareas que hacer para no estar en el hotel cuando él llegara. Al regresar estaba de mejor humor, e incluso dispuesta a aceptar que necesitaban hablar. Estaba segura de que la llamaría para una cena tranquila. Entonces se pondrían al día y se libraría de todos sus fantasmas. Sintiéndose más tranquila y segura, se preparó para que sonara el timbre. Pero en lugar de ello llamaron a la puerta.

—Esto es para usted, señora —dijo un hombre que llevaba un paquete—. Firme aquí, por favor.

Cuando el hombre se hubo ido, abrió el paquete y encontró una caja de joyería. Dentro, vio el más fabuloso juego de diamantes que hubiera visto. Un collar de tres vueltas, pendientes, un brazalete y un broche. Su ojo experto le dijo que aquello valía casi cien mil libras. La tarjeta tan solo tenía escritas dos palabras: *Per adesso*. «Por ahora». Rebecca se sentó, alarmada al notar que estaba temblando.

Al fin hizo acopio de fuerzas y fue a la puerta. Tardó cinco minutos en llegar al ático, en los que le fue aumentando la ira, que soltó en cuanto él abrió la puerta..

–¿Cómo te atreves? Quédatelo, y no vuelvas a hacer algo así nunca más –le advirtió. Él se echó hacia atrás para dejarla entrar a dejar la caja–. Te lo digo en serio; no quiero estas cosas. Luca, ¿en qué estabas pensando? No puedes enviarle algo así a un extraño.

–Tú no eres una extraña; no puedes serlo.

–Tengo que serlo después de todos estos años. Han pasado demasiadas cosas, somos distintos; y no acepto este tipo de regalos.

–¿Quieres decir que no los aceptas de mí, porque no soy suficientemente bueno?

–No seas absurdo. Claro que eres bueno. ¿Cómo puedes decir eso después de nuestro pasado? Creo que merezco algo más de ti.

–De acuerdo, lo siento. A lo mejor no soy tan distinto de lo que era. A lo mejor sigo siendo el campesino al que tu padre miraba por encima del hombro. Puedo cambiar por fuera pero no en el interior. Oigo los desprecios, incluso cuando los susurran.

–Pero yo nunca te he despreciado.

–Entonces, ¿qué tiene de malo que te regale algo?

–Esto no es «algo», es una fortuna.

–¿A él le aceptas diamantes?

–Luca, déjalo. No te voy a contestar.

–Es una pregunta sencilla –protestó él, frunciendo el ceño. Rebecca lo observó mientras se preguntaba cuánto tiempo hacía que nadie se le plantaba, y decidió que mucho.

–Pues te daré una respuesta sencilla. Métete en tus

malditos asuntos. ¿Quién te crees que eres para aparecer en mi vida después de quince años y creer que te va salir todo?

—Está bien, lo he manejado mal. Empecemos de nuevo.

—No, dejémoslo aquí. Nos hemos vuelto a ver y nos hemos dado cuenta de que somos unos extraños; no han saltado chispas. El amor se muere, y una vez muerto no se le puede revivir.

—¿Amor? ¿Te he pedido yo amor? No te sientas tan halagada.

—Está claro que algo quieres a cambio de los diamantes. Y no me siento halagada porque no me halaga que me persiga un hombre que se acerca a una mujer como si estuviera comprando acciones. No soy una propiedad.

—¿Ah, no? Anoche desde luego lo parecía.

—¿Qué quieres decir con eso?

—Te exhibieron delante de mí, ¿o no? Primero te sentaron a mi lado, luego me llevaste al jardín. ¿Te crees que no me di cuenta de lo que pasaba? «Engatúsalo», te dijeron. «Haz que le dé vueltas la cabeza para que podamos exprimirle todo su dinero». ¿No fue algo así?

—Fue exactamente así —le dijo ella, desafiante—. ¿Por qué si no iba a haber salido contigo al jardín?

Fue cruel, pero estaba desesperada por hacerlo retroceder, pues le amenazaba la estabilidad que tanto le había costado alcanzar. Pero se arrepintió al verlo palidecer.

—Escucha, lo siento —se disculpó—. Ha sido una tontería injusta. No quería hacerte daño...

—No puedes —la cortó él—, no te preocupes.

Entonces llamaron a la puerta; era el servicio de habitaciones. Luca fue a abrir y Rebecca aprovechó para buscar un lugar donde dejar los diamantes. La puerta del dormitorio estaba abierta y vio una cómoda junto a la cama, con una gran lámpara encima. Luca aún estaba en la puerta principal y ella aún tuvo tiempo de meterse en el dormitorio y abrir el primer cajón para dejar los diamantes. Tuvo que mover unos papeles para hacerle sitio, y algunos se salieron del sobre en el que estaban guardados. Lo que vio la dejó paralizada. Se había caído una fotografía de una chica con la melena al viento y un rostro joven y expectante. Estaba sentada en lo alto de una verja, sonriendo al fotógrafo con una mirada llena de amor y alegría. La había tomado Luca cuando le había contado lo del bebé.

Y se la había guardado. Era como si alguien se lo hubiera devuelto. Entonces la rabia que sentía hacia él se desvaneció y quiso encontrarlo para compartir el momento.

—Luca...

Se volvió ansiosa y lo halló de pie en la puerta, observándola con un rostro que revelaba sus mismos sentimientos. Estaba allí de nuevo, el chico al que había amado, y que aún residía en algún lugar de aquel hombre agresivo y despiadado.

—Luca —repitió, y todo desapareció; el brillo en sus ojos quedó de nuevo cubierto por la máscara.

—¿Qué estás haciendo aquí?

—No estaba husmeando.

—Entonces, ¿por qué estás aquí? —repitió, realmente enfadado.

—Estaba guardando los diamantes, por seguridad, pero no importa. Has guardado esta foto, todos estos años.

—¿En serio? No me había dado cuenta.

—No puedes haberla guardado por accidente, o haberla traído contigo todos estos kilómetros por casualidad.

–Hay muchos papeles en ese cajón.

–Luca, por favor, olvida lo que ha pasado hace un momento. Los dos estábamos enfadados y hemos dicho cosas que no pensábamos.

–Tú a lo mejor. Yo no digo cosas que no pienso. No soy un sentimental; no más que tú.

–¿Así que no la has guardado a propósito? –preguntó ella mirando la foto.

–¡Por Dios, no!

–Bien, entonces deshagámonos de ella –y la partió en cuatro partes–. Ahora me voy. Los diamantes están ahí. Adiós.

Luca no se movió hasta que ella salió, pero entonces fue corriendo a recoger los pedazos e intentó volver a juntarlos con manos temblorosas.

Nada le estaba saliendo bien. La mirada que ella había descubierto en su rostro había sido su perdición. Sin pretenderlo, había roto sus defensas, y él las había reparado por instinto de la forma más cruel. Negándolo todo, la foto, lo que significaba para él. Lo había hecho sin darse cuenta, y en aquel momento habría dado cualquier cosa por retirar sus palabras.

Se había creído preparado para todo, pero la mujer sofisticada y glamorosa en que se había convertido lo había tomado desprevenido la noche anterior, haciéndole tambalearse. Tras aquello había dado un mal paso tras otro. Pero razonó que no era culpa suya, pues la cabezonería de ella no formaba parte del plan. Ahora quería golpearse la cabeza contra la pared y gritar.

CAPÍTULO 5

A PRIMERA hora de la mañana del día siguiente Rebecca oyó que metían algo por debajo de la puerta. Miró el sobre sin tocarlo. Luego lo levantó y lo observó más rato, mientras pensaba que no debería abrirlo si no se quería meter en terreno peligroso.

Al final abrió la carta y percibió que no le había cambiado la letra, grande y confiada. Pero lo que decía daba indicios de algo más, casi como si estuviera confuso.

Tenías razón sobre casi todo. Pero el día que llegó tu padre no fue el último que nos vimos. Si quieres saber sobre el otro, te lo contaré. De otro modo dejaré de molestarte. Luca.

Lo primero que se le vino a la cabeza fue que se trataba de un juego de palabras, pero lo desechó, pues la sutileza era algo de lo que él carecía. Decidió volver a la cama y pensar en ello. Una hora más tarde estaba llamando a la puerta de Luca, que abrió enseguida.

Vestía camisa blanca con muchos bordados por delante. Daba la impresión de que se había quitado la chaqueta tras una reunión y ahora llevaba el cuello de la camisa abierto.

—Me alegro de que hayas venido —gruñó.

—Quiero oír lo que tengas que decir, Luca, pero después me iré.

—Por Dios, no das tu brazo a torcer, ¿eh?, ni siquiera ahora.

—No, porque sea lo que sea lo que me tengas que decir, no va a cambiar nada. ¿Cómo has creído que lo haría, después de lo que hiciste?

—¿Después de lo que hice? —repitió él—. ¿Qué es lo que hice?

—Por favor, no me hagas creer que no lo sabes. Hablamos de ello la otra noche, te quedaste el dinero que te dio mi padre.

—Claro. Tenía todo el derecho.

—Claro que sí —dijo ella con ironía—. Después de todo, me habías dado varios meses de tu valioso tiempo, y yo ni siquiera te recompensé con un hijo vivo; tenías que llevarte algo. Pero, ¿cómo crees que me sentí al oír a mi padre pavonearse porque habías cumplido sus peores expectativas?

—¿Que yo...? —preguntó, y frunció el ceño—. ¿Qué te contó?

—Que aceptaste su dinero para marcharte y no volverme a ver. Es otra razón para no tocar tus diamantes. ¿Crees que aceptaría algo de ti después de que me vendieras a él? Además, has pagado de más. Sé lo que valen esos diamantes, y debe de ser el doble de lo que él pagó por mí. ¿O son los intereses?

Durante un momento Luca se quedó tan callado que ella pensó que no volvería a hablar. Entonces juró con violencia, se dio la vuelta y se golpeó la mano con el puño.

—¿Y has creído eso durante todos estos años?

—¿Y qué querías que creyera? Me enseñó el cheque cobrado. Era tu cuenta, no disimules.

—Claro que era mía. Me pagó ese dinero; no lo niego.

–Entonces, ¿qué más tienes que decir?

–Te mintió sobre las razones. Me fui porque, cuando Frank se fue, yo estaba convencido de que todo era culpa mía, el estado en el que estabas, la muerte del bebé. Me sentía culpable por todo. Entonces te mandó de vuelta a Inglaterra, y yo no sabía a dónde. Volví a la cabaña y lo vi allí prendiéndole fuego.

–¿Mi padre quemó nuestra casa? –preguntó ella sin poder creerlo.

–Nuestra casa. Sí, así fue. Me alegro de que te acuerdes. La quemó con sus propias manos. Por suerte hubo testigos y lo arrestaron. Se habría enfrentado a una temporada larga en prisión si yo no le hubiera dicho a la policía que había sido un malentendido y que no presentaría cargos.

–¿Y por qué hiciste eso?

–¿Por qué? –repitió con sonrisa cínica–. Por cincuenta mil libras, está claro. Ese fue mi precio por dejarlo salir. Le vendí su libertad, nada más.

–No lo creo –susurró ella, como había hecho hacía tanto tiempo.

–Lo atrapó el fuego y se quemó un brazo, ¿nunca te diste cuenta?

Entonces recordó un día en que su padre había llegado con el brazo en cabestrillo y le había contado que se lo había roto, pero meses después le había visto la marca y le había parecido una quemadura. Al preguntarle sobre ello, él se había enfadado y le había contestado con evasivas.

–Todos estos años me dijo que tú...

–Ya le habías oído ofrecerme dinero –le recordó él–, y habías visto mi reacción.

–Sí, ya me acuerdo. Me dijo que te habías vuelto en mi contra cuando perdí al niño y todo mi atractivo.

–Nunca lo perdiste, nunca. ¿Y de verdad creíste eso de mí? –preguntó, a lo que ella asintió–. Debiste haber tenido más fe en mí, Becky.

–Oh, Dios –susurró–. Todos estos años he creído que... Oh, Dios mío.

Creía que había tocado fondo hacía mucho, pero aquello era peor. Fue a la ventana y miró hacia la oscuridad, demasiado confusa para pensar.

–Debí haberlo sabido –dijo al fin–, pero no era yo.

–No, no volviste a ser tú desde el día que apareció tu padre. Te vi una vez después. ¿De verdad no recuerdas cuando fui al hospital?

–Siempre me pregunté por qué no volviste –contestó ella mientras negaba con la cabeza.

–¿Crees que me habría dejado? Él era tu padre, tu familiar, y yo no era nadie. Si hubiera llegado un día más tarde habría sido tu marido, pero no lo era, y no tenía derechos.

–Sí –dijo ella, paralizada–. Recuerdo que dijo «entonces he llegado a tiempo». Quiso decir a tiempo para impedir que nos casáramos. Pero tú eras el padre del bebé.

–Antes de llamar a nuestra puerta, tu padre había untado al jefe de policía. Estuve entre rejas una semana.

–¡Dios santo! ¿Con qué cargos?

–Cualquier cosa que se les ocurriera –contestó él encogiéndose de hombros–. No importaba, porque tampoco querían que estuviese mucho tiempo, sólo el necesario para su propósito. Creía que te estabas muriendo. Rogué que me permitieran verte, pero nadie me escuchó. Y por fin un día vino tu padre y me contó que el «pequeño bastardo», como lo llamaba, había muerto. Dijo que había sido culpa mía, que yo había provocado que perdieras el bebé por mi «comportamiento rudo»...

—Pero eso no es cierto –saltó ella–. Era él el que era rudo. No te peleaste con él, te quedaste como una estatua. De eso sí me acuerdo.

—Claro que fue así, porque tenía miedo de herirte.

—Entonces ¿cómo pudiste sentirte culpable sabiendo que no era culpa tuya?

—¿Por qué se confiesa un hombre inocente? Porque le torturan la mente hasta que cree que lo que es verdad es mentira y viceversa. Estaba atormentado, con nuestra hija muriendo, deseando verte y sin poder acercarme; no le costó hacerme sentir que todo era culpa mía. Y luego me llevó a verte. Pensé que era mi oportunidad de abrazarte y decirte que te quería. Pero tú no estabas bien.

—Tenía una depresión post-parto muy grave, y creo que me dieron una medicación muy fuerte.

—Sí, eso lo entiendo ahora, pero entonces entré y te vi mirando a ningún sitio. No sabía qué pasaba y tú no parecías oírme o verme.

—Y no lo hacía. No tenía ni idea siquiera de que hubieras ido.

—No me dejaron quedarme a solas contigo. Estaban tu padre y una enfermera, por si me «ponía violento». Te rogué que me escucharas, te repetí mil veces cuánto lo sentía, y tú sólo me mirabas. ¿No te acuerdas?

—No lo sabía. Debía de estar completamente enferma.

—Tu padre sabía el estado en que estarías mientras yo estuviera allí. Me pregunto qué le diría que te diera antes al médico, para asegurarse.

—Y nunca me dijo que hubieras venido –terminó ella, asintiendo con dolor.

—Claro que no. Le venía muy bien que pensaras que te había abandonado de forma cruel. Por poco me volví loco del dolor que creía haberte causado.

—No fuiste tú, Luca, no fuiste tú.

—Es muy fácil decirlo ahora —repuso él mirándola con tristeza—, pero ¿cómo decírselo al chico que era entonces? Su agonía estaba más allá de lo que puedas imaginar. ¿Te acuerdas de cómo fue al principio, cómo intenté resistirme, por tu bien?

—Y yo no te dejé.

—Mi conciencia siempre me advirtió de sacarte de la vida a la que estabas acostumbrada, de hacerte vivir en la pobreza.

—No me hiciste, lo elegí yo cuando te escogí a ti. Y nunca me sentí pobre, me sentía rica porque nos teníamos el uno al otro.

—Pero sabía que tenía que haber sido más fuerte. Y por fin tu padre me convenció de que lo que mejor que podía hacer por ti era dejar que te fueras, o si no no te recuperarías.

—Era un hombre malo. Nunca lo había entendido antes.

—Acepté su dinero para hacerme lo suficiente rico y poderoso para vengarme de él. Me prometí que nos volveríamos a encontrar, pero no fue así. Mi negocio prosperó, así que hice de él mi vida. Es todo lo que sé, Becky.

—Ahora soy Rebecca —dijo enseguida ella—. Ya nadie me llama Becky.

—Me alegro. Quiero que sea algo entre tú y yo. Era especial, entonces.

—Sí, era especial. Pero era otra vida.

—Pero a mí no me gusta mi vida ahora, ¿y a ti?

—No me hagas esas preguntas —rogó ella.

—¿Por qué no? Si eres feliz sólo tienes que decirlo. Danvers Jordan es el hombre de tus sueños, ¿no?

—Por favor —casi se rió ella—. El pobre Danvers no es el hombre de los sueños de nadie.

—Entonces tu vida con él no es feliz. ¿Os vais a casar?

—Si me decido sí. Déjalo, Luca, me alegro de haber averiguado la verdad. Te juzgué mal, y quizá podamos ser amigos, pero eso no te da derecho a interrogarme sobre mi vida.

—¿Amigos? ¿Cómo crees que podríamos ser amigos?

—Es lo mejor que hay.

—Entonces celebrémoslo con una copa —sugirió él, tras un suspiro desolador.

—De acuerdo —aceptó ella, y lo siguió hasta el minibar—. Jerez seco, por favor.

Lo observó servir, observó los movimientos diestros de sus grandes manos, que habían sido tan poderosas y tan tiernas, y que ahora eran las de un rico, aunque ninguna manicura podría ocultar su nervio. Al levantar la vista, él también la estaba observando.

—¿Estoy muy cambiada?

—Llevas el pelo distinto. Antes era castaño, pero no tan claro como ahora.

—No me refiero a eso.

—Ya sé a lo que te refieres —dijo, y se acercó a ella hasta mirarla a los ojos.

Ella quiso darse la vuelta, pero él la mantuvo con la mirada y con su tristeza. Rebecca no había esperado aquella tristeza, y le sobrepasaba.

—No —contestó al fin—. No has cambiado.

—No es verdad —lo rebatió ella con una sonrisa melancólica.

–Sí lo es. No te muevas.

Le había colocado una mano en el hombro, y ella se detuvo y alzó de nuevo la vista, sin querer mirarlo a los ojos pero sin poder evitarlo. Por fin vio la conexión que había sobrevivido a los años. La antigua fuerza que emanaba de él, la seguridad en sí mismo que había tenido incluso siendo pobre. Aquel era Luca como había sido entonces. Lentamente, él levantó una mano, acariciándole el cuello y luego la mejilla. Parecía estar en trance, atrapado por algo más fuerte que él. Se le endulzó la expresión.

–Becky –murmuró, y le agarró el rostro con las dos manos.

El efecto fue devastador. El toque era tan dulce que apenas lo notaba, pero le proporcionó unas sensaciones que no había tenido durante años que la amenazaban y alarmaban, aunque no se podía mover.

–¿Te acuerdas? –le susurró Luca.

–Sí –contestó ella con pena–. Me acuerdo.

Quería que la dejara marchar, que nunca la dejara marchar. Sin darse cuenta, ella también le acarició el rostro; entonces tomó aire al notar lo cerca del peligro que se había dejado llevar.

–Adiós, Luca.

–No me puedes decir adiós ahora –dijo él muy serio.

–Debo hacerlo. No puede haber nada más; es demasiado tarde.

Intentó retirar la mano pero él la sujetó y volvió el rostro hasta apoyar los labios en su palma.

–No –susurró ella–; es muy tarde, muy tarde.

Él no contestó con palabras, sólo con el aliento abrasador contra la mano. Ella se preparó contra él, negándose a ceder. Pero fue más difícil de lo que pensaba porque sus caricias la afectaban en dos sentidos, y podía resistir la excitación física que le recorría los nervios, pero no el recuerdo de aquella otra vida tan dulce. La asaltaron sensaciones variadas, no sólo de placer sino también de felicidad. Había olvidado todo sobre ella, lo que se sentía, incluso lo que era. Pero había vuelto en el recuerdo de un amor demasiado intenso como para durar.

Los dulces movimientos de los labios de Luca la devolvieron a una alegría irresistible, a las noches en que se había tumbado en sus brazos, regocijándose en la pasión y ternura de su amor. Era una felicidad que casi asustaba, pero sentirlo a su lado en la cama la tranquilizaba y se había quedado dormida contra su pecho, sabiendo que al día siguiente sería igual.

En aquel momento él le estaba proporcionando el eco de aquella época, y ella quería evitarlo y permanecer en la cáscara fría y segura que se había construido. Le dolía el riesgo de abandonar aquella seguridad, pero él lo pedía cada vez con más intensidad.

–¿Te acuerdas? –murmuró Luca–. ¿Te acuerdas...?

–No –dijo enseguida ella–. No quiero acordarme.

–No me eches, Becky.

–Tengo que hacerlo.

No siguió insistiendo; simplemente retiró los labios y le volvió a colocar la palma en la mejilla, pero parecía tan triste y desesperado que ella no podía resistirlo.

–Cariño –usó aquella palabra sin ser consciente–, cariño, por favor, trata de entender...

–Lo hago. Ha sido una idea estúpida, ¿no?

–No, ha sido una idea maravillosa, pero supongo que ya no me queda valor.

–Mi Becky tenía suficiente valor para hacer cualquier cosa.

–Hace demasiado tiempo.

Él miró hacia abajo, y de pronto ella no pudo resistir que la mirara sin el brillo de la juventud. Tiró de su cabeza hasta colocarle los labios sobre los de ella. Entonces supo que había tenido el cuerpo dormido todo aquel tiempo. Pero se había despertado, porque él lo atraía a una nueva vida excitante. La boca de Luca tenía el mismo poder de convicción, pero ahora tenía una excitación más. El niño se había ido, y ella ardía en deseos de conocer todo sobre el hombre. Se vio a sí misma haciendo lo que se había prometido que no haría, besarlo en un modo que lo alentó aún más.

Él no necesitó que lo animaran más para extender el beso y bajar por el cuello hasta la base de la garganta. A ella le latía el corazón de forma salvaje, llena de excitación.

–Luca –susurró–. Luca, no.

Algo en el tono de voz rompió el deseo que lo había invadido, y, al mirarla, vio lágrimas en sus ojos.

–No llores.

–No lo hago, de verdad. Me alegro de que haya pasado. Nunca, nunca sentiré que nos hayamos vuelto a ver y haber aclarado las cosas. Pero no puedo seguir.

–No te rindas tan pronto. Estoy aquí; puedes aferrarte a mí. Becky, toma lo que tenemos; yo no creo en «demasiado tarde».

–Ojalá yo tampoco lo hiciera. Por favor, deja que me vaya.

–Volverás a mí, Becky –dijo él, mientras la observaba todo el camino hacia la puerta.

–No. Por favor, créeme.

Desapareció antes de que él pudiera decir nada más, consciente de que estaba huyendo. Llegó a su apartamento y cerró la puerta, apoyándose en ella como si la persiguieran. Intentó sobreponerse; le esperaba un día duro y sabía que debía ser sensata y acostarse. Pero su cuerpo sentía demasiadas emociones y excitación para relajarse. Cerró los ojos mientras intentaba no imaginarse contra el cuerpo robusto de Luca, pero cuanto más lo intentaba, más lo sentía. Había empezado algo que no había terminado.

Todo cuanto tenía que hacer era ir con él en aquel momento. Pensó que podía estar dormido, pero sabía que no lo estaba. Su corazón le decía que estaba esperando, esperando el ruido del teléfono o de la puerta. Porque él sabía tan bien como ella que no habían llegado al final. Descolgó el teléfono y llamó al ático. Él respondió enseguida, con una voz tensa y de ansia.

—¿Sí? —sabía quién llamaba.

Colgó; estaba temblando. Media hora más tarde estaba saliendo de su apartamento para dirigirse al ático. Se detuvo un momento ante la puerta y llamó. Él la abrió enseguida; la había estado esperando. Se la quedó mirando antes de abrazarla con fuerza, levantándola del suelo. Rebecca sintió su alivio cuando ella le correspondió el abrazo y lo besó en los labios. Aquello había sido inevitable desde el momento en que la había tocado, porque después ella necesitaba tocarlo una y otra vez. Necesitaba saber si su cuerpo era tan fuerte y excitante como lo recordaba.

—¿Qué quieres? —le preguntó Luca.

—A ti —respondió ella sin despegar los labios, mientras le desabrochaba los botones.

Continuó él, desnudándose antes de desnudarla a ella. Cayeron juntos sobre la cama, perdidos por igual en un deseo que necesitaban saciar con el cuerpo del otro.

Por fin Rebecca se había despertado; cada centímetro de su piel vibraba con pasión y ansia, y le daba todo cuanto tenía o era, mientras reclamaba al único hombre que podía llenarla del todo. Luca siempre había tenido vigor, pero el tiempo y la experiencia lo habían aumentado. Se preguntaba cómo podían desvanecerse tantos años sin dejar rastro, cómo podían conocerse aún tan íntimamente. Cuando él se puso encima, ella tuvo un último momento de duda, pues aquel hombre era en esencia un extraño. Pero no le pareció un extraño cuando la penetró despacio y con esa fuerza que la había excitado entonces y que ahora lo hacía multiplicado por mil. Había tenido la carne dormida demasiado tiempo, y el despertar fue fiero y devastador.

Enseguida llevaron el mismo ritmo, y ella le pedía más, hasta que el placer fue tan fuerte que pareció explotar en su interior. Ahora veía luz por todas partes, una luz cegadora y mareante que llenó el mundo, el universo, y se dio cuenta de que era lo que había estado esperando durante todos aquellos años muertos y sin sentido.

CAPÍTULO 6

BAJÓ de las alturas para encontrarse abrazada con fuerza a Luca. Entendió entonces lo que siempre había sospechado, que el motivo por el que nunca había estado receptiva con ningún otro hombre era porque siempre había habido un único hombre para ella. Luca, directo, duro, vengativo, implacable, todo lo que ella odiaba. Pero aun así era él, porque siempre lo había sido, y una parte de ella nunca había cambiado. Entonces él dijo las palabras equivocadas.

—Ha estado bien —dijo, lo cual le heló la sangre—. ¿No lo ha estado?

—Sí —contestó ella siendo amable, pero se retiró.

—¿Qué pasa? —preguntó él, que sabía que había metido la pata pero no sabía en qué.

—Nada. Me quiero levantar, por favor.

—Dímelo antes.

—Me quiero levantar.

—¡Dímelo!

—Luca, si no me sueltas ahora mismo no volverás a verme.

La soltó, lo cual la sorprendió, pues no esperaba que aquella amenaza fuera a hacer efecto en un hombre tan duro.

—¿Qué ha sido? —volvió a preguntar mientras ella se incorporaba y cubría su desnudez—. ¿Qué ha cambiado?

—Supongo que no debíamos esperar demasiado de una vez. Dejémoslo estar por ahora.

El tono de voz llevaba implícita una advertencia, a la que, sorprendiéndola de nuevo, él hizo caso. Al cabo de un rato el silencio fue tan tenso que lo miró y lo que vio la derritió. Su rostro mostraba la confusión dolida de un niño que no sabe qué ha hecho mal.

—Sí, ha estado bien —lo tranquilizó, mientras lo abrazaba.

—¿Todavía sé cómo hacerte feliz?

—Sí. Como ningún otro.

—No quiero que me hables de nadie más —se enfadó él.

—No te lo voy a contar, pero mi marido existió. No he vivido en una burbuja todos estos años, igual que tú. He estado casada, igual que tú.

—¡Ya basta! No quiero oírlo.

—Bien, no tienes por qué. No tienes que oír nada que no quieras —dijo, y se separó de él mientras buscaba su ropa. Al segundo él se puso a su lado.

—No te vayas, Becky. No quiero que te vayas.

—Creo que debo hacerlo —contestó ella, empezando a vestirse.

—No, no debes.

—No me digas lo que tengo o no tengo que hacer.

—No quería decir eso —se apresuró a decir él—. Mira, no te estoy tocando, pero por favor no te vayas. Por favor, Becky, lo haré bien. Sólo dime lo que tengo que hacer, pero por favor quédate. Te lo ruego.

Aquello la volvió a ablandar. De repente habían vuelto a los viejos tiempos, cuando aquel hombre fiero era masilla en sus manos, pero sólo en las suyas. Rebecca dejó lo que estaba haciendo y se inclinó para abrazarlo. Él la respondió, pero con cautela, como si tuviera miedo a enojarla de nuevo.

—Me da miedo que no vuelvas si te vas.

—Voy a volver; quiero volver a verte. Pero tómatelo con calma.

—No puedo. Lo quiero todo de ti ya. Quédate conmigo; vuelve a la cama.

—No, el hotel se va a poner en marcha pronto y no quiero arriesgarme a que me vean.

—Pasa el día conmigo.

—Está bien —contestó ella tras repasar mentalmente el día que había planeado—. Pero antes tengo que hacer un par de llamadas.

—Iremos a algún sitio donde no nos vea nadie que nos conozca. Pero tendrás que decir tú dónde; yo no conozco Londres.

—¿No habías estado aquí nunca?

—Sí, en viajes cortos de negocios, habitaciones de hotel, viajando en la parte de atrás de los coches a conferencias y sin mirar nunca por el cristal porque estaba ocupado con el teléfono. No podría decir en qué se diferencia de Nueva York o Milán.

—Suena muy triste.

—También es tu mundo, Becky.

—Sí, pero yo me evado de vez en cuando.

—¿En largos fines de semana en el campo con Jordan?

—Jordan es un tema prohibido.

—¿Y si yo digo que no lo es?

—No hace ni un minuto has dicho que no querías oír hablar de nadie más.

—Haré una excepción con Danvers Jordan.

—Pero yo no.

—Tienen que ser tus reglas entonces, ¿no?

—Tú has dicho que no habláramos del pasado; son tus reglas y yo estoy de acuerdo. ¿Crees que puedes cambiarlas cuando te convenga? Piénsalo dos veces, porque no voy a bailarte el agua.

—Está bien, está bien, me rindo. Tus reglas.

—No tienes que rendirte, no es eso —le dijo ella, acariciándole la mejilla—. Pero no lo estropeemos.

—Lo que tú digas —contestó él, y le besó la palma de la mano.

—Bueno, hablabas de las ciudades que parecen iguales. ¿No echas de menos las montañas toscanas?

—Cualquier terreno verde —asintió él—. En Nueva York siempre digo de ir a Central Park, pero aún no he ido. Una vez en Londres vi árboles y le dije al chófer que parara; pero sonó el teléfono y como llegaba tarde a una reunión le dije que arrancara otra vez.

—¿Dónde estabas?

—Acabábamos de pasar un edificio redondo rojo. Creo que el chófer me dijo que daban conciertos en él.

—El Albert Hall. Los árboles que viste son de Hyde Park. Vamos allí entonces.

—Bien —aceptó él, y fue por el teléfono.

—¿Qué haces?

—Llamar a mi chófer.

—No vamos a llamar a tu chófer, ni al mío —le dijo ella, poniéndole la mano encima.

—¿No?

—No, vamos a salir a buscar un taxi, y así nadie sabrá dónde hemos ido.

Aquello sonó a conspiración, y de repente fue muy divertido. Bajaron por el ascensor, del que Luca salió un piso antes del último, de forma que si alguien lo reconocía en el vestíbulo lo vería salir solo. Nadie lo vería encontrarse en la esquina con Rebecca, que había ido por la escalera de servicio y ya estaba parando un taxi.

Hyde Park estaba a poco más de un kilómetro, pero la congestión de tráfico era tal que les costó tres cuartos de hora llegar.

—Verde —exclamó Luca, que miraba a todos lados con alegría—. Hierba, árboles.

Agarró a Rebecca de la mano y comenzaron a caminar por la hierba. A ella le llegó al alma que Luca, que había crecido en un paisaje de una belleza silvestre, pudiera aún sentir placer en aquel lugar con el césped recortado. Decía mucho de cómo se había desprendido de sus raíces.

–¿Qué es eso? –preguntó, parándose en seco ante una franja de agua.– ¿Un río?

–No, es un lago muy largo y estrecho –rió ella–. Se llama Serpentina.

–Y alquilan barcas; las veo allí.

–Venga, hace años que no voy en barca por el Serpentina.

Alquilaron un bote y Luca remó con fuerza mientras ella lo observaba reclinada, disfrutando de la oportunidad de relajarse y mirarlo. Tras el tormento de los días anteriores le parecía que era bueno no pensar en nada más que en el precioso día y el placer de estar en el agua. Clavó la mirada en él y se dejó llevar por sus pensamientos.

Lo cual luego le pareció un error porque en medio de la satisfacción se vio observando las manos que la habían tocado con tanta pasión y al mismo tiempo tanta ternura la noche anterior. Y recordó también cómo ella había respondido, cómo había disfrutado de él y había pedido más. Los recuerdos la llevaron hasta su ex marido, al que ella llamaba «pobre Saul». Se merecía su lástima porque ella no había tenido ni medio corazón que entregarle, y casi ninguna pasión. Él se había encaprichado con ella y ella había sucumbido a su entusiasmo en la esperanza de encontrarle algún propósito a su vida. Pero lo había desilusionado, y en su resentimiento él la llamaba «el iceberg». Lo más amable que había hecho por él había sido dejarlo. Volvió de su ensueño para encontrar a Luca observándola con una gran sonrisa.

–¿Qué? ¿Por qué me miras así?

–Intento comportarme como un caballero, pero no lo logro. Lo cierto es que en lo único que puedo pensar es en lo mucho que deseo hacerte el amor.

Aquellas palabras fueron como una señal que encendieron una mecha lenta en su interior. Hacía sólo unas horas que se había levantado, saciada, de su cama, y con tan solo tres palabras estaba lista para él otra vez.

–Entonces será mejor que remes de vuelta –le advirtió–. ¡Con cuidado! No volquemos.

Volvieron con tanta urgencia que casi cayeron al agua al bajarse del bote.

–¿Dónde está la salida más cercana? –preguntó él.

–Por aquí –contestó ella, y corrieron hasta ella, pero se encontraron con otro obstáculo: el tráfico–. Oh, no. ¿Aún no ha terminado la hora punta? Tardaremos una hora en llegar al Allingham.

–No tenemos tanto tiempo –repuso él, apretándole la mano–. ¿Dónde hay un hotel?

–Luca –empezó a reírse ella–, no podemos...

–Becky, te juro que si no me llevas a un hotel te voy a hacer el amor aquí y ahora.

–¡Quieto! –gritó ella cuando él empezó a tocarla–. Compórtate.

–Entonces encuentra un hotel. Rápido.

–Si cruzamos y giramos por aquella esquina hay varios hoteles en esa calle.

Así lo hicieron y Luca se paró en el primer hotelito que vio. Era un mundo completamente distinto del Allingham, con un pequeño vestíbulo y un cubículo para el recepcionista, que no estaba. Luca tuvo que llamar dos veces a la campanilla, y la segunda lo hizo con tanta fuerza que apareció una mujer agobiada que parecía enfadada.

–Quería una habitación, por favor –dijo Luca–. Ya.

–Aún no es mediodía –repuso la mujer, mirando al reloj que daba las once y media.

–¿Importa?

–Si se la queda antes de las doce me temo que tendré que cobrarle dos días.

–¿Cuánto cuesta la habitación por noche?

–Setenta libras por persona y noche. Supongo que querrán una habitación doble, ¿no?

–Sí –contestó Luca ya casi fuera de sí–. Queremos una habitación doble.

–Entonces son ciento cuarenta libras por una noche, así que a lo mejor prefieren esperar media hora y pagar solo una, que será mucho más barato.

–No es buena idea –saltó Rebecca–. Nos la quedamos ahora, gracias.

–Muy bien. ¿Nombre?

–Señor y señora Smith –contestó Rebecca.

–Ya veo –masculló la recepcionista, mostrando lo que pensaba al arquear una ceja–. Bueno, aquí llevamos un régimen liberal, pero me pareció que el caballero es extranjero.

–Es un extranjero que se apellida Smith –replicó Rebecca, impasible.

–Bien, si uno de los dos me firma aquí.

Rebecca se apresuró a tomar el bolígrafo, pues Luca estaba de tal humor que no era capaz de recordar con qué nombre tenía que firmar.

La habitación era básica pero aceptable. Luca cerró con llave y se giró hacia Rebecca, que ya se estaba quitando la ropa y lo miraba con ojos brillantes.

–Vamos, tortuga.

Aquello bastó para que él la alcanzara y ambos cayeron sobre la cama, buscándose con una intensidad febril. Sin sutilezas, sin fingir que aquello era algo más que lujuria frenética y desesperada, sin ataduras. Lo quería dentro de ella, y cuando tuvo lo que quería lo abrazó con fuerza mientras se arqueaba de forma insistente y lo miraba con una sonrisa que él le devolvió. Fue ella quien decidió que había llegado el momento, moviéndose cada vez más deprisa.

—Espera —le dijo él.

—No.

Intentó pararla, pero su propio deseo era incontrolable, y terminaron triunfantes y riendo. Cuando tuvo fuerza para moverse, Luca se sentó.

—Llevo pensando en esto desde esta mañana.

—Yo también. Luca, ya no sé quién soy. Nunca había sido así en toda mi vida.

—¿Quieres que te diga quién eres? —le preguntó él, observando su desnudez y acariciándole de nuevo los senos.

—¿Implica algo de ejercicio físico?

—Podría ser. A menos que estés cansada.

—¿Quién está cansada? Todavía es pronto —contestó ella, y le hizo saber con gestos lo que quería de él, que él le ofreció una y otra vez.

—Debe de ser más de mediodía ya —dijo ella cuando permanecieron tumbados después.

—Son las tres. ¿Por qué has dicho que éramos el señor y la señora Smith?

—Tenía que decir algo.

—¿Pero qué querías decir con lo del régimen liberal?

—Antiguamente cuando dos personas querían estar juntas se registraban como señor y señora Smith. Así que cuando en un hotel decías que te apellidabas Smith, bueno...

—Sabían que eran amantes extramatrimoniales —terminó él.

–Algo así.

–¿Y por eso nos ha mirado así?

–Sí, sabía exactamente por qué no podíamos esperar media hora.

Luca se empezó a reír, y ella lo siguió. No había tenido risas en su vida durante años, y en aquel momento no había más que risas, alegría y placer. Todas las tensiones parecían desvanecerse. Cuando Luca levantó la cabeza, Rebecca vio que a él le ocurría lo mismo.

–Ya me puedo dormir –dijo, apoyando la cabeza en el hombro de ella.

–Mmm, qué adorable.

Pero el móvil de Luca los devolvió a la realidad.

–Debí haberlo apagado –dijo, levantándose de la cama con una mueca–. Hola, Sonia. No, no estoy en el hotel. No pasa nada, sólo un cambio de planes. ¿Algo urgente? De acuerdo, no hay problema, pero tiene que bajar el precio o no hay trato. Claro, ya sé lo que espera, pero no lo va a conseguir. Yo puedo ir a otro sitio, pero él no. No hay más que hablar, ya hemos hecho negocios antes y sabe que cumplo lo que digo. Por cierto, durante unos días no voy a estar en el Allingham, así que me puedes localizar en este teléfono pero no muy a menudo, ¿de acuerdo? –y colgó al fin, después de media hora.

–¿Dónde vas a estar los próximos días?

–Aquí contigo.

–Y ¿qué hay de mis citas, y mi trabajo?

–Becky, puedo imaginarme en qué consisten tus citas. Comer con uno, copas con otro, supervisar alguna función del hotel, ir a una conferencia. ¿Qué tal voy?

–Muy bien.

–¿Y cómo de vitales son esas cosas? Nadie necesita esa comida ni esa copa. Las conferencias son pura palabrería. Los negocios no dependen de eso, ya están sellados antes de que nadie llegue.

–¿Estás diciendo que mi trabajo es un juego? –preguntó ella indignada.

–No, mi trabajo es igual de banal; así es el mundo hoy en día. Yo me escapo siempre que puedo, siempre que el cielo no se caiga. ¿Se va a caer el cielo si faltas unos días?

Estuvo a punto de decirle que era imposible cuando se dio cuenta de que sólo estaba poniendo en palabras sus propios pensamientos de hacía unos días, cuando había llegado a la casa de Philip Steyne la noche fatídica.

–Podría hablar con mi asistente. Es muy buena.

No mencionó que tendría que anular una cita con Danvers, pero aquello tendría que ocurrir de todas maneras. Después de lo que había pasado entre Luca y ella no podía seguir con Danvers. Pasó todo el camino de vuelta al hotel pensando qué le diría. Al llegar al Allingham fue directa a su oficina para hablar con su asistente, una mujer muy eficiente que estaba encantada de que la dejaran al cargo.

–Por cierto, tiene un mensaje del señor Jordan. Dice que va a estar fuera unos días, a lo mejor una semana, no estaba seguro. Dice que la llamará cuando regrese.

–Bien –contestó Rebecca, dividida entre el alivio de retrasar el problema y la angustia de tener que alargarlo.

Los días siguientes le parecieron las primeras vacaciones verdaderas de su vida, escondida con Luca en el destartalado hotel. Era un amante incansable, que la elevaba a las alturas una y otra vez, y aún la deseaba, y ella, que hacía años había decidido que los traumas de su juventud la habían dejado fría y poco receptiva, estaba lista para él en cualquier momento del día o de la noche, salvo que noche y día eran uno.

Como el hotel no tenía servicio de habitaciones, comían hamburguesas en un bar que había en la esquina, siempre con prisas para volver a la cama. Durante cuatro días amaron y durmieron, durmieron y amaron, cualquier cosa salvo hablar. Pero entonces hablar no parecía importante.

Una mañana Rebecca salió de la ducha y vio a Luca colgando el teléfono, exasperado.

—Tengo que volver a Roma. Estamos perdiendo un trato y tengo que estar allí.

—Bueno —contestó ella, tratando de sonreír, a pesar de no creerse capaz de aguantarlo—. Ha estado genial, pero los dos sabíamos que no podía durar para siempre.

—Tenemos que dejar esta habitación. Pero volveré en unos días.

—No cuento con eso. A lo mejor tienes que quedarte.

—Volveré en unos días. No creo que lo aguantara mucho tiempo.

—Supongo que debe alegrarme que te vayas. Así podré ponerme al día en mi vida real.

—¿Real? ¿Esto no ha sido real?

—Ya sabes lo que quiero decir —dijo ella, mientras le acariciaba el pelo; se rió y se inclinó para besarlo—. Debo volver mi mente al trabajo. Y supongo que debo hablar con Danvers y decirle que lo poco que había entre nosotros ha terminado. No te preocupes por él.

—No lo haré —aseguró él, y siguió con una amplia sonrisa—. Danvers Jordan no me preocupa lo más mínimo.

CAPÍTULO 7

LUCA estuvo fuera casi una semana, en la cual la llamó diez veces. Rebecca vivía para esas llamadas. Cada vez le costaba más fingir que no era así, hasta que dejó de fingir. No sabía cómo llamar a aquel sentimiento, pero no le parecía que fuera amor. El lazo que los unía había sobrevivido misteriosamente a través de los años y la distancia, y ahora no podía pensar en otra cosa que no fuera él. Toda su vida parecía concentrarse en él, en su próxima llamada o en el probable día de su regreso. Aun así, se resistía a llamarlo amor.

Dos días antes de que llegara, Rebecca estaba en una recepción del hotel, que duró tan solo dos horas pero que a ella se le hizo interminable, quizá porque ya no se tomaba en serio aquellas ocasiones. Se preguntaba si volvería a hacerlo.

Mientras sonreía de forma mecánica a alguien que había requerido su atención y que parecía que no la iba a dejar, miró a su alrededor y se sorprendió al ver a Danvers, pues no sabía que hubiera regresado y él normalmente era muy puntilloso. Entonces se dio cuenta de lo poco que había pensado en él mientras había estado fuera. Ninguno de los dos se había puesto en contacto con el otro. Pero sabía que debía hablar con él. Al fin logró terminar la conversación y cruzó la sala hasta llegar a Danvers, que, enfrascado en una conversación con una joven, se alarmó al verla, y Rebecca casi diría que se acercó a ella sin ganas.

–Rebecca –saludó con una sonrisa forzada–. Qué agradable verte.

–Buenas tardes, Danvers –correspondió ella, y sonrió a la joven.

–Ann, esta es la señora Hanley, la Relaciones Públicas del Allingham. Ann es mi secretaria en el banco –las presentó, y miró alrededor–. ¿Está Montese contigo?

–No, ¿por qué iba a estarlo?

–Sólo me preguntaba. Ann, ¿te importa...? –se disculpó, y la mujer se marchó.

–¿Has tenido un bien viaje? –preguntó Rebecca.

–Sí, ha ido muy bien.

–¿Hace mucho que has vuelto?

–Tres días –respondió él, y Rebecca se quedó atónita y desconcertada.

–Normalmente no tardas tanto en llamarme.

–Por favor, Rebecca, no disimules. Sabes perfectamente por qué no contactado contigo. No me digas ahora que te importa.

–Danvers, yo...

–Habría estado mucho mejor que me lo dijeras tú misma, en lugar de mandar a tus matones.

–No sé de qué me hablas.

–Te hablo de Luca reivindicando su propiedad como si fuera el caudillo de una tribu.

–¿Su propiedad de qué?

–De ti, ¿de qué va a ser? Me dejó bien claro que podría ocurrirme algo malo si no me retiraba.

–¿Qué? Danvers, no me lo creo, no puede ser verdad. Debes haber entendido mal.

–Créeme, cuando Montese quiere poner algo en

claro no hay lugar a los malos entendimientos. Tú le perteneces y yo desaparezco, ese fue el mensaje.

—Puedo asegurarte que no le pertenezco.

—Pues díselo a él, porque él cree que sí.

—Danvers, ¿me estás diciendo de verdad que te amenazó con violencia física?

—No fue tan explícito, no hacía falta. Es un hombre que lo sabe todo.

—¿Sobre qué?

—Sobre todo y sobre todo el mundo. Lo sabía todo sobre mí, cosas que creí haber enterrado.

—¿Cosas que no le gustarían al banco?

—No fue más que una tontería hace muchos años; nadie perdió nada. Entonces las reglas eran más relajadas; pero si salieran a la luz ahora... Bueno, prefiero no arriesgarme.

—Supongo que no se te ocurrió defender tu derecho sobre mí.

—Sé realista, cariño, tengo una carrera por hacer y él nunca me quitaría las garras de encima. Tenía un dossier completo. Probablemente tenga también uno sobre ti.

—No digas tonterías —dijo ella, aunque no estaba tan segura de que lo fueran.

—Rebecca, no seas ingenua. No tienes ni la más ligera idea de cómo es de verdad este hombre. Es insensible, peligroso, despiadado. Y sea lo que sea lo que haya entre vosotros, va a ser igual de despiadado contigo. Ann, querida, aquí.

—Sí, ya he hablado contigo más de lo que es seguro, ¿no? —dijo Rebecca con desprecio, y se marchó sin mirar atrás.

Los dos días que aún tuvo que esperar hasta el regreso de Luca le parecieron los más largos de su vida.

A veces se decía a sí misma que lo que pensaba no podía ser cierto. El tiempo que habían pasado juntos le había parecido glorioso, una luz en la vida gris que llevaba, pero sabía que se debía únicamente a la compatibilidad sexual. Se dio cuenta de que había estado perdida en un delirio de gozo físico y no había considerado la personalidad del hombre, o quizá había decidido mirar hacia otro lado, consciente en su interior de que encontraría demasiadas cosas que no le gustarían.

Lo había escuchado dándole instrucciones por teléfono a Sonia, hablando de sus asociados con total indiferencia como rivales, pero se había quitado la idea de la cabeza, haciéndose creer que en un mundo de tiburones tenía que actuar con las mismas armas para sobrevivir. Se había negado a ver la clase de hombre en que se había convertido, aunque había tenido la idea en la cabeza todo el tiempo.

Ahora que sabía que lo que Danvers le había contado era cierto sólo quería oírlo de los labios del propio Luca. Indicó en recepción que la avisaran en cuanto llegara, lo cual ocurrió por la tarde. Dos minutos después estaba llamando a su puerta. Él abrió sonriente.

—Justo te estaba llamando —dijo, y la metió en la habitación comiéndosela a besos.

—Luca... —empezó, pero como siempre la pura explosión sexual del beso le cambió el mundo, haciéndole olvidar todo lo demás. Él ya le estaba quitando la ropa; tenía la habilidad de encenderla con un solo gesto, un beso, un dedo en su rostro. Después, una reacción en cadena que, como la lava, no se podía detener hasta llegar al fin. Cuando ya estuvo desnuda vio una mirada en los ojos de Luca que acabó de derretirla; era como si fuera la primera vez que la veía así. Vagamente reconoció que era algo que él tenía, que nunca se mostraba indiferente, que ella le gustaba de la misma manera que hacía tanto tiempo. Después de casi una semana su pasión era casi incontenible, igual que la de ella.

Cuanto sabía de él no disminuía su deseo, y aquello era lo que más la asustaba. Le devolvió el placer que él le proporcionaba, consciente de que su cuerpo respondía sin el consentimiento del cerebro.

Cuando hubieron terminado, Luca se apoyó en un brazo y la miró con verdadero deleite. A Rebecca siempre le había gustado aquella expresión en sus ojos, pero en aquel momento regresaron los pensamientos y miedos que había dejado a un lado, y con ellos la conciencia de que se había impuesto a su resistencia sin siquiera intentarlo. Tenía demasiado poder sobre ella, y si no se resistía en aquel momento sería demasiado tarde.

—Quiero hablar contigo.

—¿No puede esperar?

—Ya ha esperado demasiado. Quería hablar nada más llegar, pero, bueno...

—Pero nos deseamos demasiado para hablar. ¿Importa algo más?

—Sí, yo creo que sí. Ha ocurrido algo sobre lo que tenemos que hablar.

—De acuerdo, dímelo.

—Hace un par de días fui a una recepción del hotel y vi a Danvers. Quiso evitarme –le explicó, mirándolo a los ojos, en los que vio una expresión de recelo–. ¿Es verdad lo que me dijo, que lo advertiste de que se fuera?

—De acuerdo, de acuerdo. Sí lo hice.

Ella se levantó y se empezó a vestir a toda prisa. Aunque esperaba la respuesta, no estaba preparada. Él también se vistió mientras la miraba con expresión sombría.

—¿Te has atrevido a dictar a quién puedo o no puedo ver? —le preguntó ella cuando terminó de ponerse toda la ropa.

—Necesitaba tener el campo libre para acercarme a ti, así que me deshice de la competencia. No te pongas tan trágica; los hombres hacen eso todos los días.

—¿Cuántos hombres son como tú, Luca? Danvers me contó que lo amenazaste con algo de su pasado, que habías recopilado un dossier. Eso te ha debido de llevar tiempo. Ya sabías de su existencia antes de venir, ¿verdad? Y no sólo sobre él. Me diste la pista la primera noche, pero no quise hacerle caso.

—¿Qué pista?

—Enseguida me llamaste señora Hanley. Por supuesto podías haberte imaginado que era mi nombre de casada o alguien te lo dijo, pero la verdad es que ya lo sabías, ¿o no? —preguntó, pero él no respondió—. Dime, Luca, ¿aquel encuentro de verdad fue una sorpresa para ti?

—No.

—Sabías quién era. Sabías que había estado casada, y mi apellido de casada. Lo sabías todo antes de que llegara a la casa.

—Sí.

—En otras palabras, también tenías un dossier sobre mí.

—¿Importa? —preguntó él encogiéndose de hombros.

—¿Que si importa? Claro que importa. Todo este tiempo había pensado que nos habíamos encontrado por casualidad, y tú dejaste que lo creyera. Pero lo habías planeado, lo tenías todo calculado. Me has engañado.

–¡Nunca te he engañado! –gritó él–. ¡A ti no!

–¿Sólo a todos los demás?

–¿Qué importan los demás? Quería encontrarte y te he encontrado.

–¿Cómo? Dándome caza como si fuera un bloque de acciones, ¿no? Luca Montese, el financiero depredador, se pone a tiro la presa y hace un movimiento para cazarla.

–Si buscas a alguien lo dejas en manos de expertos. ¿Qué hay de malo en eso?

–Nada, si me lo hubieras contado. Pero me has hecho creer que había sido la vida.

–La vida sola no hace nada. Tienes que decirle hacia dónde ir y asegurarte de que lo hace. Tu padre habría dicho lo mismo.

–No hables así. Te hace parecerte a él, y no quiero.

–Entonces dime lo que quieres.

–Quiero volver el reloj a antes de que esto pasara. Nunca habías sido así.

–Te equivocas. Siempre he sido así, pero tú no lo veías.

–Entonces me alegro de no haberlo visto. Porque yo nunca habría amado a un matón calculador que deforma los hechos y a las personas con tal de conseguir lo que quiere. Eso es lo que hacía mi padre y no puedo soportarlo. Si te has convertido en él estropea todo cuanto tuvimos y yo quería guardarlo.

–No podemos guardarlo. Se rompió hace mucho –gritó él–. Hemos creado algo nuevo y es eso a lo que te tienes que aferrar. No lo arriesgues sacando cosas que no importan.

–¿Que no importan? Tú no tienes ni idea de lo que importa y lo que no. Dices que hemos creado algo nuevo, pero ¿qué es lo que hemos creado, si se basa en mentiras?

—Tenía que encontrarte, Becky —repitió él—. Y no podía dejar que nada se interpusiera.

—No, nada se interpone en tu camino, ¿verdad, Luca? Desde luego no el honor o el juego limpio o el comportamiento decente, y menos los sentimientos de la gente, nada. Ahora veo un montón de cosas.

—Tenía que encontrarte. Era más importante de lo que te puedas imaginar.

—¿Por qué no eres sincero, pues? Todas las bonitas fantasías acerca del destino con las que me ilusionaste. Y era mentira porque estaba todo arreglado. Luca, ¿exactamente cuánto sabías sobre mí aquella noche en casa de Philip Steyne?

—Bastante —admitió sin ganas.

—¿Sabías que iba a estar?

—Estaba bastante seguro. Sabía que iba a estar Jordan y como tú salías con él, me lo imaginé. También sabía que trabajabas en el Allingham, así que te iba a encontrar más tarde o más temprano.

—¿Sabías que trabajaba en el Allingham? ¿Por eso compraste acciones?

—Sí.

—¿Todo eso sólo para encontrarme? —se rió ella, sin poder creer lo que oía.

—¿Importa cómo fue, cuando nos hemos vuelto a encontrar?

—Pero no nos hemos encontrado, ¿no lo ves? No, no puedes, ¿o sí? Y eso significa que estamos más alejados que nunca. Hubo una época en la que nunca me habrías mentido.

—Te habría contado la verdad al final —gruñó él—.

Pero era importante y no podía arriesgarme. Tienes que ser tú; no puede ser nadie más.

—No me digas que has estado guardando tu amor por mí todos estos años. Te has casado, ¿recuerdas?

—Sí, y no fue bueno.

—Debió ser bueno durante un tiempo.

—Tuvo un hijo con un maldito peluquero —soltó él.

—Bueno, te fue infiel; pero eso no significa...

—Seis años y ni rastro de un bebé. Estéril para mí y fértil para él, ¡maldita sea!

Dijo esto último de forma violenta, con la cara desencajada. Rebecca lo miró asustada. Aunque ya se lo había dicho Nigel Haleworth, le empezó a asaltar una sospecha, aunque le parecía imposible, le parecía que se imaginaba cosas raras, que Luca diría algo que probara que no era cierto. Este seguía hablando, más para sí mismo que para ella.

—Tuve una hija una vez, pero murió. Ahora tendría quince años.

—Ya lo sé.

—¡Quince años! Piénsalo.

—Pienso en ello todo el tiempo, cada año en lo que habría sido su cumpleaños. Pero no podemos devolverle la vida.

—Pero podemos crear otra vida; tú y yo. Lo que hemos hecho una vez podemos repetirlo.

—Luca, ¿qué estás diciendo?

—Quiero un hijo, Becky —le dijo, mirándola con brillo en los ojos—. Tu hijo.

—¿Era eso lo que pensabas cuando mandaste a buscarme?

—Sí, es importante.

—Ya me imagino. Ahora está claro por qué no me lo dijiste.

—No podía.

—Por supuesto. No sería fácil, ¿verdad? Decirme: «Buenas tardes, Rebecca, me alegra verte después de quince años, ¿quieres ser mi yegua de cría?»

—No es eso.

—Es exactamente eso, maldita mente calculadora fría e insensible. Luca, nunca te perdonaré por esto, y si no entiendes por qué entonces has caído mucho más bajo que cualquier hombre que haya conocido.

—Está bien, está bien, no lo he manejado bien, pero...

—¡Escúchate, «manejado»! ¿Sabes la cantidad de veces que usas esa palabra? Eso es lo que es para ti la vida, algo que hay que «manejar». Haz esto y todo saldrá acorde al libro de artimañas de Luca Montese. Haz lo otro y saldrá mal porque no habrás sido lo bastante despiadado. Pues nadie podrá acusarte de no haber sido lo bastante despiadado, pero puedo asegurarte que ha salido mal. Y nunca más volverá a estar bien.

—Estás empeñada en malinterpretar todo lo que digo.

—Al contrario. Lo he entendido muy bien. Quieres un hijo...

—Quiero «tu» hijo, tuyo, de nadie más. El hijo de cualquier otra no significaría lo mismo.

—¿Quieres decir que como yo ya me he probado soy una apuesta más segura que una extraña?

—Es una forma muy dura de ponerlo —contestó él, pálido.

—Dime otra forma que se acerque a la realidad —dijo ella, y comenzó a andar por la habitación—. No puedo creerme a mí misma; pensar que he dejado que me tocaras después de lo que me dijo Danvers.

–Pero lo has hecho. ¿No es una prueba de lo fuerte que es lo que nos une?

–No, sólo prueba que juntos en la cama somos buenos; no hay nada más que nos una, Luca, sólo sexo, sexo y más sexo. Eres el hombre que más me ha excitado en toda mi vida, y admito que eso nos une bastante. De hecho nos une tanto que he estado contándome cuentos de hadas desde que te he vuelto a ver. He intentado con todas mis fuerzas creer que era suficiente, y supongo que para tu propósito es suficiente.

–Becky, no...

–¿Por qué no? Es la verdad. Si quieres preñar a una mujer para poder alardear de tu fertilidad no necesitas amor o ninguna unión emocional. La lujuria fría y sin corazón sirve igual de bien, ¿no, Luca?

–Para, Becky.

–Claro que paro. Ya he dicho lo que tenía que decir. El sexo no es suficiente, aunque sea tan bueno, pero es todo cuanto tenemos. A lo mejor es todo cuanto hemos tenido nunca.

–¡No! –fue un grito de agonía–. Eso no es verdad, no vuelvas a decirlo, ¿me oyes?

–Sigues dándome órdenes, sigues queriendo manejar a todo el mundo como si fueran peones de tu ajedrez. Pero no te preocupes, no tendrás que volver a oírme decir nada nunca. Vete, Luca, deja el Allingham, vende tus acciones, vuelve a Italia y alégrate de haberte librado de una mujer que no estaba dispuesta a meterse en cintura. Encuentra una mujer con la que ser sincero, si es que puedes correr el riesgo.

El portazo fue un gesto deliberado de desprecio. Se marchó antes de que él pudiera recuperar el habla. Entonces sonó el teléfono. Era Sonia con una montaña de problemas que habían surgido nada más marcharse él de Italia. La llamada reprimió el impulso de tirar el teléfono y salir detrás de Rebecca, de lo que luego se alegró, pues del humor en que estaba pensó que habría sido lo peor que podría haber hecho. A pesar de sus palabras seguía empeñado en que lo había manejado mal, y que lo mejor sería darle tiempo para calmarse, y entonces podrían hablar y ella vería las cosas como él; era sólo cuestión de manejarlo bien.

Trabajó hasta tarde, hablando con Sonia y enviando e-mails. Cuando se desconectó de la red era medio millón más rico que antes.

Se estaba preguntando si habría pasado el tiempo suficiente cuando llamaron a la puerta. La abrió sin creerse del todo que pudiera ser ella. Pero lo era, y lo saludó con media sonrisa, como si dudara sobre si contarle un secreto.

—¿Puedo pasar?

—Claro —replicó él, y se echó hacia atrás intentando descifrar el humor en el que estaba—. ¿Significa esto que vas a dejar que me explique?

—No, para qué molestarse —contestó ella, riéndose, y entonces sonó el teléfono.

—Ahora no, Sonia.

—Termina lo que tengas que hacer —dijo ella tranquilamente—. No hay prisa.

Se dio prisa, porque había un tono en su voz que no conocía y quería saber más. Despachó enseguida la llamada y al girarse vio que Rebecca había cerrado todas las cortinas y estaba de pie con los brazos cruzados y con una sonrisa que sólo podía tener un significado. La tomó entre los brazos y ella se apoyó en él. Cuando lo abrazó él empezó a desabrocharle la chaqueta del traje y vio que no llevaba nada debajo. Nunca la había visto tan lanzada, así que aceptó la invitación con ansia. Una vez desnuda, Rebecca lo agarró del brazo y lo llevó a la cama, tumbándose sobre él. Entonces lo sujetó con un movimiento tan depredador como los suyos.

Las veces que habían estado juntos le habían proporcionado una nueva confianza y ahora lo guiaba y lo dirigía para que hiciera lo que a ella le gustaba. Sus caricias eran arrogantes por la seguridad de que tenía el poder, y le dio placer a su antojo. Su éxito llegó más allá de las fantasías más salvajes de Luca.

Rebecca tenía una extraña sensación de ser dos personas, y una de ellas flotaba sobre todo lo que estaba sucediendo y observaba a la mujer que parecía tan inmersa en hacer el amor de manera apasionada con aquel hombre, pero que al mismo tiempo estaba tan distante de él, de lo que ocurría y, espantosamente, de ella misma. Era fría, tan fría que parecía extraño que el hombre no se volviera de hielo en sus brazos.

Luca alcanzó a ver en sus ojos lo que creyó una mirada de desesperación, pero esta desapareció y todo cuanto supo fue que Rebecca se movía cada vez más deprisa mientras daba gritos incoherentes de placer. Adivinó que no estaba haciendo el amor, sino practicando sexo, lo cual lo dejó sin aliento.

Terminaron cuando ella lo decidió. Cuando ella lo empujó fuera suavemente, él se quedó tumbado con la cabeza en la almohada, incapaz de retirar la mirada de ella. Rebecca se sentó en la cama, permitiéndole apreciar su desnudez. Se estaba riendo.

—Ha estado bien.

—Sí —contestó él, que no captó la alusión.

Sonó el teléfono, que él apagó y lo tiró al suelo, lo cual la hizo reírse todavía más.

–¿Qué pasa? –preguntó él, que también se reía pero sin saber por qué.

–Nada, una broma personal.

–Cuéntamela.

–Déjame mis secretos.

–¿Cuándo me la contarás?

–Ya lo sabrás –contestó ella, que se tumbó con las manos en la nuca–. Duérmete.

Así lo hizo, dejándose llevar por una bruma de felicidad hasta que cayó en el profundo sueño de la completa satisfacción física. Rebecca lo observó, ya sin reírse. De nuevo apareció la mirada de desesperación que él había visto, y no se secó las lágrimas cuando estas empezaron a caer.

CAPÍTULO 8

LUCA despertó con solo un pensamiento: había ganado; otra vez, como siempre. Ella había intentado dejarlo y no había podido. Volvía a pertenecerle, como había planeado, y ahora no habría nada en su camino hacia un futuro juntos. Se dio la vuelta para tocarla, para ver en sus ojos el reconocimiento de que eran el uno del otro. No estaba. Escuchó el ruido de la ducha, pero no salía más que silencio del baño. No estaba su ropa. Se había ido.

Llamó a su habitación pero no contestaron al teléfono. No importaba, pensó que se habría ido a dar una vuelta para meditar en lo que acababa de ocurrir, que estaría planeando su futuro juntos. Se decía todo esto mientras su cabeza luchaba con todas sus fuerzas por alejar todos los miedos.

La llamó al móvil, pero estaba apagado. Entonces lo intentó con Nigel Haleworth.

—Nigel, siento llamarte tan temprano, pero necesito contactar con la señora Hanley y no parece estar en su habitación. ¿Sabes cuándo volverá?

—Tiene gracia que preguntes eso. Acabo de colgar con ella; dice que no va a volver.

—Claro que va a volver, me... —se tuvo que parar para no soltar una indiscreción «me acaba de dar la mejor noche de mi vida», que sustituyó—. Tiene aquí su trabajo.

—Ya no, por lo que se ve. Ha presentado la dimisión y se ha marchado. Lo cual es bastante inconveniente. Me podía haber avisado antes, en lugar de sencillamente recoger sus cosas y largarse.

—¿Y dónde está?

—No lo ha dicho.

—¿Y si le llega correo?

—Dijo que se pondría en contacto para eso. Mira, ¿por qué no llamas a Danvers Jordan? Estaban prácticamente comprometidos, así que seguro que lo sabe. De hecho seguro que ha sido él el que ha querido que se fuera. Amor joven, ¿eh?

A Luca le rechinaron los dientes, pero no creyó que fuera el momento adecuado para decirle al gerente que su información estaba caducada. Volvió a llamarla al móvil y no le sorprendió que siguiera apagado. Entonces llamó a la puerta un mensajero del hotel para darle el correo dejado en Recepción. Rebuscó entre los sobres, tirando los que parecían importantes, que en aquel momento no le importaban en absoluto. Al fin se quedó paralizado al ver uno con la letra de Rebecca. No quería leerlo por si decía lo que sabía que diría. Pero al final lo abrió.

Luca, querido:

Lo de anoche fue una despedida. No podía dejarte sin un último recuerdo de lo mejor que hay entre nosotros. Sé que ya no puedes volver a amar, pero por favor no me culpes por ello, y atesora los buenos recuerdos, como haré yo.

Becky.

La primera reacción de Luca fue de negación; no podía creer que la hubiera encontrado y vuelto a perder, que sencillamente se había desvanecido sin darle la oportunidad de bloquearle el camino. Se imaginó la sonrisilla que habría puesto en Recepción al entregar la carta. Pero entonces observó el sobre y vio que tenía matasellos, así que adivinó que lo había enviado por correo el día anterior. De repente se quedó sin fuerzas, al darse cuenta de que había hecho el amor con él la noche anterior cuando ya había escrito la carta. Entonces no le quedó defensa contra el dolor, y se encontró atrapado como un hombre entre el oleaje que se golpea contra las rocas sin escapatoria ni protección; tan solo sufrimiento. Por fin la rabia acudió al rescate. Era el talismán que siempre silenciaba los demás sentimientos y ahora lo invocó contra su enemigo.

Antes del comienzo del día, ya estaba esperando en el despacho de Danvers Jordan.

—Sólo dime si sabes dónde está —dijo en tono amenazante en cuanto este cerró la puerta.

—No sé de qué me estás hablando —contestó Danvers con frialdad.

—Espero por tu bien que sea cierto. Te lo preguntaré por última vez. ¿Dónde está Rebecca?

—Mira, si lo supiera te lo diría. Ya no significa nada para mí, pero parece que ella ha decidido terminar con los dos —comentó sin poder evitar una mirada de menosprecio—. Hice lo que me pediste y te dejé vía libre. No parece haberte servido de mucho, pero ¿qué esperabas? Rebecca es una dama. Está claro que no se iba a quedar una vez que disfrutó de un toque de rudeza.

Hubo un tiempo en que Luca lo habría dejado sin conocimiento por aquello, pero en aquel momento no se podía mover. Cuando por fin logró reunir algo de fuerza en sus extremidades fue sólo para marcharse.

No miró a dónde iba, pues tenía toda la atención en el payaso que se mofaba de él en su cabeza, que se reía de su debilidad al tragarse un insulto y le decía que era todo culpa de Rebecca. La costumbre de no hacer lo que a ella no le gustaba había vuelto en un momento fatal. Y él era el bufón.

Viajar le pareció el mejor modo de escapar, pues podía convencerse de que sabía a dónde se dirigía en lugar de vagar en círculos. Aunque ya no sabía quién era aquella mujer. No se reconocía desde el día en que había descubierto lo peor de Luca y había pasado la noche en sus brazos, de exceso en exceso y sabiendo que lo iba a abandonar al amanecer. Lo había provocado con lujuria fría y sin corazón y le había pagado con la misma moneda. La mujer que había sido una vez nunca podría haber hecho algo así, pero la mujer que era entonces no podía haber hecho otra cosa. Le había dicho, con sus propias palabras, que no iba a ser su víctima, y después ya no había más que decir.

Suponía que ahora la odiaría, lo que probablemente sería bueno, pues al fin podrían librarse el uno del otro. Descubrió que la rabia era la mejor defensa contra el dolor, y ahora que estaba sola esta brotaba con fuerza. La había engañado del modo más cruel, creando una ilusión para cumplir su objetivo. Se había sentado a observar la escena desde arriba todo el tiempo como un creador infernal, tirando de las cuerdas. La mirada calculadora que ella había visto en sus ojos era la verdadera.

No podía perdonarlo, no sólo por haberla utilizado sino por haber destrozado sus recuerdos. Ahora sabía por qué nunca había usado la palabra «amor» para su nueva relación, que había sido superficial y, a pesar del placer, insatisfactoria. Había terminado como merecía. Habían compartido mucho una vez y ahora Rebecca se culpaba por haberse contentado con tan poco de un hombre que no tenía más que dar. Aunque pensó que ella tampoco, que era demasiado tarde.

Viajó por Europa: Francia, Suiza, Italia... donde visitó lugares recónditos, y así dejó pasar los días y las semanas, durante los cuales supo que si quería romper del todo con el pasado había un lugar a donde tenía que ir.

Se movió por todas partes en tren y autobús, pues no quería alquilar un coche por miedo a dejar huellas en caso de que Luca la persiguiera. Por fin llegó a Carenna en un autobús viejo que parecía ahogarse por las carreteras. El hospital no le trajo recuerdos, aunque parecía llevar cientos de años en aquel lugar, si no fuera por las obras que había detrás. Imaginó que la comisaría, también vieja, debía de ser la misma en que habían encerrado a Luca, y también vio la pequeña iglesia en la que debían haberse casado. Pensó que quizá el cura también sería el mismo, pero cuando entró descubrió a un joven que tan solo llevaba un año. Tras ahogar un primer impulso de marcharse se puso a hablar con él. Resultó ser una persona de fácil conversación y le contó toda la historia.

Pasaron dos horas y después paseó por la ciudad durante una hora, en la que intentó aceptar lo que acababa de aprender. Cambiaba todo. Nada parecía ya lo mismo con el descubrimiento que acababa de hacer. Pero no tenía nadie con quien compartirlo.

Cuando se hubo aclarado un poco se encontró de pie frente a la casita en la que había vivido durante una época corta y feliz, y que ahora estaba ocupada por una gran familia a la que podía ver por la puerta abierta. Se acercó un poco y vio que el papel de las paredes era el mismo que había puesto Luca hacía quince años, uno con hojas verdes y amarillas. De repente las hojas empezaron a moverse. Rebecca se apoyó en el muro mientras se decía que pasaría pronto. Pero sabía más que eso. Entonces salió una mujer oronda, que se apiadó de ella y la invitó, casi la obligó, a entrar.

—Yo he estado igual con cada uno de los míos —le dijo—. ¿Hace mucho que lo sabes?

—Lo sospechaba —contestó Rebecca—, pero no he estado segura hasta ahora.

—¿Y tu hombre? ¿Qué quiere él?

—Un niño. Su mayor ilusión es tener un hijo.

—Será mejor que se lo digas pronto —le recomendó, y se empeñó en acompañarla a la parada de autobús hasta verla subida y a salvo—. Díselo rápido —le repitió mientras se despedía con la mano—. Hazlo feliz.

Rebecca pensó que efectivamente le haría muy feliz, pero entonces ella habría caído en la trampa y no pensaba dejar que fuera así. Pero no tenía ni idea de qué otra cosa podía hacer. Le parecía estar en el centro de una brújula con la aguja apuntando hacia todas direcciones y ninguna adonde ir porque todas eran igual de confusas. Por fin decidió que sólo había un lugar en el que hacer lo que debía. La ira podía matizar la desgracia, pero no podía negarla totalmente. Necesitaba un sitio donde llorar por su amor perdido y enterrarlo al fin. Así que partió en aquella dirección.

Luca decía que cuando se quiere encontrar a alguien había que ponerlo en manos de profesionales, pero en aquella ocasión los profesionales le fallaron. Cuatro empresas diferentes la habían buscado durante tres meses en los que tan solo habían averiguado que Rebecca Hanley había ido a Francia en ferry. Después se había desvanecido. Al final comprendió que si había logrado eludir a unos rastreadores tan hábiles significaba que su decisión de abandonarlo era irrevocable. Cuando le hizo frente al hecho, los despidió y volvió a Roma, donde se centró en maximizar el potencial de Raditore.

–¿Quieres decir hacer más dinero? –le preguntó Sonia cuando él utilizó la frase.

–Sí, quiero decir hacer más dinero. Vamos a ello.

Pero no hablaba con su mordacidad de siempre y aquello la alarmaba. Llevaba bien que Luca se pusiera salvaje, furioso y despiadado, pero no un Luca contenido.

–Vete –le dijo al fin–. Vete ahora mismo, pero no como cuando te fuiste a Londres y hablábamos todos los días. No eres útil ni para ti ni para nadie mientras estés aquí.

Luca siguió su consejo y condujo el coche hacia el norte, por Asís, Siena, San Marino. El tiempo era cada vez más fresco y disfrutaba de la conducción, pero todos los sitios le parecían iguales.

Al llegar a la Toscana visitó la empresa de construcción que había erigido con el dinero de Frank Solway y que aún era próspera bajo el mando de un buen gerente al que había puesto al cargo hacía mucho tiempo. Examinó las cuentas, felicitó al gerente por el trabajo y se marchó al ver que allí nadie lo necesitaba. Después se dirigió al lugar donde adivinó que siempre había querido ir al final.

Siguió el largo camino que se estrechaba al subir la colina. Allí estaban los árboles tras los cuales había oído voces airadas y entre los que se había metido para encontrar a una chiquilla enfrentada a tres hombres. El suelo estaba bacheado y podía estropear la suspensión de su costoso coche, pero ni siquiera lo notó; tenía la cabeza llena de visiones que le nublaban y lo provocaban ante su repentina resistencia a seguir. Se obligó hasta ver la casita de piedra, a cuya puerta se detuvo, salió y se quedó parado un momento, observando los restos de lo que había sido un hogar habitable. Gran parte del tejado se había caído al quemarse y se veían algunas vigas. Una de las paredes estaba derruida casi por completo, y a través de ella se veía el interior de lo que había sido un dormitorio, aunque ya no quedaba nada que ver. Había estado peor; ahora la devastación estaba semioculta por las malas hierbas que cubrían las paredes y la puerta.

Entonces algo lo detuvo. Vio que alguien había retirado las hierbas y por los cortes recientes comprendió que había sido hacía poco. Entonces escuchó un leve ruido en el interior y se enfureció por que alguien hubiera osado invadir un lugar privado para él. Rodeó despacio la casita y en la parte de atrás vio un triciclo con un remolque improvisado que era poco más que una caja con ruedas. Regresó a la parte delantera.

–¡Sal! –gritó–. ¿Qué estás haciendo aquí? Sal ahora mismo, ¿me oyes?

No ocurrió nada, pero dejó de escuchar ruido.

–¡Sal! O tendré que entrar yo.

Entonces oyó pisadas y vio una sombra en la puerta, de la que emergió una silueta. Al principio se quedó mirando con los ojos muy abiertos, sin poder creer que estuviera allí. Había temido no volverla a ver, había soñado con ella y ella ya no estaba cuando se había despertado. Hacía tres meses de su último encuentro, cuando lo había encandilado con la mejor noche de su vida antes de abandonarlo con un gesto de satisfacción. Ahora le parecía estar viendo un fantasma.

Vestía vaqueros y una chaqueta de lana y tenía una mano en la garganta para protegerla del frío. Ya no tenía su glamorosa cabellera, que se había cortado como un chico y había recuperado su tono castaño. Tenía el rostro pálido, más delgado y bolsas bajo los ojos, pero estaba serena. Se quedó en la puerta como si tuviera miedo a salir a un mundo del que no se fiaba. Él se acercó lentamente, por una vez no estaba seguro de sí mismo.

—¿Estás bien? —le preguntó, a lo que ella asintió—. ¿Qué estás haciendo aquí, en un lugar tan sórdido?

—Es tranquilo —repuso ella—. No viene nadie.

—¿Cuánto llevas aquí?

—No estoy segura. Una semana o dos, a lo mejor.

—Pero ¿por qué?

—¿Por qué has venido tú? —preguntó ella.

—Porque es tranquilo —repitió él—. Al menos cuando no hay intrusos.

—Sí —asintió ella con una leve sonrisa—. Sí.

—¿Cómo te las arreglas para vivir aquí? No es habitable.

—Sí si tienes cuidado. La cocina todavía funciona.

La siguió dentro y observó la cocina sorprendido por cómo había hecho aquello habitable. Lo había limpiado todo a conciencia, lo cual no era fácil sin electricidad. Se preguntó cuánto habría tardado en limpiar todo el polvo y fregar el suelo y las paredes. Entonces sonó la tetera que había puesto a calentar y ella le indicó que se sentara.

—Sé que te gusta con azúcar, pero me temo que no tengo. No esperaba visita.

—¿No ves nunca a nadie?

—Nadie sabe que estoy aquí. Voy en bici al pueblo, lleno el remolque con lo que necesite, vuelvo lo más deprisa que puedo y la aparco fuera de la vista. Nadie me molesta.

—Estás muy decidida a esconderte. ¿Por qué? ¿De qué tienes miedo?

—De nada —contestó ella, que parecía sorprendida

por la pregunta–. Salvo de que me molesten. Me gusta estar sola.

–¿Aquí?

–¿Conoces un lugar mejor donde estar sola?

Tras pensarlo él negó con la cabeza. Se bebieron el té en silencio. Luca quería decir más cosas, pero estaba nervioso y no sabía cómo hablarle. Aquella mujer, que llevaba una existencia precaria en una casucha en ruinas, se había impuesto de algún modo. Luca no sabía cómo, pero parecía haber descubierto una paz que lo excluía.

–¿Te importa que mire? –preguntó.

–Claro que no. Es tu propiedad.

–No es una excusa para cotillear; sólo me interesa lo que has hecho.

No había mucho que ver. Salvo la cocina sólo el dormitorio era habitable, y sólo porque el tiempo era seco. Había retirado la cama del agujero en el techo y había colgado una manta con una cuerda para hacer una especie de pared entre ella y la parte expuesta. Una esquina de la cama se había quemado y había tenido que sustituir la pata con una caja de madera. La cama estaba cubierta por una colcha que él recordaba de su infancia.

–Espero que no te importe. La encontré en un armario y cuando la lavé parecía estar bien.

–No, no me importa. La hizo mi madre, pero parece ser todo lo que tienes en la cama.

–Uso un cojín de almohada y me acurruco. Es cómoda y calentita.

–Calentita ahora, pero el tiempo está cambiado.

–Me gusta –repitió ella con cabezonería.

Luca abrió la boca para protestar, pero se dio cuenta de que tenía razón. El lugar era acogedor y, aunque no era caliente, daba una sensación de calor. Pensó en el

Allingham con su perfecto climatizador y todo cuanto pudo recordar fue desolación.

—Bueno, si te gusta, es lo que cuenta –dijo, y volvió a la cocina, donde abrió un armario–. ¿Esto es toda la comida que tienes, café instantáneo?

—Sí –dijo ella, sonriendo levemente por el tono escandalizado de su voz–, me temo que es instantáneo. Me doy cuenta de que para un italiano es como una blasfemia.

—Tú eres mitad italiana. El espíritu de tu abuela debería levantarse y regañarte.

—No te preocupes, tengo más comida. La verdura está fuera, que hace más fresco.

Luca recordó que fuera, junto a la pared, había un armarito de ladrillo y puerta de madera, que también había sido limpiado y cuyos estantes tenían papel de periódico nuevo y en el que había verduras.

—¿No tienes carne?

—Debería seguir yendo a la ciudad a comprar la carne.

Él masculló algo y regresó dentro de la casa. Ella le sirvió más té.

—Está muy bueno –apreció él–, y no sabe a quemado. Siempre que he hecho té aquí he acabado lamentándolo.

—¿Has vuelto muy a menudo?

—De vez en cuando vuelvo y corto las malas hierbas, pero siempre han vuelto a crecer para la siguiente vez que vengo.

—Me pregunto por qué no lo has reconstruido.

—Siempre he pensado en hacerlo.

—¿Por qué has venido hoy?

—Estaba cerca. No sabía que estuvieras aquí, si es a lo que te refieres.

Habría sido normal preguntarle entonces a ella por qué había escogido aquel lugar como refugio, pero estaba demasiado confuso, y concentrado en el té.

—Has hecho maravillas aquí —dijo al fin—, pero aún es muy duro. Si te pasa algo ¿quién va a ayudarte?

—Estoy bien —respondió ella encogiéndose de hombros.

—Es igual. No me gusta que estés aquí sola. Sería mejor que te...

Se detuvo. Ella lo estaba mirando y tuvo la extraña sensación de que se había cerrado contra él; era como una pesadilla en la que ya había estado—. Sólo me preocupo por ti.

—Gracias, pero no hace falta —contestó ella con amabilidad—. Luca, ¿quieres que me vaya? Entiendo que es tu casa.

—Sabes que no tienes que preguntarme eso. Es tuya todo el tiempo que quieras.

—Gracias.

Luca salió y anduvo a zancadas alrededor de la bici.

—¿Funciona de verdad eso?

—Sí, si insisto —sonrió ella—. Y no podría traer la leña para la cocina en el coche.

—Pronto vas a necesitar más. Bueno, me voy a ir. Adiós.

Sin más palabras se fue a su coche. Un ligero gesto de despedida y se había ido. Ella se quedó mirándolo hasta que el coche desapareció.

CAPÍTULO 9

REBECCA intentó poner en orden sus sentimientos. Le había impactado ver a Luca, aunque los gritos de este desde fuera de la casa la habían preparado a medias. No estaba como ella había esperado. Estaba más delgado y no había enfado sino confusión en su mirada. En aquel momento le había costado recordar que eran enemigos. Después de todo, tampoco tenían mucho que decirse; eran personas civilizadas. No le podía haber dicho que la había utilizado y engañando para tener un hijo, y él no le podía haber dicho que se había reído de él con una pretensión de amor que en verdad era una demostración de poder. No lo podían haber dicho con palabras, pero lo habían hecho en silencio.

El encuentro había sido menos tenso de lo que hubiera cabido esperar. Él no le había hecho preguntas incómodas ni indiscretas y, salvo por un momento, no le había perturbado su tranquilidad.

Se dijo que se alegraba de haberlo visto marchar, pero ahora la casita le parecía demasiado solitaria sin él. Se estremeció un poco y se apretó la chaqueta. Había refrescado muy deprisa y el lugar no era tan acogedor como había pretendido. Las últimas noches se había quedado levantada hasta tarde porque la cocina de leña era el único sitio con calor de la casa. Había intentado dejar la puerta del dormitorio abierta, pero el calor se iba por el techo abierto.

Se puso a cocinar verdura para la cena y se dio cuenta de que le quedaba poca agua, así que salió con una jarra a la bomba de agua, cosa que odiaba porque estaba vieja y oxidada y necesitaba todas sus fuerzas. Estaba a punto de apretar la manivela cuando vio que se acercaba un coche. Era Luca, que regresaba. Dejó la jarra en el suelo y observó al coche recorrer el camino hasta la casa. Luca salió, la saludó con la cabeza y empezó a sacar de la parte de atrás algo que llevó directamente al dormitorio, donde dejó un montón de paquetes en la cama. Parecía haber asaltado toda la ciudad en busca de sábanas y mantas.

—Estaré sólo un momento y luego me voy —dijo con brusquedad antes de que ella pudiera hablar, y volvió al coche, del que sacó una caja de cartón que puso sobre la mesa y que contenía comida, verduras frescas y latas.

—Luca.

—Esto es todo —dijo él, y corrió a la puerta. Pero en lugar de volver al coche, fue a la bomba y empezó a manejarla con fuerza.

—Una jarra no te va a durar mucho. Tráeme cualquier otro recipiente.

Ella le llevó dos jarras más y cuando las hubo llenado, él las metió en la casa.

—Luca...

—No quiero tenerte en mi conciencia —la detuvo él a toda prisa, y cuando ella abrió la boca gritó en tono desesperado—. ¡Cállate!

Silencio.

—¿Puedo darte las gracias? —preguntó Rebecca al fin.

–No hace falta –soltó él, y se fue antes de que pudiera decirle más.

Barruntó algo a través de la ventanilla que podía haber sido una despedida, y al momento ella vio alejarse las luces traseras hasta desaparecer.

En el dormitorio Rebecca se puso a mirar lo que le había llevado y vio que había ropa de cama suficiente para pasar las frías noches. Nada caro, nada para abrumarla, sino el regalo de un amigo que había pensado en ella, si quería tomárselo así. Entonces recordó la caja de comida y algo le hizo correr a la cocina para investigar el contenido. Al no encontrar lo que esperaba la búsqueda se tornó febril, aunque no podría decir si intentaba probar que Luca era peor o mejor de lo que sospechaba. Había varios cartones de leche, los cuales agradeció, té, una caja de pastas, pan, mantequilla, jamón, huevos, latas de fruta y dos filetes grandes y con muy buena pinta.

Pero no había azúcar. Ni café molido. Cualquiera de ellas habría significado que Luca tenía intención de regresar, pero su ausencia la dejó sin saber qué pensar.

Aquella misma noche se hizo uno de los filetes, que comió con pan y mantequilla y lo mojó con un tazón de té. Al hacerse la cama no lamentó cambiar las sábanas ásperas por las nuevas suaves, aunque volvió a colocar la colcha encima.

Antes de retirarse se premió con otro té con pastas y se deslizó con gran alegría entre las sábanas. Esperaba quedarse en vela mucho tiempo, intrigada por la repentina aparición de Luca, pero se quedó dormida casi enseguida y durmió a pierna suelta ocho horas.

Por la mañana se sentía como nueva. Llevaba tiempo planeando ir a la ciudad para aprovisionarse, pero Luca se lo había ahorrado, de modo que podía mantener su intimidad más tiempo y pasar el día con su pasatiempo favorito: leer uno de los libros que había llevado consigo. Se preguntó si debía limpiar la casa a fondo antes por si él regresaba, pues no quería que pensara que le estaba descuidando su propiedad. Así que se puso a recogerlo todo, barrió y limpió el polvo. Pero siguió sin oír el coche y la casa le empezó a resultar demasiado silenciosa.

En el jardín había una zona de hierba a la que le daba bien el sol y donde podía leer a gusto en una silla. Otra ventaja era que desde allí no veía el camino por el que él debía llegar, en caso de que volviera.

Estuvo leyendo un rato y después se fue. Cuando por fin vio un vehículo no era el lujoso coche de Luca, sino una furgoneta vieja que traqueteaba por el camino hasta llegar al agujero en la valla que servía de puerta. Luca sacó la cabeza por la ventanilla.

—¿Tengo espacio? —le gritó.

—Creo que no —respondió ella tras observar el hueco. Entonces él se bajó para asegurarse.

—No, le faltan unos quince centímetros —comentó—. Está bien, lo arreglaré.

Fue a la parte de atrás de la furgoneta y regresó con un enorme martillo con el que golpeó la madera hasta que cedió. Vestía vaqueros y una camiseta y era un hombre muy distinto del que ella había conocido recientemente. Un último golpe terminó por demoler la madera y le permitió acercar más la furgoneta a la puerta principal. Se bajó de un salto y miró al cielo y después a su reloj.

—Bueno, tengo tiempo para empezar.

—¿Para empezar qué?

Pero ya estaba en la parte de atrás de la furgoneta abriendo las puertas. Dentro había un montón de tablones y una escalera, que sacó y colocó contra la pared de la casa justo debajo del agujero del tejado. Mientras Rebecca lo observaba subió a inspeccionar los daños. Pareció satisfacerle lo que vio, pues volvió a bajar tras mover un par de vigas.

—Estaría bien un poco de té–dijo.

Lo dijo con esperanza pero sin mirarla, y ella supo que lo que dijera sería crucial. Sólo le costaría una palabra debilitarlo con el desaire que notaba que él temía, o colocar su relación en una nueva base sin tensiones. El futuro se iba a decidir en aquel momento.

—¿Ya quieres té? –preguntó con una ligera sonrisa–. Si acabas de llegar.

—Pero los ingleses siempre dan té a sus trabajadores. Si no, no se termina ningún trabajo.

—En ese caso pondré la tetera a calentar.

Ya estaba hecho. Para bien o para mal le había hecho posible quedarse. Mientras hacía té lo escuchó trastear en el tejado hasta que bajó, fue a la furgoneta y regresó con una escalera más pequeña que metió en el dormitorio. Rebecca sabía que revisaría si había usado las sábanas y mantas que le había llevado, y se alegró de haberlo hecho. Un momento después lo encontró en la habitación inspeccionando el techo por dentro.

—Esas vigas no aguantan nada de peso. Las voy a tener que quitar así que durante un tiempo tendrás aún menos tejado.

—Apenas notaré la diferencia –apuntó ella alegremente–. Un agujero grande o un agujero muy grande, el efecto es el mismo.

—Cierto. Me alegra ver que tienes el espíritu emprendedor adecuado.

—¿Quieres decir que lo voy a necesitar? De acuerdo, estoy preparada para lo peor.

—Tienes suerte de que aún no se te haya caído nada. Mira ahí —dijo, señalando arriba.

—Déjame mirar más de cerca.

Él le sujetó la escalera para que subiera a ver de lo que estaba hablando. Las vigas eran menos robustas de lo que parecían desde abajo y no habrían aguantado mucho más.

—Baja, que las quito —le dijo Luca.

—¿Van a caer sobre la cama?

—Algunas sí.

—Entonces deja que la cubra —le pidió, y él la ayudó a protegerla con las mantas viejas.

—Vale. Deja espacio libre.

De nuevo estaba dando órdenes, pero no la irritó como anteriormente, pues en aquello tenía experiencia. Tampoco le apeteció mucho acercarse cuando él empezó a martillar y a lanzar trozos de madera, algunos de los cuales cayeron fuera pero otros dentro. Después de hacer un gran ruido, Luca observó satisfecho el resultado y empezó a retirar la madera. Trabajaba con eficiencia sin parecer darse cuenta de que estaban en el dormitorio de Rebecca. Sólo habló cuando esta intentó levantar un tablón.

—Si tú haces eso, ¿para qué estoy yo?

Ella se retiró y esperó a que él recogiera toda la madera. Luego insistió en ayudarle a recoger las mantas con toda la carga de astillas. Juntos las llevaron fuera para sacudirlas.

—Ahora estamos los dos hechos un asco —dijo él, sacudiéndose la suciedad del pelo y la ropa—. Tengo que ir al pueblo, así que lo haré antes de mancharme más. ¿Quieres algo?

—Sí, por favor —contestó ella tras pensarlo un poco—. Azúcar y algo de café del bueno.

–Bien –respondió él–. ¿Nada más?

–No, gracias. Nada más.

Luca subió a la furgoneta y se marchó con gran estruendo. Estuvo fuera una hora y regresó con más provisiones. Llevaba comida, leche, carne y pasta, y la parte de atrás estaba llena de leños de treinta centímetros cada uno.

–Para la cocina. No te quedarás sin leña en un tiempo.

Rebecca había planeado ir al pueblo por más leña. Pero era una tarea dura para sus constantes mareos y náuseas. Se preguntó si él sospecharía, pero era demasiado pronto para que se le notara y Luca no era suficientemente perceptivo. Sin embargo, cuando intentó levantar unos leños él la detuvo enseguida.

–¿Por qué no te llevas eso? –sugirió, indicándole la caja de la comida–. Yo me conformo con algo de pasta. Encontrarás verdura, salsa de tomate y queso rallado.

Aquello no significaba nada, pensó ella. Estaba claro que quería hacer el trabajo pesado por orgullo. Además recordó que él siempre había sido muy caballeroso; recordó cómo le había gustado esperarla y mimarla, como si fuera demasiado valiosa como para ser tocada; la dulzura con la que le hablaba sin levantar nunca la voz e intentando ponerse de forma protectora entre ella y el mundo. Estaba claramente chapado a la antigua. Pero ella era una mujer moderna e independiente que no necesitaba tantos mimos, aunque se le suavizó la mirada al recordar lo maravilloso que había sido.

–¡Oye! –gritó Luca, sacándola de su ensueño.

–Perdona, ¿me decías algo?

–Sí. Te preguntaba si vas a hacer la pasta o te vas a quedar ahí soñando todo el día. Aquí tienes un hombre hambriento; muévete.

Para su desconcierto, ella se echó a reír. Intentó parar pero no lo podía controlar.

—Becky.

—Lo siento. Intento, intento...

—¿Qué te hace tanta gracia? —preguntó él, agraviado.

—Es sólo el contraste; no importa. No es nada importante.

—Si no es importante ¿qué te retiene de alimentarme antes de que me muera de hambre?

—Nada. Ya voy.

Agarró la caja y corrió dentro sin dejar de reírse. Le costó controlarse pero al poco se sintió mejor. En cierto modo el incidente le había devuelto el sentido de la proporción, que necesitaba recuperar. Había tenido muy poca mano para la pasta la primera vez que llegó a aquel lugar, pero había mejorado y ahora no se le daba mal.

—Estará lista en diez minutos.

—Bien —replicó él asomando la cabeza por la ventana—; voy a limpiar esto. Me he vuelto a ensuciar con la leña.

Rebecca removió otra vez la pasta antes de salir a la bomba donde estaba él sin camiseta intentando sacar agua con una mano y lavarse con la otra. Como no conseguía mucho, ella fue a la cocina a buscar herramientas y regresó a ayudarlo.

—Yo bombeo —dijo, y le dio el jabón.

Luca se enjabonó mientras ella le echaba agua. El sol brillaba en cada gota que salía del caño y le resbalaba por la piel.

—Ahora el pelo —le dijo Becky, y le echó algo sobre el cuero cabelludo, que masajeó con fuerza hasta hacer espuma.

–Se me ha metido en los ojos –chilló él.

–No seas niño.

–Eres una mujer sin corazón.

–Vale. Venga, que te enjuago.

Cuando ya no quedó más espuma le dio una toalla para secarse.

–Mucho mejor. Oye, ¿qué es esto? ¿Detergente para platos?

–Sirve tan bien como cualquier otra cosa.

–¿Me has lavado el pelo con detergente? ¿Te das cuenta de que ahora oleré a limón?

–Bueno, tenía que usar algo antes de que se te solidificara el pelo, y el único champú que tengo está perfumado.

–El limón está bien.

Ahora que ya habían roto el hielo discutieron de forma amistosa sobre la comida, avanzando lentamente en su camino hacia un lugar en el que su nueva relación fuera posible. Después de comer él rodeó la casa examinando las cerraduras y le impactó que no hubiera ninguna.

–La puerta delantera no cierra bien y la trasera ni siquiera tiene cerradura. Menos mal que yo las he traído –dijo, y las colocó–. ¿Has estado durmiendo sin cerraduras? Podía haber entrado cualquiera.

–Como no viene nadie no pensé que fuera importante. Pero me alegro de que las hayas puesto.

Luca regresó a su trabajo en el tejado hasta colocar un marco estable.

–Con un poco de suerte esta será tu última noche debajo del agujero. Para mañana por la noche espero haber apañado una cubierta.

–Va a ser muy acogedor. Muchas gracias, Luca.

Pero él estaba bostezando y no pareció escucharla.

—Estoy destrozado —dijo, y fue arrastrando los pies a la cocina.

—Vamos a comer.

Luca recolectó leña para la cocina mientras ella encendía velas, pues estaba oscureciendo. Una cena con velas podría haber sido muy romántica, pero él parecía decidido a robar al ambiente cualquier semblanza de romanticismo mientas la observaba cocinar como un halcón y se entrometía con consejos hasta que ella se hartó.

—Vale, hazlo tú.

—Lo haré, lo haré.

—Bien.

—Bien.

Becky se sentó en la cama, enfurruñada, durante unos diez minutos. Entonces regresó a la cocina con el sentido del humor recuperado.

—Vas a amargar la comida —protestó él.

—No, ya estoy bien. ¿Sigo yo?

—No, gracias; lo tengo todo controlado. Aún va a tardar, así que ¿por qué no hacemos primero el arroz y los champiñones?

Ella se puso con los champiñones hasta que tuvo que parar por un ataque de náusea.

—¿Estás bien? —le preguntó Luca.

—Es algo del olor de los champiñones crudos.

—Nunca me habías dicho eso.

—Pues te lo digo ahora.

—Estarán bien cuando estén hechos.

Becky salió a tomar aire fresco para evitar que se diera cuenta. Volvía a sentir náuseas pero las calmó con un par de inspiraciones. Si se guiaba por la última vez, debía de estar terminando. Sólo esperaba que Luca no sospechara antes. Estaba tan confusa respecto a lo que le diría que le parecía inútil pensar en ello. Antes de su aparición no había tenido la menor intención de informarle de que llevaba a su hijo. Pero ahora no lo sabía; aunque de momento tenía intención de dejar la decisión en sus propias manos. De todos modos sabía que se le acababa el tiempo. Si no se lo decía tendría que irse pronto y decidir dónde tener al bebé.

Cuando volvió a entrar sonreía. Luca estaba ocupado cocinando los champiñones y el arroz y terminó haciendo toda la comida.

—Eres un gran cocinero —le comentó ella mientras comían.

—Antes no me decías eso. Siempre criticabas mi forma de cocinar.

—Pero eso era por celos. Eras mejor que yo y me enfadaba.

—Pensé que nunca conseguiría que lo admitieras.

—Lo supiste todo el tiempo, ¿eh?

—Por supuesto. Nunca hubo nada malo en mi forma de cocinar.

—Arrogante.

—No lo había; soy un gran cocinero. ¿Por qué no ser sinceros con eso?

—No sólo arrogante sino engreído.

—Siempre lo he sido. ¿Quieres más champiñones?

Ella se los dio y no siguieron hablando del tema. Después de cenar fregaron los platos.

—Ya está bien por hoy —dijo él—. Estoy listo para irme a la cama. Buenas noches, Becky.

Salió, y Becky lo siguió hasta la puerta, esperando verlo irse en su furgoneta. Pero en lugar de ello Luca se metió en la parte de atrás de esta y, al ver que no salía, Becky fue a buscarlo y lo vio abriendo un saco de dormir a la luz de una linterna.

—¿Qué haces?

—Acostarme.

—¿Aquí fuera?

—¿Dónde si no?

—¿No tienes una cómoda habitación de hotel?

—Sí, pero está a varios kilómetros y no te voy a dejar sola. Está demasiado aislado.

—Luca.

—Buenas noches. Y, Becky...

—¿Qué?

—Cierra con llave.

—Creía que me ibas a defender de todos los intrusos.

—Quiero decir que la cierres de mí.

—¿Pretendes entrar en la casa?

—No.

—Entonces no necesito cerrar. De todas formas hay un agujero enorme en el techo, por si no te habías dado cuenta.

—Becky, ¿quieres dejar de discutir y cerrar con llave?

—Está bien —aceptó, y se fue mascullando—. Me parece una tontería, pero bueno.

Mientras se acurrucaba en la cama, Rebecca pensó en lo extraño que le resultaba el hecho de que se fiaba de él. Le había dicho que no entraría y sabía que no lo haría.

Se levantó pronto a la mañana siguiente, pero él ya estaba dando vueltas fuera. Ella abrió la puerta para llamarlo.

—¡Café!

Él corrió adentro, con movimientos rígidos, como si hubiera pasado una noche fría en un suelo duro. Mientras él se tomaba el café, ella le calentó agua para lavarse y luego le cocinó huevos y beicon mientras él se lavaba. Luca apenas habló, pues estaba demasiado absorto con la comida, y cuando hubo terminado fue directo a trabajar.

A media mañana Becky le llevó un aperitivo y tomaron té juntos.

—Estás haciendo un trabajo fantástico —le dijo Becky señalando el tejado, que iba tomando forma.

—Así es como empecé, clavando mis propios clavos y contratando la mínima ayuda. Podía hacer cualquier cosa en aquellos días, pero hace muchos años que no hago ningún trabajo honrado. También hace años que no me ensucio tanto.

Le enseñó las manos con su manicura, incongruentes con los arañazos de los últimos días.

—Seguro que no estuviste clavando tus propios clavos mucho tiempo.

—Contraté unos hombres y se me fue de las manos. Aceptaba más trabajo del que podíamos hacer y terminé trabajando por las noches por mi cuenta. Le quité una obra en sus narices al mayor constructor de la zona. Él creía que los trabajos beneficiosos eran suyos por derecho y no le gustó. Así es como me hice esto —dijo, mostrando la cicatriz.

—¿Te peleaste?

—No, pero durante un tiempo estaba convencido de que me enviaría a sus matones. Me pasaba las noches fuera, despierto, esperando a que llegaran.

—¿Y fueron por ti?

—No, nunca. Pero yo estaba tan cansado que me caí de la escalera —dijo, riéndose de sí mismo.

—Me estás tomando el pelo.

—No, de verdad. Excepto tú, dejo que todo el mundo crea que fue una pelea.

—¿Cómo pasaste de constructor a lo que eres ahora?

—Compré un terreno para construir. Su valor creció y de repente me había convertido en especulador. Da más beneficios comprar y vender casas que construirlas, así que me concentré en eso. Una vez que empecé a hacer dinero no pude parar. De hecho no es difícil hacer más dinero del que necesitas si te dedicas a ello en cuerpo y alma las veinticuatro horas del día y no piensas en otra cosa.

—Pensarías en otra cosa. ¿Y tu mujer?

—Drusilla se casó por mi dinero.

—¿Y tú por que te casaste?

—Era un símbolo de estatus —contestó él tras pensarlo un rato—. Su familia tiene un título muy antiguo y pocos años antes ni me habría mirado. Eso me hacía sentir bien —contó él, e hizo una mueca—. No es agradable, ¿verdad? Pero yo no soy un hombre agradable, Becky, nunca lo he sido. Tú me hacías ser mejor, pero sin ti volví a ser lo que soy.

—¡No! —gritó ella violentamente—. Eso es demasiado fácil, demasiado simple.

—Es la verdad sobre mí. Y no hace tanto tú eras la primera en decirlo. Si yo puedo aceptarlo, ¿por qué tú no?

—Porque yo no creo que sea la verdad. Nadie puede explicarse de forma tan simple. Luca, ¿intentas hacerme sentir que es culpa mía, que en cierto modo te dejé tirado?

—No, sólo digo que no puedes luchar contra el carácter natural de la gente.

—¿Qué naturaleza? ¿Quién sabe cómo es el carácter natural de nadie? No está fijado; se desarrolla según lo que te pase.

—Es muy dulce por tu parte que me defiendas.

—No te defiendo. Te estoy llamando idiota descerebrado.

–Yo sólo digo que me conozco.

–Tonterías. Nadie se conoce tan bien.

–En aquella época en Carenna, cuando lo único en que podía pensar era en cuidar de ti... Nunca había sido sumiso y suave con nadie antes, y nunca lo volví a ser.

–Nunca tuviste un niño con nadie más.

–Eso es verdad –respondió él en voz baja.

Tan concentrada en sus razonamientos, no se dio cuenta de la fosa que acababa de abrir a sus pies hasta que cayó en ella. Había olvidado la causa de su pelea y al recordarla se quedó en silencio.

–¿Quieres hablar de ello? –le preguntó él.

–La verdad es que no –se apresuró a contestar ella–. No hay nada de qué hablar.

–No, supongo que no.

CAPÍTULO 10

ESTABA recogiendo las sobras del aperitivo y preparándose para entrar cuando oyó una voz detrás de ella.

–Lo siento, Becky, por todo.

–¿Qué? –se volvió a toda prisa, sin estar segura de haber oído aquellas palabras, pero Luca ya se estaba levantando.

–Es hora de que vuelva al trabajo –dijo este, estirando las piernas–. Veamos hasta dónde podemos llegar hoy con el tejado.

Fijó unas cuantas vigas hasta que la luz fue demasiado débil y entonces sacó una techumbre de fieltro de la furgoneta.

–Lo clavaré al agujero esta noche para que te tape. Mañana con suerte estará terminado.

Cuando lo hubo fijado en su sitio comió tan rápido como pudo lo que Becky le había preparado. Esta había esperado que pudieran hablar más, pero él se despidió y se fue.

Había hecho los arreglos justo a tiempo, pues aquella misma noche el cielo se abrió. Ya había terminado el verano y la primera tormenta de otoño fue impresionante, sobre todo para la mujer que miraba hacia el techo, preguntándose cuánto aguantaría. Pero no caló ni una gota. Como constructor Luca no tenía precio.

Justo cuando se estaba empezando a relajar Rebecca oyó un ruido en el exterior y se sentó de golpe para escuchar, pero el sonido de la lluvia solapaba todo lo demás.

Al final salió de la cama y se puso una bata para salir. El viento la empujó con tal fuerza que se tuvo que agarrar para que el viento no la metiera de nuevo en la casa. Tomó aire y miró la lluvia caer como una sábana. No vio ningún signo de problemas, pero oyó otro ruido en la esquina de la casa y se dirigió hacia ella. Llegó justo cuando un relámpago iluminó el cobertizo donde guardaba la leña y vio que se había desprendido el tejado.

—Fantástico —dijo, pues pensó que se le mojaría toda la leña y no sólo no ardería sino que llenaría la cocina de humo.

Sólo podía hacer una cosa. Recogió un montón de leños y se tambaleó hasta la puerta. Por el camino se pisó el cinturón de la bata y se cayó en el barro. Maldijo furiosa y se levantó sin quitarle el ojo a los leños empapados, ayudada por la luz de los rayos.

—Becky, ¿qué estás haciendo aquí? —sonó de repente la voz de Luca.

—¿A ti qué te parece, que estoy bailando? Se ha caído el cobertizo y la madera se está mojando más aún que yo, lo cual ya es bastante.

—Vale; yo lo llevaré. Tú entra a secarte.

—No mientras quede madera.

—Lo haré yo.

—Una persona tardaría demasiado. Se va a empapar.

—He dicho que lo haré yo.

—Luca, te juro que si dices eso una vez más te rompo la crisma.

—Sólo intento cuidar de ti.

—¡Pues no lo hagas! No te lo he pedido. Haré yo sola lo de la madera.

—No vas a hacerlo tú sola —contestó él, subiéndose por las paredes—. Mientras discutimos se está mojando.

—Entonces vamos —dijo ella, y fue por los leños antes de seguir discutiendo.

Cuando habían llevado la cuarta parte de la madera, él propuso.

—Eso es todo. Hay suficiente para unos días. Mientras podemos seguir metiendo el resto y secarlo.

—De acuerdo. Entra y sécate.

Fueron chapoteando a la puerta, y por el camino Luca cerró la furgoneta de un portazo que mostró lo que sentía. Una vez dentro, Rebecca encendió unas velas y rebuscó en un armario, agradeciendo que el único lujo que se había permitido habían sido unas toallas de la mejor calidad y dos enorme albornoces.

—¿Por qué no me has llamado? —le preguntó Luca mientras se sentaba con el albornoz.

—Porque no soy una mujercita indefensa.

—Pero eres muy torpe —refunfuñó él.

—Oh, cállate —dijo ella mientras le tiraba una toalla a la cabeza y se secaba la suya.

—¿A qué ha venido eso? Sólo digo que podías haber llamado a la puerta de la caravana y haberme despertado.

—Me sorprende que no oyeras caerse el cobertizo, con el ruido que ha hecho.

—Pues no lo he oído. Ha sido pura casualidad que me haya despertado. Si no, supongo que lo habrías metido todo dentro.

—No, habría sido sensata y habría parado, como hemos hecho —se defendió ella, a lo que él gruñó—. Y no gruñas como si no creyeras una palabra de lo que te digo.

—Te conozco. Dirías cualquier cosa para ganar una discusión.

—Sí —contestó ella con sonrisa maliciosa—, lo haría. Así que no me provoques.

–No, si ya tengo heridas de eso, ¿no? –preguntó él con ironía.

–Los dos tenemos heridas –le recordó ella–. Viejas y recientes.

–Pero todavía me hablas –dijo él con curiosidad.

–No, hablo con el hombre que me ha arreglado el tejado. Es difícil encontrar buenos obreros.

–Mi única habilidad honrada –rió él.

–No seas tan duro contigo.

Rebecca pensó que él diría algo, pero sólo agarró la toalla y siguió frotándose la cabeza. Ella hizo té y unos bocadillos y comieron en silencio. Luca parecía cansado y abstraído, y ella se preguntaba si estaría lamentando haber comenzado aquello.

–¿Qué pasó contigo? –preguntó de repente el italiano.

–¿A qué te refieres?

–¿A dónde te evaporaste?

–¿No te lo han contado tus detectives?

–Te siguieron el rastro hasta Suiza, pero se perdió. Supongo que es lo que pretendías.

–Claro. Sabía que contratarías a los mejores y que mirarían los aviones, los ferrys y cualquier sitio con control de pasaporte, así que crucé la frontera entre Suiza e Italia de forma «no oficial».

–¿Cómo?

–No importa –contestó ella con una sonrisa.

–¿Así de sencillo?

–Así de sencillo. Entonces me moví a todas partes en tren o autobús, porque si alquilaba un coche dejaría un rastro.

–¿Por eso tienes esa bici tan increíble atrás?

–Exacto. La compré en efectivo, sin preguntas.

–Me lo imagino. Debieron de alegrarse de librarse

de ella antes de que se cayera a pedazos. ¿Con qué has hecho esa cosa que tiene detrás?

–¿Te refieres a mi remolque?

–¿Así es como lo llamas?

–Pues claro –contestó ella muy digna–. Estoy muy orgullosa de él. Junté varias cajas. Había un cochecito en el granero y le quité las ruedas. Lo siento; sé que eran tuyas.

–No te preocupes, no te las voy a pedir. Si es el cochecito que creo se estaba desmoronando de todas formas. De hecho creo que ya se estaba desmoronando cuando lo adquirieron mis padres. Lo ganó mi padre a las cartas cuando mi madre me esperaba, pero creo que a ella no le gustó. No puedo creer que lo uses.

–Sólo para ir al pueblo por provisiones. Comida, leña, esas cosas.

–¿Has traído leña en esa cajita?

–Una vez, pero puse demasiada y se me rompió, así que tuve que venir por un martillo y clavos y volver, arreglarlo y terminar el trabajo. La leña estaba donde la dejé.

–Claro; la gente por aquí es honrada. ¿Por qué no hiciste que te los llevaran?

–Porque entonces la gente sabría dónde vivo.

–¿Y los hoteles en los que estuviste? ¿No te pidieron el pasaporte?

–Paso por italiana. He estado por todo el país, pero nunca me he quedado mucho tiempo.

–De todas las cosas astutas y maquinadoras... –suspiró él–. Pensaba que yo era un conspirador, pero no tengo nada que hacer a tu lado.

–Soy buena, ¿eh? –preguntó ella con cierta sonrisa coqueta.

–Podrías enseñarme un par de cosas –contestó él, devolviéndole la sonrisa.

Pero ambas eran forzadas y desaparecieron enseguida.

–Quería quedarme un tiempo en algún sitio –continuó Rebecca–, pero no sentía que perteneciera a ninguno, así que siempre iba a otro.

–Hasta que viniste aquí –dijo él, dejando en el aire las consecuencias de ello, pero ella no lo captó–. Estabas muy decidida a escapar de mí, ¿verdad? –dijo al fin en tono grave.

–Sí.

Como Luca no contestó, ella levantó la vista para verle el rostro a la luz parpadeante de las velas. Pudiera ser el efecto de la llama, pero le pareció ver en él la tristeza más impresionante que hubiera visto. Él no se giró para ocultarla; simplemente se sentó observándola con una mirada desnuda e indefensa que era más de lo que ella podía soportar.

–Luca –lo llamó. No pretendía decir su nombre, pero le salió solo.

La emoción la embriagó y tuvo que taparse el rostro apoyando la cabeza sobre el brazo en la mesa. No sabía qué hacer, pues lo que sentía estaba más allá de las lágrimas: la desesperación por los años perdidos, las oportunidades que nunca recuperarían, el amor que parecía haber muerto dejando atrás nada más que desolación. Podría tener a su hijo, pero era demasiado tarde para ellos.

Entonces creyó sentir que le acariciaban el pelo y quizá que murmuraban su nombre pero no estaba segura y no miró. No quería que viera sus lágrimas. Lo escuchó ir a la cocina y meter más leña para volverse a sentar.

–Eso lo mantendrá hasta mañana –dijo Luca–. Vuélvete a la cama y entra en calor.

–¿Dónde vas? –le preguntó ella cuando, al levantar la vista, lo vio junto a la puerta.

–A la furgoneta. Voy a ponerme ropa seca y mañana te devolveré las toallas.

–No, ¡espera! –lo detuvo ella, que no se había preguntado dónde podría dormir, pero le parecía monstruoso que regresara a la inhóspita furgoneta mientras ella tenía todas las comodidades–. No puedes volver a la furgoneta.

–Claro que puedo. Estoy muy bien allí.

Ella saltó con un brazo al frente para detenerlo, pero se detuvo de golpe por la debilidad que la asaltó. Durante un momento tuvo la mente confusa y la cocina bailaba a su alrededor. Luego desapareció el mareo.

No estaba segura de si la había sujetado él o era ella la que se había colgado, pero estaban agarrados con fuerza y se sintió furiosa consigo misma, pues pensó que ahora lo descubriría. Esperó una exclamación, las preguntas, sentirse acorralada.

–A lo mejor no has cenado suficiente –le dijo él–. A quién se le ocurre cargar leña con el estómago vacío. ¿Quieres que te traiga algo?

–No, gracias.

–Entonces deberías ir directa a la cama. Vamos –ordenó, y la llevó al dormitorio sujetándola de manera firme pero impersonal y la metió en la cama.

–¿Estás bien?

–Sí. Gracias, Luca.

–Durmamos lo que queda de noche. Mañana nos espera otro día duro.

Luca cerró la puerta detrás de él y luego ella oyó la puerta principal. La oscuridad no ofrecía respuestas. Rebecca intentó revisar lo que había visto en sus ojos cuando la había sujetado, pero no le habían revelado nada, pues habían tenido una mirada vacía, que no mostraba el fondo. Era como si se hubiera echado atrás, dándole espacio suficiente para una negación si ella hubiera querido. Becky siempre había creído que lo conocía a fondo, pero ahora se preguntaba si alguna vez había sabido algo de él.

En los siguientes días, Rebecca descubrió que el espacio que le había parecido que él le ofrecía no era una ilusión. En cierto modo lo había hecho desde que había aparecido, durmiendo fuera sin importar el tiempo, sin entrometerse nunca ni decir una palabra que pudiera provenir de un amante. Pero ahora había algo diferente, como si él también necesitara espacio. Becky pensó que quizá lo estuviera haciendo por sí mismo, que terminaría la casa para que ella estuviera a salvo y entonces se iría y nunca preguntaría por el niño. Porque no quería saber. Era como vivir con un fantasma. Pero sobre todo Becky estaba en paz, y paz era lo que más apreciaba.

Poco a poco la casa iba cobrando vida. La culminación del tejado significó que otra habitación, que había estado completamente a la intemperie, se hacía habitable, así que Rebecca se dispuso a limpiarla de arriba abajo. La respuesta de Luca fue desaparecer un día casi entero, en el que regresó con un generador portátil y una aspiradora.

—He tenido que ir a Florencia a comprarlo —dijo—. Era el último que tenían. No es demasiado grande, pero nos servirá. ¿Has preparado la cena?

—No. No sabía si ibas a volver así que no he preparado nada.

—Ah, vale.

–¡Deja de ser tan amable! –gruñó ella–. Hay filetes; ahora los hago.

A partir de entonces resultó más sencillo trabajar y tuvieron algo de luz por las tardes, aunque seguían refugiándose en la cocina.

–Podrías mudarte aquí –propuso un día Rebecca, cuando la habitación estuvo terminada–. Para dormir, me refiero. Es mejor que la furgoneta.

–Vale –contestó él tras meditarlo un poco.

Llevó la furgoneta al pueblo y regresó con un catre de hierro de segunda mano.

–Es muy estrecho –le dijo ella con dudas–. No puede medir más de noventa centímetros.

–La gente de aquí vive en casa pequeñas, así que tienen que tener muebles estrechos.

Pero el colchón era inservible, así que tuvo que comprar otro, y regresó con uno nuevo treinta centímetros más ancho que la cama.

–¿Ves? No importa que la cama sea estrecha. Lo único que notaré será el colchón.

–Pero se sale más de quince centímetros por cada lado. Te vas a caer cada vez que te des la vuelta.

–Tonterías. Lo he pensado todo científicamente.

Se lo explicó al detalle y Rebecca le contestó con un gesto de mofa. Por la noche se fue a la cama y se cayó científicamente de ella tres veces, hasta que puso el colchón en el suelo y utilizó la cama para meter todo aquello a lo que no le encontraba otro sitio.

El humor era una línea de salvación, que hacía posible el viaje hasta que se dieron cuenta de a dónde dirigía. Pero incluso mientras se reían de los percances de Luca sabían que la frágil atmósfera no podría durar para siempre. Lo que la despedazó surgió sin avisar. Estaban sentados en la cocina escuchando la radio y riéndose de los intentos de Luca de reparar el remolque.

–Bueno, ya lo he juntado. Pero ¿merece la pena? ¿Tienes alguna utilidad para él? –preguntó al fin, a lo que ella negó con la cabeza–. Bien –dijo, y lo dejó contra un rincón, donde se le cayó una rueda–. Mi padre insistía en guardar esa cosa por si tenían otro hijo, pero nunca ocurrió. Entonces *Mama* murió cuando yo tenía diez años.

–Sí, recuerdo que me lo contaste. Debes de haberte sentido muy solo sin hermanos.

–Tenía a mi padre para cuidar. Estaba perdido sin ella –dijo, con una carcajada–. Bernardo Montese, el gigante local, el gran hombre al que todo el mundo temía. Pero por dentro era un blandengue, así que primero ella cuidó de él y después yo. Era como cuidar de un niño pequeño.

–Lo querías mucho, ¿verdad?

–Sí. Estábamos en la misma onda. Ahora me doy cuenta de que en parte era porque era como un niño grande. No se podría imaginar viéndolo gritar a los demás, pero bajo esa fortaleza había una debilidad oculta, y si la tocabas se derrumbaba.

Becky lo observaba manteniendo la respiración, pues sabía que algo estaba sucediendo; bajo la calma de la casita las cosas se estaban descontrolando y si quería detenerlo tenía que hacerlo en aquel momento.

–Sigue –susurró.

–Aun así no se quiso deshacer del cochecito. Decía que le gustaría a mi esposa algún día y yo no tuve el valor de decirle que sólo serviría para chatarra. Un día se emborrachó y se cayó en una cantera, y murió al día siguiente. Yo tenía dieciséis años.

Ya le había hablado de sus padres antes, pero nunca de aquel modo. Ella intentó encontrar las palabras ade-

132

cuadas para animarlo a continuar, pero él siguió con otro asunto.

–Cuando estuvimos en Londres –empezó, y se detuvo como si hubiera perdido el valor.

–Sigue –lo alentó ella.

–Nunca te pregunté por el parto. Quería hacerlo pero...

–Nunca fue el momento oportuno.

–No, pero quiero saberlo, si aguantas hablar de ello. ¿Fue muy duro?

–Fue rápido. Era muy pequeñita, prematura. Fue lo que vino después lo que fue duro. Necesitaba verte; no sabía que la policía te retenía.

–Tu padre debió de llamarla mientras yo avisaba a la ambulancia. Vinieron muy deprisa y me arrestaron, en palabras de tu padre, por «comportamiento violento». Imploré que me dejaran ir contigo, pero no me dejaron. Recuerdo las puertas de la ambulancia cerrándose contigo dentro mientras la policía tiraba de mí hacia el otro lado. Me volví loco y entonces sí me puse violento. Hicieron falta cuatro hombres para sujetarme y sé que a uno de ellos le partí la nariz, así que ya tenían algo de lo que acusarme. Estuve en prisión unos días, sin saber nada sobre ti. Entonces vino a verme tu padre y me dijo que el bebé había nacido muerto, así que podía «olvidarme de cualquier idea que tuviera».

–¿Qué dijo? –preguntó ella, con los ojos muy abiertos.

–Dijo que nuestra bebé había nacido muerta. ¿Qué pasa, Becky?

–No nació muerta –susurró ella–. Vivió unas horas en la incubadora. Yo la vi. Era tan pequeña, y enchufada a las máquinas por todas partes. Era horrible, pero sabía que los médicos estaban luchando por ella. Lo intentaron todo, pero fue inútil. Se fue.

—Pero ¿estaba viva? ¿Vivió, aunque sólo fuera un poco?

—Sí.

—¿Pudiste tenerla en brazos?

—No mientras estuvo viva, porque tenía que estar en la incubadora; era su única posibilidad. Pero cuando murió la envolvieron y me la pusieron en los brazos. La besé y le dije que sus padres la querían. Después le dije adiós.

—¿Recuerdas eso?

—Sí. Por entonces aún estaba bien. La depresión no me llegó hasta unas horas más tarde.

—¿No te preguntaste dónde estaba yo?

—Sí, le preguntaba a mi padre, y él me contestaba que aún te estaban buscando.

—¿Te decía eso, cuando sabía que estaba en la cárcel donde él me había metido? —preguntó Luca lleno de rabia contenida.

—Decía que te habías ido. Entonces ella se murió. Después de eso —balbuceó—; después de eso todo se quedó a oscuras. Me sentía presionada, asfixiada, aterrorizada. Todo me daba miedo y no tenía esperanzas de nada. Quizá habría ocurrido de todas maneras, al perder al bebé, pero a lo mejor si hubiéramos estado juntos no, o me habría repuesto antes. Nunca lo sabré.

—No hay nada que no hubiera hecho tu padre por separarnos. No importa lo perverso o falso que fuera; no le importaba mientras se saliera con la suya.

—Creo que al principio creyó que sería fácil. Pero luego se le empezó a descontrolar todo y cada vez tenía que hacer cosas peores para no admitir que se había equivocado. Intentaba rescribir los hechos para demostrar que tenía razón, pero, claro, no podía.

—¿Lo defiendes?

—No, pero no creo que fuera un mal hombre desde el principio. Se fue volviendo así porque no sabía pedir perdón. Nos destrozó a nosotros pero también a él. Sabía lo que había hecho, pero no podía admitirlo.

—¿Alguna vez te enfrentaste a él por lo que había hecho?

—Sí, una vez. Tuvimos una pelea muy grande y le dije que había matado a nuestra hija.

—¿Y qué dijo?

—Nada, sólo me miró y se quedó blanco, y se fue. Luego lo encontré mirando fijamente a la nada. Un año más tarde le dio un ataque al corazón. Sólo tenía cincuenta y cuatro años, pero murió casi al instante.

—No lo siento por él. No lo perdono, y no voy a fingir que lo hago.

—Lo sé. Yo siento lástima por él porque vi lo que se había hecho a él tanto como a nosotros. Pero perdonarle es más de lo que puedo yo también. Además... —se quedó callada largo rato, se levantó y empezó a recoger, como atormentada por la indecisión.

—¿Qué pasa? ¿Hay más?

—Sí, hay algo que llevo esperando para decirte, pero tenía que ser en el momento oportuno. Ahora, creo...

Se detuvo, rota por la duda, aunque sabía que ya no había vuelta atrás. Luca le tomó las manos.

—Dime, Becky. Sea lo que sea, ya es hora de que lo sepa.

CAPÍTULO 11

Sí, DEBES saberlo. Luca, ¿has vuelto alguna vez a Carenna?

—No.

—Yo tampoco, hasta hace poco. Fui hace unas semanas y averigüé otra cosa sobre la que mintió mi padre.

—Sigue —rogó él cuando ella se detuvo, arrepintiéndose de haber empezado.

—Siempre había creído que murió sin ser bautizada, sin nombre.

—¿Quieres decir...?

—Está allí, en el campo santo. La bautizó el capellán del hospital.

—¿Y cómo no lo supiste?

—Se la llevaron a la incubadora nada más nacer, mientras las enfermeras cuidaban de mí. El capellán estaba allí bautizando a otro niño y como pensaron que a nuestra hijita le podían quedar pocos minutos la bautizó allí mismo, por si no llegaba a tiempo.

—¿Y no se lo dijeron a nadie?

—Sí, a mi padre. Supongo que pensarían que él me lo diría, pero no lo hizo. Pero está enterrada en suelo consagrado. El capellán murió el año pasado, pero hablé con el nuevo y está todo documentado. Parece que el párroco ofició un pequeño funeral y avisó a papá de cuándo iba a ser. No pudo decírmelo a mí porque mi padre lo mantuvo alejado, y no sabía dónde estabas tú.

Así que cuando enterraron a nuestra hija no había nadie de su familia.

—¿Ni siquiera tu padre?

—Quería hacer como que nunca había existido, y quería que yo también la olvidara, así que intentó borrarla y borrarte a ti. Hasta le dijo al cura que se apellidaba Solway.

—¿Quieres decir...?

—Es el nombre que hay en su tumba —siguió ella con creciente ira—. Rebecca Solway. Pero está allí, Luca, no se ha esfumado en el vacío. No lo logró del todo.

Luca se levantó enfadado y anduvo por la habitación como si de repente no pudiera seguir sentado. Empezó a sacudir la cabeza como una bestia dolorida y Rebecca pensó que nunca había visto tanta desolación en un rostro. Por fin se detuvo y, sin avisar, dio un fuerte puñetazo a la pared, seguido por varios más.

—¡Dios! —repetía—. ¡Dios mío!

Rota de pena, Becky lo rodeó con sus brazos y, aunque él no dejó de dar puñetazos, la agarró con tanta fuerza que por poco la aplastó.

—Luca, Luca, por favor.

No estaba segura de que la escuchara, pues parecía perdido en el dolor. Al fin se cansó y apoyó la cabeza contra la piedra, sin dejar de temblar. Rebecca apoyó la cabeza contra su espalda, llorando por él. Podía con su propia pena, pero no con la de él. Luca se volvió y la agarró con fuerza.

—Abrázame fuerte —le pidió— o me volveré loco. Abrázame, Becky, abrázame.

Estuvo a punto de caer sobre ella, pues parecía haber perdido toda su fuerza. Ella hizo lo que le pedía; tenía muy reciente el camino que él recorría ahora y decidió que no lo recorrería solo como había hecho ella.

Apoyándose en ella, Luca volvió a su silla, donde se desplomó. Tenía la mirada vacía y la mano derecha roja y arañada. Rebecca se la sujetó, notando que le dolía al más ligero roce, y se la mojó en agua, con los ojos llenos de lágrimas. Se arrodilló delante de él para limpiarle la herida, que él miraba como si no supiera cómo se la había hecho.

—¿Cómo era?

—¿Qué, querido?

—Su tumba. ¿Cómo era?

—Una tumba pequeña, muy sencilla, con el nombre y la fecha de cuando nació y murió.

—Y no tuvo a ninguno de los suyos en el funeral. Pobre criatura, sola en la oscuridad.

—Me alegré cuando lo averigüé —dijo Rebecca—. Es mejor que si no hubiera tenido un bautismo y un entierro adecuado. Pensé que te gustaría saberlo.

—Me alegra eso, pero deberían habérnoslo dicho. Si lo hubiera sabido habría ido a verla a menudo; no habría estado sola.

—Todavía está ahí, esperando que sus padres la visiten juntos —dijo ella, y él no pudo contestar, sólo asintió—. Pero antes te tiene que ver la mano un médico.

—No es nada —contestó él retirándola enseguida.

—No tengo más que agua para limpiarla y me da miedo que se te infecte. O que te hayas roto algo.

—Eso es una tontería, yo nunca me hago daño.

—Claro que sí. Ahora ven a tumbarte.

Él asintió y dejó que lo llevara a la cama. Le dolía mucho la mano y tuvo que aceptar que lo ayudara a desvestirse, pero cuando ella insistió en llevarle al médico, protestó.

–Estaré bien mañana –refunfuñó.

Al día siguiente estaba hinchada y aún le dolía, pero él no quería «perder tiempo» con un médico; parecía que lo único que importara fuera llegar a Carenna lo antes posible.

–No podemos ir en esa furgoneta –apuntó Rebecca–. ¿Dónde tienes el coche?

–En el garaje del hombre al que le alquilé la furgoneta.

–Entonces me tendrás que enseñar cómo se lleva.

–Yo la llevaré.

Pero tuvo que desistir al primer kilómetro y ella condujo el resto del camino.

–Gira a la izquierda por aquí –dijo él en cuanto llegaron al pueblo–. Becky, te he dicho que por aquí.

–Luego –contestó ella deteniendo la furgoneta en la clínica–. Primero iremos aquí.

–Te he dicho que estoy bien –gruñó él.

–Y yo te digo que no lo estás.

–Becky, no quiero...

–¿Te he preguntado lo que querías? Luca, es muy fácil; ahora mismo soy la única que puede conducir y no voy a ir a ningún sitio hasta que te vea un médico.

–Eso es chantaje.

–Sí, ¿y qué?

–Estás haciendo el tonto.

–Bien, pero eso que me lo diga el médico.

El médico no dijo tal cosa. Era un hombre mayor que enseguida diagnosticó que Luca tenía dos huesos rotos y un tercero astillado.

–Menos mal que han venido enseguida –le dijo mientras le escayolaba la mano–. Si no, se le habría quedado la mano dañada. Es usted inteligente. ¿O a lo mejor es sólo que ha tenido suerte con su mujer?

–Sí –contestó Luca.

–Tome estos analgésicos, y estas pastillas lo ayudarán a pasar la noche. Espero que no estuviera planeando hacer nada que requiera fuerza el resto del día.

–No –saltó enseguida Rebecca–; íbamos a hacer un viaje, pero lo hemos pospuesto para mañana.

Luca sencillamente asintió. Parecía derrotado y enfermo, y Rebecca adivinó que no era sólo por la mano. Incluso estuvo de acuerdo en esperar tranquilamente en la sala de espera mientras ella devolvía la furgoneta y regresaba con el coche. Anochecía cuando llegaron a la cabaña y Rebecca se encargó de calentarla y poner cómodo a Luca.

–Acuéstate ahora –le dijo ella amablemente–. Y creo que deberías quedarte tú la cama buena; yo dormiré en el colchón.

Él negó con la cabeza y ella no insistió. Luca aceptó que lo ayudara a desvestirse y lo metiera en la cama como una madre a un niño agotado.

–Gracias –le dijo de repente este, tocándole la mano–. Por todo.

Ella le apretó la mano, la besó y se fue.

Al día siguiente partieron muy temprano hacia Carenna. Habían dejado los vaqueros y habían vuelto a la ropa formal. Con un traje a medida, Luca parecía el hombre al que había conocido hacía unos meses, pero no lo era. Su rostro había cambiado; estaba demacrado, como si hubiera envejecido de golpe. Al comenzar el viaje ella le había tocado la mano y él había sonreído, pero después pareció imbuirse en algún lugar interior, del que ella sólo podía imaginar el sufrimiento.

Llegaron a Carenna por la tarde y fueron directos a la pequeña iglesia donde debían haberse casado. Mientras aparcaba, Rebecca lo miró preguntándose qué sentiría, pero el rostro de Luca no reflejaba nada, lo cual la decepcionó, pues hasta entonces había pensado que era algo que estaban haciendo juntos, y en aquel momento le parecía que Luca estaba más lejos que nunca, en algún lugar al que ella no estaba invitada.

–¿Está aquí? –preguntó Luca cuando entraron en el campo santo–. ¿Me enseñas dónde?

–Sí, ven conmigo.

La pequeña tumba estaba alejada y anduvieron con cuidado porque el cementerio estaba lleno, hasta que llegaron a una pequeña sección donde yacían varios niños.

–¿Por qué están aquí y no con sus familias? –quiso saber Luca, pero entonces fijó la vista en la señal, *Gli Orfani*, los huérfanos, y se estremeció.

Al final de la línea encontró la pequeña losa con «Rebecca Solway» inscrito, y la fecha de su nacimiento y de su muerte. Luca se arrodilló y posó una mano sobre la hierba.

–Debió de haber sido tan pequeña.

–Sí, lo era. Podrías haberla sujetado en una mano.

Luca cerró los ojos y ella lo sintió temblar, mientras esperaba que se volviera hacia ella. El momento se hizo esperar, pues él no se movió y mantuvo la mirada clavada en la tumba. Por fin Rebecca se fue y entró en la iglesia, que estaba vacía. Le decepcionó no ver al padre Valetti, así que salió y se encontró con Luca, que iba hacia ella.

–Gracias por dejarme solo con ella. ¿Quieres que espere aquí mientras vas tú?

–Sí, yo... –empezó a decir, y se paró al ver que alguien la llamaba desde la puerta.

–Es él, el padre Valetti.

—Siento no haber estado –la saludó el padre–; estaba en el banco. Me temo que no soy muy bueno con las finanzas. Me alegro de que haya vuelto.

—Siempre he querido volver, en el momento adecuado. Padre Valetti, este es Luca Montese.

—El *papa* de la niñita –dijo el cura enseguida, dándole la mano–. ¿Ya la ha visto? –preguntó, a lo que Luca asintió–. Y no parece real. Piensa «¿Qué tiene que ver este pedazo de tierra con mi niña?» Sobre todo después de tanto tiempo.

—Sí –contestó Luca, que lo miraba con repentino interés–. Es exactamente lo que sentía. Ha pasado demasiado tiempo. Ni siquiera sabía que estaba aquí.

—Pero un día estaba destinado a venir. Y ella lo ha estado esperando.

—Le agradezco que haya cuidado de ella. ¿Puedo ver su iglesia?

—Claro, será un placer enseñársela.

Rebecca se fue para estar con su hija a solas, y al volver vio a los dos hombres charlando, y supo que Luca había descubierto lo mismo que ella, que era un hombre bueno y muy fácil hablar con él. Le entristeció que no pudiera hacerlo también con ella. Luca le sonrió al verla, aunque parecía abstraído en otro pensamiento.

—¿A qué se refería con lo del banco? –le preguntó este al cura–. ¿La iglesia tiene problemas económicos?

—Los tendremos si no pagamos el crédito de dos millones que acabo de pedir.

—¿Dos millones de euros? ¿Se está cayendo la iglesia?

—La iglesia no. El dinero es para la nueva unidad de pediatría que estamos construyendo en el hospital. Los costes se están desbordando y sin el crédito podríamos tener que abandonarlo. Yo decidí patrocinarlo, pero, como he dicho, no tengo dinero suficiente –explicó, e hizo una mueca–. El arzobispo no está muy contento conmigo.

–¿Pero lo ha conseguido?

–Con condiciones. El banco quiere un avalista, así que ahora tengo que hablar con los empresarios de aquí para pedirles que me avalen parte del crédito. Y como todos ya saben lo que quiero saldrán corriendo en cuanto me acerque a ellos.

–No se acerque entonces –dijo Luca.

–No entiendo.

–Yo me haré cargo.

–¿Quiere decir que avalará el crédito?

–No, quiero decir que no necesita el crédito. Yo le daré el dinero –aseguró Luca, y el padre Valetti lo miró dubitativo–. No se preocupe, tengo el dinero; no lo voy a dejar tirado. ¿Será suficiente o necesitará más la unidad?

–¿Puede permitirse más? –preguntó el cura, y Luca sacó el móvil y llamó a Sonia.

–¿Cuánto tardarías en transferir tres millones? –preguntó a su asistente–. ¿Puedes hacerlo en veinticuatro horas? Bien, Entonces envíalo a ese sitio –ordenó, y leyó un papel que le había escrito el cura a toda prisa. Luego colgó y habló con tono grave–. Quiero que la unidad lleve el nombre de mi hija.

–Claro.

–Rebecca Montese, no Solway.

–Así será. Es lo más generoso... –empezó a agradecer, pero Luca lo detuvo agitando la cabeza.

–Hágame saber si necesita más –dijo mientras le daba una tarjeta–. Esta es la sede en Roma. Este es el número de mi asistente, que me llamará a cualquier hora –le garantizó, y se dirigió a Rebecca–. ¿Lista para irnos?

Rebecca estuvo luchando contra sus pensamientos todo el camino a casa; quería darle las gracias pero sentía que no tenía derecho, pues de un modo extraño el gesto de Luca no había tenido nada que ver con ella. Había reclamado a su hija, pero lo había hecho solo, de una forma que la excluía. Entonces comprendió toda la esperanza que había depositado en aquel momento, sin entender por qué había ocurrido de aquella manera. Ella había creído que estaban recorriendo un camino que los uniría, pero se había estado engañando, pues Luca se había desviado bruscamente hacia otro camino en el que todo se podía hacer con dinero. Al fin y al cabo, era un hombre de negocios y ella había sido una tonta al olvidarlo. Le había puesto precio a su hija, tres millones de euros. Firmado, sellado y ordenado. Por otro lado, pensó que no se podía criticar a un hombre que acababa de dotar al hospital de una unidad de pediatría y había salvado muchas vidas, ni siquiera aunque en el proceso se hubiera cerrado con llave el corazón.

La cabaña aún estaba caliente cuando llegaron. Luca no habló durante toda la cena, salvo para darle las gracias. Cuando ella lo miró vio un rostro de piedra.

Ya era de noche cuando Becky salió por más leña para la cocina, mientras hacía planes para el futuro, un futuro sin Luca. Este había manejado todo aquello a su manera, que no era la de ella, y pensó que no le podía haber dejado más claro que no la necesitaba y que a partir de aquel momento sus caminos se separaban.

De repente oyó un grito. No podía imaginarse qué era y se paró a escuchar. Entonces llegaron más gritos, provenientes de la cabaña. Tiró los leños y echó a correr. Luca seguía sentado donde lo había dejado, con los puños apretados con fuerza sobre la mesa y la cabeza sobre ellos, mientras profería los gritos de un animal atormentado. Parecía no poder parar, mientras ella lo observaba asustada.

–Luca.

Él se irguió y se llevó las manos a los ojos, mientras seguía lamentándose. Rebecca se dio cuenta de que se había equivocado al creer que era un insensible por no expresar sus sentimientos, pero que lo que sentía era demasiado profundo para expresarlo. Ahora le decía sin palabras que sufría hasta el borde de la locura.

–Cariño... –le susurró ella, cubriéndolo con los brazos.

Él le respondió abrazándola y apretando el rostro contra ella, aferrándose como si no hubiera un lugar en el mundo donde estuviera más a salvo.

–Todos estos años –balbuceó– ha estado sola. No lo sabíamos.

–No, no lo sabíamos, Luca. Pero no la volveremos a dejar sola. Luca, Luca.

Quería decirle un millón de cosas pero no encontraba palabras, tan solo su nombre una y otra vez, mientras él la abrazaba cada vez más fuerte.

–Ha sido de repente –dijo al fin Luca, calmándose poco a poco–. Lo estaba aguantando y de repente me he visto en el infierno.

–Sí, es lo que me pasó a mí. No hay defensa contra eso; tienes que sentirlo hasta que se pase.

–¿Se pasa? –le preguntó, con un tono de desesperación que le partió el corazón.

–Al final. Pero antes tienes que sentirlo.

–No puedo hacerlo solo.

–No tienes por qué, estoy aquí. No estás solo –le dijo ella, y él la miró.

–Estaré solo cuando te vayas.

–Entonces no me iré –repuso ella, sujetándole el rostro entre las manos. Al principio él no reaccionó, como si hubiera dicho algo demasiado trascendental para ser cierto.

–No lo dices en serio –dijo al fin.

–No puedo dejarte, Luca; te quiero. Siempre te he querido y siempre lo haré. Estamos hechos el uno para el otro –confesó. Entonces él se apartó y le apoyó la cabeza en el abdomen, mirándola con una pregunta en sus ojos.

–Sí –dijo ella–. Es verdad.

Sin responder nada volvió a apoyar la cabeza, aquella vez sin temblar, al fin en paz. Cuando ella le agarró la mano él la siguió hasta la habitación sin protestar.

CAPÍTULO 12

CREÍ QUE nunca me ibas a decir que esperabas un hijo nuestro–comentó Luca suavemente al primer rayo de luz.

–¿Desde cuándo lo sabes?

–Casi desde el principio. Tenías algo... Como la última vez.

–¿Te acuerdas de eso? –preguntó ella, sorprendida.

–Me acuerdo de casi todo respecto a ti, desde el momento en que nos conocimos.

Habían pasado toda la noche tumbados en brazos del otro, hablando a veces, pero sobre todo en silencio, encontrando consuelo en la presencia del otro. A medida que los minutos se transformaban en horas, Rebecca sintió cómo se partía la cáscara que le había puesto a su corazón, y notó que a él le pasaba lo mismo.

–Sospeché lo del niño prácticamente en cuanto te vi, pero entonces no veía esperanzas para nosotros. Sabía que lo había liado todo. Recuerdo que decías que hacía las cosas como un elefante en una cacharrería y era verdad. He estado haciendo las cosas así todos estos años, porque me iba bien. Para cuando nos volvimos a ver se me había olvidado que existían otras formas.

–Ya –contestó ella con ternura–, lo había deducido.

–De jóvenes sabía cómo hablar contigo; me resultaba fácil decirte que te quería. No había nada más que amor en el mundo, nada que importara. Pero cuando nos volvimos a ver había demasiadas cosas que parecían importantes, y la principal era mi orgullo. Te busqué porque me había convencido de que eras la única mujer que podría darme un hijo. Es una tontería, ya lo sé. Sonia también lo vio. Desde el principio me dijo que sólo creía eso porque lo deseaba, y tenía razón. Así que vine a buscarte convencido de tener una razón lógica, porque no podía admitir la verdadera razón.

—¿Y cuál era la verdadera razón?

—Que no he dejado de amarte todos estos años, que mi vida estaba vacía. Año tras año me había construido un muro en el corazón, creyendo que me protegería si era suficientemente sólido. Por suerte no lo hizo. Entonces te encontré y compré acciones del Allingham para tener una excusa para verte. Creía haberlo planeado todo tan bien —explicó, y se sonrió—. Tenías que haberme visto aquella noche. Estaba casi seguro de que estarías en la casa de Steyne y estaba hecho un manojo de nervios. Cuando oí tu voz en el pasillo me entró el pánico y por poco salgo corriendo. Entonces entraste con Jordan y estabas preciosa, pero tan distinta; no sabía qué decirte. No sabía qué había esperado, que dijeras mi nombre y corrieras a mis brazos o algo así, pero tú parecías no conocerme. Estabas tan fría y con tanto aplomo que de repente me vi otra vez convertido en campesino, buscando las palabras adecuadas. Intenté abalanzarme sobre ti; bueno, de eso ya te acuerdas, pero lo único que sabía hacer era dar órdenes y tú parecías alejarte más con cada cosa que decía o hacía. Casi lo arruiné del todo con esos diamantes, pero no se me ocurría qué otra cosa hacer.

—Fuiste un bruto —recordó ella, sonriendo.

–Como siempre. Cuando vine aquí había perdido toda esperanza; sólo quería ver el lugar donde habíamos sido tan felices. Y cuando te vi no me atreví a creer que pudiéramos tener otra oportunidad –continuó, y se incorporó sobre un brazo, mirándola inquieto–. Porque tenemos otra oportunidad, ¿verdad?

–La tenemos si queremos.

–No hay nada que quiera en el mundo más que a ti.

–Y el bebé.

–Sólo a ti. El bebé es un extra, pero lo fundamental eres tú.

Se quedó dormido antes de que ella pudiera responder, como si el hecho de decirlo le hubiera dado paz. Parecía haber perdido toda la tensión, igual que había hecho ella, que ahora entendía por qué. Durante quince años les habían negado el derecho de llorar a su hija, algo que había congelado sus corazones y no les había permitido seguir su vida. Pensó que aún no era tarde y lo abrazó con fuerza mientras observaba el amanecer. Ahora eran libres para sentir la pena de la pérdida y para seguir y encontrarse de nuevo.

De repente oyó un golpeteo de lluvia en el tejado, que se hizo más fuerte hasta convertirse en un aguacero que duró varios días, durante los cuales no salieron de la casa. Pasaron parte del tiempo hablando, pero la mayor parte la pasaron tumbados en brazos del otro, sin necesidad de palabras.

Por fin hicieron el amor, con mucha ternura. Aunque aún sentían placer, importaba menos que el amor que habían reencontrado, y al final él la abrazó y susurró.

–Rebecca.

–Me has llamado Rebecca –dijo ella, asombrada–, no Becky.

–Lo llevo haciendo un tiempo. ¿No te has dado cuenta?

–Sí, creo que sí –contestó ella, y se quedó dormida en sus brazos.

Tenía la extraña sensación de que la lluvia había lavado todo el dolor y el sufrimiento. Cuando por fin la tormenta terminó salieron al valle para contemplar un mundo nuevo.

–A desayunar –dijo ella, pensando que pronto tendrían que hablar de otras cosas, pero en aquel momento quería disfrutar de los pequeños momentos cotidianos, y que estos duraran lo más posible.

–A desayunar –repitió él, y la ayudó como pudo, entorpecido por la escayola de la mano–. Supongo que no te enfadarás la próxima vez que quiera cuidarte –dijo, moviendo los dedos–. Nunca me habían intimidado como lo hiciste tú aquel día.

–Algunos hombres necesitan que los intimiden.

–¿Dónde he oído eso antes? Ah, sí, se lo decía mi madre a mi padre.

–¿Y qué contestaba él?

–Nada; se ponía firme.

Acompañó las palabras con el gesto y ella se echó a reír. Él la observaba con ternura, percibiendo que la risa de ambos era diferente; ya no era una risa tensa y crispada.

Una mañana Rebecca abrió los ojos y comprobó que, como siempre, la cabaña estaba caliente porque Luca se había levantado temprano y había azuzado la cocina. Se puso la bata y salió para encontrarlo depositando en el cesto un último lote de leños. Se acercó a él y le frotó las manos con las suyas para hacerles entrar en calor. Entonces él le tocó el cuello con los dedos helados y ella sintió un escalofrío.

–Lo siento –se burló–. Es que tienes el cuello tan calentito y fuera hace tanto frío.

–Aquí se está muy bien.

–Y como habrás visto la tetera está hirviendo. Si te sientas la tendré lista en un segundo.

Ella lo dejó disfrutar mimándola, pero estaba pensativa y él pareció darse cuenta porque se quedó callado hasta que se pusieron a comer.

–¿Qué tal te sientes esta mañana? –le preguntó Luca– ¿Tienes mareos?

–No, ya no, por suerte.

–Pero tienes algo en la cabeza, ¿verdad?

–Tú también. Lo he notado los últimos días.

–Lo pienso cada vez que salgo a ese frío almacén. Llega el invierno y pronto aquí hará mucho más frío.

–Ha sido maravilloso –asintió ella–; estar aquí así. Pero supongo que se acaba.

–Tiene que acabarse –admitió él con pena–. Por tu salud y por la del bebé.

–Bueno, ¿qué has planeado?

–Nada –respondió él enseguida–. Esperaba que sugirieras tú.

–¿No has arreglado nada? ¿Tú?

–Puede que tenga algunas ideas.

–Sabía que las tendrías.

–Pero son sólo ideas. Si no te gustan podemos pensar en otra cosa.

–Estás haciendo muy bien lo de ser un hombre discreto, pero se nota que te cuesta.

–Hago lo que puedo, pero admito que no me sale de forma natural.

–¿Y por qué no lo dejas y me cuentas lo que has planeado?

–No es un plan exactamente. Sólo llamé a mi ama

de llaves de Roma para decirle que tuviera la casa preparada y caliente, por si acaso.

—Muy sensato. Nunca se sabe cuándo puedes decidir liar el petate y volver a casa.

—Pero sólo si tú quieres. ¿Prefieres volver a Inglaterra?

—¿Vendrías conmigo?

—A cualquier sitio donde haga calor, siempre que no sea el Allingham.

—No, no tengo casa en Inglaterra –dijo ella–. No hay ningún sitio a donde volver.

—Entonces sigamos adelante. A mi casa. Nunca ha sido un hogar, pero tú podrías...

—Vamos a hacerlo poco a poco.

No tardaron mucho en preparar el viaje nada más desayunar. Luca apagó el fuego mientras ella reunió algo de comida para tirársela a los pájaros. Al regresar a la casa él la esperaba en la puerta, con su abrigo.

—¿Listos para irnos? –le preguntó, ayudándola a ponérselo.

—Un momento. Antes quiero...

No le hizo falta terminar la frase, pues él se echó a un lado para dejarla entrar. No había mucho que mirar, sólo el dormitorio en que habían permanecido tumbados, unidos al fin, y la cocina en la que habían cocinado, hablado, discutido y redescubierto su tesoro perdido. Luca entró con ella, sin entrometerse, sólo le agarró la mano para demostrarle que sentían lo mismo.

—Hemos sido felices aquí –susurró ella.

—Sí. Las dos veces.

—Volveremos, ¿verdad?

—Siempre que quieras.

—Entonces podemos irnos.

Condujeron hasta el pueblo para tomar la carretera

de Florencia y de allí la *autostrada* que los llevaría a Roma. Pararon a comer en Florencia.

–No te arrepientes, ¿verdad? –preguntó ella.

–No, claro que no.

–Es que estás muy callado.

–Sólo estaba pensando...

–Sí. Yo también he estado pensando. Sólo estamos a treinta kilómetros de Carenna; no tardaríamos mucho.

–Hagámoslo pues.

En lugar de ir directos a Roma tomaron otra carretera y en media hora estuvieron en Carenna. En la iglesia vieron al padre Valetti en el campo santo, enfundado en varias bufandas, hablando con dos hombres. Los saludó con alegría al verlos.

–Encantado de verlos. No creí que hubiera recibido mi carta.

–¿Carta? –preguntó Luca–. No hemos recibido ninguna carta.

–Entonces ha sido la providencia la que los ha traído aquí cuando necesitaba hablarles.

–¿Ocurre algo malo? –preguntó Rebecca.

–No, en absoluto. Es solo que en un campo santo tan pequeño como este siempre hay problemas de espacio, y las tumbas no duran eternamente. Hay algunas que reciben muy pocas visitas en diez años, así que es práctica habitual volver a enterrarlos todos juntos en un espacio más pequeño. Pero por supuesto a las familias se les da la opción de mantener la tumba original por una pequeña suma. Y les escribí para preguntarles.

–¿Quiere decir –preguntó Rebecca– que van a desenterrar a nuestra bebé?

–Pudiera ser. Pero por supuesto el ataúd será enterrado en otro sitio con todo el respeto.

–Sí, pero ¿dónde? –siguió preguntando Rebecca con creciente agitación.

–Bueno...

–Quiero decir, ¿no podría venirse a Roma con nosotros?

Luca se volvió a ella con el rostro iluminado.

–Podría ser –contestó el padre Valetti, pensativo–. Claro que tendría que hacerse con el procedimiento adecuado, un montón de papeleo, me temo. Entren y lo vemos.

En la oficina Luca y Rebecca se sentaron sin soltarse la mano y manteniendo la respiración, mientras él revisaba un montón de formularios.

–Necesito saber a qué iglesia irá –dijo por fin, mostrándoles unos papeles–, y el nombre del sacerdote que oficiará la ceremonia.

–Había pensado en consagrar parte de mis tierras –explicó Luca, tenso por la esperanza– y enterrarla con nosotros.

–Entonces que el párroco me mande una notificación oficial de la consagración y yo arreglaré el traslado.

–Entonces, ¿puede hacerse? –preguntó Luca.

–Sí, puede hacerse.

El padre Valetti era un hombre con tacto y los dejó solos enseguida. En cuanto se hubo ido se miraron el uno al otro incapaces de articular palabra.

–Gracias por pensar en esto, corazón –consiguió decir por fin Luca con voz ronca.

Rebecca le puso una mano en el hombro y él le acarició el pelo. Un rato después salieron al campo santo para visitar por última vez la tumba. Luca se arrodilló y tocó la tierra mirando fijamente al lugar. Rebecca se mantuvo alejada, imaginando que lo que Luca quería decirle a su hija era algo entre ellos, aunque no le hacía falta oírlo.

—Ten un poco más de paciencia, pequeña. Tus padres te van a llevar por fin a casa y ya nunca volverás a estar sola.

Al mencionar Luca las tierras de su casa, Rebecca había imaginado que sería un jardín muy grande, y no una enorme finca que incluso contenía un bosque, a las afueras de Roma, en la Vía Apia, una mansión con más habitaciones de las que pudiera necesitar un hombre. No necesitó que le confirmara que la habían comprado como un símbolo de estatus y que la había elegido Drusilla.

A pesar de aquello, no había rastro de la presencia de Drusilla, en parte porque se había llevado todo cuanto había podido y en parte porque, como Luca explicó,

—Lo llamábamos nuestro hogar por no saber de qué otra forma llamarlo, pero nunca fue un verdadero hogar. No nos amábamos así que no hay ninguna melancolía.

El instinto de Rebecca le decía que era cierto, pues estaba convencida de que una casa en la que había existido amor siempre guardaba trazos de aquel amor, y en aquella no había tales trazos, así que podrían convertirla en lo que ellos quisieran. Luca escogió la habitación más soleada para el niño y la decoró él mismo de amarillo y blanco.

—Pintaré cuadros en cuanto nazca —le dijo.

—¿Has pensado nombres? —le preguntó ella.

—La verdad es que no. Hubo una vez en que si era niña la habría querido llamar Rebecca, como su madre. Pero ahora...

—¿Ahora? —lo apremió ella, que quería oírselo decir.

–Ya tenemos una hija con ese nombre. Si tuviéramos otra sería como decir que la primera no contaba, y no quiero eso.

–¿Cómo se llamaba tu madre? –preguntó ella, con ternura.

–Louisa.

–Louisa si es niña y Bernardo si es niño –resolvió ella, y él la miró con gratitud–. Creo que Bernardo Montese suena bien.

–Bernardo Hanley.

–¿Qué?

–Cuando se es madre soltera el niño toma el apellido de la madre.

–No me gusta esa idea.

–A mí tampoco –admitió él, tomándole la mano–. Pero la decisión es tuya, Rebecca.

Se casaron en una ceremonia discreta en la pequeña iglesia local. Luca le agarró la mano como si no quisiera arriesgarse a soltarla ni un momento, y con una intensidad calmada que le decía, más que cualquier palabra, lo que aquel día significaba para él.

El día del parto no la dejó sola. Fue más duro y más largo que la otra vez, pero por fin Rebecca tuvo a su hijo en brazos, y su marido y ella se sintieron más unidos que nunca.

–Ya tienes tu heredero –le dijo ella, sonriente.

–Los obreros no tenemos herederos. Quería un hijo; tu hijo, y de nadie más. Ahora tengo todo lo que quiero. Bueno, quizá falte una cosa.

Su deseo se cumplió en la primavera, cuando enterraron a su hija en el lugar escogido.

–Pensé que aquí estaría bien, rodeada de árboles –le explicó a Rebecca una vez terminado el servicio–. Y queda mucho espacio, ¿lo ves?

Rebecca asintió, al comprender lo que le quería decir.

—¿No te importa? —le preguntó él, algo ansioso.

—No, me alegra que hayas pensado en ello. Pero quiero muchos años juntos antes. Hemos estado separados demasiado tiempo, y tenemos mucho que recuperar.

Él le besó las manos y le habló con el mismo fervor calmado que el día de la boda.

—Hace años, dos noches antes de nuestra supuesta boda, te prometí que mi corazón, mi amor y mi vida entera eran tuyos, y que siempre lo serían. Ahora te lo vuelvo a decir. Voy a pasar el resto de mis días compensándote por el sufrimiento que no pude impedir. Y cuando termine la vida no cambiará nada. ¿Lo entiendes? Nada. Porque entonces estaré contigo para siempre.

JAZMÍN.

JESSICA HART
CITA SORPRESA

Finn McBride, el jefe de Kate Savage, parecía sacado del mis-
mísimo infierno; quizá fuera guapo, pero se pasaba el día entero
pegado a su mesa. Sus amigas decidieron concertarle a Kate una
cita a ciegas con un atractivo viudo. Pero cuando llegó al lugar de
la cita ¡descubrió horrorizada que el hombre misterioso no era
otro que Finn!

KAREN ROSE SMITH
UN CORAZÓN PROTEGIDO

Era alto, moreno y muy guapo; seguramente por eso Jed Sawyer estaba en boca
de toda la ciudad, y Brianne Barrington
era la última víctima de sus encantos.
Ella andaba buscando al hombre perfecto mientras que él sufría una verdadera
fobia hacia el compromiso. ¿Cómo una
mujer que creía en el "felices para siempre" había conseguido arruinar sus planes
de mantener una relación estrictamente
profesional?

N.º 577

LUCY GORDON
EL HIJO DEL ITALIANO

El hombre con el que Becky Hanley había estado a punto de
casarse acababa de volver a su vida. Habían pasado años, pero
Luca Montese estaba más guapo y sexy que nunca y la atracción
volvió a surgir entre ellos con una fuerza arrolladora. Pero entonces
Becky descubrió que solo había regresado para tener un hijo con
ella... y lo más sorprendente era que ella estaba embarazada.

DESEO
CATHERINE MANN

TODO LO QUE DESEO

El empresario Seth Jansen necesitaba una niñera temporal y Alexa Randall parecía apropiada para el puesto. Ella aceptó pasar una temporada en una exuberante isla de Florida con aquel hombre cuya pasión le hacía cuestionarse las decisiones que había tomado.

Los bebés le hacían pensar a Alexa en la familia que siempre había querido y las noches con Seth eran incomparables. El millonario podía ser el hombre de sus sueños… si no estuviera fuera de su alcance.

HONRADAS INTENCIONES

El comandante Hank Renshaw lo sabía casi todo sobre Gabrielle Ballard.

N.º 548

Casi todo salvo cómo sería acariciarla porque era la prometida de su mejor amigo. O lo había sido hasta que Kevin murió en el campo de batalla, después de hacerle prometer que buscaría a Gabrielle.

De modo que estaba en Nueva Orleans, en el apartamento de Gabrielle, viéndola darle el pecho a su bebé. No era el honor ni el sentido del deber lo que hacía que quisiera quedarse, sino el deseo que sentía por ella, así de sencillo; el deseo de tomar a la mujer a la que siempre había amado y, por fin, hacerla suya.

DESEO

MARY LYNN BAXTER
UN AUTÉNTICO TEXANO

Grant Wilcox estaba acostumbrado a conseguir todo lo que deseaba y lo que ahora deseaba era a Kelly Baker, la bella desconocida recién llegada a la ciudad que además era una excelente abogada capaz de sacarle de una situación complicada. La relación que en principio era exclusivamente profesional no tardó en convertirse en una apasionada aventura…

JILL MONROE
CÓMO SEDUCIR AL JEFE

Era la ayudante perfecta, o al menos lo fue hasta que accedió a que la hipnotizaran durante una fiesta. De la noche a la mañana, la eficiente y recatada Annabelle Scott se convirtió en toda una seductora que se pasaba el día pensando cuál de sus atrevidos atuendos sorprendería más a Wagner Acrom, su jefe.

N.º 547

ROCHELLE ALERS
HERIDAS DE AMOR

Renee Wilson necesitaba desesperadamente conseguir ese trabajo en la granja Blackstone. No podía marcharse, pero tampoco se atrevía a quedarse con el viudo Sheldon Blackstone, ni a negar el deseo que ardía dentro de ella cuando él estaba cerca. No pasaría mucho tiempo antes de que Sheldon admitiera que, con su vulnerabilidad y su encanto, Renee estaba destruyendo la coraza de hierro con la que protegía su corazón.

BIANCA

KIM LAWRENCE

LIBRES PARA EL AMOR

En medio del caos de una huelga de controladores en el aeropuerto, el soltero más cotizado de Madrid, Emilio Ríos, se tropezó con un antiguo amor, Megan Armstrong. En el pasado, Emilio se había doblegado a su deber como hijo y heredero, y se había casado con la mujer «adecuada», renunciando a Megan, que no era tan sofisticada.

Alejarse de ella había sido lo más difícil que había hecho en su vida, pero ahora que era libre, no iba a perder ni un minuto.

TORMENTA DE ESCÁNDALO

El corazón de Poppy se rompió siete años antes, cuando el aristocrático Luca Ranieri le dijo adiós, eligiendo el deber por encima del amor.

Ahora, Poppy se encuentra en el castillo de su abuela en Escocia, atrapada por una violenta tormenta de la que

N.º 483

también se ha refugiado un deliciosamente desaliñado Luca. Durante dos días, encerrados y solos en el castillo, Poppy vuelve a entregarle su corazón. Pero con el final de la tormenta llegará la realidad… y Luca deberá elegir de nuevo entre su deber y sus sentimientos por ella.

¡YA EN TU PUNTO DE VENTA!